경애의 마음

경애의

마음

김금희
장편소설

창비

공란은 곤란하다

그의 차로 말할 것 같으면 그의 인생을 모두 보여준다고 할 수 있는데, 일단 다섯 사람이 탈 수 있지만 뒷좌석에 짐이 차 있고 조수석은 조수석대로 당장 필요한 자질구레한 소지품들이 쌓여 있기 때문에 사실상 그 차는 오직 그, 공상수 한 사람을 위한 차였다. 거기에는 회사를 십년째 다니는 샐러리맨답게 수많은 카탈로그가 있었다. 카탈로그는 크기가 다양했고 당연히 색, 종이의 종류와 페이지 수, 낡은 정도와 인쇄 톤 그리고 냄새가 달랐다. 그 냄새는 분명한 축적의 냄새, 오랜 시간 부식과 흡착이 이루어진 뒤에야 나는, 종이 본연의 것이 날아가 주변환경에 순응하고 그 결과 완전한 변화가 이루어진 냄새였다. 더 구체적으로 말하자면 상수가 아무렇게나 벗어놓은 재킷에서 나는 땀 냄새, 혼자 끼니를 때울 때 애용하는 편의점 도시락 냄새, 햄 냄새, 볶음김치 냄새, 삭막한 인스턴트의 세계에 한줄기 위로 같은 샐러드소스 냄새, 그리고 독특하게도 실 냄새였다.

미싱 영업을 한다고 그가 언제라도 고객이 원할 때 상품을 제공하기 위해 미싱의 몸체와 페달과 모터 따위를 트렁크에 보관하고 있으리란 건 오산이었다. 어차피 그가 파는 미싱의 종류는 많고 공장용 기계의 경우 매우 크기 때문에 실물을 보여줄 수는 없었다. 그래서 그는 미싱을 환기할 수 있게 실을 가지고 다녔다. 미싱을 팔자고 미싱에 대해서만 설명한다면 하나 마나 한 영업이었다. 상상할 '여지'를 주지 않으니까. 여지는 삶에 있어 숨구멍 같은 것이었다. 상수는 그런 것이 없는 삶은 슬퍼서 견딜 수가 없었다.

그렇지 않아도 상수에게는 슬픈 일이 많았다. 일단 상수가 사랑하고 떠나보낸 여자들을 떠올리면 언제든 눈물이 나왔다. 대부분 소설과 영화에서 만나고 헤어진 이들이었다. 지난밤에는 중학생 때 읽었던『제인 에어』를 생각하면서 눈물을 흘렸다. 겨울밤 차가워진 공기에 코를 담근 채 모로 누워 이불을 끌어안고 훌쩍거렸다. 제인 에어가 어린 시절, 불우 아동들을 위한 기숙학교에 갔을 때 경험했던 그 교사(校舍)의 차가운 공기가 상상되어 울었고 로체스터에게 숨겨둔 부인이 있다는 사실을 알고 나서 혼자 도망치며 쌓인 눈을 헤쳐나가야 했을 때 그녀가 경험했을 통증이 어땠을까 헤아리면서 슬퍼했다. 그 작고 가녀린 몸으로 침투했을 것이었다. 처음에는 작고 깨끗하고 포근해 보이는 눈이지만 얼어붙었을 때에는 얼마나 쓰라린 느낌을 주는지. 그건 사랑이 사라지면서 남기는 날카로운 상처와 같았다.

사랑을 두고 한없이 도망치는 이들에게 상수는 어렵지 않게 감정 이입했다. 사랑의 정념을 이기고 결별과 부재라는 고통을 극복하며 앞에 무엇이 펼쳐질지도 모르는 허허벌판을 목숨을 걸고 달려가야 하는 상태. 상수가 즐겨 빠져드는 상상이었다. 그것은 단순한 실연의 상태만이 아니라 어딘지 영웅 이야기나 출세담을 연상시켰다. 물론 상수는 실연하지 않았고 영웅도 아니며 출세하지도 못했지만 적어도 광폭의 상상 속에서는 느낄 수 있었다. 그런 기분을. 기분만은 확실했다.

상수의 영업 전략 역시 그런 감정적 접근이었다. 상수는 '실'이야말로 기계와 거리가 멀고 아날로그적이라서 마음을 움직이는 힘이 있다고 믿었다. 이때 움직이는 건 구입을 할 것이냐 말 것이냐를 따지고 계산하는 영역이 아니라 온갖 기억과 향수 같은 것을 건드려 얻는 감정의 영역이었다.

그래서 상수는 기계가 아니라 그 기계가 감아올릴 실을 보여줌으로써 사장들이 공장을 돌려 마침내 손에 쥘 실물의 세계—티셔츠일 수도, 삼각팬티일 수도, 등산복일 수도, 베갯잇일 수도 있는—를 환기함으로써 목적을 달성하려고 했다. 그건 기계가 표상하는 수많은 절차들, 계약을 체결하고 계약금을 지불하고 기계를 들이고 당연히 잔금을 치르고 기계를 돌려야 하니까 노동자들을 고용하고 노동자들을 고용해야 하니까 반드시 임금을 주어야 하고 임금은 해마다 인상되고 그렇지 않으면 노동자들의 스트라이크가 있고 그런데 기계는 기계니까 언제라도 고장날 수가 있고 그러면 수리비용을 부담해야 하고 스트라이크가 심하게 일어난 경우에는 유리창 수십장과 당연히 기계들이 손상될 수 있으니까 조심해야 하고 되도록 기계는 망가지지 않아야 하는데 화난 노동자들이 기계를 부수면 그것도 권리 주장을 위한 것이니까 그 비용도 생각해야 하고 그런데 기계를 부순 자들은 그대로 두면 안되고 어떻게든 손해배상 청구를 해야 하는데 그러다가 원한을 사서 개인적인 린치를 당할 수도 있으니까 그럴 수는 없고 아무튼 기계들을 지켜내기란 생각보다 쉽지 않을 수도 있고 사업이라는 게 한순간에 어떻게 될지 모르니까 가족들을 지켜내지 못할 수도 있어서 사실상 다 물거품인데 기계를 들이는 일 따위는 하지 말고 그냥 부동산 투기나 할까…… 이런 생각을 못하도록 하는 효과가 있다고 확신했다.

그 결과 상수는 다른 입사동기와 달리 팀장으로 올라가지 못하고 팀장대리라는 어색한 직함을 단 채 회사생활을 하고 있었다.

이 회사에서 팀장대리란, 팀장은 팀장인데 팀원이 한명도 없는 사람을 일컬었다.

1953년 휴전 직후 일본과 기술 합작을 통해 설립된 반도미싱은 오래된 회사답게 직제나 운영 시스템을 좀처럼 바꾸지 않는 보수적인 분위기였지만 상수를 위해 팀장대리라는 직함을 고안해내는 데는 간부들도 모처럼 융통성을 발휘했다. 승진 사유는 역설적이게도 상수의 극심한 감정기복이었다. 발작적으로 터지는 눈물과, 긴장과 불만이 일 때마다 시작되는 그 흐억어억 웅앵웅초키포키 하는 뜻 모를 혼잣말이 해당 층의 사람들에게 불편을 주었으므로 나중에는 영업이사의 방을 줄여 상수의 독방을 만들어주었다. 그리고 그 독방을 만들게 된 명분을 붙이기 위해서라도 상수에게는 불가피하게 승진이 ─ 근속기간에 따라 벨트컨베이어처럼 차례가 돌아오는 승진이 — 필요했지만 승진할 정도로 영업성과가 있지는 않았으므로 팀장은 팀장이지만 '대리'라는 제한이 붙어야 했다.

간부들은 그런 회의를 하며 상수의 신입 시절에 대해 오래도록 잡담했다. 상수가 입사했던 2007년 말에, 그때는 뭔가 '나아가는' 분위기였다고 기억했다. 건설회사 평직원에서 사장까지 올라간 이가 시장이 되고 대통령이 된 그 불도저 같은 신화가 샐러리맨들의 심장을 뛰게 하던 때였다. 뭔가 한번 해볼 수 있을 듯한 분위기였다.

간부들은 그땐 상수도 어떤 희망과 신열에 붙들린 채 밤잠도 자지 않고 미싱 카탈로그를 차에 싣고 방방곡곡을 다니더니만 지금은 가엾게 되었다고 의견을 나눴다. 상수의 자동차는 오래된 소형차이며 자가이기는 하지만 15평짜리 빌라에 산다. 결혼은커녕 연애라도 하는지 알 수 없고 동료인 김유정 팀장을 짝사랑하고 있었다. 상수의 그 짝사랑은 삭막한 사무실에 덩그러니 놓인 노란색 프리지어처럼 안쓰러운 정조의 애틋함을 띠었다.

하지만 그런 잡담들은 기만에 가까웠다. 그들이 상수의 상황을 고려해야 하는 이유는 그토록 연민해서가 아니라 상수의 부친이 국회의원을 지낸 정치인인데, 회장의 재수학원 동기였기 때문이었다. 쉽게 말해 낙하산인데 막상 입사하자 회장이 관심을 두지 않아서 끈이 다 떨어져버린 낙하산이었다. 상수가 회사에서 문제를 일으킬 때마다 자를까 싶다가도 누구도 그런 결정은 못했다. 그렇다고 일개 영업부 직원의 거취를 회장에게 매번 상의할 만큼 머저리인 간부는 없어서 상수는 이렇게 저렇게 십년을 흘러오고 있었다. 일단 착륙은 했지만 발을 완전히 붙이지는 못하고 회사에 수상한 기운이 불어닥칠 때마다 그 몇폭의 거추장스러운 낙하산을 펼쳤다 접었다 하면서.

상수는 자기만의 방식으로 열심히는 했지만 한국의 공장주들에게 별로 인기가 없었다. 심지어 거래처 사장들과 다투기까지 했다. 여자가 있는 술집에 가기를 거부한다든가, 물품계약서를 '가라'로 작성하는 융통성을 발휘하지 않는다든가, 중간관리자들에게 뒷돈을 챙겨주지 않는다든가, 정치 얘기를 하다가 불화한다든가 했다. 지난해에는 거래처 사장의 주선으로 대구에서 김유정 팀장이 맞선 보는 자리에 무작정 들이닥치기도 했다. 상수의 상사인 남부장은 그 생각만 하면 아직도 가슴을 쓸었다. 괜히 맞선 한번 주선했다가 기분만 잡친 거래처 사장이 공상수를 명예훼손으로 고소했기 때문이었다. 동료 직원의 맞선 현장을 급습해 생짜를 놓고, 그 자리를 만든 거래처 사장에게 찾아가 욕설을 퍼부은 사건이라면, 그 사장도 사장이지만 회사 명예도 얼마나 실추되는가. 게다가 상수는 그 자리에까지 두어명의 목을 너끈히 조를 수 있을 것 같은, 웬만한 구렁이만 한 실타래를 가져가는 바람에 위협의 도구로 쓰려 했다는 의심까지 받았다. 그게 뭐라고 보조가방에 소중히 넣어 갔어, 남부장은 그 일을 떠올릴 때마다 혀를 츳츳츳 찼다. 그 대구 염천 더위에 양복에다 륙색에다 실에다 카탈로그에다 상심한 사랑에다 울분까지 챙겨 들고.

상수가 그냥 그런 집 자식이 아니라 다 저물기는 했지만 국회의원까지 지낸 정치인 자식이라는 점을 자신이 강하게 어필하지 않았다면 일은 얼마나 커졌을지 몰랐다. 사실 상수의 새어머니가 손을 쓴 것이지만. 그때 남부장은 상수의 가족과 처음으로 소통이라는 것을 해보았는데, 그동안 은근히 깔보던 상수에 대해 좀 다른 느낌을 갖기는 했다. 새어머니의 목소리는 상당히 젊었고 자기가 필요할 때 전화를 걸고 원할 때 끊어버린다는 점에서 오랫동안 다른 사람을 부려본 태가 났다. 그래 우리 애는 지금 어딨는데요,라고 묻다가도 골치 아프네, 시끄러워지겠네, 하고 은근히 반말을 섞어 혼잣말하고 돈은 뭐 돈으로는 안되겠지, 사장이라니까, 그렇게 상황을 판단하더니 내가 전화를 돌려볼 테니까 좀 기다려보세요, 하더니 전화로, 오직 전화로 오전 중 고소취하를 끌어냈다.

거래처 사장도 부장에게 그 새끼 어느 집 자식이냐고 전화로 물었다. 그래, 무슨 집인가 대체 공상수네 집안은. 얼마나 유복하고 위세있으며 인맥은 얼마나 대단한가. 아니 그런 건 사실 상관없고 대체 회장과 얼마나 친한가.

일이 수습되고 부장은 김유정 팀장에게 휴가를 주었다. 아무래도 충격을 받았을 것 같아서였다. 하지만 유정은 월차를 하루만 썼다. 그리고 직접 거래처 사장을 찾아가 이런 일에도 불구하고 거래에는 이상이 없을 것임을 확인받고 왔다. 중국으로 이전하면서 반도미싱에서 적어도 8000만원 상당의 기계를 구입한다는 내용이었다. 그 상황을 보고하면서 유정은 "사실 공상수 씨는 뭐 한 게 없어요"라고 사실인지 덮어주려는 건지 모를 말을 했다.

"그래도 곤란하지, 공상수 씨가 그러면. 김유정 팀장이 곤란하잖아."

"곤란했죠, 부장님. 당연히 곤란하죠."

사실 유정은 그렇게 곤란하지는 않았지만 장단을 맞추려다보니 정말 곤란했던 것처럼 느껴졌다. 곤란하지 않았던 이유는 상수가 그럴 줄 알았기 때문이었다. 상수가 유정이 선을 본다는 사실을 알고 전날부터 전화하고 유정은 받지 않고 나중에는 그냥 휴대전화를 꺼버렸을 때, 일은 이렇게 될 수밖에 없었는지도 몰랐다. 상수는 거래처와의 관계 때문에 유정이 어쩔 수 없이 선 자리에 나가는 마음을 알고 있었고 그런 부당한 상황에서 유정을 구출하기 위해 나선 것이었다. 상수는 기본적으로 소심한 편이었지만 그러다가도 상황을 단숨에 해결하겠다는 허황하고 과장된 의지를 순식간에 불러일으켰다.

유정이 대구에서 맞선 본다는 사실은 회사의 누군가가 알려주었을 것이다. 회사 사람들은 상수가 자신들에게 위협이 되는 경쟁자라고 생각하지 않았지만 그렇다고 은근히 괴롭히고 싶은 마음까지 참아내는 것은 아니었다. 종종 치사한 방식으로 그의 불안과 공포를 건드렸다. 그런 악취미들을 보고 있으면 유정은 인간의 다양한 얼굴만큼이나 그 나쁨도 그러데이션으로 존재한다는 생각을 하곤 했다.

어찌 되었건 상수는 두달 동안 팀장대리라는 직위에 익숙해지기 위해 시간을 보냈다. 하지만 아무리 '대리'라는 이상한 꼬리가 붙었대도 팀장은 팀장인데 팀원이 한명도 없으면 말이 안된다고 생각했고 부장에게 팀원을 배정해달라고 요구했다.

"팀원을?"

부장은 놀랐다. 그러면서도 팀장이 팀원을 요구하는 데 놀라는 자신이 겸연쩍긴 했다.

"저도 이 팀을 어떻게 끌어갈지 고민했거든요. 팀을 조직해서 파트너십을 통해 역량을 강화하고 해외, 특히 베트남, 베트남을 공략해야 하지 않겠나 싶어서요.”

“베트남?”

부장은 이렇게 되묻고 나서 자기도 모르게 웃었다. 간부회의에서 그러지 않아도 상수에게는 국내영업이 아니라 해외업무를 전담시켜야 한다는 말이 나오기는 했다. 영어를 제대로 못하니까 바이어와 싸울 일이 없고 그러면 일감이 떨어져나갈 일도 없을 테니까. 부장 입장에서는 사고만 치는 상수가 파트너십이 어쩌고, 팀장 역할이 저쩌고 하는 것이 어이가 없었지만 상수를 타일렀다.

“일단 혼자서라도 자네가 그동안 쌓아온 영업망이라는 것이 있지 않나. 그동안 좀 열심히 일했어? 이십대 한창을 바치지 않았나, 전국을 돌면서. 왜, 그 태풍 메기 때도.”

“매미죠, 매미.”

“그래, 매미 때도 죽을 뻔했잖아. 부산 갔다가.”

“영도다리에서 아주 날아갈 뻔했는데.”

“그러니까 그런 간난신고의 시절을 거쳤는데 팀원이 왜 필요해? 내가 자주 가는 단골집 중에 포은 사시미라는 데가 있어. 그 사장이 조선호텔 주방장 출신인데 소주는 1인 1병이라고 써붙여놨다고. 그리고 매사에 무리하지 마세요, 이렇게 적어놨다고. 인생 명언 아닌가? 무리하지 마. 막상 팀원 많아지면 하고 싶은 거 다 못해. 나 봐, 내 어깨에 직원이 이렇게 많으니까 어디 나가서 하고 싶은 대로 못해. 아주 죽겠지, 내가, 야성을 죽이고 살려니까.”

상수는 그렇지만 원칙에 어긋난다고 생각했다. 팀원이 없는 팀장이라니 말이 안되는 공란 아닌가. 그 공란에 대한 생각은 며칠이

16

지나도 사라지지 않았다. 상수는 그래서 왜 팀원이 있어야 하는가에 대한 이런저런 계획서를 써서 부장을 찾아갔다. 그때마다 부장은 말을 빙빙 돌리면서 시원하게 답해주지 않았지만 상수는 물러서지 않았다. 부장 방에 들러 의견을 피력하고 점심에 다시 찾아가 부장을 따라 해장국이나 복지리 등을 먹으면서 문제 제기하는 일이 팀장대리로서 중요한 업무가 되었다. 밥을 먹고 나서는 회사로 돌아오면서 아메리카노나 카푸치노를 즐기는 부장을 자신의 단골 까페로 데리고 가 두개의 쿠폰 도장을 꼼꼼하게 챙기면서 이것이 회사의 꼼수가 아닌지, 그러니까 해고를 위한 대기발령이 아닌지를 물었다. 부장이 아니라고 하면 그렇다면 왜 원칙이 지켜지지 않는지를 캐물었다. 그때마다 부장은 괴로웠고 이 융통성 없고 눈치 없는 인간을 확 잘라버릴까도 생각했다. 하지만 그러기에는 회장과 상수 부친의 친분 정도가 확실하지 않아서 견디고 견디다가 문득 생각난 듯이 "아버지는 잘 계신가? 회장님과 재수학원 동기시지?" 확인했다.

"아버지 얘기는 왜 하세요?"

상수의 얼굴이 대번에 굳었다.

"저는 아버지랑은 의절하다시피 해서 왕래가 없습니다. 아버지 덕 보는 사람도 아니고요."

"누가 덕 본다 그랬나?"

"그렇게 생각하시잖아요."

"아니야, 누가 그래? 공상수 씨 아버지 덕 안 보는 것 세상이 다 알아. 공상수 씨는 전연 그런 타입이 아니지. 이봐, 공상수 팀장, 거 부를 땐 '대리' 떼먹어도 돼. 영업이 영혼 영(靈) 자 쓰는 영혼에 관한 일이기도 하다고. 사람 정신에 관한 일이라니까. 사바세계를 이해해야 우리가 팔 수 있어. 사람 마음을 알기 위해 노력하게. 그래야 우리가 괴물이 안돼, 으응? 공팀장이 괴물이란 말은 아니고…… 근데 부친 공의원께서는 잘 계시나? 회장님이랑은 아직 골프 치시고?"

상수는 그런 질문에는 잘 대답하지 않았다. 그러다 요즘 회장은 골프를 치지 않는다고, 손목을 다쳤다고 마지못해 답했다.

"손목 부상? 어떻게 알았어? 아버지랑은 의절했다며?"

"어머니가 말하던데 그게 뭐가 중요합니까."

"어머니와는 나도 일전에 통화를 나누었는데 회장 사모랑 친하던가?"

"그렇죠, 같은 계원이신데. 그러니까 제 말은 말입니다."

"팀원이 필요하다, 이거 아닌가."

"그렇지요. 그래야 제가 뭘 해볼 것 아닙니까."

"그렇긴 하지."

상수는 부장이 근 한달 만에 자기 말에 선선히 동의하자 당황했다.

"그렇지, 팔다리 다 잘라놓고 팀장을 시키면 어떡해. 나도 그게 문제라고 인식은 하고 있어. 이게 다 부서장들마다 자기들 잇속 차린다고 그렇게 된 거지만. 공팀장 기다리게, 내가 해결할 테니."

그렇게 해서 간부들은 '대리'라는 말이 가지는 임시성을 통해 부담을 덜고 상수를 적당히 달래놓으려던 계획을 수정할 수밖에 없었다. 회의가 열렸고 이번에도 도대체 공상수의 부친은 회장과 얼마나 친한 사이인가가 핵심이었지만 총무부에서 내보내고 싶은 직원이 있다고 해서 결론은 났다. 8년 차 총무부 직원 박경애였다.

박경애라는 이름을 듣자마자 간부들의 머릿속에는 몇몇 불편한 장면들이 떠올랐는데, 경중한 키에 언제나 주머니에 손을 넣고 다니면서 마주치면 고개만 까딱 숙이고 간다든가, 이중주차를 해놓으면 그게 어떤 간부의 차라도 전화해 좀 빼주시죠, 하고 끊는다든가, 점심식사 후 산책을 하며 계속 줄담배를 피운다든가 하는 점들이었다. 그리고 몇해 전인가 구조조정으로 부서 이동과 해고가 있었을 때—원래 홍보부에 있었던 경애는 그때 총무부로 전보되었다—농성대에 끼어서 간부들을 꽤 오래 귀찮게 했던 기억. 아직도 그 직원이 남아 있느냐고 묻는 간부도 있었다. 농성을 하면서 경애가 무슨 분기로 그랬는지 모르겠지만 다른 직원들과 삭발을 했기 때문에, 그런데도 농성이 끝나는 데 역설적으로 결정적인 역할을 했기 때문에 모두들 알고는 있었다.

회의 결과는 상수에게 전해졌고 상수는 그토록 고대하던 팀원의 이름을 들었다. 그 이름은 상수에게도 한 장면을 떠올리게 했다. 격주마다 금요일 3시 30분부터 4시 30분까지 경애는 직원식당 옆에 자리한 간이창고에서 직원들이 신청한 사무용품을 나눠주었다. 회사는 물품 구입을 사후 청구로 해놓으면 터무니없이 높은 가격의 물품을 산다는 이유로 무려 육십여년 전 창업 당시의 방식을 고수했다. 밋밋하고 오직 실용만을 위해 존재하는 사무용품을 창고에 대량으로 쌓아놓고 일괄 배급하는 시스템이었다.

경애는 그 습기 차고 어두운 곳에 들어가 물품들을 나누어주거나 아니면 물품을 신청해놓고 오지 않는 직원들을 기다리며 창고 옆에 쪼그리고 앉아 담배를 피웠다. 거의 모든 일에 지각하는 상수가 헐레벌떡 창고에 오면 경애는 부스스한 앞머리를 이마 위로 쓸

어울린 채 담배를 피우다가 "있잖아요" 하고 불렀다. 낮고 허스키한 목소리는 간이창고의 습기만큼이나 눅눅해서 어디의 누구라도 충분히 우울하게 만들 수 있을 것 같았다.

"네, 여기 있잖아요. 있습니다."

상수가 그런 한심한 농담을 하면 경애는 당연히 웃지 않고 다시 한번 담배를 빨았다.

"그쪽 승인 불가예요."

"승인 불가요?"

"물품 기안 올린 거 말이에요. 되는 줄 알고 과장한테 올렸다가 나만 욕먹었네. 대체 문진이랑 독서대 같은 건 왜 필요한 거예요? 이 회사에 그런 거 필요한 사람 없다던데요."

그런 말을 들은 날이면 상수는 들고 갈 것이 없었다. 사유에 '불필요'가 적혀 승인 불가가 떨어진 날이면. 물론 아무것도 없는 건 아니었다. 온 김에 한대 태우고 가라며 경애가 담배를 건네기도 했으니까. 경애가 내미는 그 가늘고 긴 멘톨향의 담배를 받아들고도 상수는 그곳이 금연구역이라서 피우지는 않았다. 그래도 그냥 가버리기는 뭣해서 어색하게 서 있으면 경애는 상수를 완전히 잊었는지 저 멀리 시선을 던진 채 연기만 뱉었다 들이마셨다 했다. 지게차들을 유심히 보는 듯했다. 짐을 싣고 공장을 나와 트럭으로 가까이 가서 천천히 짐을 부려놓는 것을. 아니면 종이컵을 들고 나와서 대화하는 청색 유니폼의 공원들을 보는 것도 같았다. 아니면 '다라이'에 무를 넣고 왁자하게 떠들면서 씻는 식당의 여자들을. 리듬이 있는 것처럼 금요일 오후를 구성하고 있는 풍경들을.

"있잖아요."

경애는 시계도 보지 않으면서 4시 30분은 정확히 알았고 거기에 알맞게 손가락으로 툭툭 쳐서 담배를 껐다.

"저 욕먹으면 안되거든요. 회사에서 욕먹으면요."

경애는 간이창고의 문을 닫고 체조를 하듯이 팔을 앞뒤로 흔들며 말했다.

"회사에서 욕먹어도 되는 사람 없지요. 저도 안됩니다."

"그쪽은 좀 다르잖아요."

"내가 뭐가 달라요?"

그러자 경애는 어깨를 으쓱해 보이고는 안 피울 거면 담배 줘요, 했다. 상수는 담배를 잘 안 피우기는 했지만 줬다 뺏는 건 뭔가 싶어서 돌려주지는 않았다.

"난 정말 회사에 밉보이면 안돼요. 여차하면 해고라고요. 그러니까 좀 도와주십쇼, 네?"

하지만 이후로도 상수는 경애를 도울 수가 없었다. 가망 없는 연서를 쓰듯 승인 불가와 불필요의 결과가 뻔한 물품신청서를 썼다. 상수의 물품신청서는 세상의 요구보다 지나치게 정확하고 정성스러워서 문제였다. '볼펜(흑색)'이라는 란은 체크하거나 공란으로 두면 충분했지만 상수는 굳이 '스테들러 삼각볼펜432'라고 썼고, 그냥 '펜(청색)'이 필요하면 브이 자로 표시하면 될 것을 '제브라 사라사 클립펜 0.3mm'라고 기입했다. 상수의 바람은 그깟 사무용품에까지 너무 정확하고 간절해서 매번 기대가 좌절되더라도 포기되지 않았다. 그러는 동안 회사 인트라넷이 가까스로 개편돼 승인 여부를 면전에서 통보받는 일은 없어졌지만 적어도 온라인에서 경애와 상수의 승인 불가 핑퐁은 계속됐다. 그렇게 쌓아간 매치포인트가 이 급조된 팀에 어떤 활력으로 작용할지는 아무도 모르고 누구도 기대하고 있지 않았다.

경애는 총무과장이 영업부로의 전보를 통보하면서 뭐 대단한 승진이라도 되는 일처럼 말했을 때부터 시들한 웃음이 났다. 원래 홍보부에 있었던 사람이 총무부로, 다시 영업부로 가는 상황은 졸가리 없는 이동이지 전공을 살리거나 경력을 인정받는 것과는 달랐다. 하지만 여기서 견디나 저기서 견디나 견디는 상황은 마찬가지여서 경애는 알았다고 고개를 끄덕였다.

그리고 그날밤, 이야기를 다 들은 친구 일영은 눈 가리고 아웅이네, 하고 상황을 요약했다. 그 회사는 왜 변한 게 없냐면서. 경애는 삼년 전 농성할 때 일영이 그 말을 구호로 하자고 아이디어를 냈다는 게 생각났다. 경애는 그 구호를 불법 해고 처단하자, 목숨 걸어 투쟁하자, 하는 말보다 더 좋아했다. 처단과 투쟁이라는 단어로는 회사와 싸울 수 없을 것 같았다. 회사의 방식은 뭐랄까, 좀더 능구렁이 같고 얄밉고, 차라리 노골적이었으면 좋겠는데 그러지는 않으면서 사람 진 빠지게 만드는 식이었다. 일괄로 사표를 받았고 그중 사십여명에게만 사표를 돌려주지 않았다. 대부분은 사무직이었고 물류센터 직원과 생산직들이 일부 포함되어 있었다. 회사가 사양길에 접어든 미싱 대신 프린터나 자동차 부품인 인젝터, 가라오케 음향시설 같은 제품에 주력하면서 감축하게 된 인원이었다.

사표를 돌려받지 못한 직원들은 스스로 사표를 내긴 했지만 그렇다고 순순히 회사를 떠날 수도 없는, 쇠락한 저택을 떠도는 유령 같은 존재가 되어갔다. 게다가 한번씩 무슨 기준인지는 알 수 없지만 한명씩 불러 발령을 내기도 했으므로, 적극적으로 농성에 가담하기를 꺼리는 해고자도 많았다.

일영은 물류팀에서 일하는 직원이었다. 임금을 인상해준다더니 일하는 시간을 축소해 결국엔 받는 돈을 동일하게 만든 회사에 항의했다가 답장—사표의 반환—을 영영 받지 못한 경우였다. 일영은 경애만큼이나 키가 커서 집회에 나가면 둘만 경중 나와 있었다. 경애는 처음부터 일영이 마음에 들었는데, 그건 여자가 왜 이렇게 키가 크냐고 말하지 않았기 때문이었다. 일영은 그냥 "야, 가끔 키 큰 거 존나 불편하지 않냐?"라고 말했다. 농성하는 사람들 속에도 위계는 있어서 일영과 경애는 밤샘을 할 때 라면을 끓이거나 농성 텐트 청소를 한다거나 하는 잡일을 같이했고 그렇게 오십일을 보내고 나서는 친구가 되어 있었다.

경애와 일영은 죽이 잘 맞았고 처음부터 서로를 스스럼없이 대했다. 둘의 대화는 테이블 위의 강냉이 안주를 무심히 집어먹듯 끊겼다가 이어졌다가 했다. 경애가 상세한 설명을 하지 않아도 일영이 어어, 그거 알아, 하면 경애도 알지 그거, 했고 그러면 그거, 그게 그런 거지, 하면서 최종적으로 일영이 간단하게 정리하곤 했다. 풍전이 등화라든가, 유비가 무환이네 하는—일영은 맞든 안 맞든 꼭 사자성어를 주어, 서술어로 나뉜 문장으로 바꾸곤 했다—그렇게 말이 안되는 조어로 일영이 상황을 정리하고 나면 경애는 자신에게 닥친 크고 작은 불행들이 우스꽝스럽게 부스러지는 기분이었고 거기서 힘을 얻었다.

일영은 지금도 두가지 일을 병행했다. 도시 변두리에 있는 건물의 수도계량기를 검침하는 일과 당일 배송을 하는 쇼핑몰의 물류센터에 다니는 것이었다. 경애가 일영을 좋아하는 건 그렇게 빡빡한 생활에서 일영이 획득한 세상만사에 대한 태도 때문이었다. 거기에는 먹고사는 일에 대한 지긋지긋함 같은 것도 있었지만 어쨌든 '살겠다'라고 하는 일관된 당위가 있었기 때문에 그 태도는 무던함, 씩씩함과도 연관됐다. 경애는 언제나 어찌 되었건 살자고 말하는 목소리를 좋아했다. 그렇게 말해주면 견딜 수 없을 것 같은 마음이 잦아들기 때문이었다.

경애가 팀장인 공상수에 대해 이야기를 꺼내자 일영은 어어, 하고 고개를 끄덕였다. 기억이 난다는 말이었다. 상품 출고 요청을 하고 나면 꼭 전화를 걸어 진행상황을 채근하던 사람이었다고 기억했다. 처음에는 꼼꼼한가 싶었지만 알고 보니 습관인 것 같았다고. 위압적으로 굴어서 '덩치'인가 싶었는데 막상 물건 갖다줄 일이 있어서 가봤더니 아주 마르고 목소리도 가는 남자가 "고맙습니다"라고 했다고. 아무래도 그 남자는 표리가 부동하리라는 게 일영의 결론이었다.

경애와 일영은 맥주집을 나와서 전철역으로 걸었다. 일영은 한겨울에도 노상 가죽점퍼 차림이었고 꽃샘추위가 예고된 그날도 마찬가지였다. 경애는 자기 머플러를 길게 풀어서 일영과 자신의 목에 함께 둘렀다. 골목을 빠져나오자 둘은 머플러가 다른 사람들에게 걸리지 않게 하기 위해서라도 좀더 가까이 붙어야 했다. 경애가 가다 서서 머플러를 자기와 일영에 맞게 조절했다.

경애는 일영이 보통 사람들이라면 상상조차 할 수 없을 아주 외진 지역으로 수도를 검침하러 간다고 했던 게 생각났다. 자기도 대도시의 경계에 그렇게 수풀이 우거지고 인적 드문 장소가 있는지 미처 알지 못했다고. 그런 야산에도 사람이 살고 공장이 있으니까 수도는 놓이고 그렇게 놓인 수도를 사람이 사용하고 사용하면 계량해야 하니까 자기가 근처까지는 스쿠터로, 나머지 산길은 걸어가 그 눈금의 숫자를 확인할 수밖에 없는데, 거기서 가장 두려운 건 개들이라고 했다. 으레 그런 데에는 개 농장이 있고 거기서 탈출했는지 아니면 유기되었는지 알 수 없는 들개들이 많아서 마주친다는 것이었다. 그런 개들을 피해 도망가려다가 발목을 삔 이후로 일영은 등산스틱으로 개들을 쫓으며 다녔다.

"조선생님이 한번 보자고 하던데."

전철역에서 헤어지며 일영이 말했다. 경애는 조선생님,이라고만 하고 그냥 머플러를 건어서 개찰구로 들어갔다.

파업이 별다른 성과를 내지 못하고 흐지부지된 건 경애가 파업 기간 동안 일어난 성희롱을 노조 측에 항의했기 때문이었다. 경애는 일부 직원들이 행했던 성희롱의 기록을 증거로 가지고 있었다. 참여자들이 자신에게 했던 말을 녹음한 파일과, 익명으로 쓰인 「파업일기」였다. 그 일기는 외부에서 들어온 활동가가 제안했는데 노트를 걸어놓고 자기가 쓰고 싶은 아무 문장이나 적는 식이었다. 일기는 물품창고에 걸려 있었고 그곳은 파업 참여자들이 그늘을 찾아 낮 동안 쉬는 장소이기도 했다. 머리를 다 밀고 나서 경애는 그전보다 예민하게 기온을 느꼈기 때문에 거기서 시간을 오래 보냈다. 해가 지면 머리가 시렸고 햇볕 아래에서는 금세 뜨거워졌다. 삭발에 참여한 직원들 모두 하루이틀 지나지 않아 감기에 걸렸다.

파업자들이 물품창고를 차지하자 그 기간 동안에는 아무도 사무용품을 배급받을 수 없었고 그래서 선배들은 보급로를 끊었다고 농담을 했다. 그 창고에서 파업팀이 쓸 수 있는 건 피켓을 만들 종이나 필기구밖에 없었지만 파업이 끝나자 회사에서는 창고에 있던 모든 물품의 총액을 계산해서 노조를 상대로 손해배상을 청구했다. 그리고 그 정리를 총무부로 발령한 경애에게 맡겼다.

경애는 파업을 하면서 볼펜 칠십 다스를 과연 쓸 일이 있었을까 하면서도 그것을 그렇다고 적었다. 몇백 박스나 되는 A4용지를 쓸리가 없는데도 회사에서 그렇다고 계산하면 경애도 그냥 따랐다. 그런 일을 경애에게 시킨 데에는 다분히 회사 측의 의도가 있었다. 파업에 직접 참여한 경애를 이용하는 셈이기도 했고, 일종의 굴욕을 주는 셈이기도 했다. 경애는 차라리 회사를 나갈까도 생각했다. 그때 경애의 엄마가 유방암 판정을 받지 않았더라면, 미용실을 닫고 항암치료를 시작하지 않았더라면 경애도 그런 선택을 할 수 있었을 것이다. 아니, 아닐지도 몰랐다. 경애는 모든 것을 망쳐놓았다는 죄책감과 그건 절대 자신만의 책임이 아니라는 자기방어 속에서 갈팡질팡하면서도 도망가고 싶지 않다고 다짐했다. 사람이 그러면 안된다는 것, 한번 도망가버리면 다시 방에 웅크리고 앉아 계절들을 보내야 한다는 생각을 필사적으로 했다. 그때로 돌아갈 수는 없었다. 그렇게 마음의 문을 닫았을 때, 차라리 마음이 없는 것처럼 살아가기를 선택했을 때 얼마나 망가지고 마는지를 기억하고 있었다.

조선생이 회사에서 잘리고 여태껏 힘들게 살고 있다는 건 일영을 통해 듣고 있었다. 얼마나 망가졌을까, 그런 사람들이 몇이나 될까, 생각하다보면 경애는 마음이 서늘해졌다.

조선생은 파업 참가자들 사이에서도 은근한 외톨이였다. 파업현장에 나오면서도 양복을 챙겨 입었고 '창립 30주년 기념'이라는 파란 자수가 놓인 수건을 여전히 사용했다. 트레이닝복도 어느해의 야유회에서 전직원이 입었던 것이었다. 자기는 주머니와 칼라가 없는 옷은 입을 수 없다고, 같이 맞춘 티셔츠를 입지 않겠다고 해서 위원장에게 지금이 그럴 때가 아녜요, 하는 핀잔을 들었다. 일영은 그런 조선생이 꼭 자기 아버지 같다며 편을 들었다. 고향인 덕적도에서 오랫동안 학교 사환으로 일했던 일영의 아버지는 십년 넘게 투병 중이었다. 그 아버지도 조선생처럼 칼라와 주머니가 있는 옷을 입고, 무슨 일이든 그렇게 꼼꼼하게 처리한다고 했다. 글씨를 반듯하게 잘 써서 공문서 쓸 일이 있을 때마다 마을 사람들이 아버지를 찾아왔다고. 우리 아버지랑 나랑은 아주 달라, 하고 일영은 굳이 덧붙였다.

"나는 아버지를 못 닮아서 이렇게 됐지만."

경애는 그 말을 가만히 듣다가 그렇게 생각하지는 말라고 당부했다.

"누구를 인정하기 위해서 자신을 깎아내릴 필요는 없어. 사는 건 시소의 문제가 아니라 그네의 문제 같은 거니까. 각자 발을 굴러서 그냥 최대로 공중을 느끼다가 시간이 지나면 서서히 내려오는 거야. 서로가 서로의 옆에서 그저 각자의 그네를 밀어내는 거야."

조선생은 그런 자신에 대해서 직원들에게 굳이 말로 설명하려고 하지는 않았다. 다만 그날의 「파업일기」에 다른 사람들을 의식한 듯 자기 입장을 정리해놓았는데, "볼펜을 지참할 수 없는 옷은 불편하기에 입지 않았다"고 써놓았다. 볼펜을 반드시 지참해야 하는 삶, 경애는 그것에 대해 곱씹다가 해고로 지금 주차장에 나앉아 있기는 해도 조선생은 양복 입을 자격이 있다고 생각했다. 조선생은 연대발언을 감동적으로 한다거나, 완력을 쓴다거나, 공장의 기계실을 점거한다거나 하는 데에는 그다지 소질이 없었고 다만 「파업일기」의 기록에만 충실했다. 볼펜을 들고 라면상자를 책상 삼아서 그것을 적고 있는 동안에는 편안하고 익숙해 보였다. 그렇게 해서 그가 적는 내용이란,

　오늘의 집회는 노동부 앞. 2열로 서서 앞줄에 박경애, 김다정, 이민선, 유일영, 김선한, 장맑음 등 청년 파업자 위주로 도열. 두시간 집회 후 택시 타고 회사로. 노동부 앞에는 우리 말고도 한전, 금속, 물류, 은행 노조 사람들이 나와 피켓시위 중. 3시쯤 되자 외국계 프랜차이즈 커피숍인 스타벅스 앞에 줄이 섰고 스타벅스 창립기념 이벤트로 아이스 아메리카노를 무상으로 주는 행사였음. 박경애가 유일영과 함께 아이스 아메리카노가 먹고 싶다고 함. 김다정은 그린티 프라푸치노. 그린티 프라푸치노는 우유와 말차로 얼음알갱이를 만들어서 부은 것. 오늘의 물품창고 입고 상황. 사과 무선별 50~60과 1상자 입고, 일화천연사이다 업소용 190ml 30캔 영진정육식당 사장 贈, 현수막용 백색 천 800폭 1롤 매입, YT산업안전 35g 목장갑 한타(12켤레)*10＝한다발 入, 오공락카 적색/청색 20개……

같은 것들이었다.

경애는 그런 공들인 기록을 읽으면 조선생이 티셔츠를 입지 않는 것이 당연하게 느껴져 영영 입지 않아도 상관없다고 생각했다. 그리고 한달쯤 지나자 「파업일기」에는 이런 말이 적혔다. 노조위원장이 오늘 뺨을 만졌고 손목을 잡았다. 기분이 나쁘다. 오늘 술에 취한 권씨가 나한테 너 나랑 데이트 할래,라고 했다. 벽으로 밀고 안아보자고 했다. 경애가 그 사실을 노조 쪽 간부에게 말하자 그는 경애를 파업 천막과 멀리 떨어진 곳으로 데려가 달랬다.

"지금 우리가 처지가 이렇잖아요. 그러니까 일단은 기다리자고요. 조심하라고는 할게요."

"우리 처지가 어떤데요?"

"우리 이겨야지? 경애씨, 우리 이기자 하고 머리카락까지 밀었잖아."

하지만 경애는 받아들일 수가 없었고 익명으로 남겨진 「파업일기」를 참고해 직원들에게 사실을 확인했다. 그런데 그 와중에 지역 신문 기사가 났다. 파업 과정에서 빈번한 성희롱이 일어났다는 내용의 기사는 특히 여성 직원들의 이탈을 불러왔다. 부모가 와서 뭘 이렇게까지 하느냐며 승용차에 태워 가는 경우도 있었다. 급격하게 무너지고 있었다. 대열이 무너졌고 사람이, 구호가, 거기에 담았던 마음들이 무너지는 동안 경애는 오해를 받았다. 회사 측에서 심어놓은 프락치가 아니냐는 사람도 있었고 그렇게 제보해서 얼마를 받았느냐는 말도 들렸다. 머리까지 밀더니 그동안 쇼한 거냐고 비아냥대는 사람도 있었고 경애가 파업을 무마시키는 댓가로 자리를 보장받았다더라, 하는 말들이 떠돌았다.

그때에도 조선생만은 괜찮다고 말해주었다. 사실 가장 괜찮지 않을 사람이 그라는 것을 경애는 알고 있었다. 그는 여기에 평생을 바친 사람이고 다른 일자리를 찾기에는 나이가 너무 많았기 때문이었다. 회사는 파업 참가자 중 몇명만 다시 발령을 냈고 그중에 경애가 있었다. 조선생은 마지막까지 경애에게 절대 스스로 사표를 쓰지는 말라고 당부했다.

"일은요, 일자리는 참 중요합니다. 박경애 씨, 일본에서는 서툰 어부는 폭풍우를 두려워하지만 능숙한 어부는 안개를 두려워한다고 말합니다. 앞으로 안개가 안 끼도록 잘 살면 됩니다. 지금 당장 이렇게 나쁜 일이 생기는 거 안 무서워하고 삽시다. 나도 그럴 거요."

회사를 떠나며 조선생은 보관하고 있던 「파업일기」를 건네고 갔다. 경애는 노트를 간직하다가, 공공연한 따돌림과 적대 속에 근근이 버티던 겨울, 소각장에 던져넣었다. 아무래도 마음을 잃지 않고는 살 수 없는 날들이라고 생각했다. 그 페이지의 어느 신실한 기록들도 자기를 고통스럽게 한다고. 경애는 묻고 싶었다. 너 하나 때문에 모두 실패했다며 경애를 비난하던 이들은 아직도 그렇게 생각하는지, 파업은 실패했지만 시작하던 처음에는 모두가 모두의 고통에 대한 선의를 가지고 있었다는 사실은 하나도 중요하지 않은지. 하지만 그럴 수는 없었다. 그들은 눈보라처럼 경애에게 날선 비난을 하다가 문득 그쳐서 사라져버렸기 때문이었다.

상수는 인사과에서 경애의 이력서 사본과, 작년의 근무평가지를 얻어 바로 퇴근했다. 그리고 집에 도착해 미리 만들어두었던 오니기리를 먹으며 경애를 연구했다. 꽤 길게 쓰인 자기소개서에서 경애는 자신의 가정환경을 '대대로 어렵습니다. 효도하고 싶어요'라는 문장으로 짧게 요약했다. 그리고 대학생활에 대한 언급 뒤에 존경하는 사람으로 세계 최초의 여성 우주인인 발렌띠나 떼레슈꼬바와 작가 메리 셸리를 적었고 자기소개의 마지막에도 '일단 우주에 나가면 지구가 얼마나 작고 연약한지 실감하게 된다'라는 우주인의 말을 인용했다. 신입사원의 패기를 보여주는 것과는 그다지 상관없는 말이었다. 이메일 주소가 프랑켄슈타인프리징(frankensteinfree-zing)으로 길어서 특이했는데, 상수는 누구에게 불러주기도 참 힘들고 일부러 뜻을 끼워맞춘 듯한 조합의 아이디가 눈에 익다고 잠깐 생각했다. 상수에게 SNS나 인터넷상의 활동은 활기찬 고양이의 '우다다'처럼 한정된 공간을 밀도있게 누비는 일이라서 한번쯤은 어디서 마주쳤을지도 몰랐다. 그런데 자기라면, 자기가 인사과장이라면 이력서에 이런 이메일 주소를 쓰는 직원은 뽑지 않을 것 같았다. 간소하지 않다는 건 실용적이지 않다는 뜻이었고 회사에서 하게 될 '노동'이라는 데 감이 없다는 것이니까.

근무평가는 단 한번의 지각도 없었는데 C등급이었다. 시뮬레이션으로 돌려본 조직개편안에서는 경애의 직급이 상향 조정되어야 한다고 나와 있었다. 하지만 결과적으로 승진은 없었고 조직개편안에서 그것은 '인사적체'라고 표기되어 있었다. 그 적체라는 말은 간이창고에 하염없이 쌓여 있던 용지, 필기구와 장부, 다용도 테이프와 몇년이나 거기 있었는지 모를 수북한 박스 더미를 떠올리게 했다.

상수가 그렇게 경애에 대해 생각하는 동안 방 안이 점점 더 추워졌다. 보일러를 켜야 했지만 사흘에 한번은 계량기를 들여다보며 가스 사용량을 체크하는 상수로서는 그럴 수가 없었다. 이달의 계산으로는 48000원을 넘어가고 있었으니까. 상수는 겨울이라도 5만원 이상은 가스비로 쓰지 않았다. 그건 상수의 삶의 원칙이었다.

상수는 대신 엉덩이를 따끈하게 덥힐 수 있는 작은 전기방석을 켰고 담요를 뒤집어썼다. 이렇게 경애에 대해 연구하기 위해 추위를 참고 책상 앞에 앉은 자신이 훌륭하게 느껴졌다. 상수는 이력서 증명사진 옆에다 적체,라고 적어보았다. 경애의 얼굴은 지금과는 많이 달랐다. 일단 볼살이 올라 있었고 머리카락이 길었으며 그 머리카락에 웨이브가 져 있었다. 막 세팅기에서 말려나온 듯한, 늘어뜨린 용수철처럼 구불구불한 웨이브는 취업준비생 경애가 가졌을 기대에 대해 생각하게 했다. 아마 미용실을 다녀왔을 것이다, 화장도 했겠지, 마스카라나 아이라인이나 섀도 같은 것. 고개가 살짝 오른쪽으로 기운 경애 얼굴은 뭔가 장난스러운 의문을 품은 사람처럼 보였다. 그러자 상수는 적체라고 적어서 미안한 기분이었다.

하지만 그만큼 경애를 잘 표현하는 말도 없었다. 직원들을 기다리며 경애가 햇볕 아래 멍하니 앉아 있을 때, 그때의 오후란 시간이 그 속성 그대로 흘러가는 것이 아니라 어딘가에 부딪혀 겹치고 붙어 우그러지는 느낌이었다. 그러니까 상수가 담배 한대를 얻어 들고도 쉽게 뒤돌지 못했던 건 경애가 뭐랄까, 그 오후의 풍경이 주는 감정들 속에서 버티는 것 같았기 때문이었다. 시간은 흘러가면 흘러가는 대로 사라지고 멀어져야 하는데 그렇게 소멸해가는 건 담배밖에 없고 그밖의 모든 것은 경애의 등과 어깨에 무겁게 얹어지는 듯한.

상수는 그런 여자들을 잘 알았다. 그런 여자들은 상수가 운영하는 '언니는 죄가 없다'라는 페이스북 페이지에서도 얼마든지 만날 수 있었다. 그 연애상담 페이지를 상수는 팔년째 운영하고 있었다. 팔로워가 이만명에 이르는 곳이었다. 상수는 당연히 현실에서 언니가 아니고 형이나 오빠 — 그렇게 불리는 경우마저 몇 없었지만 — 였지만 그 계정에서는 '언니'라 불렸고 그렇게 오랫동안 언니로 살았다. 언니로 산다는 것은 이런 것에 대해 아는 일이었다. 섹스하는 여자들, 원치 않았던 여자들, 이별해야 하는 여자들, 싸우는 여자들, 가족을 떠나려는 여자들, 우울한 여자들, 속은 여자들, 살이 찐 여자들, 소비하는 여자들, 지켜야 할 비밀이 있는 여자들, 억울한 여자들, 죽은 혹은 죽으려는 여자들, 분노에 빠진 여자들, 어리거나 너무 나이 든 여자들, 기다리는 여자들.

상수는 그런 여자들을 위로하기 위해 사연을 받았고 페이스북 페이지에 답장을 게시했다. 마음을 다해 답장을 썼지만 실제로 언니는 아니었기 때문에 불가피하게 거짓말을 하기도 했다. 다행인건 아주 사소한 거짓말이라는 점이었다. '그녀를 사랑했지요'를 '그를 사랑했지요' 정도로, '1학년을 마치자 아는 애들이 다 군대를 갔는데'를 '1학년을 마치고 친구들이 다 유학을 갔는데'로, '아침에 일어나 면도를 했어요'를 '얼굴 제모를 좀 했어요'로. 그런 불가피한 거짓이 있다 해도 상수의 마음만은 진심이었기에 자기가 정말이 모든 여자들의 언니인 것처럼, 내부에서 폭풍처럼 몰아치는 기억이나 감각에 자신을 기탁해 한자 한자 써내려갔다.

물론 어쩔 수 없이 여자들의 삶에 대한 쏘스를 필요로 하기도 했다. 그럴 땐 상수의 좁은 빌라를 채운 책들과 — 모두 연애소설이었다 — 비디오테이프, DVD 그리고 벽면에 붙여놓은 포스터 속 그의 뮤즈들이 영감을 불어넣어주었다. 상수가 십대였던 1990년대 히로인들이었는데 장만옥, 멕 라이언, 줄리아 로버츠, 히로스에 료오꼬, 최진실 같은 배우들이었다. 이루어질 수 없는 사랑으로 고통을 호소하는 여자들에게는 장만옥이 「첨밀밀」에서 연기한, 여러번 반복되는 사랑의 상실 앞에서 짓던 처연하고 담담한 얼굴을 생각하며 썼다. 울지 마요,라고 썼다. 자기 자신으로 돌아가요!라고. 그에게 내가 어울릴 것인가를 고민하는 여자들에게는 줄리아 로버츠가 가진 로맨스의 어떤 개척정신을 떠올리며 썼다. 재벌의 사랑을 쟁취한 콜걸이나 평범한 서점 주인의 연정을 구하던 일급 배우의 그 사랑의 무계급성을 상수도 따라 연기하면서 말이다.

그 덕분에 상수의 페이스북은 알 만한 사람은 다 아는 유명 페이지가 되었고 심지어 책을 내자는 사람도 있었지만 상수는 정체를 드러낼 수 없었다. 인터뷰를 하자는 사람들, 방송에 나와달라는 사람들, 언니, 한번만 만나줘요, 하는 사람들이 많았지만 그럴 수는 없었다. 반도미싱 팀장대리인 서른일곱살의 마포구 거주 남성으로서는. 그렇다면 그동안 언니로서 했던 모든 위로와 충고가 거짓이 되어버릴 게 빤했기 때문이다. 누군가의 코 푼 휴지나 가십거리, 선정적인 스캔들, 변태적 취미쯤으로 소비되기에 '언죄다' 페이지는 상수에게 중요했다. 걸핏하면 고독사를 상상하는 상수에게 단 하나 삶의 의미였다.

페이지의 언니들이 보내는 편지에는 사랑의 생몰이 다 드러나 있었다. 어떤 사랑은 같은 기차에 탔다는 이유만으로 시작되었다. 혹은 어린 시절 운동회날 달리기에서 둘 다 꼴등으로 들어왔다는 이유로, 첫눈을 함께 봤다는 이유로, 부모에게 학대받은 기억이 똑같이 있다는 이유로 혹은 친구들에게 따돌림을 당했다는 이유로, 같은 밴드를 좋아한다는 이유로, 상대의 낡은 점퍼나 코트를 유심히 보게 됐다는 이유로, 지나치게 추워 보였다는 혹은 더워 보였다는 이유로, 식당에서 땀 흘리며 무언가를 열심히 먹었다는 이유로, 돌아서서 지하철역까지 느릿느릿 걸었다는 이유로.

사랑이 시작하는 과정은 우연하고 유형의 한계가 없고 불가해했는데, 사라지는 과정에서는 정확하고 구체적인 알리바이가 그려지는 것이 슬펐다. 가난과 폭력, 배신과 거짓말, 종교, 정치, 국적의 차이, 집안싸움, 부모 반대, 언니 또는 형의 반대, 동생의 반대, 베프나 은사의 반대 혹은 기르는 고양이나 개의 반대, 윤리적 판단 — 불륜, 제삼자의 출현 — 같은 일종의 유형들이 있었다. 그렇게 소멸은 정확하고 슬픈 것이었다.

하루에도 수십통씩 오는 그런 사연들 중에서 상수는 답장할 편지를 심혈을 기울여 골랐다. 상수를 골리고 희롱할 목적으로 키보드 워리어들이 보내는 편지도 있어서 편지의 독해와 선별은 쓰레기 더미에서 온전한 물건을 찾듯 고역이었다. 일단 편지를 열고 읽어야 했으니까. 워리어들의 편지에는 사랑이라는 것이 삽입과 사정으로 구성되어 있었지만 정말 현실의 고통을 겪은 언니들은 그 모든 과정을 축약해서 전달했다. 그렇게 접히고 축소된 이야기 속에서 언니들의 내부에 일었을 소란을 증폭해서 읽는 것, 그때가 '여지'에 대한 상수의 감각과 상상력이 십분 발휘되는 순간이었다.

그렇게 고통을 듣기 위해 골똘해 있으면 휴대전화나 컴퓨터를 앞에 두고 자신의 마음을 설명하기 위해 애쓰는 누군가가 떠올랐다. 무엇보다 그를 둘러싼 소음 같은 것이 상상되었다. 아주 일상적인 소음일 것이었다. 냉각팬이 돌거나 의자가 끌리거나 때론 야근하던 직장 동료가 기지개를 켜면서 아직 안 갔어? 하는.

하지만 그 누군가는 지금 사랑을 잃었기 때문에 그런 일상적인 소음과는 완전히 차단되어 있다. 마치 공동처럼 모든 일상과는 상관없는 상태에 빠져 있다. 그 공동에는 너무 많은 중력이 가해지거나 아니면 아무런 중력도 가해지지 않아 스스로가 완전히 버려진 기분일 테고. 상수가 늘 충분히 가지고 있던 기분이었다. 그렇게 실연의 고통은 교활한 악당처럼 당사자가 마지막까지 붙들고 있는 단 하나의 일상까지도 냉정히 제거한다는 걸 알기에 상수는 우리 언니들이 지금 이런 것들을 할 수 없는 건 당연해,라고 답장에 써주곤 했다. 친구에게 먼저 전화해 어떻게 지내, 하고 안부를 묻는 일, 미안함 없이 가족들을 보는 일, 씻거나 밥을 먹는 일, 수목드라마의 로맨스를 보면서 하하 웃는 일, 자동차세나 주정차위반 과태료 같은 돈을 제때 내는 일, 눈이나 비 소식에 마음이 아니라 출퇴근길만 걱정하는 일, 잠자리에서 울지 않는 일 혹은 잠을 자지 않고도 울지 않는 상태를 유지하는 일.

그러니까 그렇게 할 수 없는 것이 대부분인 일상에서 '언죄다'에 쓰는 편지란 그가 할 수 있는 단 하나의 일일지 모르기 때문에 상수는 '나야, 언니'라고 일단 이야기를 시작하면 과거에 무엇을 했든, 누구를 사랑했든, 어디서 혼자 어떻게 견디고 있든, 죄가 없는 오늘로 만들어주기 위해 애썼다. 때로는 성공하고 때로는 실패했지만 — 온갖 저주가 담긴 항의편지를 다시 받기도 했다 — 상수의 말이 듣고 싶은 언니들이 있는 한, 페이지는 계속되었다.

어쩌면 이런 이중생활 때문에 상수가 회사에서 겉도는지도 몰랐다. 언니에서 공상수 팀장으로의 전환은 단순히 집과 — 상수는 반드시 집에서 편지를 썼다. 보안을 위해 — 회사라는 두 공간의 이동으로 가능하지 않고 좀 거창하게 말하자면 존재가 전이되어야 하는 것이었다. 그런데 그런 존재 전이를 하기에 반도미싱에서의 생활은 상수를 언니도 오빠도 형도 아닌 자꾸 '그것'으로 느끼게 했다. 회사에서 상수는 매뉴얼이 필요한 무언가처럼 자기 자신을 설명해야 했다. 왜 그렇게 무거운 파우치를 들고 다니는가, 거기에는 왜 그렇게 많은 화장품이 들어 있는가, 왜 오픈된 남자 소변기를 쓰지 않고 칸막이 안으로 들어가는가, 왜 상사들과 함께 사우나에 가지 않는가. 그 모든 것의 해답은 좋아서 혹은 싫어서였는데 그 두가지는 사람들에게 무섭도록 이해받을 수 없는 말이라서 상수는 늘 자기가 설명서가 필요한 연마기나 절삭기 같은 기계가 된 듯한 기분이었다.

물론 상수의 입장을 압축적으로 이해시킬 수 있는 대답이 있긴 했다. 아무리 끈질기게 의문을 제기하는 사람이라도 상수가 대답을 거듭하다가 지쳐, 군대 면제였어요,라고 하면 모든 게 이해가 간다는 듯 고개를 끄덕였으니까. 하지만 그런 식으로 상수에게 관심을 갖는 사람이라면 가족을 궁금해하지 않을 수 없었고 그렇게 해서 어느정도 알게 되면 상수에 대한 설명서는 인생 전반에 걸쳐 제공

되어야 했다. 그렇게 해서 흥미를 갖게 된 사람들은 상수가 아무리 "저 아버지와 더이상 연락하지 않습니다!" 하는, 일종의 '아버지 면제' 상황이라고 해봤자 소용이 없었다. 뭔가 더 드라마틱한 사연을 기대케 하는 대답이었으니까. 그럴 때면 상수는 다소 무력감을 느꼈다. 4수를 하느냐 하지 않느냐 하는 결정을 내려야 했던 스물두 살의 어느 밤이 떠올랐다.

2002년 봄 아버지는 웬일인지 일찍 귀가했고 상수는 어느 타이밍에 서재를 찾아가 그 말―더이상 수학능력시험을 볼 수는 없습니다, 하는 시험 면제의 말―을 해야 할지를 초저녁부터 살피고 있었다. 손바닥에 땀이 맺혔다. 너무 많이 흘려서 땀에 손을 적시고 있는 것이나 마찬가지였다.

그날 새어머니가 자리를 비워서 방배동의 아파트는 고즈넉했다. 아버지가 틀어놓은 NBA 중계가 선수의 동선을 따르는 미국인의 해설과 환호, 코트에 미끄러지는 운동화 소리와 함께 마치 환청처럼 비현실적으로 들렸다. 상수가 허방을 딛는 것처럼 막막하고 두려운 걸음을 밟아 서재 문을 두드리자 들어와, 하는 소리가 들렸다. 자줏빛 카디건을 입은 아버지는 농구공을 들고 스냅숏을 흉내 내면서 중계를 보고 있었다. 1992년 미국을 방문한 아버지가 직접 마이클 조던의 싸인을 받아온 농구공이었다. 정당의 부대변인으로 활동하던 아버지를 미국 국무부가 초청한 것이었다. 상수도 동행했던 그 미국행은 상수의 첫 해외여행이었다. 그리고 친어머니와 함께한 마지막 여행이기도 했다.

상수가 들어오자 아버지는 앉아라, 앉아, 하며 자리를 내어주고 미니냉장고에서 닥터페퍼를 꺼내 뜯어주었다. 그런 아버지의 동작에는 언제나처럼 호쾌함이 묻어났다. 상수는 한동안 닥터페퍼를 홀짝일 뿐 말을 먼저 꺼낼 수가 없었다. 그러는 동안 조던이 연달아 득점했고 그때마다 아버지는 농구공을 꽉 붙든 채 팔을 흔들어댔다. 미국여행에는 그 시대를 주름잡던 많은 정치인과 그들의 가족이 동행했는데, 거기서 상수와 친어머니는 묘하게 고립되곤 했다. 아버지도 은근히 외톨이처럼 보였다. 대학에서 건너온 유일한 학자 출신이라 그랬는지도 몰랐다.

일행은 옛 추억을 회상하며 화기애애하다가도 누구누구의 이름을 대며 욕하곤 했다. 다른 이들의 상당수를 권력을 위해 신념을 판 사람들이라고 생각했고 그렇지 않은 이들은 오직 죽은 이들뿐인 것 같았다. 그러니까 고문을 받다가 죽은 이들, 입대 후 생사가 불분명한 이들, 아파서, 죽도록 아프다가 정말로 죽은 이들. 여행에서 아버지가 한 이야기 중에 상수는 선거운동을 할 때 자전거를 타고 온종일 서울을 돌아다녔다는 말을 가장 좋아했다. 자전거로 서울을 누볐다는 얘기에서는 아버지의 자주 보지 못했던 어떤 인간적인 면모를 상상해볼 수 있었다. 물론 그 자전거 뒷자리에는 상수나 형이 앉아 있는 게 아니라 선거전단이 쌓여 있었겠지만 횡단보도를 건너며 목이 마르면 냉차를 사 먹고 너무 더우면 남방셔츠를 바지에서 끄집어내고 더러는 러닝셔츠 바람으로 열심히 페달을 구르면서 도시를 누비는 풍경. 아버지가 그런 풍경 속에 있었다고 생각하면 마음이 좀 편안해졌다.

어머니는 여행을 별로 좋아하지 않았고 일행에 섞이려고 노력하지도 않았다. 어머니가 환하게 웃었을 때는 정작 농구장에서였다. 미주한인회 관계자가, 경기 내내 어색한 박수와 환호를 보내던 일행을 선수들에게 데려가 준비한 농구공을 하나씩 안기며 싸인을 받게 했을 때였다. 싸인을 한 조던이 가려다 말고 몸을 돌려 무슨 말을 하자 어머니가 웃음을 터뜨렸다. 아무리 물어도 무슨 말인지 어머니는 말해주지 않았고 대신 엠파이어스테이트 빌딩이나 자유의여신상 같은 곳을 돌아보다가 해가 저물고 별빛이 떠오르면 이런 노래를 상수의 귀에 속삭여주곤 했다.

달과 뉴욕 사이에서
어쩔 줄을 몰라 방황할 때
미친 짓인 듯하겠지만 사실이야.
달과 뉴욕 사이에서
어쩔 줄 모를 때
네가 할 수 있는 최선은,
최선은
사랑에 빠지는 거야.

삶을 살아가는 동안 언젠가
네 마음을 뒤흔들어놓을
그런 여자를 찾을 거야,
그리고 그런 뒤에는 도시를 등지게 되지만
아침에 눈을 떠보면
여전히 그녀를 떨쳐버릴 수가 없을걸.

도시를 멀리 지나 그녀를
떠났음에도 불구하고.
그리고 혼자 이렇게 궁금해하겠지,
이봐, 내가 찾은 게 대체 뭐야.

그때 상수는 영어를 배우기는 했지만 공부에 소질이 없어서 문, 뉴욕 씨티, 크레이지, 러브 같은 단어들만 기억할 수 있었다. 나중에 찾아보니 그 노래는 「네가 할 수 있는 최선이란 말이야」(Best That You Can Do)라는, 영화 OST였다. 지금도 그 노래를 들으면 어머니의 속삭임과 함께했던 뉴욕의 풍경들이 생각났다. 엘리베이터가 상승하면 뉴욕의 옐로우캡들이 장난감처럼 축소되던 장면이 아련했다. 저녁이면 해안에 정말 커다랗고 노란 달이 뜨고 마천루와 높고 낮은 건물들과 도로와 가로등의 광점이 다 부스러진 별조각들처럼 반짝이던 것이. 그 빛들은 상수가 서울의 남산타워에 올라서 보던 것과는 완전히 다르게 좀더 세세하고 가늘고 마치 실핏줄처럼 빽빽하게 뉴욕을 채웠다. 그렇게 해서 도시를 장악하고 있었다.

"아버지."

브레이크 타임이 됐을 때 상수가 드디어 입을 열었다. 더이상 재수를 하고 싶지 않다고 말하자마자 아버지는 음소거 버튼으로 모든 소리를 지웠다. 그러고는 침묵이었다. 아무것도 들리지 않는 화면에서 조던이 감독의 설명을 들으며 코트로 어슬렁어슬렁 걸어갔고 경기가 재개되자 선수들이 코트를 누볐고 공을 망 안에 집어넣기 위해 슛 ── 을 했다. 들어가지 않아서 다시 슛 ── 을, 잘 되지 않으니까 튕겨져나온 공을 다시 슛—하고. 조던이 그렇게 골을 성공하자 치어리더들이 들리지 않는 환호를 했고 관중이 주먹을 흔들었다. 상수는 그 소리 없음이 무섭도록 쓸쓸하다고 생각했다.

"정말 안되겠냐?"

아버지가 한참 만에 물었다. 상수는 고개를 숙였다. 더이상은 재수를 할 수가 없었다. 삼년이라는 시간을 그렇게 보내고 싶지는 않았다. 용인에 있는 그 재수학원에서 좁은 침대에 누워 천장의 마름모꼴 무늬나 세면서 어머니는 왜 투병을 포기하고 삿뽀로 이모에게 갔을까, 하는 생각이나 하고 싶지는 않았다. 1999년에, 유일한 친구였던 은총을 잃은 일을 포함해서 상수에게는 이미 너무 많은 죽음이 드리워져 있던 시기였다. 그렇게 혼자 갇혀서 많은 의문에 답하고 있으면 다정한 이들의 죽음에 자기가 무관하지 않다는 생각이 들면서 죄책감이 상수를 묶었다.

은총이 있으라.

은총은 만나고 헤어질 때마다 그렇게 인사했다. 늘 쓰고 다니던 아식스 비니를 벗으며.

"안되겠습니다, 안되겠어요."

아버지는 3선에 실패했을 때보다 더 고독하고 절망적인 표정을 지었다. 그러고는 다시 한번 "정말 안되겠냐?" 하고 물었다. 두번째 질문에 상수는 대답하지 못하고 눈물을 흘렸다. 상수는 도저히 아버지가 원하는 대학에 갈 수 없었다. 아버지가 갔다고 상수도 갈 수 있는 것은 아니었다. 그러자 아버지는 미국에 보내주겠다고 제안했다. 거기서 대학에 들어가라는 것이었다. 상수는 거절했다. 그때 상수는 무언가를 '할 수 있는' 상태가 아니었고 무언가를 '하지 않아야' 겨우 살 수 있는 상황이었다. 그러자 아버지는 그러면 스포츠를 하거나, 어려서부터 쳤던 피아노로 대학을 들어가보는 게 어떠냐고 했다.

하지만 재수를 하는 동안 스트레스로 체중이 늘어 90킬로그램이 넘었던 상수로서는 운동으로 대학 가란 말이, 일주일 안에 살을 빼서 런웨이에 서라는 말과 다르지 않게 들렸다. 상수는 이미 그때 자기 몸 하나도 씻을 수 없어서 사나흘간 세수도 하지 않는 극심한 무기력에 빠져 있었다. 새어머니가 아무리 좋은 옷을 사다주어도 처박아둔 채 한벌만 내내 입어서 입소생들이 자기를 '행려'라고 부른다는 것도 알고 있었다. 아버지가 얼마나 부자이든, 유명하든, 뭘 해줄 수 있든, 상수와는 상관없는 일이었다. 상수는 아무것도 하고 싶지 않았고 아무것도 원하지 않았다.

그것을 간파한 아버지는 무섭게 화를 냈다. 그가 내던진 탄성 좋은 농구공이 튀어오르며 아버지가 받았던 올해의 자랑스러운 동문상, 대한민국 뉴리더상, 전경련 감사패 같은 트로피들을 깼는데, 상수는 그것에 얻어맞으면서 자기도 모르게 얼굴 쪽으로 오면 블로킹하며 버티다가 차라리 공에 맞아서 죽어버렸으면 좋겠다고 생각했다. 그러다 튀어나간 농구공이 리모컨을 누르는 바람에 와아 ── 와아 ── 어우 ── 하는 함성이 재생되었을 때는 오래전 어머니가 그렇게 상수를 떠날 줄 몰랐고 상수도 자신이 이렇게 머저리 같은 어른으로 자랄 줄 미처 예상하지 못했던 때의 기억이 되살아났다. 누구도 누구의 불행을 예상하지 못했던 그때가, 달과 뉴욕과 언제 누구와 빠질지 모를 사랑에 관한 애틋한 경계만 있었던 1992년의 어느날이.

그렇게 얻어맞은 상수는 수건으로 얼굴을 감싸고 혼자 응급실을 찾을 수밖에 없었다. 코뼈가 부러졌다. 어렸을 때 형이 휘두른 배트에 맞아 부러진 뒤로 두번째였다.

"혹시 싸우셨어요?"

상수는 어렸을 때 그랬던 것처럼 의사에게 거짓말을 했다.

"아니요, 농구를 하다가."

"농구를 하다가 부딪혔어요? 누구랑?"

"아니요, 공이 튕겨서."

의사는 공이 저절로 이렇게까지 튕겼다고요? 하면서도 끝까지 캐묻지는 않았다. 응급조치를 받은 상수는 얼굴이 거의 농구공만큼이나 부어서 병원을 나왔다. 그리고 우울할 때마다 그랬듯 아무 전철이나 오는 대로 탔고 무턱대고 걸었다. 붕대로 칭칭 감은 채 미라처럼 다니는데도 이상하게 보는 사람이 없었는데, 알고 보니 광장에서 월드컵 응원이 있기 때문이었다. 분장의 시대였다. 악마도 있었고. 기숙사에 갇혀 있는 동안 이렇게 재미있는 일들이 펼쳐지고 있었다니! 상수는 자신이 느끼는 단절감과 광장의 연대가 너무 불일치해서 피식 웃었다. 천년만년 만에 웃는 기분이었다. 웬 꼬마애가 해괴한 상수의 몰골을 보고 있다가 오늘 우리가 이기냐고 물었다. 한국이 어디와 경기를 하고 승률이 얼마인지도 모르는 상수는 좀 생각하다가 못 이겨, 하고 대답했다.

"거짓말!"

"정말이야, 못 이겨. 아주 져."

그러자 아이는 뭐가 그렇게 서운한지 눈을 흘기다가 아저씨나 져요! 하고 앙칼지게 외쳤다. 상수는 이건 무슨 반응인가 싶어서 놀랐는데, 그사이에 또 한번 아이가 아저씨나 지라구요! 했다. 그 말에 상수의 기분은 가라앉았고 응원 인파 속을 고독하게 통과해 아파트로 돌아갔다. 아파트는 말끔하게 치워져 있었다. 농구공마저도 깨끗하게 닦여 원래 자리에 놓여 있었다. 아버지는 없었고 돌아온 새어머니가 전화로 누군가와 대화하며 트로피를 다시 제작할 수 있을지를 의논하고 있었다. 그날 상수는 그래도 재수생활에서 벗어날 수 있다면 코뼈쯤 잃는 일은 나쁘지 않다고 스스로를 위안했다. 하지만 다음 날 아파트 앞에 기숙학원의 봉고차가 와 있어서 상수는 그렇게 해봤자 아무것도 달라지지 않았음을, 정말 져버린 것은 자신이었음을 혹독하게 깨달아야 했다.

*

상수와 경애는 첫 주에는 특별히 할 일이 없어서 민망함을 이기기 위해 노력해야 했다. 마음이 부대끼는 쪽은 주로 상수였고 총무부에서도 한동안 특별한 직무 없이 버려지다시피 시간을 보냈던 경애는 딱히 어려워하지 않았다. 그렇다고 책을 읽는다거나 인터넷 써핑을 한다거나 하지도 않았다. 꼬투리 잡힐 수도 있으니까. 그 사정을 알지 못하는 상수는 경애가 왜 저렇게 아무것도 하지 않고 책상 위에 자기가 준 몇가지 서류, 국내 대리점의 분포도나 해외지사의 근무자 명단 같은 것을 올려놓고 읽는지 읽지 않는지 알 수 없는 무표정한 얼굴로 앉아 있나 생각했다. 보통 새 업무를 시작하면 책상이나 의자 등을 세팅하고 스케줄표도 붙여놓고 하는데 경애는 가지고 다니는 가방도 풀지 않은 채 저렇게 덩그러니 앉아 있지 않은가. 혹시 기분이 나쁜 건가.

상수는 경애의 태도를 온종일 신경 썼고 이 작은 방에 누군가와, 그것도 어쨌든 여자와 같이 있는 상황이 신경 쓰여 몸이 굳을 지경이었다. 그럴 때는 어느정도의 소음이 필요하지만 경애는 놀랍게도 아무 소리도 내지 않았다. 들어올 때 고개를 앞이 아니라 옆으로 까딱 인사한 후에 가방을 내려놓고 컴퓨터를 켠 다음 가만히 앉아 있었다. 점심시간에는 달랐다. 상수가 함께 먹자고 하지 않으면 경애는 언제나 회사 구내식당이 아니라 밖으로 나가서 밥을 먹고 왔는데 그럴 때는 즐거워 보였고 생기가 있었다. 그리고 빼놓을 수 없는 건 담배를 피울 때. 경애는 여전히 창고 옆에서 흡연의 기쁨을 누렸고 상수 자리에서 그 모습이 내려다보였다. 하지만 한시가 되고 다시 오후의 그 길고 긴 대기시간——일 없음이 시작되면 마치 정물화의 화병이나 마른 잎들처럼 고요하게 놓였다.

팀원이 들어오고 나서 부장은 상수를 일주일에 두번 열리는 팀장회의에 불렀다. 상수에게는 큰 기쁨이었는데 유정을 가까이에서 한시간, 부장이 자기 말에 도취돼 말이 길어지면 두시간까지 볼 수 있기 때문이었다.

"공팀장."

어느날 부장은 손으로 이마를 짚으며 상수를 불렀다.

"회의 때 봤지? 다른 팀장들, 봤잖아. 내가 오더 주는 거 있던가? 다 알아서 물어온다고. 그러니까 팀장이라는 거는 어미 고양이 같은 것이네. 쥐를 물어와야 해. 그래야 냥냥거리는 새끼 고양이들이 먹고살지, 좋다고 반기지."

부장이 새끼 고양이들이라고 했을 때 상수는 자기 밑에 있는 유일한 팀원인 경애를 떠올렸다. 그런데 상수가 느끼기에 경애는 쥐 같은 것을 물고 오면 반기지 않고 심드렁하게 썰까요, 그럼 어디서부터? 하고 물을 듯했는데, 그래도 중요한 건 자기 팀의 성과는 이제 자기가 책임져야 한다는 사실이었다. 그러지 않으면 매출이 마이너스가 나오는 팀이 될 수도 있었다. 상수는 정신을 퍼뜩 차렸지만 영업이 마음먹는 순간 어디 가면 살 사람이 기다리고 있는 것도 아니라서 며칠을 또 어영부영 보냈다. 하지만 그사이 경애와 약속을 잡아서 팀 회식을 하기는 했다. 먹고 싶은 걸 고르라고 하자 경애는 고기를 먹으러 가자고 제안했다. 회사 근처에 있는 숯불구이집이었다.

"저는 고기 없이는 밥을 못 먹어요."

밖에 나와서인지 경애는 거의 최초로 자기 신상에 대해 자발적으로 정보를 주었다. 경애는 우선 고기 없이는 못 사는 사람이었다. 상수는 고기를 별로 좋아하지는 않았지만 기분을 맞춰주고 싶었다. 그런데 그렇게 다른 사람의 눈치를 보면서 자기를 누르는 것은 오랜만이었고 낯선 순간이었다. 상수는 팀장이란, 운명의 공동체를 맡는다는 일이란 이렇구나 실감했다.

"그래서 저는요, 국수도 고기국수만 먹어요. 잔칫날도 아닌데 채소 잔뜩 든 잔치국수 이런 거 완전 싫고요."

"잔치국수에도 고기 넣는데, 다진 고기를 고명으로 씁니다. 고기를 써요. 제가 자취를 꽤 해서 요리를 아주 대장금처럼 하는데요."

"그런 건 너무 크리스피하잖아요."

상수는 그 크리스피하다는 말이 무슨 뜻인가 싶어 당황했다.

"그렇게 쪼개고 다져서 육향만 겨우 풍기는 거 말고요. 아주 그냥 제대로 푹 완전 고기다 하는 거, 그런 거여야 해요."

"육향이요?"

"그렇죠. 아주 육향을 그윽하게 풍겨야죠, 고긴데."

상수는 그렇죠, 고기는 육향이죠, 하고 동의하면서도 회사에서 고깃집까지가 멀다고 생각했다.

팀 회식은 친목을 다지는 목적이었으므로 상수는 식당에 앉아 물수건을 채 뜯기도 전에 허겁지겁 자기가 기억하는 경애에 대한 얘기들을 쏟아놓았다. 하지만 경애가 보기에는 상수가 자신을 이미 인지하고 있었다는 게 대체 왜 중요한지 알 수 없었다. 그러니까 이렇게 같은 팀이 된 게 운명이라는 말인가, 그러니 잘해보자는 건가, 그렇게 따지면 인연이라기보다는 악연에 가깝지 않나, 하고 경애는 생각했다. 상수가 포기하지 않고 올리는 그 수많은 불필요의 사무용품 덕분에 경애는 원치 않은 '고민'에 빠져야 했기 때문이었다.

경애가 하는 일들은 뭐 생각할 것도 없이 프로세스에 맞추면 되는 것이었는데 상수의 그 특이한 요청은 경애에게 그 많은 사무용품들 사이의 개별성과, 비싸봤자 몇천원 하지도 않는 펜을 불가하다고 매번 거절하는 회사에 대해 생각하게 했고 더 나아가서는 그렇게 원하면 왜 자기가 직접 문구사에 가서 그런 정확하고 구체적인 욕망을 실현하지 않는가를 궁금해하다가 이 회사에서 노동자로 산다는 것과, 또 이 사회에서 소비자로 산다는 것은 무엇인가까지 숙고해야 했기 때문이었다. 그런 회상을 하는 사이에도 상수는 자기가 팀을 이끌어가고 싶은 방향이나, 팀원으로서 경애에게 거는 기대에 대해 늘어놓았다. 경애가 듣기에는 교장선생님의 훈화처럼 거룩하고 판에 박힌 얘기들이었다.

상수와 경애의 대화는 경애가 일부러 김을 빼려고 한 건 아니지만 점점 템포가 어긋났다. 상수가 말이 빠르고 숨을 거칠게 몰아쉬고 단어를 씹거나 더듬으며 스윙의 리듬을 탔다면, 모르겠는데요, 그렇게 듣긴 했는데요, 생각해봐야겠는데요,라고 하는 경애의 말은 정박에 가까웠다. 그 둘이 섞여들면 과연 혼돈의 재즈가 되어 뭔가 독특한 리듬이 흘러나올지도 몰랐다.

상수는 기억력이 꽤 좋아서 어느해 시무식에서 경애가 작은 소동을 피운 일도 기억했다. 경애도 잊고 있었는데 시무식에서 크게 웃었다는 것이었다.

"있잖아요, 그런데 웃은 게 뭐가 잘못이었나요?"

"잘못이라는 것은 아니고요."

"그런데 왜요. 말해봐요. 안 웃긴데 웃었으면 미친년이구요."

상수는 경애가 갑자기 말한 그 욕설에 움찔했다가 밀리면 안된다 싶어서 살치살과 마늘과 양송이를 불판에 수북이 올렸다. 그러면서 문득 약 이분 전에 갖다달라고 한 파채가 오지 않은 게 생각나서 벨을 눌렀다. 아주머니가 오지 않자 버튼을, 다시 버튼을 눌렀다. 올 때까지. 경애는 그렇게 빈번하게 눌리는 버튼을 가만히 보다가 이 넓은 홀을 혼자서 담당하는 아주머니가 허둥지둥 테이블로 왔을 때 말을 건넸다.

"아줌마, 죄송해요."

"에, 뭐요?"

아주머니는 앞치마 주머니에 넣어두었던 집게를 꺼내 고기를 뒤

집으면서 동시에 카운터에 8번 불 빼야 해, 하고 소리 질렀다.

"좀 제이에스라서요."

"에에, 고기 더 안하죠?"

아주머니는 그 말을 흘려들었는지 빈 그릇을 챙겨 재빨리 사라졌다.

"제이에스가 뭔데요?"

상수가 고기를 오물오물 씹으며 물었다.

"진상이요."

상수는 갑자기 마음이 모욕으로, 한순간에 서러운 모욕감 같은 것으로 차갑게 식었지만 오늘이 첫 회식이라는 생각에 육즙이 남은 고기와 함께 그 감정을 꾹 삼켰다. 현재가 이렇게 뭔가 안 맞고 어긋나니까 상수는 과거 이야기에 열중했다. 경애와 자신이 연인 사이는 아니지만 로맨스에서도 과거는 중요하지 않은가. 과거라는 열쇠가 아니면 도무지 상대의 마음을 열 수가 없지 않은가. 그래서 모든 로맨스영화에 유년은 어땠어요, 엄마는 친절했나요, 기르던 동물들은요, 하는 물음이 있지 않은가.

상수가 말한 그 소동은 시무식에서 한다정 대리가 노래를 부른 일을 가리켰다. 아버지에게 회사를 물려받은 젊은 사장은 회사 일에 소극적이었는데, 이상하게 직원들에게는 관심이 많았다. 마치 동네 친구를 고르듯 마음에 드는 남자 직원들을 불러서 점심시간 내내 탁구를 치기도 하고 여자 직원들 사이에 끼여 공상수보다도 더 재미없는 농담을 던지며 수다를 떨기도 했다. 직원들 정보에도 빠삭해서 그들의 업무능력에 대해서는 그렇게 비상한 기억력을 사용하지 않았지만 그외 잡다한 사항들, 누군가가 주짓수를 취미로 한다든가, 누구의 아버지가 방송사 PD 출신이라든가, 누구의 조카가 아이돌이라든가, 누가 누구와 사내 연애 중이라든가, 한다정 대리처럼 성악과 출신이 인사팀에서 일한다든가 하는 이색 정보를 아주 잘 알고 있었다. 그렇게 많은 정보들을 입력해놓는 건 농담과 짓궂게 굴기, 창피 주기 등 초등학생이나 할 법한 유치한 장난을 위해서였는데, 그날의 시무식에서도 사장은 한다정 대리를 연단에 불러올려 성악을, 새해를 여는 희망찬 노래 한곡을 불러보라고 했다.

시무식이라면 반도미싱의 198명 직원들이 모두 모이는 유일한 자리였다. 그 많은 사람 앞에서 난데없이 반주도 없이 노래를 부르라고 하니까 당연히 한대리는 당황했다. 그러면서 설마 농담이겠지, 어색하게 웃으며 상황을 넘기려 했는데 여의치 않았다. 사장은 기다렸다, 한다정이 부를 때까지. 그러니까 지금 연단에 올라와서 목도 풀지 않고 꼴로라뚜라라든가, 드라마띠꼬라든가, 리리꼬 같은 성악 창법을 하라는 말이었다. 한대리는 머뭇거렸지만 새해는 왔고 업무는 시작되었고 사장을 기다리게 할 수는 없으니까 일단 단상 위로 올라가서 두 손을 맞잡았다. 그렇게 해서 한대리가 겨우 떠올린 노래는 함께 박수를 쳐서 박자를 맞추기도 힘든 이태리 가곡이었다. 그 적막한 강당에 조용히 울려퍼지는 한대리의 노래는 희망차다기보다는 어딘가 구슬픈 데가 있었고 클라이맥스로 갈수록 위태롭게 들렸다. 음정이 어긋나서 웃음거리가 될 것 같았다. 모두들 그런 긴장 속에 곧 일어날 가벼운 비극을 기다리는 순간 경애가 웃었고 그러자 주위가 좀 산만해지면서 노래가 흐지부지 끝났는데, 상수는 그때 그 웃음에 대해 말하는 것이었다. 사실 자신도 웃고 싶었다면서.

"왜요?"

"긴장해서 그런지 그 이태리어가, 내가 뭐 잘난 척하는 건 아닌데요, 내가 좀 하거든요, 그쪽 말을. 많이 틀리더라고요."

경애는 그때 그 노래가 별로여서 웃은 게 아니었다. 한다정을 곤란에서 구해주고 싶었을 뿐이었다. 물론 경애는 회사의 다른 사람들과 마찬가지로 한다정과도 친분이 있는 건 아니었지만—여자화장실 한편에서 유축기로 젖을 짜던 소리와 공용 냉장고 냉동실에 얼려놓은 서너개의 젖병으로—다정이 엄마가 된 지 얼마 되지 않았다는 걸 알고 있었다. 엄마는 그러면 안될 것 같았다. 누구도 새해 첫날 망신을 당해서는 안되지만, 특히 엄마라면.

"그러니까 일종의 웃음 투쟁을 한 거였군요."

그런 이야기를 하자 상수는 경애의 농성 전력을 잘 알고 있음을 드러내고 싶었던 건지, 시비를 거는 건지 모를 대답을 했다.

"있잖아요, 비꼬시는 거예요?"

"아닙니다."

"그런 것 같은데."

"박경애 씨, 저기, 사람 말 좀 잘 들읍시다."

상수는 순간 기분이 다운되었고 대체 자기가 뭘 잘못했다고 이렇게 불친절한가 싶어 억울해졌다. 나는 자기 상사가 아닌가. 팀장 뒤에 대리가 붙어도 팀장은 팀장이고, 나 공상수가 경애의 연봉을 책임져야 하는 사람이 아닌가 말이다.

"원래 그렇게 삐딱합니까?"

"삐딱한 거 아닌데요."

"아니, 나는 옛날부터 기억이 있다, 박경애 씨에 대해서 이런저런, 그런 말을 하고 있잖습니까."

"저도 그게 그게 아니다, 이렇게 얘기하고 있는 거잖아요."

"좀 친해집시다."

"네, 친해지세요."

상수는 물수건으로 땀을 닦았다가 흠칫 놀라 다시 자기 가방에서 부드러운 콧물 전용 티슈를 꺼내 닦았다. 그리고 식욕이 다 떨어졌는지 아직 살치살 두점이 익고 있는데도 그만 나가자고 했다. 경애는 고기를 깻잎에 싸서 재빨리 입에 넣은 다음 가방을 챙겼다. 택시를 잡으려고 했지만 피크타임이라 잡히지 않아 둘은 하는 수 없이 다시 회사로 걸어가 상수의 차를 타기로 했다. 차도 차지만 둘 다 이런 식으로 회식을 끝낼 수는 없다는 데 합의한 셈이었다. 이럴 수는 없었다. 둘은 내일 또 무려 여덟시간을 그 두평 정도 되는 방에서 서로의 기척을 살피며 침묵을 견뎌야 했으니까. 그건 마치 「캐스트 어웨이」의 톰 행크스와 배구공 윌슨 같은 관계가 아닌가. 누구 하나라도 파도에 휩쓸려나가면 바다로 뛰어들어 구해야 할 판이었다.

그런 화해를 꿈꾸며 상수의 차까지 가기는 갔지만 안타깝게도 경애가 그 차를 타기 위해서는, 보조석에 엉덩이를 붙이고 이십분 가량을 버텨 자기 집으로 가기 위해서는 아주 지난한 과정이 필요했다. 경애는 평소에 상수의 책상은 금방이라도 퇴사할 사람처럼 무섭도록 깔끔하게 정리되어 있는데 차는 왜 이런가, 생각했다. 뭐가 이렇게 많은가. 결국 자기 자리를 그렇게 결벽증 환자처럼 정리하는 데 골몰했던 건 경애에게 보여주기 위해서였던가.

상수는 차 안의 누군가와 드잡이를 하는 것처럼 허우적거리며 카탈로그들을 뒷자리로 옮기고 트렁크를 오가며 차 안을 정리하기 시작했다. 그 정리는 너무 길고 끝이 없어서 경애는 그만 기다리고 차라리 버스를 타고 갈까 생각했는데, 자동차 안에서 사투를 벌이고 있는 상수의 모습이 애처롭고 가상한 면이 있어서 그렇게 냉정해지지는 못했다. 그래서 예의상 같이 치워요, 예? 하고 묻기는 했는데 상수는 안된다고 했다. 차 안에는 중요한 물건들이 많아 위치를 자기가 알고 있어야 한다면서. 경애는 상수가 그렇게 투척하듯 물건들을 아무 데나 쑤셔넣다가는 과연 그 위치를 기억할 수 있을까 싶었지만 그래, 어차피 내 일 아니니까 네가 해라,라는 마음으로 가만히 있었다.

그렇게 한참을 치운 뒤에야 경애는 상수의 차에 오를 수가 있었다. 오르자마자 경애가 맡은 것은 아주 퀴퀴하고 오래된 것들의 냄새 사이로 물씬 나는, 그들의 코트와 점퍼에 밴 진한 고기 냄새였다. 살치살과 채끝과 등심을 숯불 위에서 구울 때 났던 그 냄새는 둘을 공통으로 묶으며 차 안의 모든 것을 덮었다. 이를테면 상수가 그동안 혼자서 사 먹던─지금도 빈 통이 트렁크 어느 곳에 찌그러져 있을─도시락 냄새, 지방 휴게소에 들러 간식 삼아 사 먹었던 반건조 오징어나 버터구이 옥수수 같은, 그 잔존하는 고독의 냄새를 지웠다.

"박경애 씨, 제가 어떤 사람이냐면요. 운전하면서 클랙슨도 한번 안 누르는 사람입니다. 내가 그렇게 규칙을 잘 지켜요. 매뉴얼이 뚜렷하지요."

경애는 그 순간 운전대만 잡으면 세상의 모든 욕설을 내뱉는 자신의 습관을 떠올렸지만 그런 말은 하지 않았다. 아까부터 뭔가 물컹한 것이 발에 닿아서 봤더니 어두워서 색은 판별할 수 없는 실타래들이었다. 경애는 어디다 치워달라고 해야 하나 생각하다가 그냥 발이 닿지 않게 조심했다. 갈등은 이만하면 충분했고 피곤했다. 과연 상수가 모는 차는 마치 비행선처럼 도로를 부드럽게 달렸다. 중간에 경애에게도 한번, 상수에게도 한번, 메시지 알림이 와서 휴대 전화가 울린 것 빼고는 아주 조용한 귀가였다. 경애에게 온 알림은 친구 미유였다. 너 나한테 털어놓을 일 없니,라는 내용이었다. 털어놓아야 할 것이었다. 며칠 전 산주 선배를 다시 만났다고, 선배는 아무래도 슬프고 아파 보였다고 하면 미유는 유부남들은 다 그래, 라고 할 것이었다. 옛 애인 앞에서는 노상 골골대지, 그런데 그 골골이 백년이다. 상수에게 온 것은 '언죄다'의 누군가가 보낸 하염없이 긴 편지였다. 일전에도 보낸 팔로워라서 상수는 이번에는 웬만하면 답장을 써주어야 한다고 생각했다. 그러자 힘이 솟았고 경애를 얼른 집에 데려다주고, 그러니까 경애의 제거, 경애의 없음, 경애의 면제 상황을 만들고 얼른 아늑하고 아무도 없는, 침입이라고는 받을 일이 없는 자기 방, 뉴서울맨션 4동 209호로 가서 언니라는 존재 전이의 옷을 입고 첫 문장을 시작하고 싶은 마음뿐이었다. 안녕, 언니야,라고 시작하는 편지를. 오늘은 한 미친년, 아니, 한 까다로운 영혼을 가진 이와 함께 저녁을 먹느라고 늦었지,라고.

내릴 즈음 상수는 자리를 좀더 경애씨답게 써도 된다고, 그렇게 금방 정리해고 당할 사람처럼, 남의 책상처럼 굴지 말고 취향대로 꾸미거나 물건을 갖다놓거나 하라고 충고했다.

"정말인가?"

경애는 상수에게 묻는 건지 혼잣말인지 모르게 중얼거렸다.

"정말이죠. 정말입니다. 우리는 한 팀 아닙니까."

경애는 답이 없었다. 그 사람은 표리가 부동할 것 같다는 일영의 말을 잠깐 떠올릴 뿐이었다. 경애가 그렇게 수긍하는 듯하자 상수는 더 적극적으로, 내일부터는 우리도 영업 목표를 정하고 표로 정리해 벽면에 걸어두자고, 자기도 그런 인위적인 파이팅을 좋아하지는 않지만 환경을 그렇게 꾸미는 정도로도 기운이 날 거라고 말했다. 상수가 온라인이 아니라 오프라인에서 누군가에게 파이팅을 불어넣는 건 거의 없다시피 한 일이었지만 그걸 알 길 없는 경애는 그런 깨알 같은 충고들이 참, 정말 깨알 같다고 생각하면서 네에—라고 건조하게 대답했다.

그리고 다음 날 출근했을 때 상수는 경애의 책상에 뭔가 변화가 생긴 것을 확인했다. 과연 파이팅과 연관있는지는 알 수 없었지만 책상에 글귀 하나가 붙어 있긴 했다.

창조주여,
제가 부탁했습니까,
진흙에서 저를 빚어 사람으로 만들어달라고?
제가 애원했습니까,
어둠에서 절 끌어내달라고?

—밀턴 『실락원』

E

경애는 그런 마음에 대해서 꽤 잘 알았다. 그러니까 현실의 효용 가치로 본다면 애저녁에 버렸어야 했을 물건들을 단지 마음의 부피를 채우기 위해서 가지고 있는 마음을 말이다.

경애가 산주 선배와의 연애가 끝난 뒤에도 그와 관련한 물건들을 하나도 버리지 않은 것도 바로 그런 이유 때문이었다.

대학 선후배 사이였던 둘은 간단히 정리하자면 누구에게도 이해받지 못하는 관계였다. 둘은 연애했지만 자주 헤어졌고 헤어진 뒤에도 멀리 가지는 않은 채 어떤 이름으로든 머물렀다. 산주가 결혼하고 나서도 달라지지 않았다.

경애는 그런 자기가 사람들에게 어떻게 이야기되는지 잘 알았다. 대부분 경애의 무지와 뻔뻔스러움에 관한 쑥덕거림이었다. 동창들이 모이고 술자리가 깊어지면 누군가는 자연스럽게 경애에게 아직도?라고 물었다.

"아직도 산주 선배와 연락해?"

경애가 그렇다고만 하고 별말 않으면 고등학교 동창이자 대학동기인 미유가 뒷말을 받아서 "야, 요즘 세상에 뭐, 대학 때 그랬다고 인연 끊고 사냐. 할리우드에서는 전남편 결혼식도 가더라" 하면서 도왔는데, 그러면 누구는 또 여기는 할리우드가 아니고, 하면서 어깨를 툭 치듯이 받았다. 그런 이야기가 나온 날이면 미유는 자리가 다 파하고도 집에 가지 않고 늦게까지 하는 까페에 경애를 데려가서 동기들을 흉봤다. 너한테 그런 말 한 놈 중 한명은 지금 같은 세상이면 성희롱범으로 진작에 잡혀 들어갔어야 하는 거 아니냐. 그런 새끼가 무슨 상식을 떠드니, 상식을. 그러면서 미유는 이제 모임에 나오지 말자고, 차라리 영화를 보거나 여행을 가자고 했지만 다음에도 둘은 또다시 그 자리에 앉아 있었다.

그건 당연히 경애 때문이었다. 경애가 그런 자리에 가겠다고 하면 걱정되는 미유는 어쩔 수 없이 애를 시댁에 맡겨놓고 나와서 같이 앉아 있었다. 경애가 그 자리에 나가는 건 운이 좋으면 — 경애는 그것을 운이 좋다고 표현했는데 — 산주를 만날 수 있기 때문이었다. 만나지 못하더라도 거기 앉아 있으면 연관된 사람들을 통해 산주를 더 가까이 느낄 수 있었다.

사람들의 예상과 달리 산주와 경애는 뻔뻔하게 로맨스를 이어가는 것이 아니었다. 그들은 자신들이 헤어졌다는 사실을 너무나 잘 알고 있었다. 만났다 헤어지는 과정이 반복되면서 그것마저 관계의 숙명처럼 느껴지던 시절은 오히려 로맨스의 과정이었고 한쪽이 결혼을 한 상황은 확실히 그것의 정리에 가까운 일이었다. 식장에 가서 무슨 오기인지 50만원을 축의금으로 내고 계단식 연단에서 기념사진을 찍으며, 평소에 신지도 않던 펌프스 때문에 발가락의 찌릿찌릿한 통증을 참아가며 식당에 가 잔치국수를 먹는 일. 관계의 변화는 그렇게 등 떠밀리듯 왔다. 우리 헤어져, 하는 선언이나 다 관둬, 하며 뒤도는 동작이 아니라 식권을 받아 식당으로 가 남들이 다 하는 표정과 몸짓으로 그 절차를 기꺼이 밟으며 그 순간을 인정하고 받아들이면서 오는 것이었다.

그날 경애는 접시에 육회와 초밥과 샐러드, 연어 따위를 연신 담아 와 먹었고 친구들과 맥주까지 한잔하고 혼자 집으로 가는 길에 동네 편의점 앞에 앉아 아이스크림을 먹었다. 그러면서도 모든 것이 끝났다고는 할 수 없다고 생각했다. 마음이 끝나지 않았다면 아무것도 끝나지 않은 것이 아닌가. 대체 끝이라는 것을 사람들이 어떻게 실감하고 확신하는지 알 수 없었다. 끝이 만져진다면 모를까. 느끼는 것이고 상상하고 인식하는 것인데 지금 내가 그렇지 않은데 어떻게 끝을 말해. 끝을 말하려면 지금 발밑에서 너풀거리며 나뒹구는 아이스크림 포장이나, 택시의 노란 헤드라이트 불빛같이 눈앞에 지나가는 어떤 것도 아픔을 환기하지 않는다고 말할 수 있어야 했다. 어떤 풍경도 산주를 떠올리게 하지 않고 지시하지 않는다고.

하지만 플라스틱 의자에 앉아 있는 경애에게는 모든 것이 산주와 관련된 듯 느껴졌다. 여름밤 사람들이 집어들고 나가는 아이스크림도 술을 마신 뒤에는 늘 달고 차가운 것을 사 먹던 산주의 표정을 떠올리게 했다. 경애는 산주가 그것을 차가워서 먹는 건지 달콤해서 먹는 건지 궁금했다. 언젠가 산주는 단지 빨리 헤어지고 싶지 않아서라고 한 적이 있었다. 술을 마시고 난 뒤에 사람들과 헤어지는 게 아쉬워서 그런다고.

그날 경애는 집에 들어가지 않고 가능한 한 오래 편의점 앞에 앉아 있고 싶었다. 집에는 산주의 거의 모든 것이 보관되어 있기 때문이었다. 대학 때 함께 샀던 이제 켜지지도 않는 노트북이나, 여행 다닐 때 들고 갔던 바퀴 빠진 캐리어, 영화티켓과 편지, 화났어?라고 묻는 말이 산주의 필체로 쓰인 햄버거 가게의 냅킨까지. 하지만 자정이 지나자 편의점 사장이 와서 경애에게 이제 문 닫을 시간이라고 알렸다. 편의점이라면 24시간 열려 있는 곳이 아닌가 경애가 묻자 사장은 그러면 안돼요, 못 견뎌요,라고 했다.

"요즘 한 집 걸러 편의점이잖아요. 알바생도 못 써서 저랑 와이프가 번갈아 보는데 아주 우리가 죽을 맛이에요. 내내 열면 뭐해요. 닫을 땐 닫아야죠. 사람이 그래야 살죠."

하는 수 없이 일어나 집으로 가려는데 편의점 사장이 "아가씨, 토요일에 오세요"라고 했다.

"우리가 토요일에는 1박 2일을 열어요."

그렇게 산주가 결혼하고 삼년이 지나는 동안 경애는 언제든 아, 이런 것이 끝이구나, 정말 끝이다, 끝, 할 수 있는 순간이 오기를 기다렸다. 하지만 로맨스가 종료됐다는 것은 느껴도 마음이 멈춰지지는 않았다.

경애의 이런 상태를 안타까워하는 미유는 설득하기 위해 헤아릴 수 없이 많은 비유를 들었다. 어린아이가 자기 손에서 놓아버린 풍선을 허공에서 찾는 것, 당뇨 환자가 여전히 당분이 든 음식을 탐하는 것, 폐암 말기 환자가 금연하지 못하는 것, 허기가 지는데 잘 차려놓은 칠첩반상 놔두고 굳이 불량식품으로 배를 채우려고 하는 것. 미유는 하나를 잃지 않으려다가 어쩌면 너 자신을 다 잃을지 모른다고 걱정했다.

경애는 그 말들을 자신에 대한 애정으로 받아들였고, 미유가 모든 인맥을 동원해 소개팅 자리를 만들면 선선히 나가서 앉아 있었다. 미유 말대로 대부분 괜찮은 사람들이었다. 이 남자들은 어디서 뭘 하며 괜찮게 있다가 자기 앞에 나타났나 하는 생각이 들었다.

전혀 알지도 못하던 사람들이 같은 시간, 같은 공간에 있기 위해서는, 그렇게 안녕하기 위해서는 아주 많은 행운이 작용해야 한다고 생각하기 때문이었다. 태어나야 했고 자라야 했고 먹어야 했고 사고를 피해야 했고 견뎌야 했다. 무엇보다 불운을. 불운이라고 말하면 대체 피할 수 있는 건가 싶은데, 적어도 살아 있다면 피할 수 있었던 사람들이라는 것을 경애는 알았다. 고등학생이던 1999년에 가까웠던 친구들을 한번에 잃어봤기 때문이었다.

'모두의 영동'이라는 이름의 하이텔 영화동호회는 경애가 학창 시절 유일하게 친구들을 사귄 곳이었다. 경애 같은 중고등학생들뿐 아니라 성인들도 있었고 나중에는 죽이 맞는 사람들끼리 소모임을 조직해 모였다.

그리고 그중에 E가 있었다.

E와 경애가 특별히 친해진 건 둘 다 말수가 별로 없기 때문이었다. '번개'라고도 하던 오프라인 모임을 열면 대학로의 민들레영토 같은, 당시에는 흔치 않았던 까페형 세미나실에 모여 '문화비'로 5000원을 내고 자기가 본 영화에 대해서 누가 듣거나 말거나 마

구 떠들었는데, 레오 까락스나 안드레이 따르꼽스끼, 키아로스타미, 끼에슬롭스끼 같은 영화감독들이 주로 거론되었다. 그럴 때 둘은 그 얘기를 그냥 듣고만 있었다. 그렇게 침묵하는 것 또한 자유였으므로 누구 하나 신경 쓰지 않았다. 그러던 어느날, 번개가 끝나고 밥을 먹으러 가는 다른 일행과 헤어져 전철역으로 걷다가 경애가 먼저 말을 걸었다.

"왜 저녁 먹으러 안 가? 인천에 산다며, 한참이잖아."

"너 지금 저 사람들이 간다는 패밀리 레스토랑이 얼마짜린지 알아? 멋모르고 들어갔다가 음료만 먹고 나온 적이 있는 데야. 종업원이 무릎을 꿇고 주문을 받는다고. 이름이 패밀리라는 것도 웃겼어. 패밀리인데 무릎은 왜 꿇어."

둘은 가다가 우동을 사 먹었고 E의 독특한 영화관도 비로소 그날 들을 수 있었다. E는 영화도 마치 사람과 사람이 만나는 일처럼 우연이 작동해야 한다고 믿었다.

"네가 타고 온 전철처럼 필연과 우연이 적절히 섞여 있어야 해. 나는 특정 감독의 작품만 판다든가 배우의 광팬이 되어 영화를 고른다든가 하는 건 좀 촌스럽다고 생각해. 그건 영화의 본질을 모르는 거야. 영화에 대한 마니아적 지식이나 쌓아놓고 떠드는 애들을 보면 너무 한심해. 씨퀀스가 어떻고 카메라 워킹이 어떻고 씬의 전환이나 무슨 무슨 주의들을 가지고 해석하는 애들 말이야."

"하지만 너도 데이비드 린치가 좋다며?"

"린치는 달라. 린치는 감히 장악할 수 없는 세계니까 나는 좋아만하고 그것에 대해서 평가는 안해. 린치를 좋아하는 건 때로 아무것도 좋아하지 않는 거나 마찬가지야."

E는 그외에도 사실 영화에서 중요한 것은 줄거리도 씬도 배우도 아니고 오직 그 자리에 앉아 있는 관객과 상영되는 영화 사이에 이는 그 순간의 시간이라는 좀 과격한 논리를 폈고 그걸 '불타는 시간'이라고 불렀다. 관객과 영화가 만나고 이미지가 주는 자극에 관객의 모든 것이 반응하면서 시간이 흐르고 이윽고 소멸해버리는 것, 그동안에 일어나는 감각의 에너지.

"그러니까 우리가 영화를 보고 나서 이렇다 저렇다 하는 건 결국 다 식어버린 잿더미 같은 얘기라는 말이지. 우리가 극장 문을 나서는 순간 영화는 결국 차갑고 다 죽어버린 것이 돼. 기억 속에서 우리는 그렇게 죽어버린 영화를 만나는 거야."

그렇게 영화를 좋아한다는 것의 무상함을 얘기해놓고 E는 경애에게 어떤 영화를 좋아하느냐고 물었다. 경애는 곰곰이 생각하다가 사실 자기는 영화를 별로 좋아하지 않는다고 대답했다. 무언가를 좋아한다는 일이 어떤 마음인지 아직 잘 모르겠다고.

"멋진데?"

E는 냅킨으로 입을 삭 닦으면서 경애를 향해 웃었다.

"뭐가 멋져?"

"아나키스트잖아, 영화 동호의 세계에 들어와 있는."

경애는 그때까지 아나키스트라는 말은 몰랐지만 뭔가 전문가라는 뉘앙스 같아서 다른 말은 하지 않았다.

E는 꼭 극장에서만 영화를 봤고 그것도 자기가 사는 인천에서만 봤다. '영화마을'이라는 고급 취향의 마니아를 위한 비디오 대여점도 이용하지 않았고 씨네마떼끄도 가지 않았다. E는 인천의 오래된 극장들, 거의 백년 가까이 됐다는 건물에서 언제 갈았는지 모를

천시트 좌석에 몸을 구긴 채, 그때그때 상영하는 대로 우연에 맡긴 채, 앞에 영화가 상영되고 있다는 사실 말고 중요한 건 없으니까, 상영되고 있는 순간에 몰입해 영화를 봤다.

경애는 어디론가 멀리 가고 싶은 마음이 들 때면 학교가 있던 구로에서 1호선을 타고 끝자락에 있는 동인천역까지 가서 E를 만났다. 수업이 끝나고 대충 눈치를 보다가 보충수업을 '째면' 다섯시쯤이었고 여섯시 무렵에는 동인천역에 닿을 수 있었다. 영화 한편을 보기에는 충분한 시간이었다. 그러면 인근의 남고에 다니던 E 역시 자율학습 따위를 '째고' 슬리퍼를 신은 채 어슬렁어슬렁 나와서 경애를 맞았다. 수업을 어쩌고 나왔느냐고 경애가 물으면 약간 어이가 없다는 표정으로 그러는 너는? 하고 되물었다.

"피조, 너는 학생 아니야?"

동호회 사람들은 서로를 닉네임으로만 불렀는데, E는 「이레이저헤드」라는 영화의 앞글자를 따서 자기 닉네임을 지었고, 『프랑켄슈타인』을 좋아했던 경애는 소설에서 박사가 만든 그 존재를 가리키는 'creature'라는 표현에서 따다 '피조물'이라고 지었다. 나중에 애들은 그걸 줄여서 '피조'라고만 불렀다. 둘이 함께 영화를 본 동인천의 영화관들은 애관, 오성, 인형, 미림으로 어딘가 낭만적인 이름들이었다. 멀티플렉스가 아니었던 그 극장들은 대개 좁고 영화표도 수기로 작성하며 좌석 번호도 없이 사람들이 아무 데나 앉아 있곤했는데, 그래서 영화관이라기보다는 영화감상실 같은 느낌이었다.

경애는 사진 한장 가지고 있지 않지만 E의 얼굴은 생생히 기억했다. 약간 각이 져 있고 이마가 넓고 뒷머리가 짱구였는데 눈꼬리는 처졌고 열아홉살밖에 되지 않았는데도 그동안 뭐가 그렇게 웃을 일이 많았는지 양 눈가에 서너줄의 주름이 져 있었다.

화재가 일어난 그 골목을 경애는 눈 감고도 그릴 수 있었다. 그런 비극이 일어날 것 같은 공간이 전혀 아니었다. 그냥 사람들이, 때론 학생들이 모여 신분증 검사도 없이 맥주를 마시고 다시 흩어지는 그런 번화가의 골목이었다. 노래방과 치킨집과 대형 문구점과 당구장이 뒤섞인. 영화에서 그런 비극에는 복선과 전조가 있지만 현실은 그렇지 않았다. 히치콕 영화에서 죽는 여자들은 금발이고 누아르에서 살인은 어두운 골목에서 일어나는 것과는 달랐다. 아무런 전조가 없었다고 경애는 기억했다. 현실은 그런 것이었다.

축제가 열렸던 10월의 그날에 학교에서도 영화반이었던 E는 자기가 촬영한 단편영화를 튼다며 동호회 사람들을 초대했다. E의 학교는 자유라는 이름이 붙은 공원길로 한참 올라가야 했는데, 거기서 경애는 드디어 바다를 볼 수 있었다. 인천에 왔는데도 바다는 보이지 않고 월미도라든가 연안부두라든가 하는 지명만이 환상처럼 바다를 환기했는데 거기서는 다 내려다보였다. E는 롱테이크로 이어진 영화를 보는 듯한 내면성을 가지고 있는 애였고 그날 상영한 E의 단편영화도 그런 느낌이었다. '마음'이라는 제목의 그 영화는 뭔가를 계속 떠들어대는 남자애의 목소리와 함께 시작했다. 영화와 소설, 그리고 자기가 여행한 곳들에 대한 말이었는데 잠시의 침묵도 견디지 못하는 불안한 톤의 수다였다. 그러는 동안 카메라는 아웃포커싱이 된 채로 빛이 들어오는 창가를 비췄고 교복 와이셔츠를 입은 아이들이 서로 장난을 치거나 뛰거나 하며 오후의 나른한 교실 풍경을 이루고 있었다. 그러다 카메라는 이야기하는 남자애의 뒷모습에 초점을 맞춰갔는데 그동안에도 남자애의 말은 멈추지 않았다. 이야기를 하는 게 아니라 뱉는다고 경애는 생각했다. 관객들은 그걸 들으면서 이 의미없는 말들이 대체 언제 끝날까를 기다리게 됐는데, 이윽고 남자애가 교문 밖으로 나가 버스를 탔다. 버스에서도 말은 계속되고 카메라는 남자애의 얼굴이 아니라 뒤통수와 한쪽 어깨만 클로즈업해 비췄다. 그러다 남자애는 버스에서 내렸고 그때 카메라가 갑자기 위로 각도를 틀어 납골당의 현판과 그 위 어스름한 하늘을 확 비추면서 영화는 끝이 났다.

그렇게 카메라 각도가 바뀌는 과정이 갑작스러워서 마치 새가 날아오르는 장면 같다고 경애는 생각했다. 그래서 뒤풀이를 하러 힛트호프에 갔을 때 경애는 E의 소매를 잡아끌면서 새냐고 물었다. E는 그렇다 아니다 말하지 않고 연기를 꽤 잘했지?라고 되물었다.

"곧 그 친구가 올 거야. 너한테 소개해주고 싶어."

"실제로도 그렇게 말이 많아? 걔는 왜 그렇게 말이 많아?"

경애는 물으면서도 그 남자애가 왜 그토록 말이 많은지 알 것 같았다. 그렇게 학교에 앉아서 듣는 사람도 없는 말들을 늘어놓다가 '야자'를 째고 죽은 누군가를 만나러 버스를 타는 애라면 그럴 수 있을 것 같았다. 그런 남자애의 어깨에 카메라를 작은 동물 — 새나 병아리 같은 — 처럼 얹어놓은 E의 연출이 적절하다고 느꼈다. 물론 모두들 그렇게 생각한 건 아니었다. 동호회 사람들은 좀더 서사가 있어야 한다고 얘기했다. 플롯이 있었어야지, 액션도 있고 대화도 있고, 음악도.

"나는 그 영상을 아주 솔직하게 찍었어."

조용히 듣던 E가 반대는 하지 않고 다만 약간 쑥스러워하며 대답했다.

"거기에는 내 마음이 다 담겨 있어."

그러면서 E가 사람들 몰래 경애의 손을 살짝 잡았다 놓았기 때문에 경애는 그 말을 할 때의 E를 더 선명히 기억했다. 거기에는 내 마음이 다 담겨 있다는 말.

맥주와 팝콘이 몇번 더 돌고 경애는 전화를 하기 위해 힛트호프에서 나와 역 앞에 있는 공중전화로 갔다. 그리고 돌아왔을 때 2층 호프집으로 가는 좁은 통로에는 이미 연기가 자욱했다. 신고를 해야 한다고 생각하면서 경애는 엉뚱하게도 다시 공중전화가 있는 전철역으로 뛰었다. 경애는 그렇게 전화기를 찾아 뛰었던 자신을 두고두고 원망했다. 바로 옆 가게에 들어가 전화기 좀 빌려주세요,라고 했다면, 혹은 신고해주세요,라고 했다면 친구들은 살 수 있지 않았을까. 하지만 사실 말이 안되는 얘기였다. 역까지 뛰던 경애가 정신을 차리고 다시 그 자리로 돌아왔을 때 이미 소방차와 경찰차가 와 있었다. 그런데 이상하게도 아이들은 한명도 밖으로 나오지 않았고 그 잠깐 사이에 건물 밖까지 시뻘건 불길이 넘실댔다.

그러니 56명의 아이들이 죽은 건 경애와는 무관한 일일 것이었다.

그런데도 경애는 지금까지도 꿈을 꾸곤 했다. 공중전화를 향해 뛰다가 다리가 참을 수 없이 무거워지고 나중에는 결국 넘어지고 마는 꿈. 그래도 더 가보려고 하면 공중전화는 멀어져서 보이지도 않게 되는. 나중에 휴대전화를 갖게 되었을 때 경애는 이제 무슨 일이 생기면 공중전화를 찾아 뛰지 않아도 된다는 생각부터 했다. 그렇게 많은 친구들을 잃은 뒤에도 경애에게는 아침 보충수업에 늦지 않게 출석해 7교시 수업을 듣고 곧바로 이어지는 또다른 보충수업과 자율학습을 마친 뒤 귀가해야 하는 일상이 남아 있었다.

그렇게 변함없이 굴러가야 하는 일상이 이물스럽게 느껴졌다. E가 죽었는데도 데이비드 린치가 2001년이 되자 「멀홀랜드 드라이브」라는 영화를 만든 것이 이상했다. 자기를 그렇게 열렬히 좋아한 E가 죽었는데 데이비드 린치가 그런 걸 모르고 심지어 그런 채로 신작이나 발표하는 것이 부당하다는 생각이 들었다. E는 이미 1999년에 린치가 어마어마한 명작을 만들 거라고 말하고 다녔다. 그 영화는 아마도 사랑과 살인과 공포와 미스터리가 뒤섞인 연소자 관람불가 영화일 텐데 그때면 대학생이니까 당당히 극장에서 볼 수 있을 거라고.

경애가 인천으로 「멀홀랜드 드라이브」를 보러 간 건 2002년이었다. 영화가 개봉한 지 반년은 지나서 월드컵으로 아주 시끄러울 때였다. 동인천에 있는 영화관 중 하나가 멀티플렉스에 밀려 문 닫을 위기에 놓이자 예술영화관으로 변신했고 데이비드 린치의 영화를 연속해서 상영했다. 물론 그 예술영화관은 얼마 못 가 결국 문을 닫고 말았지만 경애는 그것이 꼭 E를 위한 일종의 애도처럼 느껴져서 여름의 한낮에 전철을 탔다. 그때까지 한번도 인천에 다시 오지 않았던 경애에게 그 길은 아주 어렵게 한 결정이었다. 전철이 종점을 향해 갈수록 승객들은 점점 사라져 텅 비어가고 역 이름도 경애에게 낯선 것으로 바뀌었다. 백운이라든가 동암이라든가 제물포라든가 하는 이름은 무언가 아주 오래되어서 아무도 기억하지 않을 것 같은 풍경의 느낌이었다. 마치 이명처럼 무언가를 지시하고 있지만 그 지시하고 있음이 아무런 구체적인 실감도 불러일으키지 못하는.

막상 동인천역에 도착하고 나서는 바로 개찰구로 나가지 못하고 플랫폼에 서 있었다. 경애가 내린 전철에는 꾸벅꾸벅 조는 청년 하나가 남아 종점으로 갔는데, 그렇게 청년을 싣고 가는 전철을 문득 붙들어 세우고 싶은 기분이 들었다. 불현듯 경애를 무겁게 누르며 찾아드는 불안은 경애가 늘 견뎌야 하는 고통이었다. 거기엔 분노감도 있었다.

경애는 조용한 자율학습 시간, 페이지를 넘겨가며 문제집을 풀다가도 갑자기 자리에서 일어나 소리 지르고 싶은 충동이 들곤 했다. 다 어디로 간 거야, 하는 질문을 하고 싶었다. 왜 구해주지 않은 거야, 하는 질문을. 경애는 자기가 망가졌다고 느꼈고 어쩌면 프랑켄슈타인 박사가 만든 피조물처럼 사람들이 기피하는 무언가가 되었다고 생각했다. 그렇게 친구들을 잃었으니 어쩌면 난폭한 악마가 될지도 모른다고 여겼고 복수심에 불타는 괴물이 될지도 모른다고 생각했지만 결국 자기는 아무것도 되지 못하리라는 사실에 무기력해지기도 했다.

사고가 있던 날 경찰서에서 조사를 받고 집으로 돌아간 경애는 겨울방학 때까지 학교를 나가다 말다 했다. 경애가 그 자리에 있었다는 사실을 아는 애들은 잔인하게 묻곤 했다. 그러니까 거기 있는 애들이 다 노는 애들이었다며, 불량한 애들이 거기에서 술을 마시다 죽었다며, 하는. 어느날은 교사가 이런 말을 하고 지나가기도 했다. 마치 경애를 겨냥하듯이, 학생들이 비행을 저지르면 다 그런 사고에 엮이는 거야, 그러니 학교 지도사항을 잘 듣고 공부 열심히 해야 한다. 경애는 대답도 않고 다만 그런 말들에 질려 창백하게 앉아 있다가 도저히 견딜 수 없을 때면 밖으로 나가버리곤 했다. 어느새 경애는 수업에 늦어도, 수업 중간에 그냥 가방을 들고 교실을 나가도 교사들이 뭐라고 하지 않는 아이가 되어갔다. 유령 같은 아이였다.

경애는 비행, 불량, 노는 애들이라는 말들을 곱씹어보다가 맥주를 마셨다는 이유만으로, 죽은 56명의 아이들이 왜 추모의 대상에서 제외되어야 하는가 생각했다. 그런 이유가 어떤 존재의 죽음을 완전히 덮어버릴 정도로 대단한가. 그런 이유가 어떻게 죽음을 덮고 그것이 지니는 슬픔을 하찮게 만들 수 있는가.

경애를 아예 견딜 수 없는 절망으로 몰아넣은 건 화재의 전말이었다. 발화지점은 건물 지하였고 불이 번지기까지 분명 시간이 있었는데도 그 많은 아이들이 빠져나오지 못한 데는 이유가 있었다. 놀란 아이들이 출입문으로 나가려고 하자 술값을 받지 못할까 걱정한 호프집 사장이 문을 잠갔기 때문이었다. 문을 잠갔기 때문이었다,라고 신문에서 읽는 순간, 경애는 차가운 무언가가 와서 자신을 꽉 끌어안은 것 같았다. 몸체가 크고 체온이 아주 낮은 그것이 마치 등에 업히듯 자신에게 와서 붙은 것만 같았다. 그것이 팔을 벌려 경애의 머리와 눈과 입술과 마침내 심장까지 완전히 장악했다. 이를테면 정말 누군가 잘못 만든 어떤 피조물 같은 것이.

출입문을 두드리던 학생들은 대부분 빠져나오지 못했고 돈 내고 나가라던 사장만 자기가 아는 통로로 빠져나와 살아남았다. 돈 내고 나가라,라는 말에 내해 생각하면 자신을 끌어안은 거대한 분노에 갇혀버린 기분이었다. 나아지지 않을 것 같았다. 경애는 도저히 그런 것은 이겨낼 수 없을 것 같았다. 문을 잠갔다,는 것과 돈 내고 가라,고 살기 위해 뛰쳐나가던 아이들을 막은 누군가가 있다는 사실을 알게 된 열일곱 이후로는.

경찰서에서 조사를 받을 때 경애는 물론이고 많은 애들이 교복을 입고 있었다. 너네 교복 입고 창피하지도 않냐, 하고 경찰이 말했다. 경애는 자신이 무엇을 부끄러워해야 하는지 알 수 없었고 그렇게 말하는 누구도 용서할 수 없었다. 경애가 잠을 자다가 발딱 일어나 소리를 지르거나 신음하면서 악몽에 시달리고 있으면 엄마는 경애를 붙들어 안으면서 기도하자, 기도해, 경애야, 자 기도해,라고 했지만 경애는 기도하지 않았다. 그런 식으로 아이들을 죽게 하는 창조주라면, 그런 비극을 기꺼이 만들어내는 창조주라면 그에게 기도하고 싶지 않았다. 그런데도 엄마는 기도를 했고, 그러면 숟가락 따위를 던지면서 기도하지 마,라고 소리 지르던 열일곱의 경애가 있었다. 새벽기도 안 갈래? 하고 엄마가 문을 두드리면 등을 돌린 채 자는 척하던 경애가 있었다. 밤새도록 끙끙 앓다가 문득 깨어 등이 땀으로 젖어 있으면 오히려 이상한 안도감이 들면서 친구들의 죽음을 겪었던 날 자신에게 왔던 거대하고 차가운 그것, 슬픔에 안심하던 경애가 있었다. 그리고 때론 그 모든 것을 느끼는 마음 따위는 차라리 없어졌으면 좋겠다고 생각하는 경애가 있었다. 거기에 경애가 있었고 그리고 2002년 어떻게 길을 통과해야 그 호프집이 있던 골목을 보지 않을 수 있는가를 고민하는 경애가 있었다.

하지만 경애는 결국 어느 길로 가든 그 골목을 의식하지 않을 수는 없다는 결론에 이르렀다.

경애는 지하상가로 내려갔다. 구두칼과 좀약 그리고 귀이개를 파는 노점 앞을 지나다 턱이 조붓하고 눈이 아주 작으며 쪽을 쪄서 머리를 올린 여자의 인상이 낯익어 다시 돌아왔다. 낡은 꽃무늬 블라우스를 입은 여자는 플라스틱 의자에 앉아 있다가 나른하게 하품을 했는데 아랫니가 거의 빠진 것도 눈에 들어왔다. 경애는 그 여자가 E와 만난 적이 있던 바로 그 노숙인이라는 사실을 깨달았다.

삼년 전에 여자는 역 계단에서 구걸을 하고 있었다. E는 경애와 함께 그 앞을 지나면서 마치 중요한 비밀을 가르쳐주듯이 "아이가 있어"라고 말했다. 과연 옆을 보니 작은 이불을 덮은 아이의 발이 보였다. 경애는 그 발이 지하도의 찬 기운 속에 나와 있는 것이 마음에 걸려서 지나가는 말로 불행하네,라고 했는데, E가 문득 경애의 팔을 잡으면서 니가 뭔데,라고 따졌다. 니가 뭔데 그렇게 말해,라고.

경애는 물건을 구경하는 척하면서 한동안 노점 앞을 서성였다. 그사이 병아리색 체육복을 입은 남자애가 노점까지 달려와 여자에게 무언가를 받아갔다. 아이는 학교에 다니는 것 같았다. 경애는 그 아이와 여자가 아니라 노점에 놓인 물건들에 관심을 두려고 노력했다. 물건들은 다 필요한 것 같기도 다 필요하지 않은 것 같기도 했다. 살아 있는 사람이라면 당연히 하나쯤은 있어야 하는 물건이었지만 그렇지 않은 경우에는, 그러니까 E처럼 죽은 이들에게는 전혀 필요하지 않은 것들이었다. 경애는 그 물건들이 다 필요할 것 같다가도 하나도 갖고 싶지 않다는 생각에 빠지면서 결국 그 앞을 한동안 떠나지 못했다. 그러자 여자가 아가씨, 뭐 찾아요? 하고 물었다. 내 물건 내가 다 알아, 찾아줄게요, 내가.

결국 경애가 고른 것은 작은 부채였는데, 거스름돈을 받으면서 경애는 잠깐 여자의 손을 스치듯 잡아보았다.

극장 문을 열고 들어갔을 때 관객은 예닐곱명밖에 없었다. 상영에 앞서 영화제를 기획한 사람이 올라와 데이비드 린치에 대해 짧게 브리핑했다. 그리고 영화가 시작되었는데, 그 기괴하고 현란한 화면이 연속되는 동안 경애가 앉은 줄의 끄트머리에 앉은 남자가 훌쩍거리며 울었다. 딱히 울 만한 장면이 없는데도 그러기에 경애는 대체 남자가 영화를 보고나 있는 건가 싶었는데, 나갈 때 보니 코뼈를 다쳤는지 얼굴에 깁스를 하고 있어서 또 한번 의아했다.

뚱뚱한 체구와 트레이닝복 그리고 깁스는 데이비드 린치 영화에 썩 어울리는 차림이기는 했지만 영화 관람에는 전혀 어울리지 않는 차림이기도 했다. 상영이 끝나고 나가는데 스태프가 이벤트를 한다며 입구에서 응모권을 나눠줬다. 리뷰를 남기면 추첨을 통해 DVD를 준다는 것이었다. 귀찮아서 그냥 가려는 경애를 스태프가 간절하게 부르는 바람에 하는 수 없이 답변을 적어나갔다. 아까 그 남자도 종이를 유리문에 대고 써내려갔는데 깁스에 시야가 가려지는지 글씨가 사선으로 기울었다. 경애는 저렇게 앞도 잘 안 보이는 사람이 어떻게 영화를 봤을까, 보긴 봤을까 생각했다. 혹시 그냥 울고 싶어서 영화관에 앉아 있었던 것일까. 하지만 힐끔 보니 가장 인상 깊었던 대사가 무엇이었습니까? 하는 질문에, 난 널 사랑해,라고 적는 것을 보고 보긴 봤구나 싶었다.

다 작성한 남자는 투명한 플라스틱함에 응모권을 넣고 극장을 나갔다. 경애는 자기 응모권을 넣다가 거기 남자의 응모권 이름난에 E라는 닉네임이 적혀 있는 것을 발견했다. 경애는 그 이름을 아는 사람이 누굴까 싶어서 극장 밖으로 황급히 따라나갔지만 어디로 걸어갔는지 남자를 찾을 수는 없었다.

너와 나의 안녕

경애와 상수가 팀을 이루어 처음으로 접촉한 인도 바이어는 제로베이스에서 가격을 흥정하길 원했다. 그러니까 이미 반도미싱에서 미싱을 제작하면서 설정해놓은 얼마간의 이윤까지 다 깎아서 미싱 한대의 원가를 놓고 협상하는 방식이었다. 밑지고 하는 장사는 없으니까 밑지지 않는 마지노선을 공개하라는 식이었다.

대학에서 무역영어를 전공하기는 했지만 다년간 총무부에서 물품대장을 작성하느라 딱히 영어를 쓸 일이 없었던 경애는 그 작업을 위해 창고에서 전공서적을 꺼냈다. 그렇게 긴 시간이 지났는데도 곰팡이 하나 없었다. 가격 흥정이 되고 나서는 미싱 대금의 신용상환기간이 문제였다. 바이어는 아라비아숫자를 발명한 민족답게 수십개의 경우의수를 바탕으로 제안서를 작성해달라고 요구했고 그걸 하자면 회계팀과의 협업이 중요했는데 거기서 일이 진척되지 않았다. 회계팀은 그냥 정해진 아우트라인에 따라서 하시면 돼요, 라고 했다. 아니면 이사님이랑 얘기해보시든가요. 그렇게 해서 상수가 답을 못하니까 바이어와는 이주째 연락이 끊겼고 경애는 은근히 불안했다.

그러는 동안 옆방의 이사가 프로젝터를 설치해 자기 방에서 회의를 진행하겠다고 결심하는 바람에 사무실을 새로 꾸미는 이사 아닌 이사도 해야 했다. 둘의 사무실이 반토막 나면서 첫날에는 책장을 버렸다. 그 무거운 책장을 옮기면서도 상수는 다른 직원의 도움은 거절하고 경애와 둘이서만 해결하려고 했다. 그런 고집은 경애에게는 무척 피곤한 일이었다. 더구나 상수는 책장을 들고 직원들 앞을 지나는 일이 신경 쓰였는지 책장을 이고 나오자마자 들으라는 듯 "거, 인도에서 연락 왔어요? 성사되겠죠? 그렇게 공을 들였는데, 그렇겠죠?" 하는 말을 늘어놓았다. 상수가 그 넓은 영업부 사무실과 복도에 프로젝트가 활기를 띠고 있음을 떠들어대니까 경애는 "괜찮겠죠, 연락을 곧 할 것도 같고요" 하는 식의 돕는 말을 하기는 했다. 하지만 상수의 떠들썩한 열의와 연극적인 액션은 누군가의 입김 — 이를테면 공상수 씨, 거 좀 조용히 하라고, 통화 중인데, 하는 부장의 목소리만 들려와도 시무룩하게 꺼져버릴 것이었다. 책장은 너무 무거워서 아무리 긍정적인 사람이라도 삶에 회의를 느낄 만했다. 경애는 그 무게를 감당하면서 대체 영업하는 사람에게 이런 책장이 필요한가, 애초에 왜 가져다놓았는가 생각했다. 사실 상수와 함께 사무실 생활을 하면서 이해되지 않는 일은 그뿐만이 아니었다. 시도 때도 없이 알림이 울리는 상수의 휴대전화가 특히 그랬다. 영업 일로 쓰는 휴대전화는 얼음 상태에 가운운데, 상수가 개인적으로 쓰는 건 너무나 자주 울려댔다. 정작 전화가 걸려오는 일은 없는데, 어디에 그렇게 수많은 인맥이 있어 신호를 보내오는지 모를 일이었다. 마치 매미가 일정한 간격으로 울듯 진동은 쉴 새가 없었다.

그것이 페이스북 알림이라는 것은 상수가 없는 사이 문서를 책상에 놓으러 갔다가 알게 되었다. 친구 요청과 친구 확인, 게시물 업데이트, 메시지, 누군가의 생일과 태그, 친구 추천 같은 페이스북과 관련한 갖가지 소식들이었다.

책장을 옮긴 다음 날 상수는 오랜만에 육체노동 비슷한 걸 해서 온몸이 쑤시고 결리는 불운한 아침을 맞았다. 이제 막 시작하려는 팀에 이런 조치는 너무 가혹하지 않나 싶은 생각이 들었고 아침에 부장을 마주친 김에 항의해보았다.

"그러면 어쩌나? 이사가 그러겠다는데."

부장은 심드렁했다.

"저희를 다른 곳으로 옮겨주실 수도 있지 않습니까?"

"있지 않네."

"네?"

"그런 방법이 있지 않다고. 어쩌겠어, 뭐 어디 강당 가서 있으려나? 둘이 쓰기에 좁은 공간도 아니잖아. 오붓하고 좋지 뭘."

그렇게 말하고 부장은 자기가 이런 사항까지 일일이 신경 써야한다는 사실이 억울해져서 내가 동네북이네, 북, 여기서 쳐, 저기서쳐, 하고 혼잣말했다.

그날 운수가 나쁜 사람은 부장만이 아니었다. 인도 바이어가 상수가 아닌 유정과 계약해버린 것이다. 그런 인터셉트가 어떻게 가능했는지 알아보기 위해 상수는 유정을 찾아갈 수밖에 없었다. 대구에서의 맞선 난입 사건 이후로 독대는 처음이라 긴장이 되었다. 호흡이 가빠왔고 안면이 굳어가는 것 같아서 상수는 화장실에 가서 왜!라고 묻는 걸 연습해보았다. 볼 안에 공기를 넣어서 풍선처럼 부풀린 다음, 있는 힘껏 왜!라고 한번 외쳤다. 몸을 풀 겸 다시 팔다리를 움직이면서 왜! 왜! 왜! 하고 구령을 붙였는데 불운하게도 화장실 어느 칸에 있던 부장이 "공팀장!" 하고 소리 질렀다.

"왜긴 왜야. 사장 다음 이산데 까라면 그냥 까는 거지."

그렇게 연습했는데 막상 유정 앞에 섰을 때 상수가 가장 먼저 한 말은 안녕,이었다. 상수는 그 말을 마치 유치원에 막 들어간 어린아이가 하듯 쭈뼛대며, 긴장과 불안, 하지만 그것에 적극적으로 대처할 힘 같은 건 전혀 없는 어떤 유약함을 띤 채로 했다. 그런 상수에 이어 연초에 입사해 아직 인턴 딱지도 떼지 않은 신입사원들이 어디를 갔다 왔는지 한무더기 몰려와 안녕하십니까, 팀장님, 팀장님, 안녕하십니까, 하고 패기있게 인사했다. 팀장님, 출장은 잘 다녀오셨습니까, 피곤하지는 않으셨습니까, 몸살은 없이 아침 컨디션 괜찮으셨습니까. 상수가 말문을 떼려고 할 때마다 서른도 되지 않은 그 싱싱한 젊은이들은 계속해서 유정의 안부를 물어댔는데, 나중에는 상수가 나서서 그만해, 그만, 안녕하다고, 안녕하다잖아, 말하고 싶을 정도였다. 하지만 상수는 그러지 않았다. 그런 조무래기들, 미싱의 노루발도 모르는 까마득한 인턴들과는 말도 섞고 싶지 않았다.

다만 상수는 마음으로 맹렬히 혹평하기 시작했다. 인턴들이 적절히 펌한 자기들 헤어스타일처럼 평소에는 부드럽고 나긋나긋하게 말하다가 회사에 출근만 하면 왜 그놈의 다나까체를 쓰는지 알 수가 없었다. 야유회나 워크숍에 가서 장기자랑을 할 때는 갱스터

랩은 물론이고 아이돌 군무까지 소화하면서 직장만 나오면 자기 몸에 걸쳐야 하는 중요한 유니폼인 양 군대 말투를 썼다. 하기는 상사들이 그러니까 따라 하는 것일 터였다.

그들이 생각하는 영업도 그런 것일지 몰랐다. 그들이 즐겨 바르는 포마드처럼. 사실 포마드는 꼰대 상사들이 젊었던 80년대에 이미 유행했는데 아무리 복고라도 그런 따위가 왜 또다시 유행하는지 상수는 불만이었다. 그런 상품이 표상하는 남성스러움이라면 아주 질색이었다. 원래 상수는 누구의 취향을 존중하는 데는 인색했으므로 어쩌면 숱한 혐오 중 하나일 수도 있었지만 때마침 유정 앞에 서서 얼마 넣지 못한 축의금 봉투를 내밀듯 시들시들한 목소리로 안녕,이라고 겨우 한마디 한 뒤라 상수의 마음은 좋지 않았다. 좋지 않은 정도가 아니라 부글부글 끓어올랐다. 그건 아니지. 영업은 포마드처럼 강력하게 무언가를, 이를테면 사람의 마음을 자기 뜻대로 고정시키는 것이 아니라 마치 공기 중을 부유하는 먼지나 홀씨, 혹은 햇볕처럼 그냥 슬쩍 내려앉는 것이 아닌가.

상수는 반도미싱에서 외롭고, 친한 사람도 거의 없는 직원이지만 거의 유일하게 가까웠던 사람이 지금은 회사에서 잘리고 없는 조선생이었다. 호칭에서 알 수 있듯이 나이 오십이 넘어서도 지금은 발령조차 잘 내지 않는 '과장보'라는 애매한 직급을 달고 있었던 사람이었다. 일본 본사에서 생산기술직으로 일하다가 옮겨왔는데 1990년대 활황기에 일본어 능통자가 필요해지면서 영업부 직원이 된 경우였다. 하지만 이후에 오래 병가를 낼 일이 생기고 경기도 안 좋아지면서 승진 대열에 합류하지 못했다. 부장은 자기보다 나이가 많은 사람을 '과장'이라고 해야 하는 상황을 부담스러워했고 좋은 세상에서는 기술자를 우대해야 한다며 자기 편한 대로 '선생'이라고 부르기 시작했다. 그 선생이라는 호칭은 존칭이기는 하지만 그를 고립시키는 뉘앙스이기도 했다.

상수는 일정이 맞으면 조선생과 파트너가 되어 지방 출장을 다녔다. 조선생은 딱히 마케팅이 필요 없을 듯한 영세한 봉제공장들을 돌며 시간을 보냈다. 서너명의 미싱공들이 일하는 그런 곳은 으레 지하에 있었고 누가 사장인지 직원인지 모호하게 동일한 노동과 피로를 겪고 있었다. 그러기에 묘한 결의 안정감 또한 있는 분위기였다.

"아니, 왜 또 오셨어요. 어떻게?"

누군가가 일손을 계속하며 물으면 조선생은 지나가다가요, 하면서 아무 데나 걸터앉았다. 이따금 그건 천을 얼마나 끊은 거예요, 어디 쇼핑몰로 가지요, 하고 확인하고는 또 가만히 시간을 보냈다. 그러면 어느새 호시절에 관한 이야기가 나왔고 직원이 수천에 이르렀던 어느 방직공장에 대한 증언들이 나왔다. 하지만 할 일이 있으니까 그런 얘기들은 다시 끊겼고 그렇게 이야기가 이어지지 않아도 조선생은 얼마간 앉아 있었다. 상수는 성격이 급하고 유불리를 맵짜게 따지는 청년이었지만 그런 조선생의 리듬에 조금씩 영향을 받았다.

조선생은 상수에게 미싱이 '머신'(machine)의 일본식 표현에서 온 말이라는 사실을 알려준 사람이기도 했다. 머신은 기계이니까 그렇게 따져보면 미싱은 온갖 기계를 대표하는 셈이다. 그러므로 미싱회사 직원인 우리는 긍지를 가져야 한다고 했다.

"우리가 옷을 왜 입냐는 것인데, 우리가 혼자 살면 옷 안 입어도 됩니다. 그런데 옷을 입는다는 건 어딜 나간다는 거고 누굴 만난다는 거고 그렇게 해서 인간이 된다는 거잖습니까. 인간다워지라고 미싱을 돌린다고 생각한단 말이에요. 상수씨, 그거 안 잊어야 합니다."

다른 사원들과 달리 상수는 그런 말들을 아주 귀담아들었다. 정말 말 그대로 듣기 좋은 소리였다. 마음 어딘가에 쌓인 만년설 같은 것을 녹이는 소리였다. 본인은 극구 인정하지 않지만 아버지 덕분에 회사에 들어와 대강 시간을 뭉개며 살아보려 하던 상수를 깨우는 소리였다. 하물며 기계라는 것, 미싱이라는 것, 물건을 사고파는 일에도 그런 '의미'랄까, '본질'이랄까 하는 것이 분명히 있다고 믿는 사람을 만났다는 것. 그것이 상수에게 활기를 불어넣었다. 상수가 그토록 좋아하는 영화와 연애소설들에서만 이야기되던 것을 현실에서 말해준 사람이었으니까. 오래된 가죽가방을 들고, 지방에서 1박 할 때는 늘 손수건과 양말을 꼼꼼히 빨아 창가에 널며, 몸이 상한 적이 있다고 음주는 꼭 청하로 세잔만 하는, 그런 실재의 사람에게서 들을 수 있다는 것이 좋았다. 외롭지 않은 느낌이었다.

그렇게 봉제공장에 조선생과 함께 앉아 있다보면 어느 틈엔가 그래, 요즘 전자동은 얼마씩이나 해, 하는 질문이 나왔다. 그리고 그뒤로는 먹고 죽을 돈도 없다는 지금까지의 말과는 달리, 앞으로 상황이 더 나아질 기미에 대한 기대의 말들이 나왔다. 모르지, 그건이 들어오면은, 그쪽에서 미수만 해결해주면은. 조선생은 그때야 카탈로그를 꺼내, 점심을 먹고 물려놓은 사각의 철제 쟁반 위에 슬쩍 올려놓았다. 기대가 현실이 되면 팔 수 있고 기대로 그치면 팔 수 없을 것이었다.

상수는 처음에는 조선생이 '농땡이'를 치고 있다고 생각했지만 나중에는 그 지하 공장에서 어떤 기적을 가만히 듣고 있었다고 기억했다. 차르차르차르 미싱이 돌아가면서 옷을 짓는 소리. 그 얇고 값싼 천으로 만드는 옷들은 몇천원의 가격에 도매로 넘어가 다시 소매로, 지갑을 여는 어느 소비자에게로, 가지를 뻗듯 나가는데 어떤 정교한 프로그램으로도 다 장악할 수 없고 계량할 수 없는, 어떻게 보면 상상과 짐작으로만 가능한 순환이었다. 그러니까 고정되지 않는 것이었고 우연히 내려앉게 되는 것이었다.

하지만 회사가 조선생을 내모는 방식에는 고정된 형태가 있었다. 대량 해고가 있었던 삼년 전 사표를 받고 돌려주지 않았는데, 자기와 비슷한 연배의 사람들이 다 부장, 이사가 된 상황에서도 현장에서 뛴다는 자존심으로 겨우 버텨온 조선생은 결국 그때 해고 당한 마흔명과 함께 주차장에서 연대농성을 하는 신세가 되었다. 상수는 그런 조선생이 농성에 나서기 전, 오랜만에 아주 말끔하게 양복을 입고, 이사를 찾아가기 위해 계단을 오르는 장면을 지켜본 적이 있었다. 하지만 그 앞을 서성이던 조선생은 끝내 노크를 하지는 못했고 회사 주차장에서 들려오는 불법해고 철회하라, 눈 가리고 아웅이다, 하는 소리를 들으며 복도로 들어선 손바닥만 한 봄볕 속에 한참을 서 있다가 그냥 계단을 내려갔다.

상수는 그렇게 한동안 완전히 잊고 있던 조선생을 떠올렸다는 데 놀랐다. 그뒤로는 연락도 없었는데 그런 기억들이 어디에 잠겨 있다가 누가 손을 넣어 저어보듯 떠오르는지 알 수 없었다.

"공팀장님도 안녕하십니까. 사무실 정돈은 잘하셨습니까?"

드디어 인턴들의 관심이 상수에게로 향했다.

"네, 했어요. 다 됐어요."

"도와드리려고 했는데 다 하셨습니까? 나중에라도……"

"됐어요. 다 했다고요. 신경 안 써도 됩니다. 우리 팀 일은 우리가 하니까요."

말끝에 자기도 모르게 언성이 높아져서 사무실 분위기가 잠시 어색해졌는데 경애가 접이식 핸드카트를 밀고 밖으로 나왔다. 더이상 공간이 없어서 사무실에 놓을 수 없는 상수의 화분들이 실려 있었다. 유정이 상수에게 자리를 옮겨서 얘기하자고 해 회의실로 갔지만 사람이 있어서 탕비실에 들렀다가 차를 한잔씩 담아 주차장으로 내려갔다.

"박경애 씨."

거기에는 화분을 내려놓은 경애가 담배를 피우고 있었다. 유정과 눈이 마주치자 경애는 고개를 약간 숙여서 인사했고 그러자 유정이 친근감 있게 인사를 받았다.

"경애씨, 일은 할 만해요? 상수씨가 잘해줘요?"

"그런 거 없는데요."

"네?"

"잘해주고 뭐 그런 거 없는데요. 업무는 하고 있고요."

유정이 잠깐 당황했다가 제가 말을 좀 그렇게 했죠, 나도 그런 말 싫어하는데, 하고 받았다. 경애는 그렇다는 것도 아니라는 것도 아니게 뭔가 혼자 생각하는 사람이 자기만의 동의를 하듯 자기 박자에 맞춰 고개를 끄덕끄덕했다. 그러고는 담배를 마저 피웠다. 경애는 대개의 경우 누가 말 시키는 걸 좋아하지 않았지만 특히 담배를 피울 때는 더 그랬다. 그것이 코와 기도와 폐와 폐포에 빨려들어갔다 나오는 순간 자기 안에 그렇게 무언가가 들어갔다 모든 것이 무화된 채 새파란 연기가 되어 나오는 과정에 온전히 집중하고 싶은 것이 애연가들의 마음이니까.

"그런데 경애씨, 여기에 화분 두면 죽습니다."

상수는 유정과의 얘기는 시작도 않은 채 한동안 화분 얘기만 열중해서 했다.

"그래서 어디다 놓을 건데요? 사무실은, 이제 쓰레기통도 겨우 들어가요."

상수는 할 말이 없었다. 어디에 놓는단 말인가, 대체 어디에. 저 1등급 공기정화식물들을. 유정이 듣고 있다가 그러면 자기 팀에 두라고 했다.

"캐비닛 사이에 두면 되지. 내가 틈틈이 신경 쓸게."

틈틈이 신경 쓴다……는 말이 상수의 귀에 달라붙었다. 지금 상수는 인도 수출이라는 영업3팀 최대의 프로젝트가 좌초될 위기에 처해 따지러 왔지만 그것은 더이상 중요하지 않았다. 상수의 신경은 이제 캐비닛 사이에 놓여서 매일 유정의 시선을 받게 될 공기정화식물에 가 있었다. 유정은 상수가 반도미싱의 다른 팀과는 협의 없이 일을 진행한 게 패착이었다고 설명했다. 인도에서 사업을 하는 사람들끼리는 대개 관계가 얽혀 있어서 비밀이랄 게 없으니 조심하라는 말이었다. 인도 바이어들은 의심이 많고 특히 다른 바이어보다 비싼 가격에 물건을 사는 것을 싫어하는데 유정의 팀에서 접촉하던 또다른 바이어가 자기네 팀의 가격 정보를 그 바이어에게 알려준 것이었다. 유정의 팀에서 제시한 가격이 상수네 팀보다 현저히 낮았다고 했다.

"신의를 잃었다고 우리 회사랑 안한다는 걸 내가 겨우 달랬어. 그 직원은 이제 퇴직했다고 둘러대서 나하고라도 하게 된 거야. 일부러는 아니었으니까 오해는 하지 말고."

인도 땅이 얼마나 넓고 인구수도 세계 2위인데 그렇게 긴밀하게 정보를 공유하고 있을지는 상수도 몰랐다. 자신과 유정의 팀 중 대체 누가 먼저 그 바이어들과 접촉하고 있었는지, 상수가 제시한 가격은 최저치에 가까웠는데 어떻게 그보다 낮게 제시할 수 있었는지도. 하지만 상수는 시시콜콜 묻지 않고 오해도 하지 않았다. 상수는 유정에게 대단해,라고만 말했다.

유정이 들어간 뒤 경애는 자기만의 상념에 빠져 있는 상수를 건너보았다. 그렇게 소중하다는 공기정화식물에는 이제 관심이 없는 것 같았다. 경애는 다시 화분을 카트에 실었다. 카트가 덜컹거리면서 화분들이 한편으로 기울자 그때야 상수는 경애씨, 안돼요, 안돼, 하며 얼굴을 들었다.

그 안된다,는 상수가 경애와 한 팀이 된 이후 가장 자주 반복하는 말이었다. 그런데 꼭 경애를 두고 하는 말이 아니라 '우리'라는 표현을 써서 사실 자기 자신한테 하는 다짐이 아닐까 생각하게 했다. 예를 들어, 경애씨, 우리는 영업을 하면서 우리의 모든 것을 팔되 마음을 팔아서는 안됩니다. 경애씨, 우리는 장사를 하되 장사꾼이 돼서는 안됩니다. 경애씨…… 하루에도 몇번씩 사무실의 침묵을 깨는 그 경애씨라는 호칭이 들릴 때마다 경애는 자기 일을 하다가도 고개를 들어 상수를 봐야 했는데, 그렇게 막상 눈이 마주치면 상수는 은근히 시선을 비끼면서 달력이나 벽시계를 보며 그런 다짐들을 계속하곤 했다.

"그래도 우리가 일조를 한 거예요."

상수가 따라오며 덧붙였다.

"공리주의적인 관점으로다가 잘된 거 아닙니까. 회사에서도 우리 공을 무시하지는 않을 거예요. 경애씨, 우리도 한건 했습니다."

경애는 상수가 믿고 있는 것이 아니라 믿고 싶은 것을 얘기한다고 생각했다. 상수는 괜찮지도, 낙관에 차 있지도 않아 보였다. 그게 아니라면 왜 밀 것도 아니면서 자기 손 하나도 무거운 사람처럼 시무룩하게 핸드카트에 손을 올리고 있는가. 저 지치고 상심한 표정은 무엇인가. 거기에는 상수의 손뿐 아니라 동요하는 마음까지 얹혀 있는 것 같았다. 날아간 계약 건은 어쩌면 상수의 어떤 맹목을 흔들지도 몰랐다.

창립기념일에 열린 체육대회도 상수와 경애의 단합을 도모할 수 있는 기회였다. 반도미싱은 창립기념일마다 하수종말처리장 부속 운동장에서 전직원 사기 진작을 위한 체육대회를 개최했다. 청백으로 팀을 나눴는데, 팀은 총무부에서 짰지만 운동에 유독 관심이 많은 젊은 사장의 의중을 반영해 에이스라고 할 수 있는 직원들은 무조건 사장과 같은 편에 넣었다. 경애가 총무부에서 그 일을 맡아서 했을 때 성별과 나이대만으로 정말 공정하게 팀을 짰다가 분위기가 엉망이 된 적이 있었다. 사장은 자기 팀이 질 때마다 실망을 감추지 못했고 중간에 점심식사를 할 때는 막걸리를 들이켠 뒤 "여러분 그것밖에 안됩니까? 아니, 탁구할 때 스매싱이 이게 안돼요? 안 돼?" 하고 불편한 심기를 감추지 않았다.

사장은 탁구를 너무나 사랑해서 점심시간이면 회사 공터에 탁구 대를 펼치고 직원 중 상대가 될 만한 사람을 골라 탁구를 치곤 했다. 사장의 탁구 메이트가 되는 것은 여러모로 좋은 일이었으므로 남자직원들은 으레 점심시간이면 탁구대 옆으로 모였다. 이사들은 사장이 회사 운영에 열의가 있지는 않지만 그래도 직원들과는 '프렌들리'하다고 칭찬했다. 하지만 경애가 보기에 사장은 탁구를 정말 좋아하고 정말 게임에서 이기고 싶을 뿐이었다. 마치 친구들을 모아놓고 골목대장을 하는 아이처럼. 처음에는 천원 내기를 하다가 지금은 진 사람 꿀밤 맞기를 했는데 타격의 세기를 조절하지 않은 채 언제나 최선을 다해 딱, 하고 때렸다.

상수와 경애는 당연히 사장과 같은 편이 아니었다. 사장이 있는 청팀은 매 게임에서 승리했고 점심시간 직전에 했던 줄다리기에서도 마찬가지였다. 여직원들과 나이가 있는 직원들로 구성된 백팀은 우르르 끌려가 운동장에 엎어지는 것으로 경기를 마감했다. 그 체육대회에서 경애와 상수는 가장 매가리 없는 선수들이었다. 팀 주장을 맡은 부장이 키가 크니까 자기 몫을 하겠지 하고 배구경기에 경애를 집어넣었지만 경애는 단 한번도 리시브를 해내지 못했다. 닭싸움에서는 물류팀 막내사원이 너무 호전적으로 달려드는 바람에 상수는 그 얼굴을 멍하니 보다 몸이 맞닿기도 전에 균형을 잃고 넘어가버렸다.

의외의 반전은 탁구에서 나왔다. 상수가 무서운 집중력으로 사장의 공을 받아낸 것이었다. 그건 어린 시절 피지컬한 부분을 중시하는 미국식 교육을 선호했던 부친의 원칙 덕분이었다. 유년 내내 수영과 탁구와 스케이트와 테니스 강습을 꾸준히 받았다. 물론 상수가 원한 것은 아니었다.

"공팀장, 제법인데, 어디 탁구야?"

"네?"

"당구에 인천다마, 서울다마 있듯이 탁구도 그렇거든. 공팀장 주로 논 데가 강남이야 강북이야?"

"방배동인데요."

"나 서초잖아. 야, 강남탁구라서 우리가 이렇게 죽이 잘 맞는구나."

사장은 그렇게 농담을 하면서도 예상치 못한 상수의 실력에 은근히 긴장하는 것 같았다. 이렇게 전직원이 보는 가운데 자기가 사랑하는 탁구에서 지는 것, 그건 사장이 미처 예상치 못한 위기 상황이었다. 그리고 그것이야말로 회사의 단합을 위협하는 가장 위험한 상황처럼 느껴져서 아무도 상수를 응원할 수 없었다. 세트 스코어가 2대2가 되었을 때 사장이 5분만 쉬자고 했다. 그리고 벤치에 앉아 이온음료를 마시면서 그 끝에 아버님 잘 계시지? 하고 상수에게 물었다.

"우리 노인네는 요즘 그렇게 화를 내. 아주 하루 종일 화가 나 있어. 공팀장네 부친은 어떠셔?"

"비슷하죠, 뭐. 사람이 늙는 게."

"뭐가 비슷해, 교수님이니까 뭐가 달라도 다르시겠지."

상수는 아버지 이야기가 나오자 강력한 스매싱을 맞은 것처럼 얼떨떨한 기분이었다. 아버지는 선거에서 거푸 떨어지고 지방의 대학으로 옮겨가 정년하고 지금은 하는 일 없이 지내고 있었다. 새어머니는 지금도 선거철이 되면 아버지가 재도전해야 한다고, 사람이 이렇게 끝을 낼 수는 없다고 말했지만 형은 아버지는 그냥 알코올중독이야,라고 말했다. 재기를 노리는 정치인도, 후학 양성에 힘쓰던 노교수도 아닌 그냥 알코올중독자로 늙어가고 있다고. 그렇게 아버지를 떠올리자 상수의 마음은 흔들렸고 자기가 이 작은 공을 튕겨내고 받으려고 애쓰는 일이 모두 부질없이 느껴졌다. 마지막 세트는 박진감이라고 할 만한 것도 없이 시시하게 끝이 났다. 사장의 승리였다.

이어진 일정의 클라이맥스는 계주였다. 그것만큼 역량의 차이가 확실한 경기도 없어서 거의 운동장 한바퀴 차이가 났다. 그런데도 승자들은 속도를 전혀 줄이지 않고 탁탁탁탁, 붉은 운동장에 발자국을 내며 뛰어갔다. 그러고 나서는 아주 한참이 지나서 패배할 일밖에 남지 않은 선수들이, 그렇다고 뛰지 않을 수는 없으니까 터벅터벅, 하면서 지나갔다.

경애는 철봉에 기대서 어떤 기대도 희망도 없지만 여전히 뛰는 사람들의 표정과 흩날리는 머리카락 같은 것을 지켜보았다. 그때 문자메시지 알림이 울렸다. 산주였다. 오늘은 뭐 하니, 하는 문자를 들여다보다가 아무것도 안해,라고 답했다. 거짓말은 아니었다. 그러자 날이 이렇게 좋은데 왜 아무것도 안하니,라고 다시 문자메시지가 왔다. 경애는 그냥,이라고 문자를 쓰면서 혹시 만나자는 말이 나오지 않을까 기다렸다. 그 육칠초간은 너무 길었고 오늘의 어느 순간보다도 경애를 마음 졸이게 했는데, 그래 좋은 하루 보내, 하는 답장이 도착했다.

이윽고 사장이 마지막 주자가 되어 직원들의 박수를 받으면서 결승 테이프를 끊었다. 그리고 오분쯤 지나 경기가 끝난 뒤에도 트랙을 다 돌았던 상수가 들어오자 먼 기척처럼 몇몇이 박수를 보내주었다. 경애는 그렇게 들어온 상수가 잠깐 눈으로 유정 쪽을 확인하는 모습을 바라보았다. 하지만 유정은 불행히도 그런 상수의 귀환을 보고 있지 않았고 숨을 할딱거리며 운동장에 벌렁 누운 상수에게 생수 한컵을 내민 사람은 경애였다. 경애는 무시무시하게 무표정한 얼굴로 수고하셨어요, 하고는 자기도 물 한컵을 따라서 벌컥벌컥 마시고 하아 — 숨을 내리쉬었다.

그러고 나서는 또다시 일없는 봄날이 이어졌다. 부장은 안되겠는지 그들에게 몇몇 거래처를 인계해주었는데, 접촉해보면 모두 크고 작은 불행에 시달리는 곳들이었다. 전화를 걸어서 밀린 미싱 대금을 요구하거나 추가로 우리의 새롭고도 멋진 미싱을 구입하지 않겠느냐고 하면 파산 직전이요, 누가 요즘 미싱밥을 먹는다고, 일없어요, 나 그 돈 못 갚아, 기계 다시 가져가려면 가져가든지, 하는 반응이 돌아왔다. 도무지 연락을 안 받는 거래처에는 직접 찾아가야 했다. 그런 영세한 공장들에 물려 있는 돈이란 사실 받기도 힘들고 액수도 크지가 않아서 서울 인근이 아니라면 출장비가 더 들었지만 막막한 일 — 없음의 쳇바퀴에서 벗어나기 위해서는 어쩔 수가 없었다. 그렇게 해서 둘이 다니는 곳은 주로 서울의 변두리나 인천이나 부천 같은 지역이었다.

그래도 상수는 경애가 조금씩 변하고 있다고 생각했다. 가장 먼저 일어난 변화는 흐트러지고 느슨해진 것이었다. 마치 무언가에 단단히 묶인 사람처럼 최소한의 동작, 최소한의 말, 최소한의 공간만 차지한 채 사무실에서의 시간을 견디던 경애는 이제 책상 앞에 앉아 바나나나 과자 따위의 간식을 먹으며 여느 회사원들이 그렇듯, 일상을 들이는 공간에서 사람들이 일반적으로 편안해지고 관성화되듯 지냈다. 그러니까 쉽게 말하면 남들처럼 사는 것이었다. 수금이 되면, 좋네요, 하고 엄지손가락을 척 추켜올리고, 야근할 일이 있으면, 짜증 지대로 아닌가요, 하고, 상수가 외근을 나갔다 오면 휴대전화를 만지작거리거나 인터넷 쇼핑을 하다가 슬며시 끄곤 했다. 상수가 뭘 하고 있었느냐고 물으면 경애는 언제나 아무것도,라고 대답했다.

"아무것도 안하면 어떡합니까? 일을 해야지."

"일은 늘 하니까 특별한 뭘 한 게 아니라는 거예요."

상수는 그런 경애의 일종의 태업을 반가워하고 있었다. 무엇보다 자연스러웠기 때문이었다. 언제 책잡혀 해고되지 않을까 걱정을 덜한다는 뜻이었고 상사인 자신을 믿는다는 것 같았다.

그리고 며칠 뒤 산주가 회사 근처로 경애를 찾아왔다.

산주가 결혼하고 나서 둘이서만 만난 건 거의 없는 일이었다. 대부분 사람들 속에 섞여 있었다. 그렇게 있으면 어떤 마음들은 아예 없었던 것처럼 생각되기도 했으니까, 안전했다. 산주와 경애는 그냥 함께 대학을 다닌, 이제 마흔에 가까워진, 어느정도의 포기와 축적으로 '삶'이라고 할 만한 것의 얼개를 완성해가는 대학 동창처럼 행동할 수 있었다. 이따금 모임에서 만나 무언가를 먹고 마시는 정도로도 충분한.

산주의 연락을 받은 경애는 지갑을 챙겨 나가며 급한 약속이 생겼다고 상수에게 양해를 구했다. 원래는 상수와 점심시간에 새로 개업한 돈가스집에 가기로 했기 때문이었다.

"누가 왔어요? 갑자기?"

"네, 좀 그럴 일이 있어요."

상수는 홍보 전단지에서 오려낸 반우동 무료 쿠폰을 내밀며 경애에게 쓰라고 했다. 자기는 그냥 회사 식당에서 먹으면 되니까. 경애는 상수가 지갑에 일주일 동안 보관해온 쿠폰 두장을 내려다보았다. 절취선을 따라 반듯하게 잘린 그 쿠폰은 얼마나 잘 넣어뒀는지 구겨진 데 하나 없었다. 경애는 돌려주며 괜찮다고 했다.

"박경애 씨, 반우동이면 삼천원입니다, 삼천원."

"괜찮아요. 팀장님 쓰세요."

"아니, 친구랑 가면 되잖아요."

"괜찮아요, 상관 안해도 돼요."

"아니 박경애 씨, 이거 기한 있어요. 내일까지 써야 한다고요."

"괜찮아요, 괜찮다고요."

경애는 괜찮다고는 했지만 마음속으로는 자기가 여러번 하고 있는 '괜찮다는 말'을 곱씹어보고 있었다. 자기가 지금 자신에게 이별을 통보하고 떠나가 결혼까지 한 남자를 만나기 위해, 이렇게 다급하게 긴장하면서 나가려고 하는 건 정말 괜찮은 걸까. 그런 생각을 할수록 경애는 왠지 그 쿠폰을 더더욱 받을 수 없어져서 나중에는 상수의 손을 단호히 밀며 거부했다. 머쓱해진 상수는 싫으면 말아요, 하면서 손을 거두었다.

그렇게 까페로 가는 길은 흐리고 바람이 불었다. 경애는 그냥 차

한잔하는 것뿐이라고 생각하기 위해 애썼다. 친구들에게 이미 들은 말들, 산주 선배가 사는 데 문제가 좀 있나봐, 하는 말이나, 기획사를 아예 접었다던데, 서촌에 있던 그 공연장은 여태 운영하나, 같은 말이나, 처가 돈을 써서 사이도 좋지 않고, 하는 수군거림에 대해서는 생각하고 싶지 않았다. 사실 산주 선배도 결혼할 때 좀 영리한 선택을 한 것이 아니겠어, 하는. 경애는 동기들이 산주의 결혼을 그렇게 말하는 것에 문득 마음이 가다가도 완전히 동의하지는 않으려고 애썼다. 산주의 삶에 대한 그런 요약은 최종적으로는 경애에게도 좋을 것이 없었다. 육년간의 연애가 끝이 나야 한다면 그런 세속의 셈법이 아니라 사랑 본질의 것, 슬프게도 그것이 갖는 한계이기를 원했다. 적어도 경애에게 이별을 통보할 때 산주는 경애의 선배이기도 한 그 여자를 선택하면서 다른 사람을 좋아하게 되었어,라고 정확히 이야기했으니까. 그때 둘은 막 끓기 시작한 전골을 앞에 두고 있었는데 이윽고 경애가 왜, 왜 그런 일이 벌어졌지,라고 묻자 그렇게 되었어, 좋아하게 되었어,라고 다시 말했다. 내가 너를 우연히 좋아한 것처럼 그런 일은 그렇게 벌어졌어,라고.

경애는 인턴으로 일하던 무역회사를 그만두고 한 계절 동안 집에 틀어박혔다. 아주 긴 여름이었다. 9평 원룸에 누워 있으면 매미들이 마치 파도처럼 연이어서 쌔— 하고 울다가 저녁 무렵이 되어서야 놀이터에서 노는 아이들의 목소리가 들려 겨우 고립감을 덜 수 있는. 설거지도 빨래도 요리도 하지 않는 일상에서는 오로지 오늘만 있는 것 같았다. 산주가 있었던 어제도 없고 산주가 없는 내일도 없는, 있는 것과 없는 것의 사이에서 되도록 현실에 대해 생각하지 않으려 노력하는 경애의 마음만 있었다.

그런 여름날 속에서 경애를 집 밖으로 나가게 하는 것은 맥주와 옥수수뿐이었다. 어느날 시장에 갔다가 옥수수가 나왔다는 것을 알게 된 이후 경애는 이삼일에 한번씩 나가서 옥수수를 사왔다. 옥수수의 힘센 잎들, 동물의 것처럼 부드러운 수염, 그리고 아주 꽉 차오른 알갱이들을 보고 있으면 창으로 문득 들어오는 밤바람을 느끼듯 어떤 환기가 들면서 산다,라는 말이 생각나곤 했다. 경애가 이 방에서 하릴없이 웅크리고 앉아 있는 동안에도 여전히 저 밖에는 '산다'라는 것이 있어서 수많은 것들이 생장하고 싸우며 견디고 있다는 것. 다행히 그런 것들이 여전히 있어서, 사람들의 시선이 싫어서 아무도 만나지 못하는 여름의 낮을 보내다 슬리퍼를 끌고 시장으로 나가면 그 살고 있는 것들을 두 손 무겁게 사들고 어쨌든 돌아올 수 있다는 것. 그리고 그렇게 해서 경애도 아무튼 살고 있다는 것. 그런 마음이 들면 경애는 불현듯 약속을 잡아보다가도 낮이 되면 그래도 아직까지는 아무것도 할 수 없어,라고 생각하며 외출을 취소하곤 했다.

옥수수는 상온에 놔두면 쉽게 상했고 그러면 그걸 치워야 한다고 생각하면서도 경애는 뭔가가 자기 몸을 아주 무겁게 잡아당기는 듯한 무기력에 빠졌다. 연애를 상담하는 페이스북 페이지에 문득 편지를 쓰는 게 그나마 할 수 있는 일이었다. 경애는 자기가 아는 산주에 대해 최대한 자세히 설명했다. 지난 육년 동안 봐온 산주에 대해 복기하면서 그렇게 적어 보내면 그 계정 속의 언니는 이런 짤막한 답장을 보내오곤 했다.

프랑켄슈타인프리징 님께, 우리는 끝장난 연애를 미화하기 위해서 기력을 낭비할 필요가 없어요. 하루에 한번은 거울을 꼭 보도록 하세요.

그런 약간은 무성의한 답변은 사실 누구에게나 들을 수 있는 정도의 것이었지만 아무도 만나고 싶지 않은 여름에 그 연애상담 페이지는 경애가 소통할 수 있는 거의 유일한 대상이었다. 그런 답장을 받고 나서도 여전히 거울을 보기는커녕 세수도 제대로 하지 않고 하루를 보내면 다시 여름밤이 찾아왔고, 경애는 불도 다 꺼놓고 쉿쉿 하면서 옥수수를 찌고 있는 가스레인지의 파아란 불꽃들만 어둠속에서 물끄러미 올려다보며 앉아 있었다. 그리고 다 익으면 여름인데도 단단히 얼어붙은 듯한 마음을 옥수수의 따끈한 온기에 녹여보면서 또다시 편지를 썼고 빠르면 새벽 무렵이 되어서 잠이나 자,라는 제목의 답신을 받기도 했다.

님은 비로소 인생에서 아주 중요한 싸움을 시작한 것인데요. 그건 님이 님 스스로를 옛사랑의 유령으로부터 구해내는 일입니다. 패트릭 스웨이지와 데미 무어가 나온 「사랑과 영혼」이라는 영화 기억하나요? 언니는 그게 최상의 로맨스 영화라고 생각하는데 그 두 사람이 죽음을 극복하고 재회해서는 아닙니다. 언니는 거기 나오는 유령은 사실 사라진 연인이라기보다는 그냥 실연 이후의 자기 마음이라고 생각해요. 어느 밤 당한 노상강도처럼 연애는 참 황망하게 끝이 나버리고는 하잖아. 그러고 난 뒤로도 유령처럼 우리를 놓아주지 않고 그런 마음은 '마음'이니까 전지전능하게도 온갖 방법을 이용해서 곁을 떠돌고 늘 우리의 대기에 숨어 있지. 프랑켄슈타인프리징(그런데 대체 왜 이렇게 아이디가 긴 거야?) 님이 말한 것처럼 다른 사람에게 간 옛 애인이 여전히 곁에 있는 것처럼 느껴지잖아. 그런데 봐라, 그거 그 사람 아니고 그냥 님의 마음일 뿐이야. 그런 건 사랑이 남아 있는 게 아니야. 마음만으로는 뭣도 안돼. 영화 클라이맥스에서 패트릭 스웨이지가 우피 골드버그 몸으로 빙의될 때, 그렇게 해서 둘이 포옹할 때 우피 골드버그가 아니라 패트릭 스웨이지가 등장해서 그 장면을 연기하잖아. 그것만큼 정작 사랑에는 영혼이 전부가 아니라는 현실을 알려주는 씬이 있을까. 자기들이 내세운 영화 주제를 스스로 뒤집는 셈이지. 십분 양보해도 몸은 패트릭 스웨이지여야 한다는 거잖아. 그리고 영화에서 여자는 늘 사랑한다고 말했다가 동감,이라는 대답을 남자에게 듣고 상처받잖아? 현실에서도 여름날의 삼선쓰레빠만큼이나 흔해빠진 유형의 남자들인데, 그런 식으로 자기 아우라를 유지하려는 남자들은 다 겁쟁이야. 섹스도 키스도 애무도 다 하면서 그 말 하나를 안하겠다는 종자들은 그냥…… 아무튼, 님 아직도 그 남자나 그 남자의 새로운 연인의 트위터나 페이스북, 아니면 미투데이를 확인하면서 그 실존을 느껴보려 할 것 아냐. 네 곁에 머무는 그 사랑의 기억, 사랑의 현존, 사랑의 공기를 확인하기 위해서. 그런데 그럴 때 너가 찾고 싶어하는 건 이미 세상에 없는 것이야. 되돌릴 수 없어. 너가 오로지 차지할 수 있는 건 그런 사랑에 참여했던 너 자신뿐이야. 생각해봐, 영화의 마지막에서 데미 무어는 패트릭 스웨이지가 막판에 뭐 선심 쓰듯 사랑한다고 말할 때 그냥 '동감이야'라는 말로만 대꾸해주었어. 늘 사랑한다는 대답을 기대했다가 패트릭 스웨이지가 동감이라고 말하는 것에 상처받았던 여자는 사라지고 이제 그 사랑이라는 것이 타인에게 맞부딪쳐 화답으로 돌아오는 일에 마음을 걸지 않고 그냥 환영처럼 보이는 사랑의 기억에만 동감이라고 하는 것이지. 그러니까 님도 이제…… 이런 길고 지루한 답장을 읽으면서 경애는 아마도 언니는 자기보다 나이가 어린, 상당히 낭만적이고 어딘가 과시적인 데가 있는 사람이 아닐까 생각했지만 그저 묻고 답하는 과정이 좋았기 때문에 딱히 도움이 되지도 않는 연애상담 페이지를 매일 이용했다. 그 페이지의 첫 화면에는 모토라고 할 만한 사랑 시가 적혀 있어서 여기를 운영하는 언니의 교양의 정도와 취향에 대해서 생각해보게 했는데, 그 시는 이런 내용이었다.

사랑은 잔혹한 마피아,
너는 결국 내게서 모든 걸
다 빼앗아가겠지.

하지만 그런 가상의 언니의 말에 맞는 부분도 있었다. 경애가 산주와 그 여자 선배의 SNS를, 그러지 말아야 한다고 생각하면서도 여전히 지켜보고 있다는 것이었다. 그 계정에는 선배가 갖고 싶어 하는 모든 것들—정갈한 쿄오또의 식당들, 고양이, 사회적 공헌을 게을리하지 않는 외국계 기업들에서 생산하는 목욕용품과 화장품, 외국의 식자재들과 유기농과 요가, 유년 시절을 환기하게 하는 놀이공원이나 비스킷, 인디밴드의 영상, 프랑스 소설 같은 것들이 끊임없이 올라왔다. 그리고 그 모든 예쁘고 환한 것들 사이에는 산주의 사진이 올라오기도 하고. 언니가 말했듯이 산주라는 대상, 산주의 다정함과 산주의 체취, 산주의 감촉과 산주의 목소리, 산주라는 실감과 산주의 살아 있음은 이제 환영과 같은 자신의 기억이나 타인의 SNS에서만 느낄 수 있을 뿐이었다. 없었다, 이제 경애의 현실에서는. 죽어버린 것이었다.

경애는 산주와 선배의 환하고 생기에 찬 일상들을 옥수수가 시들어가는 식탁에서 지켜보았다. 그들은 너무나 당연하게도 특별히 잘못되거나 문제가 있어 보이지 않았다. 경애라는 누군가의 불행과 둘의 사랑은 전혀 관련이 없어 보였다. 그저 그 자체로 시작하는 연인의 환희를 담고 있을 뿐이었다. 그럴 때면 경애는 언니의 말처럼 유령 같은 무언가와 싸우는 기분이었다. 그러다 문득 고개를 들어 아무도 없는 휑한 부엌과 엉망인 방 안을 둘러보면 거기 어딘가에 또다른 경애가 앉아 있다가 동감,이라고 하는 것 같았다.

그럴 때쯤 안산에서 경애의 엄마가 연락도 없이 올라왔다.

경애의 엄마는 들어와서 방을 둘러보았다. 그러니까 세탁기를 돌리지 않아 아무 바구니에나 수북이 담긴 경애의 지난 계절의 빨래들을, 여름이 왔는데도 그렇게 방치된 점퍼와 티셔츠, 양말, 장갑, 담요와 속옷들을. 그리고 누군가가 아주 구겨버린 것처럼 방 안에 웅크리고 있는 경애를. 경애 엄마는 세탁기를 돌리기 시작했다. 오전에 시작해 저녁까지 이어진 그 빨래는 세탁기를 일곱번 돌려야 할 정도로 많았다. 하지만 경애 엄마는 그 일을 다음으로 미루지 않고 그날 다 해냈는데, 그렇게 해야 경애가 일어설 수 있다고 믿었기 때문이었다.

어려서부터 경애는 여러번 넘어져왔다고 경애 엄마는 생각했다. 남편이 평생을 살아갈 반려자로 적당하지 않다고 판단한 것이 경애가 겨우 돌이 되었을 때였다. 경애의 엄마는 폭력과 폭언을 피해 이혼을 결심했고 자기가 그렇게 할 수 있었던 건 다 '기술'을 가지고 있었기 때문이라고 믿었다. 그런 기술마저 없었으면 경애를 그 불행에서 건져내주지 못했을 거라고, 결국 미용가위와 롯드, 고무줄과 염색약, 드라이어와 고데기, 거울과 가운 같은 것들이 어려서 미용실에 앉혀두어도 한번 울지도 않던 그 아기를 구해냈다고 생각하고 있었다. 믿을 건 자신의 그 두 손밖에 없었다. 가위질하고 파마하는 이 기술, 이 무형의 것밖에. 하지만 자기가 기술이라는 것에 매달려 사는 동안 경애도 사실 믿을 거라고는 엄마의 두 손밖에 없었던 게 아닐까, 하는 생각을, 그녀는 경애가 친구들을 잃고 우울증을 겪었을 때에야 깨달았다. 자기가 믿을 게 자신의 두 손밖에 없었던 것처럼 그 아기 역시 믿을 건 엄마의 두 손밖에 없었다는 사실을.

하지만 경애의 엄마는 언제나 경애가 일어서는 아이라고 믿었고 꽃처럼 예쁘게 보내야 할 경애의 시간들이 오래되어 퀴퀴해진 빨래처럼 방치된 채 흐르고 있어도 슬프거나 경애에게 뭐라고 한소리 해야겠다는 생각은 들지 않았다. 그렇게 힘든 순간이 왔을 때 말 그대로 힘들어지는 건 당연하다고 생각했다. 그냥 자기 딸은 아플 때 아파야 하는 사람이라서 그렇겠거니 여기면 속상해하거나 마음 부대껴야 할 필요가 없었다. 경애가 그 화재사건을 겪고 경찰서에 왔다 갔다 하고 학교에서 선생들에게 한마디씩 듣고 그게 동네 장사를 했던 경애 엄마의 귀에 들려올 때도, 파마를 하러 왔던 아줌마들이 그렇게 돈만 벌지 말고 애를 좀 살펴야지, 한다든가, 벌써부터 술집을 들락거려서 어떡해,라는 말을 했을 때 경애의 엄마는 그런 소리 하려면 다시는 머리하러 오지 말라고 가위를 탁 내려놓았다.

상대가 아무리 사과해도 다시 가위를 잡지 않았다. 그러면 머리를 자르다 만 동네 여자들은 그렇게 들쑥날쑥한 머리가 창피해서 내 머리 어떡하느냐며 화내고 욕하다가 나가버리곤 했는데, 그런 여자들이 얼마나 무섭고 안 좋은 소문을 내든 경애 엄마는 자기 성질을 죽일 생각은 없었다. 다른 사람도 아니고 내가 그걸 부끄러워하면 내 자식은 죽는다는 마음 때문이었다. 자기라도 그러지 않으면 경애는 일어설 수 있었다. 그래서 경애 엄마는 미용실 벽에다 「누가복음」의 문장을 붙여놓았다.

모든 사람이 아이를 위하여 울며 통곡하매 예수께서 이르시되 울지 말라 죽은 것이 아니라 잔다 하시니 그들이 그 죽은 것을 아는 고로 비웃더라 예수께서 아이의 손을 잡고 불러 이르시되 아이야 일어나라 하시니 그 영이 돌아와 아이가 곧 일어나거늘

경애 엄마가 집을 치우는 동안 경애는 그냥 침대에 누워서 엄마를 물끄러미 올려다보았다. 경애 엄마는 깨끗한 수건 한장 없는 서랍장을 뒤져보다가 밖으로 나가서 수건과 속옷을 사왔고 경애를 일으켜세워 욕실로 보냈다. 그리고 국을 끓였는데, 경애가 좋아하는 말간 콩나물국이었다. 다른 것 하나 없이 콩나물을 끓여 소금만 넣으면 되는 국이었다. 싱크대 앞에 서서 경애의 엄마는 그들이 함께했던 저녁들을 떠올렸다. 미용실 곁방에서 늘 조용히 엄마가 일을 끝내기를 기다리다가 일곱시가 되면 문을 열고 가게를 살피던 아이. 경애가 엄마, 언제 밥 먹어? 하고 물으면 비로소 쉴 수 있는 시간이었다.

경애가 들어간 욕실에서는 물줄기가 떨어지는 소리가 들리더니 이윽고 우는 소리가 들렸다. 경애가 남자친구와 헤어졌다는 건 경애 엄마도 알고 있었다. 엄마 나 회사 그만뒀어,라고 전화했을 때 이미 경애에게 또 넘어질 만한 일이 생겼다는 것을 알았다. 신기하게도 그런 것들은 금방 느낄 수 있었다.

"엄마."

경애가 욕실에서 불렀다. 경애 엄마는 욕실 문 앞에 앉아서 왜, 하고 물었다.

"아무것도 하지 마. 그냥 앉아 있다 가. 엄마 힘든데 아무것도 하지 마."

"집을 이 꼴로 해놓고 그런 말이 나오니."

경애 엄마는 마음이 무너지는 기분을 이기기 위해 일부러 핀잔을 주며 말했다.

"그러니까 아무것도 하지 마. 우리 아무것도 하지 말자."

경애 엄마는 경애가 씻는 것, 머리를 감고 이를 닦고 세수를 하는, 누구나 하루에 한번쯤은 귀찮아도 후다닥 해내는 그런 일마저도 너무 무거운, 그런 시간을 보내고 있구나 하고 생각했다. 남들에게는 자신을 방치하는 일이고 자신에게는 최선인 그런.

"그래, 아무것도 하지 말자. 엄마도 안할게. 엄마도 그냥 누워 있을란다."

그녀가 그렇게 말하며 올려놓았던 냄비의 불을 끄자 좁은 집은 조용해졌다. 얼마나 시간이 흘렀을까, 머리까지 감아서 말개진 얼굴의 경애가 이윽고 욕실에서 나왔다.

까페에 나가보니 산주는 여름 날씨에는 어울리지 않는 꽤 두꺼운 점퍼를 입은 채 앉아 있었다. 둘은 마주 앉아서 커피 맛이 좀 어때, 빵을 더 시킬까, 하고 대화를 이어갔는데, 그 사이사이의 침묵을 빗소리가 간신히 메워주었다.

"요즘은 시간이 어떻게 흐르는지 모르겠어. 마치 우주를 유영하는 것 같은 기분이 들어. 어떤 알 수 없는 중력이 있어서 다리가 둥둥 떠다니는, 현실감 없는 느낌."

한참 앉아 있던 산주가 마침내 그렇게 말했다.

"그런데 왜 그런 점퍼를 입었어? 그런 날씨는 아니잖아. 덥지 않아?"

"점퍼?"

산주는 자기를 내려다보더니 매장을 한번 둘러보았다.

"이상하게 요즘은 정신이 좀 없어서, 그런데 덥지 않고 서늘한데? 너는 춥지 않아?"

경애는 가만히 산주를 지켜보았다. 산주가 마치 잠에서 깬 사람처럼 좀 어리둥절하고 뭔가를 간신히 생각하는 듯한 얼굴로 다른 테이블의 사람들을 쳐다보는 모습을. 그렇게 남들을 한번 보면 자기가 얼마나 필요 이상으로 두꺼운 점퍼를 입고 있는지, 마치 무언가로부터 자신을 보호하지 않으면 안되는 사람처럼 지나치게 웅크리고 있는지를 알 수 있을 것이었다. 하지만 산주는 자기가 왜 매장을 그렇게 둘러보았는지마저 모르는 사람처럼 별말 없이 테이블 위로 시선을 내렸다.

경애는 여태껏 산주의 그렇듯 무기력한 모습을 본 적이 없었다.

무언가가 산주를 아주 깊숙이 찌르고 갔다고 생각했다. 산주는 언제나, 가장 가난할 때마저 당당했던 사람이었다.

경애가 처음 산주를 만난 건 대학교 2학년 때였다. 부교재를 단체로 구입할 일이 있어서 과에서 돈을 걷었다가 돌려주었는데 착오가 생겨서 산주의 계좌에 경애의 돈까지 입금이 됐다. 조교는 자기가 실수해놓고는 산주의 휴대전화 번호만 알려주고 돌려받는 일은 경애에게 맡겼다. 전화를 걸어보니 고객의 사정으로 정지되었다는 안내가 나왔다. 삼백명이 넘는 경영학부 2학년 중에서 경애는 누가 산주인지를 알 수 없어 강의가 끝나고 과대표에게 물어야 했는데, 그가 산주 형, 하고 부르자 급하게 가방을 메고 나가다 말고 한 남자가 뒤돌아보며 왜, 하고 대답했다. 그런 산주의 조금은 피곤해 보이고 마른 얼굴, 그러면서도 구김 하나 없이 단정하게 다려 입은 셔츠에서 느껴진 깨끗한 인상이 경애는 아직도 눈에 선했다.

경애가 다가가 상황을 설명하자 산주는 알았다며 고개를 끄덕였다. 말했으니 이제 됐겠지, 하며 경애가 마음을 놓은 순간 그런데 지금은 돌려줄 수가 없다고 산주가 말했다.

"못 돌려준다고요?"

생각지도 못한 말이라서 경애는 되물었다.

"지금 제가 통장에 돈이 없어서요, 아마 대출 이자로 나갔을 거예요."

경애는 아무리 그래도 76000원을 돌려주지 못하다니, 그 정도 여윳돈도 없다니, 생각했지만 입 밖으로 내지는 않았다. 남들이라면 좀 부끄러워할 말을 저렇게 하는 건 그게 진실이기 때문인가, 아니면 거짓말을 너무 뻔뻔하게 잘하는 사람이라서 그런가, 혹시 자기를 속이려고 그러나 싶어서 경애는 알겠다고, 다음에 달라고도 못했다. 믿을 수가 없었으니까.

"지금 제가 더 설명을 해야 하는데 알바를 가야 하거든요. 정문까지 같이 걸으면서 대화하면 안되겠어요?"

산주와 경애는 경영학부 건물에서 나와 산책자의 길이라고 부르는 작은 숲을 통과해 정문까지 걸었고 그사이 산주는 자기도 뭔가 착오로 두번 입금되었다는 생각이 들어서 빼놓아야지 했다가 타이밍을 놓치고 말았다고, 그건 정말 자기 잘못이라고 사과했다. 그러지 않아도 자기가 친구가 나가는 소켓공장에서 오늘부터 모레 밤까지 야간작업을 하기로 했으니까 그러면 목요일쯤에는 갚을 수 있다고 했다.

"목요일쯤."

경애는 자기도 모르게 중얼거렸다. 그때까지 어떻게 기다리겠냐는 뜻이 아니라 삼일을 일해야 76000원을 갚을 수 있다면 하루치 일당이 얼마나 될까 셈해보았기 때문이었다.

"그렇게는 어려운가요. 어쩌지, 그러면 밤에 일당 받으면 일부라도 입금할게요."

경애는 당장 그 돈이 필요한 것은 아니었지만 그렇다고 아무 때나 주세요,라고 하기에는 뭔가 망설여졌기 때문에 알았다고만 했다.

그리고 그날밤, 경애가 평소처럼 방 안의 불을 끄고 엄마가 깨면 안되니까 헤드폰을 쓴 채 비디오를 보고 있을 때 "박경애 학우님, 넣었습니다" 하는 문자메시지가 왔다. 경애는 그 문자메시지를 보면서 고맙습니다, 수고했습니다, 밤공기가 찬가요, 조심해서 귀가 하세요, 같은 다양한 말들을 떠올리다가 그냥 아무 답신도 보내지 않았다. 그리고 다음 날 통장을 확인해보니 거기에는 25000원이 송금되어 있었다.

그렇게 삼일이 지나는 동안 경애는 그 돈이 입금되는 시간까지 잠을 이루지 못했다. 자기가 그렇게 잠드는 건 어쩐지 옳지 못한 것 같아서 우마 서먼이 노란 트레이닝복을 입고 복수를 해내는 「킬빌」을 여러번 보면서 밤을 새웠다. 우마 서먼이 장칼을 한번 휘두를 때마다 사람들이 죽어나갔는데 그렇게 엄정하게 치르는 복수와, 부천 어디에 있다는 작은 공장에서 산주와 대여섯명의 야간조가 모여 소켓을 끼워 작은 알전구를 밝히는 일은 뭔가 비슷한 맥락처럼 느껴졌다.

하지만 아무리 타란티노 영화라도 반복해서 돌려보는 복수의 서사는 지루하고 빤한 느낌이었으므로 경애는 꾸벅꾸벅 졸았다. 그러다 비디오테이프가 탁, 하고 돌아가 멈추면 잠에서 확 깼다. 그러면 이상하게 허무해지고 세상 모든 일에 신물이 나곤 했다. 하지만 "오늘도 입금했어요!" 하는 산주의 문자메시지는 그런 밤의 매캐한 환멸을 몰아내고 무언가 평소와는 다른 감정을 불러내곤 했다. 이를테면 아침이 다가올 때 어쩔 수 없이 품게 되는 기대 같은 것, 어제보다는 낫지 않겠어, 하고 식빵처럼 부푸는 마음 같은 것. 하지만 경애는 그러다가도 왠지 자기가 그런 것에 속아 넘어갈까봐, 그래서 또다시 무언가를 바라고 실망하게 될까봐 마음을 붙들곤 했다. 산주가 76000원을 다 입금했을 때 경애는 고민을 하다가 점심을 같이 먹지 않겠느냐고 문자메시지를 보냈다. 그래요, 하는 답을 받자 경애는 마음 어딘가가 탁, 하고 켜지는 것 같았다. 약속을 앞두고 경애는 전철역을 지나다 처음으로 마스카라를 샀지만 정작 산주를 만나러 갈 때는 망설이다가 그냥 서랍에 넣어두었다.

그런 산주가 지금은 내 옷이 이상하니, 하고 묻고 있었다. 아침에 좀 쌀쌀해서 챙겨 입고 나왔는데 많이 이상해?

경애는 산주에게 요즘은 뭘 하며 지내느냐고 물었다. 산주는 기타가 사고 싶어서 알아보고 있다고 했다.
"전자기타? 통기타?"
"당연히 전자기타지."
경애는 산주가 고등학생 때 지미 헨드릭스에게 반해 기타리스트가 되고 싶어했다는 사실을 떠올렸다. 기타를 치기 위해 햄버거 가게에서 아르바이트를 했지만 결국 사지 못하고 생활비로 써야 했다는 것을. 대학 시간강사인 산주의 아내는 요즘 아예 학교가 있는 지방에서 머문다고 했다. 대화를 잘 하지 않고 자주 싸움이 일어나며 관계가 소원해져 있다고. 경애는 머그잔을 만지작거리며 내가 왜 이런 얘기를 들어야 하는지 모르겠어,라고 했다.
"두 사람이 하는 부부 싸움에 대해 왜 내가 알아야 해?"
"미안해, 그냥 생각 없이 한 말이었어."
비는 까페를 나갈 때까지 그치지 않았다. 산주가 우산이 없다며 지하철역까지 데려다달라고 부탁했다. 경애는 우산을 같이 쓰고 걸으며 산주와 어깨가 스치고 손등이 맞닿는 순간순간을 의식했다. 헤어진 지 오래였지만 이렇게 가까이 있는 것이 익숙하게 느껴졌다. 경애는 견딜 수 없어져서 중간에 편의점으로 들어가 우산을 사들고 나왔다.

"이편이 나을 것 같아."

산주는 우산을 받고 펼치더니 튼튼하네,라고 했다.

그뒤로 경애는 산주와 자주 만났다. 살아 있지만 더이상 가까이 있을 수 없기에 죽은 사람처럼 여겨졌던 누군가가 다시 일상으로 들어온다는 건 기적처럼 느껴졌다. 그러다가도 다시 산주에 대한 마음을 키워가는 자신이 두려워지면서 균형을 잡으려고 노력했다. 하지만 그런 마음에도 괴물 같은 데가 있어서 시간이 흐를수록 애정의 허기를 채우려는 욕심을 버리지는 못했다. 경애는 산주의 일상에 점점 더 깊이 들어가면서 오늘은 산주가 점심에 무엇을 먹었고 누구를 만났으며 어떤 물건을 사고 몇시에 잠이 들었는지에 관해 아는 것이 당연한 상태를 맞았다. 마치 둘이 여전히 연인이었을 때처럼 전화를 받자마자 여보세요,라든가, 선배 혹은 경애야, 하고 부르지도 않고 응, 가는 길이야, 왜, 밥 먹었어? 하면서 곧장 일상적인 대화로 들어가는 것이, 헤어질 때는 내일도 또 볼 테니까 아쉬움이나 대단한 안녕 없이 각자의 집으로 돌아가는 일이 자연스러워졌다.

그런 경애의 변화를 상수도 느꼈다. 다른 면에는 눈치가 없었지만 그런 촉은 있는 편이었다. 경애가 시작한 그 사랑의 면면을 상수가 직접 확인할 길은 없었지만 그런 변화는 일상생활 전반에 일어나는 것이므로 상수도 충분히 느낄 수가 있었다. 경애는 길을 가다가 문득 좋아하는 노래가 나오면 멈춰서 들었고 조용히 따라 부르다가 누군가에게 문자메시지를 보내곤 했다. 신경 쓰지 않으려 해도 우연히 보게 된 그 문자메시지에 남겨진, 저녁 먹었어? 내가 들려줬던 노래 나온다, 같은 말은 잊히지가 않아서 집으로 돌아간 상수는 그 노래, 경애와 누군가의 추억이 깃든 노래를 마치 들키면 안되는 어떤 것을 몰래 들여다보는 듯한 긴장 속에서 들어보곤 했다.

거기에는 상수도 고등학생 때 좋아했던 밴드 델리스파이스의 노래가 있었다. 「챠우챠우」라는 그 노래는 친구 은총도 좋아해서 사고를 당하기 전까지 무선호출기의 안내음으로 쓰기도 했다. 상수는 노래가 불러오는 기억들에 붙들려 밤을 지새우다가 1999년의 은총에게는 짝사랑하는 여자애가 있었고 영화동호회에서 만난 친구였다는 걸 떠올렸다. 그 여자애의 메시지를 음성사서함에 저장해놓았다가 상수와 만나 일없이 돌아다니다가도 불현듯 공중전화로 가서 듣고 오곤 했다. 그럴 때 상수는 이상한 질투와 소외감을 느꼈다. 고등학생을 대상으로 한 영화제작 캠프에서 만난 상수와 은총은 꽤 죽이 잘 맞았고 특히나 상수에게는 은총이 유일한 친구였기 때문이었다.

은총은 학교 야자시간에도 그러다가 선생에게 걸려서 대걸레 자루로 맞는다고 했다. 상수는 그 목소리 하나 듣겠다고 그런 고통을 감수하는 은총을 이해할 수가 없었다. 얼마나 달콤한 사랑의 말을 녹음해놓았기에 그런가 싶어서, 그러면 안되지만 비밀번호를 슬쩍 봐두었다가 몰래 들어보면 일요일에 만나자는 거지, 애관이야, 인형이야,라든가, 그때 빌린 4000원 내놔라, 같은 별다른 감흥 없이 퉁명스럽기만 한 목소리였다. 「챠우챠우」의 노랫말처럼 아무리 애를 쓰고 막아보려 해도 들릴 정도의 매혹은 아니었다.

은총이 죽고 나서도 한동안 무선호출기 번호는 살아 있어서 상수는 은총이 없다는 사실을 믿고 싶지 않을 때면 그 번호로 전화를 걸어보곤 했다. 음성메시지를 남기려 하면 메시지가 가득 차서 더이상 녹음할 수 없다는 안내음이 들리는 날도 있었다. 상수는 비밀 번호를 눌러 거기에 남아 있는 목소리들을 들어보았다. 은총을 기억하는 다양한 사람들이 메시지를 남기고 있었다.

  결국에는 아무도 듣지 못할 어떤 말을 하는 것, 그건 무용하고 허망하고 어떻게 보면 말이 아닌 말을 하는 것이기도 했다. 상수는 언제 오니, 할머니가 너 좋아하는 조기찌개 해놨는데, 하는 말을 듣다가 그것이 더이상 귀가를 확인하는 말이 될 수가 없다는 데 눈물을 흘렸다. 언제,라는 물음이나 할머니, 너, 조기찌개라는 단어들 모두 지금껏 상수가 들어보지 못한, 생경한, 그저 은총의 부재만을 가리키는 실체 없는 그림자처럼 느껴졌다. 은총의 교회 사람들, 어린 시절 친구들, 그 와중에 맥락 없이 메시지를 잘못 남긴 타인들의 목소리까지 모두 은총을 떠올리게는 했지만 그럴수록 정작 모든 말들은 무너지고 만다고 생각했다.

  그 허스키하고 낮은 목소리의 여자애도 메시지를 남겼지만 그마저도 나야, 거기 있니, 하고 묻고는 몇마디 못하고 끊곤 했다. 정작 다른 사람들은 그 사서함에 기억나냐, 우리 교회 수련원 갔을 때 야 우리 수영장에서, 하며 추억을 회상했지만 걔는 언제나 전화해서 한참을 머뭇거리다가 곧 눈이 온다는데, 눈이,라든가, 오늘도 야자 쨌어, 갈 데는 없고,처럼 혼잣말 같은 말들을 하다가 끊곤 했다. 누군가 듣고 있으리라 상정하지 않는 여자애의 말들은 온도가 낮고 덤덤했다. 상수는 문득 얘는 크게 한번 울어나 봤을까 생각했다.

마지막까지 메시지를 남긴 사람도 여자애였다. 메시지에서 여자애는 눈이 오네, 아무것도 할 일은 없고,라고 말했다. 그리고 일분 가까이 아무 말도 하지 않는 동안 여자애가 있을 공간 뒤편에, 철제문을 여닫는 소리와 자동차 경적, 두런거리는 말소리와 지나가는 누가 큰 소리로 내는 야— 하는 외침, 그리고 여자애가 내는 숨소리만이 들리더니 끊을 때쯤 되어서야 미안해, 하고 겨우 한마디를 내놓았다. 미안해, 나는 아무래도 늦을 것 같아…… 그래서 눈을 네가 있는 곳에 먼저 보낼게. 그리고 수화기를 내려놓는 달그닥 소리가 나며 녹음이 종료되었는데 상수는 긴 침묵 끝에 여자애가 내놓은 그 말이 지금까지 들은 누구의 애도보다 슬퍼 엉엉 울었다.

은총의 음성사서함이 정지된 건 석달이 지나 21세기, 2000년이 되면서였다.

그리고 그해에 델리스파이스가 앨범을 냈다. 그때 상수는 지방의 한 대학에 붙기는 했지만 등록금만 내고 나가지 않은 채 종로의 재수학원에 다니고 있었다. 물론 상수가 아니라 아버지의 뜻이었다. 하지만 아버지의 기대와 달리 학원생활에 영 적응하지 못했고 점심시간에 나와 종로를 정처 없이 돌아다니다 수업을 다 빼먹곤 했다. 델리스파이스의 신보를 들은 것도 그렇게 나와서 거리를 헤매고 다닐 때였다. 상수는 왈칵 반가운 마음이 들어 레코드점의 문을 열었다.

거기에는 주크박스 부스가 있어서 씨디를 들어볼 수 있었다. 그

신곡이 꼭 자기 마음을 옮겨놓은 것 같아 자기 덩치에는 너무 좁아 제대로 움직일 수도 없는 부스 안에서 상수는 눈물을 훔쳤다.

길을 걷던 한 소년은 물었지
엄마 저건 꼭 토끼 같아,라고
심드렁한 엄마는 대답했지
얘야 저건 썩은 고양이 시체일 뿐이란다
오 뒤틀린 발목 너덜너덜해진 날개를 푸드덕거려도 보지만
날 수 없는 작은 새 한마리를 누가 쳐다나 보겠어

길을 떠나던 한 소녀는 물었지
아빠 저건 꼭 토끼 같아,라고
무표정한 아빠는 대답했지
얘야 저건 썩은 고양이 시체일 뿐이란다
오 뒤틀린 발목 너덜너덜해진 날개를 푸드덕거려도 보지만
날 수 없는 작은 새 한마리를 누가 쳐다나 보겠어

"이제 좀 나와요, 학생. 남들 좀 배려하며 살자."

이윽고 레코드점 사장이 부스의 문을 두드렸다. 상수가 자기 머플러로, 엉망이 된 얼굴을 닦으며 나오자 사장은 크리넥스 티슈를 뽑아 건네주었다. 상수는 씨디 두장을 샀는데 그 때문인지 우는 상수가 안됐어서 그러는지 사장은 문까지 따라 나왔다.

"혼자 꾸는 꿈은 단지 꿈이지만 함께 꾸는 꿈은 현실이라고 존 레넌이 그랬으니까 우리에게는 뮤직이 있으니까 뮤직으로 대동단

결하면서 살자고, 어깨 펴고."

상수는 그 노래를 씨디플레이어로 들으면서 전철을 타고 부평에 있는 납골당으로 갔다. 거기에 은총이 있는 걸 알면서도 상수는 그동안 차마 가지 못하고 있었는데, 그건 마음이 없어서가 아니라 마음을 견딜 수가 없어서였다. 그렇게 또 한명의 죽음을 받아들일 자신이 없어서였다. 전철에는 봄인데도 여전히 코트를 벗지 않은 사람들이 자리에 앉아 있었다. 거기에 앉아 신문 따위를 보는 사람들의 소맷자락에 동그랗게 말린 보풀이 상수 눈에 들어왔다. 노래의 긴 후주에 녹음된 영화의 대사, 누군가의 절규, 총소리, 울음과 음울한 프랑스어, 다툼과 분노, 고통에 찬 비명 등과 무심하게 매달려 있는 보풀은 너무 다르게 느껴져서 상수는 외로워졌다. 외로우니까 볼륨을 더 키웠고 슬픔이 저 보풀처럼 작아지기 위해서는 얼마만한 시간이 필요할까, 생각했다. 그건 시간이 지난다고 되는 일일까.

상수는 은총이 살아 있었다면 델리스파이스의 신곡을 당연히 좋아했으리라 생각했지만 "정은총 1981.10.1.~1999.10.30."이라고 쓰인 흰 도자기를 마주하자 은총이 좋아했을 리가 없다고 정정했다. 은총이 죽지 않았다면 그 여자애, 무슨 말을 하듯 약간 귀찮은 듯이 말끝을 흐려가며 말하던 여자애와 언젠가는 본격적으로 연애를 했을 테니까. 둘은 춘천이나 제부도로 여행을 갔을지도 모르고 거기에서 서로 목소리를 들려주는 데서 그치지 않고 손을 잡았을 것이었다. 그리고 서로의 어깨를 쓸어주고 만지고 입을 맞추고 모든 연인들이 하는 평균의 포옹을 했을 것이다. 그러니까 이런 음울하고 지리멸렬하고 허무에 찬 밴드의 노래에는 관심이 없었을 것이다.

하지만 은총은 여기 납골당의 가34호 칸 안에 있었다. 이렇게 있는 것을 있다,라고 할 수 있을지 모르겠지만.

상수가 납골당에 쪼그리고 앉아 그 반복되는 기타 리프로 이루어진 노래를 듣는 동안 해가 졌다. 폐장 무렵에야 상수는 나머지 씨디 한장을 벽에 붙여놓고 나왔다. 은총이 있으라, 하고 은총이 늘 하던 인사를 떠올렸지만 은총이 죽은 뒤로 상수는 그런 것을 믿지 않게 되었으므로 입 밖에 내지는 않았다.

*

여전히 이렇다 할 실적을 내지 못하면서 상수는 국내 영업에는 더이상 희망이 없다고 생각했다. 클라이언트들이 건넨 아이스 커피며 비타민 음료를 받아 마시며 돌아다녀봤자 저녁이면 배나 더 고파질 뿐이었다. 물론 동남아에 공장을 둔 기업들과 대량의 주문, 이를테면 10억불 상당을 체결할 수도 있었다. 하지만 그런 계약 건은 상수에게 날아오지 않았다. 그런 건 잘나가는 영업팀들이 선점해 상수에게는 기회가 오지 않았다. 그냥 그런 것이 있다고 풍문처럼 들려올 뿐이었다.

10억불이라니.

밤에 자려고 누우면 긴장이 발가락부터 모든 근육들을 섬세하게 누르며 올라왔다. 그리고 그 긴장이 드디어 내장기관이 있는 상복부까지 와서 천성적으로 약한 위장을 건들기 시작하면 화장실로 달려가 속을 게워냈다. 그럴 때마다 형이 노상 입에 달고 살았던 그 냥 아무것도 하지를 마,라는 말이 상수의 등짝을 콩콩 두드렸다. 어 쩌면 상수가 뭔가를 해보려고 애써왔던 건 결국 그 말이 자기를 평 생 괴롭히기 때문이 아닌가, 싶었다.

키가 크고 마른 상수와 달리 상규는 중키에 근육이 다부졌고 어 려서부터 폭력으로 상대를 제압할 줄 알았다. 그러다 한 사건에 연루돼 소년원에 갈 뻔하면서 아버지를 곤란에 빠뜨리기도 했다. 1997년의 여름에, 상규는 자기보다 어린 전학생을 그때 상수네가 살던 빌라 옥상으로 끌고 와 표현 그대로 '매어놓고' 이틀을 보냈 는데, 나중에 상수는 그즈음 들렸던 마치 어린 강아지가 우는 듯한 구슬픈 소리가 누군가의 신음이고 비명이었다는 사실을 알고 충격 에 빠졌다. 자신의 방 바로 위에서 그런 감금과 폭행이 일어났다는 데 놀랐고 그 소리를 들으면서 자기가 태연하게 잠을 자고 옷을 갈 아입고 영화 속 연애대사들을 필사하면서 눈물을 흘리기도 했다는 데에 절망에 가까운 감정을 느꼈다. 상규가 문제를 일으킬 때마다 상수는 형과 자기 사이에 영원히 그치지 않을 것 같은 선긋기를 해 가며 겨우 버텼는데 모두 소용없어지는 느낌이었다.

상수는 여전히 상규를 증오하지만 형이 정말 소년원에 갈지도 모른다고 생각하자 아주 외면할 수만은 또 없는, 그 나이로는 도저 히 스스로 해석할 수 없는 양극단의 감정을 오가며 며칠을 보냈는 데, 거기에는 대담하게도 집까지 누군가를 데리고 와 그런 끔찍한 일을 벌인 형에 대한 기이한 공포와 경외도 포함되어 있었다.

혹시 사건이 보도라도 될까봐 아버지 쪽에서는 비상이 걸렸다. 그렇지 않아도 아들 문제로 현직 대통령이 위기에 몰려 있던 때에

여당 국회의원 아들이 그런 비행을 저질렀다는 건 다룰 만한 토픽이었기 때문이다. 더 큰 문제는 형이 피해 학생에게 사과하는 것을 거부했다는 점이었다. 담임이나, 형이 그나마 따르는 외사촌형이나, 형사나, 누구의 말도 듣지 않았다. 형의 행동을 제어할 수 없는 것은 그에게 '귀한 것'이 없다는 사실 때문이었다. 중요한 것이 없었고 지키고 싶은 것이 없었다. 하고 싶은 것이 없었고 그러니까 간절한 것도 없었다. 형은 사과보다는 차라리 처벌을 받고 싶다고 했다. 왜냐고 묻자 잘못을 했으면 벌을 받아야죠, 그러라고 법이 있는 거잖아요,라고 형이 웃으며 말했다고 들었을 때 상수는 왜 그런지 자신이 너무나 비참해지는 기분이었다.

그러던 어느 오후 비서관이 상수에게 아버지와 어디를 좀 가자고 했다. 뭣도 모르고 나이키 로고가 그려진 티셔츠를 입고 상수가 나오자 비서관은 아줌마, 하고 부르더니 일요일인데도 상수에게 교복을 입혔다. 승용차에는 아버지라면 질색할 법한 유행가들이 나오고 있었다. 비서관은 분위기를 좀 바꿀 생각이었는지 상수에게 어떤 노래가 좋은지 계속 물었다. 그건 모두 댄스음악들이었고 상수는 그 노래들의 빠르고 발랄한 비트에 오히려 주눅이 들어서 자기는 그런 건 잘 모른다고만 대답했다.

"우리 어디 가요, 아저씨?"

"사과하러 가지, 형이 못 가니까 상수가 가는 거야."

그때야 아버지와 함께 소년을 만나러 간다는 걸 안 상수는 비서관 몰래 조금씩 울기 시작했다. 그건 어딘가 공포가 깃든 눈물이었는데, 지금 생각해보면 해결할 수 없는 분노의 곁에 있는 것만으로 겁에 질렸기 때문일지 몰랐다. 상수는 형이 아버지에 대한 분노를 거둘 일도 없고 아버지가 형을 용서할 리도 없으며 그 와중에 끔찍한 이틀을 보내야 했을, 그냥 형 무리의 마음에 들지 않았다는 이유로 옥상에 묶여 있어야 했던 그 소년도 절대 분노를 거두지 않으리라고 생각했다. 상수가 형에게 맞을 때마다 그 분노가 아주 먼 북극의 빙하처럼 차곡차곡 무서운 응집력으로 얼어붙었던 것처럼. 그런 마음에 또다른 분노가 하나 더 올라오면 마음이 고통스러울 만큼 냉담해지고 그런 인력은 너무 세서 웬만해서는 사라지지 않았다. 그러니까 형에 의해 자기 같은 사람이 하나 더 만들어졌고 이제 그 얼굴을 자기가 확인해야 한다는 것이었다. 마당에 놓인 눈사람을 보듯, 아니면 흡사 거울을 보는 것처럼.

차는 중간에 서초에 들러 아버지를 태웠는데, 차에 오르기까지 누군가들과 계속 대화하던 아버지는 앉자마자 넥타이를 풀고 재킷을 벗고 이마에 손을 얹었다. 그리고 깊은 한숨을 쉬었다. 이제 유행가들은 꺼지고 웅웅, 하는 자동차의 엔진 소리만 들렸다. 과열된 자동차 보닛에서 올라오는 아지랑이, 도곡동, 진아운수라고 쓰인 버스가 회전할 때마다 한편으로 쏠리는 검정 머리들, 삼색 파라솔 위로 떨어지는 칼날처럼 반듯한 햇빛, 방배 소주방, 충무 악기사 같은 간판들이 무의미하게 흐르는 창밖을 상수가 하염없이 보고 있는데 아버지가 좌석의 그물망에서 꼬냑을 꺼내 홀짝 마셨다. 아무 말 없이 그렇게 마실 뿐 상수에게는 어디를 가서 어떻게 하자는 말을 하지 않았다. 다만 과일 샀나? 하고 물었고 비서관이 준비됐습니다,라고 대답했다.

남부순환로 건너편의 성뒤마을은 상수로서는 처음 가본 동네였다. 연립주택들과 슬레이트지붕의 판잣집들이 뒤섞여 있었고 석재

상과 고물상들, 공동변소 같은 건물들이 동네를 이루고 있었다. 소년의 집은 철제미닫이문으로 된 '백홍식당'이라는 작은 가게였다. 상수 일행이 들어가자 식당의 곁방에서 소년의 엄마가 나왔고 형의 이름을 대자 좀 졸린 듯했던 엄마의 눈은 선명한 금을 그은 듯 또렷해졌다. 그리고 하늘색 발을 쳐놓은 그 방에서 소년이 고개를 내밀었다. 아이처럼 체구가 작고 피부가 까만 소년이었다.

냅킨 통만 덩그러니 놓인 테이블에서 아버지의 나지막한 사과의 말이 시작됐다. 소년의 엄마는 노여움을 풀지 않았다. 다 자신의 불찰이고, 엄마가 어려서 세상을 떠나 애들이 부족하게 자랐다는 말도 상황을 나아지게 하지는 못했다. 상수가 아버지를 따라 죄송합니다,라고 하자 소년은 너는 누구지? 하고 물었다.

"너도 날 묶은 애들 중 하나야?"

상수는 아니에요,라고 기어들어가는 목소리로 대답했다. 하지만 저는 아무 상관이 없어요,라고 말하지는 못했다. 오히려 그렇게 말한 사람은 소년의 엄마였다.

"상관도 없는 애를 왜 여기까지 데려왔어요? 뭐 좋은 일이라고 어린애를 데려와요?"

소년의 엄마가 그렇게 말하자 상수의 마음에, 그 막막하고 차가운 마음에 잠깐의 온기가 지나갔다. 책임과 잘못을 다투는 대화가 이어졌고 마음이 좀 편해진 상수는 이제 눈앞의 소년이 아니라 식당 풍경에 시선을 주기 시작했다. 고딕체로 쓰인 메뉴판 글씨들에 시선을 빼앗겼다. 그러니까 상수로서는 한번도 먹어보지 못한 된장술국밥 같은 단어들에, 그런 건 소년의 엄마가 만드는 것인가, 된장술로 국밥을 만드는 것인가 아니면 된장을 술국밥이라는 것에 풀

어서 만드는 것인가 그렇게 쪼개서 읽어보면 그 분리의 힘으로 그
것의 정체를 알아낼 수 있는 것처럼 상수는 된장술국밥을 나눠서
어떻게든 그 엄마가 아마도 새벽에 일어나서 보낼 그 된장술국밥
의 조리시간에 대해서 상상하다가 그 엄마가 우리 아들은요, 우리
가 애 하나 보고 섬에서 올라왔어요, 여기 강남 학교 보낸다고요,
섬에서 섬에서 올라왔어요, 하는 말에 귀 기울이다가 자기 처지도
잊고 그러니까 저 엄마는 된장과 술국밥을, 아니면 된장술과 국밥
을 팔아서 아들을 위하려고 섬에서 올라와서, 아들을 위해서 살고
있구나 생각했고 그러자 눈물이 핑 돌았다.

"대화를 그렇게 하지 마시고요, 사모님. 여기 과일 받으시고 합의
금 관련 저희 제안도 봉투를 열어서 보시고요. 저희가 이렇게 사과
를 하니까요."

비서관이 준비한 모든 것들을 넘기고 나서도 분위기는 나아지지
않았다. 한참 말을 않던 소년의 엄마는 술 드셨죠? 하고 상수의 아
버지에게 물었다.

"아닙니다, 오해 마세요."

아버지는 문득 당황했다.

"반주 정도 일 때문에 했어요. 식당 사장님이니 잘 아실 것 아닙
니까."

"맨정신도 아니면서 하는 사과 안 받아요. 돈도 싫어요. 우리 애
법대 갈 애예요. 그런 돈으로 안 키운다고요. 그리고 학생, 학생이
왜 울어? 형이 그랬으면 형이 사과해야지. 울지 마, 울지 말고 학생
은 똑바로 살아, 돌아가신 엄마 생각하면서 공부하며 살라고."

소년의 엄마는 상수를 보면서 화를 누르기도 하고 속을 누그러

뜨려도 보는 것 같았는데 그러자 상수의 마음은 더 고통스러워졌다. 그건 미안하다는 말로는 충분하지 않았고 한없이 부끄러워지는 마음이었다. 스위스제 주머니칼로 위협해 옥상으로 끌고 가고 완력을 써서 묶고 때리고 방치해 이틀을 보내게 한 것이 누구든 그 순간에는 누구에게 미룰 수 없는 순정한 수치심이 들었다.

돌아오면서 상수는 아버지와 저녁으로 설렁탕을 먹었다. 둘이서 외식을 하는 건 드문 일이라서 상수는 어색하게 밥만 먹었다. 공기밥을 하나 더 시켜 먹고 아버지가 남긴 밥까지 깍두기와 함께 열심히 퍼먹었다. 그리고 그날밤 그걸 다 게워내고는 몸에 힘이 하나도 없이 혼자 침대에 걸터앉아 이런 문장을 일기에 써보았는데, 상수가 생각할 수 있는 가장 최선의 문장이었던 그것은 "아무것도 하지 않으면 (   )이 되고 만다"였다.

그리고 떠오르는 다양한 단어들을 괄호 안에 채워보았다. 괴물, 이라든가, 악당, 악마, 찐따, 벌레, 범죄자, 양아치, 깡패, 실패자……
그러는 동안에도 낮의 그 백홍식당의 어느 장면들은 상수의 머릿속에 계속해서 떠올랐는데, 가장 뚜렷한 건 배웅하려는지 아니면 상수와 일행이 자기 시야에서 사라지는 장면을 확인하고 싶었는지 그 엄마가 식당 앞 보도까지 나와 서 있는 모습이었다. 그 엄마가 신고 나온 붉은 가죽끈의 샌들 위로 떨어지던 나뭇잎의 어른거리던 그림자들. 그 검정의 그림자들은 발을 덮는 듯도 하고 어둡게 물들이는 듯도 했는데 동시에 그것은 바람에 흔들리면서 마치 파도처럼 발을 여러번 쓸어주는 듯했다.

그런 장면을 연상하다가 상수는 마침내 괄호 안에 "아무것도 하지 않으면 (아무것)이 되고 만다"라고 문장을 완성했다.

상수는 형과는 최대한 다른, 아주 다른 인간으로 살기로 결심했다. 그건 단순히 형뿐만 아니라 형이 보여주는 모든 세계와의 결별이었다. 그리고 그것은 분리와 혹독한 선별을 통해서만 가능해진다고 생각해서 형을 연상시키는 모든 것들—폭력, 욕설, 포르노, 가죽점퍼, 오토바이, 프로레슬링, 헐크 호건, 수음, 주머니칼, 문신, 얼차려, 여자의 나체, 복수, 총 같은 것들의 목록을 끝없이 적어보았다.

결국 그 사건으로 인생의 방향을 바꾼 건 상규가 아니라 상수였다. 상규는 경찰서에서 풀려났고 정학기간에는 고모가 사둔 강화의 별장으로 내려가 지냈다. 밤마다 인적이 드문 해변길을 따라 오토바이를 탄다고 했다. 낮에는 전등사 길을 오르내리며 근육을 키운다고 했다.

소년과 소년의 엄마가 합의를 해준 건 학부모회의 누군가가 나섰기 때문이었다. 그는 이대로 가다가는 소년이 나중에 대학원서를 쓸 때 지장이 있을지 모른다고 충고했다. 특히 학교 추천이 있어야 하는 특차 전형에서. 사건은 학교로서도 부담 가는 일이었고 아버지는 그 사립고등학교의 재단 사람과도 친분이 두터웠다. 합의하지 않으면 앞으로 소년이 얼마나 신실하게, 옳게, 바르게 살 작정이든 그 길을 시작조차 못 할 수도 있다는 것을, 기회가 아예 박탈되는 상황과는 어떻게 싸움을 해볼 수 없었으리라고 상수는 나중에 대학에 들어가고 나서 생각했다. 아버지는 현명했지만 어떻게 보면 비열했던 것 같다고. 상수가 자라면서 아버지로부터 이리 온, 잘 잤니보다 더 자주 들었던 정의란 그런 것을 닮아 있을지도 모른다고.

없는 마음

상수는 부장에게 불려가 자네 아마 발령이 날 거야,라는 말을 들었다. 그 순간 발뒤꿈치를 무언가가 와락 물어버린 것 같았다. 부장이 말한 상수의 발령지는 한국의 어느 지방도 아니고 협력사가 있는 일본도 아닌 베트남이었다. 한국의 방직공장들은 중국이나 동남아로 넘어간 지가 오래니까 따져보자면 놀랄 것도 없었다. 공장을 상대로 영업해야 하는 미싱회사에서는 그런 이동을 따라다니는 것이 당연했으니까. 상수도 한때 베트남을 공략해야 한다고 회의시간에 열변을 토하기도 했지만 자기가 가겠다는 뜻은 아니었다.

그런 곳에 가는 사람은 이제 막 들어온 사원들 중 아직도 문명 개척에 가까운 저돌적 영업 방식에 향수를 가지고 있는 자, 동남아와 한국의 상대적 물가 차이를 이용한 생활수준의 업그레이드에 관심 있는 자, 실연·이혼·불화 등으로 일종의 도피처가 필요한 자 정도로 요약할 수 있었다. 그렇게 해서 상수가 아는 많은 신입사원들이 중국과 베트남으로 차출되었는데, 문제는 적응이 힘들다는 점이었다.

상수가 알기로 최근 베트남에 파견된 영업사원 하나는 신경쇠약으로 귀국해 끝내는 퇴사했다. 그 영업사원의 증세는 혼잣말을 중얼중얼거리는 데서 출발했다. 습하고 덥고, 세찬 비바람과 작열하는 태양이 수시로 교차하는 종잡을 수 없는 기후, 그리고 타국인들 사이에서 완전히 고립되다시피 한 그가 주로 한 말은 "되는 것도 안되는 것도 없구나"였다고 들었다. 되는 것도 안되는 것도 없다라니 얼마나 절망적인 말인가. 기껏 뭔가를 했는데 플러스마이너스 제로라면 얼마나 맥이 빠지는가. 상수는 그것이야말로 참으로 묵같은 상태의 삶이 아닐까 생각했다. 겉으로는 중량감 있는 색채에, 기포 하나 없이 단단해 보이지만 숟가락질 한번으로 완전히 파괴되어버리는 묵 같은 인생.

"그럼 혼자 갑니까? 팀이 가죠?"

베트남이라는 단어를 듣자마자 정신이 곤죽이 된 상수가 겨우 한 말이었다.

"거야 모르지, 일단 회사는 팀으로 보내도 되지만 여자가 거기까지 가는 게…… 박경애 씨가 안 원하면 안 가는 거지."

부장의 그 말은 상수로서는 도저히 받아들일 수가 없었다. 겨우 두 계절 운영해보고는 자기네 팀을 없애겠다는 뜻이기 때문이었다. 상수가 발끈해서 그러면 징계나 좌천 아니냐고 하자 부장은 무슨 얘긴가, 절대 그렇게 생각하지 말게, 하고 발뺌했다. 상수는 혼미한 정신을 붙들어보자는 마음으로 밖으로 나가 주차장에 쪼그려 앉았다. 멀고 먼 베트남, 우기와 밀림과 메콩강과 전쟁과 미군과 헬리콥터 같은 이미지로밖에 상수에게 남아 있지 않은 나라로 가야 한다는 사실에 기분이 완전히 가라앉았다. 하지만 그럴 때일수록 약한 모습을 보여서는 안된다는 생각에 ─사실 보는 사람도 없는데도─ 다 젖은 빨래처럼 실의에 빠진 몸을 움직여 근처에 덩그러니 놓인 플라스틱 음료박스에 걸터앉았다. 병을 꽂는 부분들이 비어 있어서 엉덩이가 부분부분 깨알같이 불편했다.

상수는 이제 자기 앞에 놓인 미래가 죽 이러리라고 생각했다. 이른바 안남미, 그 푸슬푸슬한 쌀알부터가 상수를 슬프게 할 것이다. 한국 기업을 상대로 영업하니까 베트남어를 못하는 것은 큰 문제가 아니겠지만 어딜 가든 타국의 언어가 들려오는 상황은 만만치 않을 것이었다. 그나마 익숙한 영어도 일본어도 아니라서 더더욱 상수의 마음을 갉아먹을 베트남의 말들. 말 걸어주는 사람 하나 없을, 물론 서울에 있을 때도 그리 활발한 사교활동을 한 것은 아니지만, 그 고독감 속에서 인터넷으로 한국 드라마들이나 다운받으면서 긴긴 밤을 보내야 하는 건가. 그러면 '언죄다' 페이지는 어떻게 하는가. 그렇게 먼 곳에서 과연 지금처럼 명징하게 사랑의 무고함을 얘기해줄 수 있을 것인가. 상수에게는 사랑에 상심한 회원들 ─언니들이 필요했다. 그들이 상수라는 언니를 필요로 하듯이. 상수는 그런 생각들을 하면 가슴이 탁 막혀왔는데 더 기가 막힌 건 자기가 다른 나라로 전출되어가더라도 아쉬워할 사람이 없다는 점이었다. 그렇다면 사실 서울에서 베트남으로가 아니라 죽어서 사라진다 해도 상황은 마찬가지 아닌가. 내면에 엄청난 소용돌이를 일으키며 상수는 그런 비관으로 빠져들어갔다.

청해수산에서 전어회를 먹으며 상수의 발령 이야기를 들은 경애는 무자비하게도 그러니까 저에게 선택권이 있는 건가요, 하고 물었다. 매몰찬 말이었다. 상수는 그 말이 서운해서 평소에 잘 먹지도 않는 청하를 한병이나 마셨다. 경애는 소주와 맥주를 섞어서 마셨는데 자기 혼자 먹는데도 맥주잔 주둥이를 냅킨으로 막고 흔들어 회오리를 만들었다.

상수는 취한 것도 취한 것이지만 이 판국에 그렇게 소맥의 기쁨을 다 누리고 있는 경애가 얄미워서 말수가 줄어들었다. 그러니까 테이블은 조용해지고 저녁을 먹은 사람들이 빠져나가면서 서울의 밤이 조용해지고 있었다. 거리와 술집이 조용해진다는 건 사람들이 집으로 돌아갔다는 얘기. 인기척을 내며 문을 열고 누군가에게 왔어, 인사하며 놓쳐버린 끼니나 과일 등을 먹으며 텔레비전을 보다가 자기들끼리 또 인사를 하며 잠이 들었다는 얘기였다. 상수는 언제나 그렇게 조용히 잦아드는 서울의 밤을 예민하게 느끼면서도 정작 그런 하루의 주기에서는 늘 소외되어 있다고 생각했다. 밤이 되면 될수록 상수의 슬픔과 상수의 회한, 상수의 고독과 상수의 분노 같은 것은 더해갔으니까.

하지만 그런 서울의 밤을 느낄 날도 얼마 남지 않았다. 이제 그 무더운 베트남에서 상상할 수밖에 없을 것이었다. 오늘은 박경애가 회사의 어디에서 담배를 피웠나, 누구랑 말은 좀 섞었나, 그 애인하고는 잘 되어가나, 그 사람 앞에서는 좀 웃나, 하는.

경애는 상수를 위로하려는 건지 자기는 그 발령 건이 좌천이라고 생각하지는 않는다고 했다. 그러자 상수는 반색했지만 바로 이어서 경애가 그렇다고 마냥 반길 일 같지도 않다고 해서 김이 샜다.

"그건 그냥 좋지도 나쁘지도 않고 다만 좀 이상한 일인 거 같은데. 그래도 공팀장님이 십년 차인데 거기까지 왜 파견직원으로 보내는 건지 생각해봐야 할 거예요. 베트남에도 그쪽 영업 전담하는 총판, 솔 에이전트(sole agent)가 있는데 굳이 팀장급 판공비 다 감당해가며 영업사원을 파견한다는 거 말이에요."

"영업실적을 기대하는 것 아니겠습니까. 뭐 투자를 해서……"

"그런데 솔직히 우리가 그런 능력은 없잖아요. 우리가 그렇잖아요."

경애는 그런 말을 깐마늘을 깨물어 반으로 나누면서 참 무심하게도 했는데 상수는 그것이야말로 말 그대로 '팩트 폭력' 아닌가 생각했다. 사실은 사실이었다. 어차피 서울에서도 고독한 거 자기 혼자 가도 그만이라고 상수가 홧김에 생각하고 있을 때쯤 경애가 소매를 말다가 말고 누군가의 전화를 받으러 나갔다. 횟집의 창밖으로, 배를 깔고 수족관 안을 유영하는 광어와, 유리면을 발판 삼아 수면 위로 열심히 기어오르는 낙지들 옆에서 경애의 얼굴이 환해졌다가 어두워졌다. 아주 많이 어두워져서 입술을 깨물고 어떤 감정들을 떠올리다가는 애써 삼키면서 왜,라고 묻는 것 같았다. 왜냐고. 다시 돌아온 경애의 기분이 나빠 보여서 상수는 말을 계속해야 할지 머뭇거렸고 이윽고 경애가 지친 얼굴로 그만 가죠,라고 했다.

한주 동안 고민하던 상수는 유정과 대화한 후에 그냥 가기로 마음을 굳혔다. 그동안의 회사생활을 생각해본다면 상수로서는 꽤 패기있는 선택이었다. 유정은 상수가 베트남으로 파견되는 데에는 사장이 그쪽 총판업자를 믿지 못하게 된 내력이 있으리라고 귀띔했다. 그리고 꼭 기술자까지 한 팀을 이뤄서 가고 확실히 상수 편에 있을 사람을 데려가라고 충고했다.

"그러지 않으면 아주 힘들어질 거야, 상수씨."

"왜 힘들어지는데?"

"기계는 판다고 다 되는 게 아니잖아. 설치해야 하고 관리해야 하고 그런 순환이 잘되어야 우리 같은 영업자들은 또다른 회사에 기계를 팔 수 있는 거잖아. 그런 게 안되면 상수씨는 신의를 잃게 돼. 자기들끼리 판을 다 짜놓은 곳에서, 더구나 그 먼 곳에서 자기를 도울 기술자가 없다면 얼마나 어렵겠어?"

그러니까 상황을 정리해보면 단순한 파견이 아니라 회사의 권력 구조를 재조정하려는 사장의 '빅 픽처'일 수 있다는 것이었다. 물론 사장은 막상 상수를 면담해서는 그런 어려움, 자기가 회사를 운영하는 데 난관을 겪고 있다고 인정하는 말들을 직접 하지는 않았다. 다만 상수가 나갈 때 별안간 어깨동무를 하며 "우린 뭐 탁구로 도원결의한 사이잖아"라고 친근하게 말했다.

"아버지들도 그렇고 베프로 충분하잖아. 언제 탁구 치러 서초로 한번 와."

그런 어깨동무에는 아버지에 이어서 부임하기는 했지만 회사를 완전히 장악하지 못한 젊은 사장의 고충이 들어 있는 것 같았다. 비록 사장은 간부들에게조차 '도련님'으로 은근히 무시당하고 직원들에게는 그냥 쓸데없는 경쟁에 몰두하는 열혈 체육인쯤으로 평가되지만 그도 나름 유학까지 갔다 온 사람이었다. 근성도 있고 판단력도 있고 무엇보다 아버지가 연일 그를 괴롭혔기 때문에 회사 실적에 신경 쓰지 않을 수가 없었다. 더구나 그가 회사 일이고 뭐고 다 그만두고 나면 그 자리를 언제든 대신할 친척들 — 삼촌, 매형, 사촌들이 포진하고 있었다. 언제고 사장이 흰 수건만 던지면 링 위에 서로 올라오려고 드잡이를 할 것이었다.

기력을 회복한 상수는 공장 쪽 사람들 중에서 누가 자신과 함께 베트남으로 가서 역량을 십분 발휘하고 싶어할까 살피기 시작했다. 하지만 경력직들은 얘기를 듣고 코웃음을 쳤고 신입들은 그렇게 버리고 떠날 만큼 아쉽지 않았다. 젊은 직원들에게는 사이좋은 애인과 부인이, 베프가, 보살펴야 할 가족과 강아지, 고양이들이 있어서 그 먼 곳까지 가고 싶을 리가 없었다. 처음에 기술자까지 해서 완전히 세팅해주마 했던 부장은 상수가 곤란을 겪자 그러면 상수 씨만 우선 갈래? 하고 발을 뺐다. 베트남만이 아니었다. 중국도 다른 동남아 나라들도 기술자들에게는 그다지 인기가 없었다. 그들에게는 기술이 있으므로 어떻게 보면 선택권이 있는 것이었다. 미싱은 사양산업이라 젊은 노동자들이 잘 수혈되지 않았고 그러면서도 숙련공이 필요했기 때문에 도리어 기술자들의 연령은 높아지고 있었다. 안되면 퇴사했던 사람까지 수소문해 인력을 충당했다.

매번 그렇게 거절당하던 상수가 마침내 떠올린 사람은 조선생이었다. 그는 활황기였던 1980년대에 이름난 기술자로 활동하다가 영업부로 옮겨오지 않았던가. 총무부에 연락처를 문의했지만 퇴사한 사람의 기록은 파기했다는 답이 돌아왔다. 그때 경애가 상수에게 조선생 연락처라면 자기가 알아볼 수 있다고 말했다.

"조선생님을 알아요?"

"제 친구가 연락을 해요."

"아니, 어떻게 알아요, 조선생님을요?"

하지만 경애가 대답하기도 전에 상수는 그 길고 지루했던, 반도 미싱 역사상 최장의 파업을 기억해냈다. 직원 몇이 삭발을 했고 그중에 경애가 있었다는 것을. 상수는 조선생에 대한 부채감을 여전히 가지고 있는 부장을 설득해서 만약 데려올 수 있다면 발령은 내보겠다는 약속을 받아냈다. 부장이 자기도 오랫동안 찜찜했다고, 기술자로 영업자로 일한 그런 사람을 나이 들었다고 내치는 게 참 모질다 싶었다고 말해서 고무되었다.

"박경애 씨, 조선생님 그리고 저 이렇게 셋이 베트남 가면 뭐 괜찮지 않겠습니까? 우리도 실적 한번 내지 않겠어요?"

경애는 그 말에 그런가요, 하고 되묻고 더이상 동의할 수는 없었다. 일영이 조선생은 아주 안 좋게 지낸다고만 하고 더는 말을 아꼈기 때문이었다.

"갑시다, 조선생님이 산다는 인천으로 가서 데려옵시다. 설득합시다. 경애씨, 인천에 몇번이나 가봤어요?"

"가본 적 없어요. 갈 일이 없잖아요."

경애는 인천이라고 하면 아주 많은 기억들이 떠올랐지만 그 얘기를 누군가에게 하고 싶지 않아서 다시 수면 아래로 가라앉게 두었다. E의 이야기는 산주에게조차 자세히 하지 않았다.

"하기는 전철 끝이니까, 머니까."

"그쪽에서 보면 끝이 아니라 시작이기도 한 거잖아요."

"경애씨, 경애씨는 어떻게 그렇게 근사한 말을 잘합니까?"

상수는 경애에게 연신 평소답지 않은 감탄을 했다. 상수가 요즘 어떻게 해야 경애에게 자신을 어필할까 고민하는 건 사실이었다. 그러자면 자신을 우선 이해시켜야 했다. 자신의 참모습, 자신의 진심, 그러면 그런 이해는 평판에 대한 전환으로 이어지고 호감과 신뢰의 상승으로 이어지며 최종적으로는 총무과장 밑에서 그 지루한 물품대장이나 관리하며 지내는 대신 너른 기회의 땅, 공장 건설이 사실상 문명 개척에 가깝다는 그 여전한 개발도상의 기쁨이 있는 곳으로 가서 자신의 주전공인 경영학에서 배운 능력을 발휘하게 할 것이었다. 그렇게 경애의 마음에 들고 싶은 것이 단순히 팀장직을 유지한 채 베트남으로 발령받고 싶어서인지, 아니면 더 원하는 게 있는지는 상수 자신도 헷갈렸다.

"제가 한 말은 아니고 인천이 집인 친구가 있었는데 걔가 했던 말이에요."

"그런 근사한 친구가 있어요? 근사한 친구도 있고 경애씨 참 근사하네요."

"있었다고 했지 지금도 있다고는 안했습니다."

경애는 불쑥 그렇게 정정하고는 화제를 돌려 일영이 그곳에 다녀온 공장 친구에게 들었다는 베트남 사정에 대해서만 건조하게 정리했다. 한국 기업들이 미국이나 유럽 의류회사들 오더를 받아 공장을 굴리고 있는데, 점점 더 오지로 들어가고 있다고 했다. 그러니까 하노이나 호찌민 같은 대도시에 머물 수 있는 것도 아니고 기본적으로 시골길을 여섯시간씩 달려서 좀더 시골로 밀림으로, 도시의 그늘이 드리워지지 않은 지역으로 영업을 다녀야 한다는 것이었다.

한국 회사들이 그런 곳에 공장을 짓는 건 노동력을 빼앗기지 않기 위해서였다. 한번 지으면 기본적으로 삼천명의 노동자가 필요한데 터를 다 닦아놓고 정작 공장을 돌리려 할 때 다른 공장, 월급을 많이 주는 반도체공장 같은 곳들이 들어오면 낭패였다. 혹은 다른 방직공장이. 그렇게 경쟁이 붙어버리면 임금이 상승하게 마련이었다. 하지만 경애의 그런 얘기는 상수의 귀에는 들어오지 않았다. 상사가 분명한데도 대체 어느 구도에서인지 을이 되어버린 상수는 어떻게 해서든 경애의 마음, 경애의 선택, 경애의 동의를 이끌어내는 일이 우선이었다. 그래서 평소의 감정 상태를 생각해본다면 심하다 싶을 만큼 기운을 냈다.

"원래 인생이란 게 끝이다 싶을 때 시작되는 것 아닙니까. 그렇게 끝이 계속 열리는 거잖습니까."

상수에게 시들시들하게 말했지만 경애는 어쩌면 모두가 별로 가고 싶어하지 않는 곳에 나가보는 것도 나쁘지 않다고 생각하고 있었다. 다시 총무부로 돌아가 고립된 채 회사생활을 하고 싶지는 않았다. 다만 경애는 산주가 마음에 걸렸다. 하지만 그렇게 산주를 마음에 걸려 하는 자기 자신에 대해서 생각하다보면 무섭도록 초라해지는 것도 사실이었다.

경애가 산주를 다시 만나서 하는 일은 자주 다녔던 데이트 장소를 순회하는 것이었는데, 둘이 함께 한강공원에 가서 맥주를 마셨던 날, 둘은 서로를 안고 그전처럼 가까이 느꼈다.

그날은 좀 기이한 날이었다. 한낮 강변의 펍에 앉아 맥주를 마시는데 선착장에 줄줄이 묶어놓은 오리배들이 눈에 들어왔다. 오리배들은 주둥이가 노랗고 눈은 까맣고 사람을 태우는 칸은 아주 하얬다. 세로로 파라다이스라는 상호가 쓰여 있었다. 오리배와 파라다이스 그리고 새들이 내려와 앉은 한강, 철교와 다리 그리고 맞은편의 산주. 그런 풍경들은 뭔가 오래된 상실감을 불러일으켰다. 그리고 불안을. 오리배들은 한데 묶여서 철교에서 전철이 지나가거나 혹은 바람이 불면 서로 맞부딪치면서 물결을 탔는데 그것이 파라다이스라는 세로행 글자들의 본뜻과는 전혀 다르게 지금 산주와 앉은 순간을 끊임없이 회의하게 하고 부정하게 했다. 그렇게 서로서로 묶인 채 둥둥둥 하고 떨면서 우리는 더이상 연인이 아니다, 우리가 다시 찾은 이 한강이나 여의도의 냉면집이나 광화문의 서점 따위의 장소들은 우리가 더이상 아무것도 아니라고 증명한다, 우리는 사랑하지 않는다, 우리는 내일을 계획하지 않는다, 우리는 서로에게 기대하지 않는다.

"선배, 저것 봐, 파라다이스라는데."

경애가 오리배를 가리키자 산주는 아이패드로 뭔가를 확인하다가 그쪽을 힐끔 보더니 잠깐 웃었다.

"그래, 여기도 파라다이스네."

이윽고 차에 올라탄 산주는 경애에게 너를 좀 안아도 될까, 하고 물었고 경애는 잠시 생각하다가 나도 선배를 안아보고 싶은데, 하고 대답했다.

집으로 돌아온 경애는 낮에 있었던 장면들을 떠올렸다. 그러니까 같이 먹었던 냉면과 나란히 걸었던 거리, 음식점 홍보 전단지를 쥐여주던 여자들과 잎이 무성한 가로수들, 한강과 오리배, 파라다이스, 그리고 비로소 안아서 확인해보았던 산주라는 사람. 그것은 바로 오늘의 일인데도 시효가 임박한 기억들처럼 빠르게 폐기되어야 한다는 조급한 마음을 들게 했다. 어쩌면 산주가 경애와 있다가 자신의 아내가 올라온다는 시각에 맞춰 정확히 다섯시 반, 서울역으로 데리러 갔기 때문일지도 몰랐다. 그렇게 헤어지고 각자에게 펼쳐질 일상을 생각하면 그사이에 있었던 감정들도 모두 빛을 잃었고 오리배에 적힌 파라다이스라는 글씨처럼 허울 좋은 가짜의 협의를 풍겼다. 경애는 점점 자신이 없어졌다. 발끝에서 무언가 조금씩 무너져내리고 있는 기분이었다. 그동안 경애가 쌓아왔던 모든 것들이 위태로워지는 느낌이었다. 그러다가도 산주를 생각하면 어떤 간절함이 들면서 잃고 싶지 않다는 생각이 경애를 붙들었지만 그것이 결국 자기를 파괴하리라는 것을 경애는 예감하고 있었다.

가야 한다고 생각했다. 떠나야 한다고, 어디로든.

밤에 잠깐 집 앞에서 만난 일영은 여름을 지나면서 살이 더 빠져 있었다. 온종일 걸어다녀야 하는 일이라 낮에 돌아다니다보면 몸에서 수분이라고 할 만한 것들이, 더러는 정신까지 증발해버리는 것 같다고 했다.

"힘들지?"

"힘은 들지, 그런데 힘들다 힘들다 하면 더 힘들어져."

"그렇네, 안 힘들다고 해야겠네."

"야, 안 힘들다, 안 힘들다 해도 힘들어진다."

"그럼 뭐 어쩌라고?"

"힘이 나서 사는 게 아니다, 살아서 힘이 나는 거지."

"멋지네."

경애는 산주와의 일을 말하고 싶다는 충동을 느꼈지만 그러지는 못했다. 관계가 깊어지면 깊어질수록 경애는 아무에게도 말할 수 없는 비밀을 안고 혼자 가라앉고 있었다. 산주는 경애가 그런 관계의 한계에 대해 말하면 며칠이고 연락을 끊었다가 아주 상처받은 얼굴로 나타나 그냥 옆에 좀 있으면 안되겠니? 하고 물었다. 내가 아픈데 그러면 정말 안되겠어?

그 상황을 알게 된 미유는 당장 산주에게 전화하겠다며 흥분했다. 경애가 상처를 받은 사람이라면 누군가에게 말하고 싶을 수 있다고, 산주는 들어줄 수 있는 귀를 가진 사람을 찾아오는 것뿐이라고 설명했지만 미유는 그게 얼마나 이기적인 일이니, 인생 망했는데 지금 바람이라도 나자는 거니,라고 말해서 경애를 슬프게 만들었다. 경애를 만나고 집으로 돌아간 미유는 다시 전화해 난 너가 안 힘들었으면 좋겠어,라고 말했다. 전화기 너머로 미유의 딸이 옹알이하는 소리가 들렸다. 아이들이 내는 소리는 아름다워서 때로는 어떤 풍경을 아주 비참하게 만들기도 한다고 경애는 생각했다.

"그런 기약 없는 일에 아까운 인생 소모하지 않았으면 좋겠어. 그런 건 사랑도 아니잖아."

"아니지."

"아닌데 왜 그래? 왜 그래야 해, 너가?"

경애는 더이상 말을 이어가지 못하고 미유에게 너무 걱정은 마, 라고 말했다. 지금 산주와 가까이 있고 싶은 경애의 마음은 로맨스적 욕망도, 관계 회복에 대한 열망도 아닌 일종의 패배감일 뿐이라는 것. 그런 것 뒤의 미약한 연대감만이 지금 두 사람을 추동하고 있을 뿐이라고 고백하고 싶었지만 그 사실을 저렇게 예쁜 아기와 밤을 맞을 미유에게 이해시킬 방법은 없어 보였다. 아주 무참히 패배해서 결국에는 아무것도 지키지 못할 두 사람이 서로의 형편없는 얼굴을 간신히 쓸어주는 일일 뿐이라는 것을.

"요즘은 개들이 안 괴롭혀?"

경애가 묻자 일영은 좀 머쓱해하더니 이제 자기는 개를 쫓으며 다니지 않고 개들을 먹이며 다닌다고 했다. 빈집에서 쫄쫄 굶고 있는 개들을 견디다 못해 먹이를 주기 시작했다는 말이었다. 그중에는 새끼강아지들도 있다고 했다. 안 봤으면 모를까 자기처럼 반려동물 취향이 없는 사람도 도저히 무심히 지날 수가 없다고.

경애는 일영이 집으로 돌아간 뒤로도 편의점 파라솔에 가만히 앉아 있다가 자기가 알지 못하는 어느 길을 이제 등산스틱이 아니라 먹다 남은 고기나 빵 따위를 들고 걷는 일영을 상상했다. 그러자 세상은 어느 맥락에서 그렇게 순해질까, 하는 생각이 들었다. 일영은 복날이 되면 야산의 개들도 그때쯤 사람들이 자기를 잡으러 다니는 걸 알아서 더 깊은 산속으로, 도시의 외곽으로 달아난다고 했다. 그러다가 여름의 고비가 지나면 도로 밑으로 내려와 무리를 지어 달리면서 일영 같은 외부인들을 경계하면서 쫓고 그사이 또다른 개들을 낳기도 하다가 문득 일영이 건네는 먹이로 배를 채우기도 한다는 것. 그렇게 해서 개들도 순해지고 수도검침원도 순해지는 시간. 누구도 상처받지 않은 채 순하게 살 수 있는 순간은 삶에서 언제 찾아올까.

그리고 그날밤, 경애는 잠이 오지 않아 침대에 누워 있다가 오래전 산주와 헤어졌을 때 유일하게 대화를 나눴던 페이스북의 연애상담 페이지를 떠올렸다. 몇년간 들어가지 않아서 계정 이름도 잊어버렸지만 몇번의 검색으로 금세 찾을 수 있었다. 언니는 죄가 없다,라는 페이지였다.

살인은 연애처럼, 연애는 살인처럼.

이제 모토는 바뀌어서 첫 페이지에 히치콕 영화를 두고 프랑스의 영화감독인 트뤼포가 했던 말이 적혀 있었다. 이전보다는 뭔가 교양이 심화된 문장이기는 했는데 뜻이 모호했다. 둘의 비유 뒤에 붙어야 하는 서술은 무엇일까. 결국 살인과 연애는 일종의 파괴를 예비하고 있다는 것일까. 경애는 이 페이지를 그때 그 언니라는 사람이 여전히 운영하는지도 궁금했다. 그러면 자신의 과거를 알고 있을 것이고 얘기하기가 좀더 편하지 않을까. 하지만 그렇게 속사포처럼 써서 건네주던 답신을 생각해보면 그 많은 사연을 다 기억할 것 같지가 않았다. 어쩌면 언니는 한 사람이 아니고 여러 사람일 수도 있었다. 창으로 바람이 들어왔고 가을이었다. 가을의 공기는 더 무겁고 누그러져 있었고 몇해 전의 여름과 옥수수를 환기시키고 있었다. 경애는 텅 빈 모니터 화면을 보다가 언니에게,라고 편지를 쓰기 시작했다. 그렇게 다 쓰고 나자 새벽이었고 출근을 해야 할 시간이었다.

살인은 연애처럼
연애는 살인처럼

상수는 그 새벽 경애에게서 온 이메일을 열고 번뇌의 방아쇠가 탕, 하고 당겨지는 것을 느꼈다. 직역을 하자면 '얼어 있는 프랑켄슈타인'쯤이 될 수 있는 괴상한 아이디의 소유자 경애가 '언죄다'의 회원이고, 무려 오래전 이메일을 교환했던 사이이며 더구나 경애가 그렇게 설레어하며 문자메시지를 주고받고 전화하는 상대가 일찍이 경애를 엉망으로 만들어놓고 떠나버린 옛 애인이라는 사실에 충격을 받았다.

　그가 여전히 결혼을 유지하고 있다는 사실에는 말 그대로 무참한 슬픔을 느꼈다. 그런 이기적인 누군가의 착취를 사랑이라고 착각하다니, 그런 관계 속으로 자기를 몰고 들어가는 건 죄악에 가까운 일이야! 상수는 그래서 그 새벽에 자기도 모르게 경애에게 전화를 걸고 말았는데 그사이 잠이 든 경애가 여보세요,가 아니라 아줌, 누구야, 하고 퉁명스럽게 받는 바람에, 경애씨, 제가 잘못 걸었습니다, 더 자요, 미안해요, 하고 끊고 말았다.

감당할 수 없는 충격에 상수는 차라리 아무것도 몰랐던 때로 돌아가고 싶었다. 그러면 번뇌에서 벗어날 수 있을 테니까. 아니, 그럴 수 없을지도 모른다. 대학 때 상수의 선배 중에는 출가해서 스님이 된 사람이 있는데, 언젠가 상수가 형, 번뇌를 어떻게 없애요, 하고 묻자 선배는 못 없애,라고 단언했다. 아니, 그렇다면 대체 불공은 왜 드리고 108배는 왜 올리는가 싶어서 상수가 항변하려고 하자 선배는 좀 머뭇거리며 "야, 내 번뇌도 못 없애" 하고 고백했다. 그런 선배의 승복 안으로 나이키 로고가 새겨진 티셔츠가 슬쩍 보여서 상수도 더이상 묻지 않았다. 그러니까 인생은 손쓸 수가 없는 것이었다. 그냥 포기해버려야 하는 것이었다. 마음의 번뇌와 갈등, 고통, 어떤 조갈증, 허기 같은 건 지병처럼 가져가야 하는 것이었다. 하기야 아프면 고쳐가면서 쓰는 게 몸이라고 하는데 마음이라고 그렇지 않겠는가. 대체 그렇지 않을 수 있겠는가 싶으면서도 상수는 경애가 익명의 누군가에게 쓰는 줄 알고 이러한 답장을 보낼 때 참을 수 없이 괴로워졌다.

네, 언니 분이 편지에 써주신 그 많은 독설 잘 읽었습니다. 돈 받고 하는 일도 아닌데 시간 내주셔서 감사합니다. 그런데 그렇다면 이런 마음은 어떻게 폐기되는 건가요? 싹 다 폐기하라고 쓰셨는데 구체적인 방법은 언급이 없어서요.

상수는 정신이 혼미한 가운데서도 자신의 계정, 'born-innocent'라는 언니의 계정으로 경애를 따끔하게 일깨우는 장문의 편지를 주고받았는데 그것이 "그 많은 독설"쯤으로 정리된 것이었다. 더

구체적으로 해달라고? 상수는 불현듯 화가 나면서 경애를 그 바보 같은 짓에서 구해낼 수 있다면 그쯤은 밤을 새워서라도 할 수 있다고 생각했다. 밤만 새울 뿐인가? 아주 식음을 전폐하고도 할 수 있다, 회사도 연차 쓰고 안 나가버리고 불면의 연속된 밤을 보내면서 베트남이야 가든지 말든지…… 아니 그래도 직장은 직장이니까 파견은 가야겠지만 정작 경애는 불광동 어딘가에서 단잠에 빠져 있더라도, 자기는 질문을 받았으니까, 어떻게 폐기해요? 하고 물어왔으니까 아주 그냥 집중해서 쓸 수 있다. 키보드 위에서 손가락들이 탭댄스를 추듯이 자판을 옮겨다니면서 언니로 살아온 팔년간의 노하우를 모두 동원해서 박경애 씨 그건 사랑이 아니야!라고 알려줄 수 있었다.

'언니는 죄가 없다' 페이지를 운영하면서 상수가 만난 여자들은 카테고리화할 수 있을 정도로 유사한 비극에 노출되어 있었는데, 그때마다 상수는 모든 잘못은 남자들의 빤한 이기심에 있다고 확신했다. 상수가 십대였던 시절부터 지금까지 그런 남자들의 모습을 집단적으로 확인할 기회는 너무나도 많았다. 남자들의 이야기 속에서 여자들은 다른 신체는 없이 오로지 성기와 가슴만 지닌 존재처럼 여겨졌는데 그렇게 벗겨지고 지워진 얼굴들에 대한 시시덕거림이 은근하게 퍼져나갈 때면 상수는 내장기관 어딘가가 운동하면서 메스꺼워지곤 했다. 혐오스러웠다.

그래서 상수는 남자들의 사랑에 회의적이었는데, 그런 감정은 누군가를 아끼고 위하는 것이라기보다는 권력관계에서 발생하는 피가학의 열도 정도로만 느껴졌기 때문이었다.

상수가 이를 분명히 자각한 건 재수학원에서였다. 백오십명 정도의 남학생들이 숙식을 함께하며 공부했는데 마치 군대의 신병훈련소처럼 '생활조교'라는 사람이 있어서 일상의 규율을 정하고 통제했다. 6시 기상시간에 일어나기, 5분 안에 화장실 다녀오기, 15분 식사, 자율학습 시간에 자율적으로 새벽 2시까지 공부하기 같은 일반적인 규칙에서, 머리모양은 스포츠형, 계절별로 사전 등록한 상하 각 3점씩의 의류만 소유, 휴대전화 소지 금지, 일과 중 모자 착용 금지, 원내외 사적인 만남(대화, 신체접촉) 금지 같은 세세한 룰까지 조교가 입소생들의 생활 전반을 통제했다.

물론 상수는 언제나 그런 규칙의 파괴자였다. 뭔가 의지를 가지고 파괴한다기보다는 천성이 게을러서 어쩔 수 없이 반하게 되는 안타까운 고문관에 가까웠다. 재수생활이 오래되면서 상수에게는 점점 긴장이랄 것이 없어졌다. 11월이 되면 이놈의 인생을 좌지우지할 만큼 부당하게 특별한 하루, 수능시험 일이 오고야 만다는 사실마저 이 우울한 과체중의 삼수생에게는 중요하지 않았다. 당연히 일어나야 할 시간에 일어나지 못했고 달려야 할 때 달리지 못했다, 음악을 들어서는 안되는 시간에 음악을 들었으며 먹어서는 안되는 시간에 먹었다. 불빛이 새어나가면 안되니까 불을 끈 채로 칠흑 같은 어둠속에서 컵라면을 젓가락질하고 있으면 그 MSG로 풍미를 한껏 살린 국물에 혓바닥의 온갖 미뢰가 자극되면서 비로소 살아 있다—는 생각이 들었다. 그 감각은 남은 수능 날짜를 카운트해서 알려주는 학원의 대형 전광판이 아니라, 동일한 트레이닝복을 맞춰 입고 앉아 "관용이란 인간애의 소유이다. 우리는 모두 약함과 과오로 만들어져 있다" "인생의 위대한 목표는 지식이 아니라 행동이다" 같은 명언이 지문으로 등장하는 사회탐구 문제 풀이 시간이 아니라, '라면'에 있었다. 오직 라면 국물만이 이 느글거리는 권태와 지리멸렬함 속에서 상수를 구원했다. 아니, 구원한다고 생각했다.

그해 여름, 새로운 생활조교가 부임했다. 해병대 신병훈련소 조교 출신에, 체육교육학과를 졸업한 그는 너무 근육질이라 몸이 마치 공사장에서 쓰는 '오함마' 같았다. 다른 선생들은 상수를 닦달하기는 했지만 워낙 상수가 들어먹지를 않고 안 그래도 꽤 괜찮은 집의 막내둥이였기 때문에 마치 사기접시를 스펀지로 닦듯 조심조심 다루었는데 그는 그러지 않았다. 상수가 늦잠을 자서 오전의 햇볕이 기숙사 침대까지 들어와 상수의 이마를 조용히 짚으면 뒤이어 그가 노크도 없이 문을 열고 "나옵니다!"라고 소리 질렀다. 그건 피아의 구분도 없고 능동도 피동도 아닌 애매한 상태의 동사였다. 하지만 얼른 바지를 꿰어입고 침대에서 내려와 운동장으로 얼차려를 받으러 오라는 뜻이라는 건 상수도 바보가 아니니까 바로 알았고 조교가 버티고 서 있는 이상 움직이지 않을 수는 없었다. 느적느적 나가보면 거기에는 상수뿐 아니라 예닐곱의 학생들이 엉성한 대오를 이룬 채 서 있었다.

"있습니까, 없습니까?"

그는 얼차려의 시작을 항상 그런 말로 열었다. 아무도 대답하지 않으면 그는 그렇게 한마디를 던져놓고 가만히 기다렸는데 대기시간이 길어지면 결국 이쪽 손해니까 누군가가 마지못해 묻게 되었다.

"선생님, 뭐가요?"

"의지."

그렇게 답하고 나서 조교는 다시 한번 학생들을 둘러보았다.

"중요합니까, 중요하지 않습니까?"

"의지 말인가요?"

"대학."

그는 이렇게 굳이 묻지 않아도 되는 것을 질문으로 만드는 말버릇이 있었다. 딱히 상대의 대답을 기대하는 것이 아닌 줄 알지만 질문의 형식을 띠고 있으니 하는 수 없이 귀 기울이게 되고 뭔가 관심이 갈락 말락 하다 막상 답변을 듣게 되면 시시해서 헛웃음을 짓게 되는. 하지만 그런 하나 마나 한 대화는 이어질 얼차려를 위한 일종의 사전작업일 뿐이었고 그들이 어떤 대답을 하든 올 건 왔다. 일고여덟차례의 선착순 달리기나 철봉에 매달리기 혹은 토끼뜀 등이. 쏟아지는 햇살 아래 그렇게 받는 벌은 참 괴롭고 귀찮았는데 이상한 건 막상 얼차려를 받기 시작하면 상수의 마음이 혼란스러운 방식으로 요동친다는 것이었다. 눈이 양옆으로 찢어지고 턱은 사각으로 단단했으며 피부가 까만 편인 그가 양손을 허리춤에 얹고 "실시" "그만" "복창" 같은 지시어로 상수의 신체를 조련할 때면 상수의 마음은 마치 팝콘이 터지듯 온갖 감정들로 터지곤 했다. 라면에만 열렬히 반응하던 여름 이전의 마음과는 달랐다. 거기에는 모멸감도 있었고 공포도 있었으며 분노와 혐오와 슬픔이 있었지만 아주 뚜렷하게는 분명 이상한 방식의 갈구가 있었다. 조교가 상수를 누르면 누를수록 이상하게 그를 향해 어떤 갈구가 일어섰다.

그때까지 피가 돌고 살이 있는, 그러니까 실제 형태의 몸이 있는 누군가와 사랑을 해본 적이 없긴 했지만 이런 형태는 아닐 것이었다. 하지만 아니다,라고 마음먹고 조교를 대하려고 해도 그가 상수

를 뛰게 한다든가, 팔을 뻗게 한다든가, 뜀뛰기! 뜀뛰기!를 강제하
는 시간을 보내고 있으면 몸이 힘든 만큼 마음이 또다시 제어할 수
없는, 감정의 파티 상태가 되면서 뜨거워졌고 이 육체의 고통을 종
결할 수 있는 사람은 생활조교뿐이니까 그를 향해 분노와 원망과
울분이 달려가다가 끝내는 자기가 이 관계에서 완전한 약자가 되
어 그의 선처, 용서, 동정과 연민을 바라게 된다는 걸 투항하듯 동
의해야 했다.

어쨌든 그는 특별했고 상수도 그가 자기를 좀더 특별하게 여기
기를 바랐다. 그런 특별함이 자기 인생에서 기록할 만한 사건이지
는 않으리라 부정하면서도 상수는 하지만 무릇 사랑이란 그런 권
력의 격차 속에 환상처럼 오는 것일지도 모른다고 어렴풋이 생각
했다.

그러던 어느날, 상수가 다 젖은 솜이불처럼 무거운 몸을 침대에서
빼내지 못해 1교시 수업에 늦고 만 가을날, 어차피 받을 얼차려니
까,라고 자신의 마음을 숨겨가며 조교가 부르지도 않았는데 운동장
으로 나갔다. 오늘은 대체 몇바퀴를 돌아야 하나 상수는 생각했다.
까짓것 뛰지 뭐, 싶기도 했다. 살도 좀 빠진 것 같았다. 양말을 신기
가 좀더 용이했다. 고개를 완전히 숙이지 않아도 발가락이 내려다
보였다. 하지만 조교는 상수를 보고도 알은체하지 않았다. 휴대전
화를 만지작거리며 운동장 스탠드에 무표정하게 앉아 있었다. 상
수는 그가 지시할 때까지 기다렸다. 그러니까 중요하지 않습니까?
있습니까, 없습니까? 물으면서 운동장의 어느 목적지를 가리킬 때
까지. 하지만 조교는 상수를 마치 처음 보는 사람처럼, 거기에 없는
사람처럼 자기 할 일만 하더니 걸려온 전화를 받으며 응응, 그러니

까 청량리? 청량리로 가면 되냐? 청량리지?라고 물었다. 청량리라
니, 여기 용인의 기숙학원과는 얼마나 상관없이 들리는 지명인가.

"선생님, 늦었습니다."

이윽고 침묵을 이기지 못해 상수가 먼저 말을 걸었다. 조교는 그
런 상수를 바라보다가 "우리 뭐 약속이 되어 있었어요?" 하고 물었
다. 상수는 '다'나 '까'로 끝나지 않는 그 생경한 어미의 문장을 마
음속으로 한번 되새겨보았다. 있었어요? 하는, 상수도 쓰고 상수의
친구들과 강사들도 다 쓰지만 유독 이 오함마 같은 남자는 쓰지 않
을 것 같았던 그 청량한 문장을.

"제가 지각을 했거든요."

그러자 조교는 상황 판단이 된다는 듯 고개를 끄덕끄덕했다. 그
러면 여름을 보내는 동안 이 운동장에서 내내 열띠게 진행되었던
그 작업에 착수해볼까 하면서 상수가 운동화 끈을 고쳐 매는 순간,
조교가 상수에게 "이제 안해요. 제가 계약이 끝났어요" 하고 말했
다. 그러면서 조교는 왜 그런지 좀 말갛게 웃었는데 그때야 비로소
순박하고 천진하고 어딘가 세상일에 좀 심드렁한, 깃털처럼 가벼운
이십대의 미소가 그 얼굴에 떠올랐다가 사라졌다. 그런데 그 순간
상수는 뭔가 당황스러운 느낌이었다.

"끝났다고요, 선생님?"

"수능 삼주 남기고 누가 얼차려를 받습니까. 저도 뭐 임시직이었
고요."

상수는 믿을 수가 없었다. 그렇게 강렬한 강도로 자기를 다그치
고 닦달했던 상태가 그냥 기숙학원과의 계약이 끝나면 사라지는
것이었다니. 그렇다면 대체 자기를 그렇게 조련할 수 있는 권리는

애초에 어떻게 생겨난 것이었나. 상수가 실감했던 그 숱한 감정들은 대체 무엇이었단 말인가.

"수능시험 날 졸리면 안되니까 늦잠 버릇 이제부터 꼭 고치시고요. 단백질, 비타민 같은 거 챙겨 먹고요."

조교는 그런 조언과 시험 잘 보라는 격려를 마지막으로 상수의 시야에서 멀어졌다. 오함마처럼 단단한 그 몸이 멀어질수록 상수의 마음은 봉쇄되는 기분이었다. 가을을 맞은 운동장에는 바람이 불 때마다 낙엽들이 축포처럼 떨어져내리고 있었다.

그뒤로 상수는 혼자 쓸쓸히 거리를 걷거나 새벽 네다섯시에 깨어 우두커니 침대에 앉아 있을 때, 버스를 타고 가다가 옆좌석의 사람들이 크게 웃거나 자기들끼리 뭔가에 대해 열의있게 대화할 때 그 가을의 오후가 떠올랐다. 자신을 그렇듯 풍성하게 하던 감정이 어느 임시직의 계약종료와 함께 간편하게 사라져버린 데 대해. 그러면 늘 믿을 수 없다는 느낌이었다. 시작도 진행도 종료도 모두 마음의 일이었는데 그 마음을 흐르게 한 동력은 자가발전이 아니었다는 것, 황망한 가운데에서도 오직 그것만은 분명했다. 조교와 상수 사이에 있던 위계가 일종의 권력의 위치에너지를 생산해 감정을 만들어냈다는 것. 그런 상수의 분석은 스스로에게 여러모로 이로웠는데 상처를 덜 받을 수 있다는 점에서 특히 그랬다. 그렇게 생각하면 불특정한 상실감으로 너덜너덜해진 마음이 단번에 괜찮아지는 느낌이었다. 아주 말끔하게, 이를테면 고속도로 같은 것이 뻥 뚫린 것처럼 시원했다. 그 길의 끝이 이제 막 도로를 포장한 콜타르의 냄새처럼 고약한 냉소와 허무 그리고 자기를 감싸는 모든 감정들에 대한 무한 회의로 이어져 있다는 건 예상하지 못했지만.

상수는 당장 이메일을 써서 이런 사랑의 속성에 대해 일깨우겠다 다짐하면서도 당장은 손을 놓고 있었다. 의욕이 넘치고 할 말도 있는데 그럴 수가 없었다. 일단 그 전남친의 전화번호를 수신거부로 등록합니다. 그냥 손가락을 움직여서 차단 버튼을 슬며시 누르기만 하면 돼요. 그러면 일단 그 착취의 그물망에서 반은 나온 셈입니다. 자니…… 어떻게 지내…… 어디야…… 이런 개소리를 더이상 늘어놓을 수가 없어요. 일단 그것부터 하면 됩니다. 얼른 나오라고 안해요. 나 그렇게 급한 성미는 아니에요. 못 나오는 언니들 많아서 내가 기다려주거든, 기다립니다, 내가, 박경애 씨, 기다려요. 이런 생각들을 머릿속으로 쇠똥구리처럼 굴려가며 뜬눈으로 밤을 지새우다가 출근해보면 정작 경애는 상수가 붙여놓은 "물건은 팔되 마음은 팔지 않는다"라는 슬로건 아래 키보드를 타닥타닥 치며 앉아 있었다. 평소라면 역시 박경애답게 출근과 동시에 업무모드로군, 하고 생각했겠지만 이제 상수에게는 달리 보였다. 그러니까 지금 메신저로 그 어긋난 사랑의 상대자와 연락하는 것이 아닐까 싶어서 뭔가를 찾는 척하면서 몰래 보면 누군가에게 쓰는 이런 문장들이 눈에 띄었다.

안녕, 오늘도 무사한 아침이야.
무사하다는 것은 무한과 무수 사이에서 간신히 건져올려진 낱말 같아.
막막한 바다를 떠다니는 작은 보트처럼.

이런 말을 쓴다면 역시 사랑이었다. 상수의 따끔한 이메일을 받고도 그 괴물 같은 감정을 지속해야 한다면 하는 수 없지만 상수는 그런 촉촉한 말들이 견딜 수가 없어서 백스페이스키로 모든 말을 지우면서 적지 마요, 이러지 마요, 하고 말리고 싶은 충동을 느꼈다. 하지만 그럴 수는 없었다. 경애가 자기를 뭐라고 생각하겠는가. 현실에서 한번 시원하게 웃지도 않는 상수가 페이스북 공간에서는 살뜰하게 여자들을 챙기며 — 여자들을 챙긴다는 상황부터가 오해를 받기 알맞지 않겠는가. 그들이 고백하는 모든 사랑의 애환을 들어주는 체하며 때로는 추잡한 관음증을 해결해왔다고 비난받지 않겠는가. 상수로서는 그저 그 마음들을 자기는 잘 이해할 수 있을 것 같아서 질문들에 답하다보니 그렇게 되었지만.

상수는 적어도 이 페이지에서는 이해할 수 있었다. 사랑을 시작하는 사람들의 무모함, 펼쳐질지 안 펼쳐질지 모르는 낙하산을 멘채 중력이 이끄는 대로 기꺼이 몸을 맡기는 사람들의 용기 같은 것을 머리가 아니라 몸으로, 몸에서 아드레날린과 옥시토신과 도파민 등이 실제로 분비되는 듯한 느낌을 받으며 정말 표현은 좀 그렇지만 '몸'으로 이해했다. 하지만 사랑의 시작이 그토록 낭만적인 것은 이후 일어날 끔찍한 살인사건을 극적으로 전달하기 위해 가장 서정적인 씬들을 앞부분에 배치하라는 트뤼포의 영화창작론과 궤를 같이하는 것이었다. 사랑 이후에는 잔혹한 파괴였다.

어려서부터 숱한 사랑의 탄생과 죽음에 관한 서사를 접한 덕분에 상수는 무수한 사랑을 경험했고 그러는 동안 사랑의 진위나 사랑 후의 죄 없음 — 에 대한 일종의 기술을 터득했다고 생각했다.

그런 기술과, 삼수 끝에 들어간 대학의 독서동아리에서 읽은 필독 인문서들을 적절히 조합해 내린 결론은 사랑이라거나 연애라거나 하는 것에 복무하는 이들이 일종의 노동자에 불과하다는 사실이었다. 다양한 통로로 물질 교환이 일어났으며 권력관계가 조성되었고 결국에는 어느 한편이나 쌍방의 착취로 관계가 종료되기까지 끊임없이 성실과 근면을 강요받았다. 누가 보면 연애를 냉소하거나 자기가 연애를 못하는 이유를 합리화하려는 가여운 노력에 지나지 않을 이 가설의 추동은 경애의 이메일로 더 강화되었다. 폐쇄된 연애공장의 분노한 숙련공이랄까. 상수는 그의 이중생활 속에서는 자칭 타칭 연애의 숙련공이었으니까.

그렇게 상수의 매일매일은 경애에게 아니라고 말하고 싶은 날들이었다. 하지만 경애는 그런 상수의 마음을 아는지 모르는지 자기가 지금 누구에게 자신의 비밀 — 옛 애인이라니, 기혼자라니! — 을 털어놓은지도 모르고 태연하게 점심이면 시래깃국이나 동태찌개를 퍼먹으며 일에 관한 이야기만 했다. 그러면 상수는 듣는 둥 마는 둥 하다가 이런 말들을 에둘러 했다.

"경애씨, 요즘 무슨 영화 자주 봐요?"

"영화 안 보는데요, 그냥 유튜브나 봐요."

"유튜브에서 뭐 보는데요?"

"코알라나 나무늘보 같은 것 보는데, 걔네 잠자는 거 찍은 세시간짜리 동영상이 있어요. 영상 보고 싶으면 그런 걸로 영상욕을 채우죠."

"그런 거 보면 재밌습니까?"

"나무늘보가 이렇게 사는구나, 하고 알게 되죠."

"어떻게 사는데요?"

"시속 900미터로 살죠."

경애는 양팔을 번갈아 들면서 어딘가로 기어가는 동작을 했다.

"그게 뭡니까?"

"나무늘보인데요, 시속 900미터로 움직인다더라고요."

시속 900미터라면 거의 움직이지 않는 것이 아닌가 싶은 생각을 상수는 했다. 아기가 아장아장 걷는 속도 아닌가, 아니면 눈에 보이는 뭔가가 아니라 무슨 분위기나 기미, 이를테면 계절 같은 것을 기다릴 때 느껴지는 속도가 아닌가. 겨울에 시달리다 2월쯤이 되면 손꼽아 기다리게 되는 봄의 시작처럼. 하지만 지금 상황에서 그런 감상적인 태도가 무슨 소용이란 말인가.

"그거 퇴행입니다. 문제를 피하는 거죠. 제가 영화를 좀 봤지 않습니까? 경애씨, 요즘 날도 날이니까 그런 거 봐요. 「에일리언」이나 「그렘린」이나 뭐 그런 것 있죠? 외부에서 온 생물체가 숙주 몸에서 커나가다가 죽게 하지 않습니까? 죽게 한다니까요? 결국 그렇게 착취하려는 것들이 많다는 말입니다. 조심해야 해요. 깜빡 속거든요. 경애씨가 좋아하는 그 프랑켄슈타인도 있잖아요. 은혜를 원수로 갚잖아요."

상수는 그 사람 만나지 마요,라는 메시지를 은근히 영화에 빗대어 하려다가 경애의 아이디이기도 한 프랑켄슈타인을 언급하고는 눈치를 살폈다. 혹시 언니가 자기라는 사실을 깨닫게 되면 어쩌나 싶었는데, 경애는 골똘한 표정으로 콩자반을 집어먹다가 젓가락을 내려놓고는 아니에요,라고 손을 흔들었다. 아니라고? 아니라니, 상수는 경애가 뒷말을 잇기도 전에 그 쿨하고 간단한 부정이 견딜 수 없을 만큼 실망스러웠다. 자신이 언니의 입을 빌려 해준 모든 제안, 감정의 폐기를 경애가 거부한 것처럼 들렸다.

"아닙니까? 어쩌려고, 어떡하려고 아니라고 하는 거예요?"

"프랑켄슈타인은 박사 이름이고요. 지금 팀장님이 떠올리는 그건 프랑켄슈타인이 아니라고요."

상수가 그랬나, 하고 머쓱해하자 경애는 하기는 다들 그렇게 생각해요, 그게 프랑켄슈타인인 줄 안다니까요, 하고 덤덤하게 대답했다.

"그런데 저 그런 영화 싫은데요. 뭐 세상일이 그렇게 쉽게 갈려요. 그 단순한 생각이 퇴행이죠. 살면서 조금씩 안 부서지는 사람이 어딨어요? 아무 사건 없이 산뜻하게 쿨하게 살자 싶지만 안되잖아요. 망하는 줄 알면서 선택하고, 책임지기 위해서라도 기꺼이 부서지고. 상대를 괴물로 만들고 죄를 뒤집어씌워봤자 뭐해요?"

식당 아주머니가 와서 냄비를 가스불 위에 올려놓았다. 불꽃이 파랗게 돋았고 상수와 경애는 그 불꽃을 들여다보고 있을 뿐 한동안 대화가 없었다. 상수는 경애가 말한 괴물이라는 단어를, 경애는 상수의 죽게 하지 않습니까, 하는 물음에 대해 생각하고 있었다. 그건 평소에도 상수가 쓰는 과장되고 허둥대는, 열띠지만 어딘가 공허해서 듣고 나면 왠지 '냉무'의 느낌을 지울 수 없는 그런 말들의 일환이었지만 그 가운데서도 분명하게 경애를 두드리는 부분이 있었다. 경애는 상수가 자신을 걱정하고 있다고 느꼈다. 그런데 무슨 근거로 자신을 걱정한다는 말인가. 힘들다는 내색을 하지도 않았는데. 하지만 그런 마음은 어쩔 수 없이 드러나는 건지도 몰랐다. 찌개 국물이 기포를 밀어올리면서 끓는 기세에 쑥갓이며 대파가 어쩔 수 없이 흔들리는 것처럼. 상수가 그러면 프랑켄슈타인이 아니면 그것의 이름은 뭐냐고 물었다. 경애가 그냥 피조물이에요,라고 하자 상수는 피조물의 정확한 뜻이 뭐더라 하면서 휴대전화를 꺼냈다.

"존재 같은 거구나, 존재."

"존재랑은 좀 다르죠. 있다는 것과 있게 되었다는 것의 차이가 있으니까."

경애가 다시 젓가락을 들어서 김자반을 밥 위에 올려놓고 떠먹기 시작했다. 그리고 우물우물 씹어 삼키면서 십대 시절에 제 별명이, 피조였어요,라고 말했다. 피조물에서 왔어요. 상수는 그 피조라는 단어가 아주 낯설지는 않다고 생각했다. 어딘가에서 들은 듯했는데 어디서였는지는 떠오르지 않았고 다만 피조라는 단어는 이런 것을 막연하게 연상시켰다. 아주 오래전 유행하던, 거리의 낙엽을 다 쓸고 다닐 듯 통이 넓고 긴 청바지를 입고 머리스타일은 기장의 끝을 날카롭게 자른 이른바 '칼머리'를 하고 다니는, 이제 막 촌스러움에서 벗어나 요즘 말로 하면 '힙함'을 표출하려고 하지만 여러모로 받쳐주지 않아서 어딘가 '불우'의 느낌을 주던, 예를 들면 1990년대의 어느 풍경을.

"사실 요즘 제가 피곤하기는 하거든요."

상수는 자기를 휩싸는 어느 먼 기억에 붙들려 들어가다가 귀가 솔깃해졌다. 그 일을 직접 털어놓으려는가 싶어서였다. 하지만 이어지는 말들은 그렇지 않았고 경애는 도리어 상수에게 무슨 고민이 있느냐고 물었다.

"지금 우리 일이 뷔페집 가면 있는 슬라이스 오리고기처럼 쌓여 있거든요. 근데 영 업무에 관심이 없는 것 같아요. 베트남 가겠다고 하고 현지에도 통보하고 거기서는 우리를 기다리는데 조선생님도 이제 만나야 하는데 조선생님은 정작 가려고 할지 알 수도 없고 아무리 일년짜리 파견이라도 파견은 파견인데요."

상수는 그러니까 그런 이메일을 보내서 왜 정신 사납게 하나 싶어 화가 치밀어올랐다. 하지만 생각나는 말을 다 할 수도 없으니까 잠자코 찌개 국물을 삼키면서 마음을 달랬다. 경애는 상수의 속도 모르고 그래서요, 제대로 하자고요, 우리, 하면서 저녁에 있을 약속을 상기시켰다. 조선생을 만나기로 되어 있었다.

"어떻게 해야 제대로 하는데요?"

"존중하기로 해요."

경애가 약간 상수의 눈치를 보면서 말했다.

"뭘요?"

"조선생님 상태를요."

"무슨 상태 말입니까?"

경애는 일영에게서 조선생이 심한 알코올중독이라는 말을 들었지만 미리 상수에게 그 이야기를 하고 싶지는 않았다. 알코올중독으로 손까지 떤다는 기술자를 누가 쓰려고 할까 걱정했기 때문이다. 그전까지만 해도 경애는 조선생 마음이 상해서, 자신을 몰아낸 회사에 돌아오고 싶어하지 않으리라 걱정했지만 현실은 좀더 비정했다. 기술을 가진 손 때문에 돌아올 수 있지만 그런 손을 통제할 수 없어서 돌아올 수 없을지도 몰랐다. 하지만 경애는 아직도 일영의 말을 믿지는 않고 있었다. 파업기간에도 언제나 볼펜을 잡고 일하는 사람으로 돌아갈 수 있게 준비되어 있던 손, 당장의 폭풍우가 아니라 삶을 더 집요하게 잠식할 안개를 경계하자고, 자기도 그러 겠다며 경애에게 「파업일기」를 내밀던 그 손이 이제는 무언가를 붙 들 수조차 없이 흔들리고 있다는 것을. 눈으로 보지 않았으니까 아 직은 변하지 않았다고 믿을 수 있었다. 하지만 그렇지 않으면 어떻 게 할까.

그렇다면 상수의 마음을 믿어볼 수밖에 없을 것이다. 상수라면 그런 조선생과도 함께 일하겠다고 결심할 수 있지 않을까. 상수의 마음은 특정할 수는 없는 무언가와 무언가 '사이'에 있다고 경애는 생각했다. 사람들이 모인 자리에 가야 할 일이 있을 때면 긴장돼서 진정제를 찾아야 하는 나약함과 상사에게 정말 낙하산이나 할 수 있을 것 같은 요구를 당당하게 하기 위해 그 상사의 방문을 열어젖 히는, 아무도 기대하지 않은 패기 사이에 상수의 마음이 있었고, 경 애와 자신 둘만 있는 사무실에 매번 허황된 매출 목표금액을 적어 보면서 회사가 이루면 우리가 이루는 겁니다,라는 유의 근면을 강 조하는 문구들에 마음을 기탁해보는 것과, 어떻게 해서든 실적을 내려고 공장들을 찾아다니다가 결국 영업담당자가 원하는 것이 뒷 돈이나 접대라는 사실을 알게 되었을 때 눈에 띄게 낙담하는 것 사 이에 상수가 원하는 세일즈맨의 마음이 있었다. 결국 상수는 마치 추처럼 어떤 것과 어떤 것 사이를 오락가락하고 있었는데 경애는 그가 그렇듯 갈등하는 것에 고유한 윤리가 있다고 느꼈다. 사람들 이 말하는 것처럼 상수는 막무가내의 이기주의자나 꼴통, 심지어 고문관이 아니라 오히려 자기 마음의 질서가 있는 사람이었고 다 만 그런 자기윤리를 외부와 공유하는 데 서툰 것뿐이었다. 그렇다면 조선생의 통제할 수 없는 손에 있어서도 그 '사이의 감각'은 발현되지 않을까.

"손 말인데요."

경애가 숟가락을 내려놓고 의자에 기대어 상수를 한동안 건너보았다. 냄비에는 어느 러시아 근해에서 잡혀 꽁꽁 얼었다가 이제 경애와 상수 사이에서 토막이 나서 끓고 있는 동태가 있고 거기에는 무도 들어 있어서 가스불 위에서 아주 무르게 익어가는데 경애가 다시 한번 자기 손을 펼쳐 보이며 상수에게 손,이라고 말했다. 그러자 상수는 숟가락질도 멈추고 자기 앞으로 내밀어진 경애의 손을 어리둥절하게 바라보다가 자기도 모르게 손을 내밀었다. 경애는 본인의 의도는 그런 것이 아니었지만 상수가 손을 내밀자 척 잡고는 악수를 하듯 흔들었다 놓았다.

그러고 나서 둘의 맹렬한 식사는 계속되었지만 상수와 경애는 그렇게 손을 잡았다 놓는 것만으로도 어떤 것이 교환되는 느낌이었다. 이제는 상수가 자기가 경애에게 단호하게 말했던 죽게 하지 않습니까?라는 말에 대해 생각했다. '언니는 죄가 없다'의 그 수많은 이들이 매번 그렇게 말이 되지 않는 사랑에 빠져 고통스러워하면서도 결국 페이스북에 로그인하고 말하고 떠들고 일상을 챙기는 걸 보면 사랑을 빌미로 한 착취가 종내는 죽게 하지 않습니까?라고 물었을 때 이미 죽게 하지 않는다는 결론이 난 것이 아닌가 싶었다. 그러면 경애도 그 이기적인 옛 애인과의 관계를 어떻게 하든 스스로 살아남을 것이다, 좌초되거나 표류할 수는 있겠지만 결국 어디론가 가닿을 것이다. 하지만,이라고 상수는 생각했다. 자신과 아무 상관 없는 일이라고 여기고 싶지 않았다. 이왕 알게 되었으니까, 경애가 일종의 SOS를 보냈으니까 연연하고 싶었다. 연연하지 않으면 오히려 자기가 어떤 상실감에 떠밀려 표류할 듯한 기분이었다.

식당에서 나온 경애는 자기가 손이라고 한 이유를 더 설명할까 했지만 조선생을 만나면 자연히 알겠지 싶었다. 그리고 들어가는데 자신이 더이상 연락하지 말라고 이야기했을 때 산주가 화를 내며 비난하듯 했던 말이 아프게 떠올랐다. 결국은 네가 이런 선택을 하는구나, 하는 말이었다.

"어떤 선택, 내가 지금 어떤 선택을 하는데?"

"나를 나쁜 사람으로 만들어서 나를 버리는 선택."

경애는 말문이 막혔다. 자신에게 이별을 통보했던 사람은 오래전 그 여름의 산주가 아니었던가. 그때 그들이 완전히 죽은 사람처럼 멀어지지 않고 안부를 물으며 관계를 유지할 수 있었던 건 경애가 노력했기 때문이었다. 경애는 그들의 연인 시절을 기억하는 사람들이 던지는 생각 없는 농담들, 그러니까 경애를 가리켜 순정파니 할리우드 스타일이니 하는 소리들을 견뎌야 했고 어쩔 수 없이 마주쳐야 하는 경애의 선배이자 산주의 새 연인과의 이런 대화를 각오해야 했다. 괜찮지? 너와 나쁘게 지내고 싶지는 않아,라고 말할 때 호의를 가장했지만 경애를 난폭하게 흔드는 듯하던 말들.

선배는 어느 겨울 경애를 불러 함께 영화를 보고 차를 마신 적도 있었다. 경애와 선배는 산주에 관한 화제는 애써 피하며 그들이 봤던 프랑스 영화 「잠수종과 나비」에 대해서만 이야기했다. 왼쪽 눈을 제외하고는 온몸이 마비된 남자가 등장하는 그 영화에서 주인공은 통제할 수 없는 육체를 지닌 자신의 처지를 깊은 바다에 잠긴 잠수종에 비유하는데, 선배는 "우리는 육체에 봉인되었지만 상상력과 기억의 힘으로 거기에서 벗어날 수 있다"라고 감독이 인터뷰한 기사를 읽어주었다. 그때 경애가 그 '봉인'이라는 말을 얼마나 필사적으로 붙들었는지는 아무도 모를 것이었다. 누군가를 사랑하는 방식에는 육체 너머의 것이 있다는 것, 어떤 사랑은 멈춰진 기억을 밀고 나가는 것만으로도 계속될 수 있다는 것. 사라진 누군가는 그렇게 기억하는 사람의 인생에서 다시 한번 살게 된다는 것.

그 겨울 차를 함께 마시고 선배가 전화를 받으며 산주를 만나러 가는 장면을 경애는 쓰디쓴 모욕감 같은 것을 밀어넣으며 지켜보았다. 그런 상황에서도 선배가 통화하는 저편에는 산주가 있겠구나, 하는 안도의 마음이 들었다. 그것은 분명한 안심이었고 이후에 산주를 완전히는 잃지 않는 것에 경애가 매달리게 된 이유이기도 했다. 물론 그렇게 선배를 만나고 뒤돌아 걷는 사이사이 그만할까, 하는 말이 올라오기도 했다. 완전히 끝을 낼까, 마치 처음부터 없었던 사람처럼. 하지만 그런 종결을 선택하는 것은 불가능하게 느껴졌다. 산주를 죽은 사람처럼 만들고 상관없이 살아간다는 것이. 그건 적어도 스스로를 피조,라고 불렀던 어느 시절 누군가를 잃어본 사람에게는 가능하지 않았다.

산주는 E는 어떤 애였어,라고 물어봐주곤 했다. E가 궁금하다기보다는 경애가 말하고 싶어하고 그리고 말해야 한다고 생각했기 때문이었다. 산주는 경애가 블로그에 E에 관한 아카이빙을 한다는 것을 알고 있었다. 물론 닫혀 있는 블로그가 아니라서 방문자 수가 카운트되는 경우도 있었지만 결국 그들은 전후 사정을 모르는 타인들이기에 아무도 찾아오지 않는 블로그나 마찬가지였다. 산주는 그에 대해 기분 나빠하지 않았고 경애가 원하지 않으니까 블로그

를 찾아보려 하지도 않았다. 다만 그렇게 기록할 수밖에 없는 기억
이 있다면 자기에게도 들려달라고 했다. 누군가에 대한 기억을 혼
자만 간직하는 것은 너무 고독한 일이니까. 그래서 경애는 이런 말
을 하기도 했는데, 그건,

나는 아마 E와 처음 자게 될 거라고 생각했어,
나는 아마 꽤 괜찮은 파트너가 될 거라고 생각했어.
그랬어? 무슨 근거로?
그렇지 않아? 나와 하는 게 별로야?
아니지, 전혀 아니야.
사실 나는 그런 얘기를 하기도 했어, E에게.
자자고?
자게 될 거라고.
그러니까 뭐라 그랬어?
그러면 아주 따뜻하겠네,라고 했어,
얼마나 따뜻할까, 하고.
한동안 따뜻하다는 말을 쓸 수가 없었어, 기억이 나서,
어떤 말은 그렇게 기억에 빼앗기는 것 같았어, 쓸 수 없었어,
그런데 그런 말이 아니라 그렇게 일상적으로 써야 하는 말이 아
니라 다른 말이었으면 얼마나 좋았을까 생각했어. 이를테면 경배
같은 단어, 그런 단어는 자주 쓰지 않으니까 불편할 것이 없잖아.
숙고 같은 말도 있겠지, 그런 말 따위는 쓰지 않아도 상관없잖아.
그런데 따뜻하다는 말은 어쩔 수가 없었어. 이 밥이 따뜻하다. 그런
데 E가 죽고 나서는 따뜻하다,라고 생각하면 더이상 따뜻하지가 않

아졌어, 따뜻하면 안되는 것처럼 느껴졌어, 그러면 나는 그렇게 말하는 대신 말을 삼키고 밥이 먹을 만하다고 정정하면서 그런 몸은 어떻게 되는 건가 생각했어. 그러니까 거기서 3도 화상을 입고 겨우 살아남은 알바하던 애가 자기 엄마를 붙들며 했다는 말, 엄마, 너무 아파, 이렇게 아픈데 왜 나는 죽지 않아, 대체 사람은 얼마나 아파야 죽는 거야. 그런데 E는 죽었잖아, 죽을 정도로 아팠다는 거잖아. 선배, 나는 그걸 떠올리면 무언가를 용서할 수 없겠다는 생각이 들어, 하지만 대체 내가 뭘 용서할 수 없는지는 모르겠어. 나는 뭘 용서해야 하는 거야, 누구에게 화를 내야 하는 거야, 누가 있는 거야.

그렇게 말하는 경애를 산주가 안거나 끌어당기면 분명히 따뜻해졌다. 너무 선명하고 가까이 있던, 아주 세세하고 세밀하던, 그러니까 어느 크고 순한 개의 털이나 풀잎의 잔가시들을 만질 때 느껴지는 그 작고 촘촘한 살아 있음.

하지만 그런 기억이 누군가를 죽게 할 수도 있다면 상수의 말처럼 그것이 퇴행이라면 어떻게 할 것인가. 그런 생각에 빠져 경애가 전투적으로 걸어 횡단보도를 건넜을 때 미처 따라오지 못하고 적신호에 걸린 상수가 맞은편에 서 있는 게 비로소 눈에 들어왔다. 머리 위로 떨어지는 햇빛이 싫은 상수는 가로수의 그림자 속으로 들어가 해를 피해보고 있었다. 평소에도 점심을 먹으러 나가기 전 언제나 썬크림을 꼼꼼히 바르는 상수라서 뭐 그리 유별난 장면은 아니었지만 경애는 그런 상수의 몸으로 떨어지는 나뭇잎의 그림자들이 인상적으로 느껴졌다. 어두운 부분은 너무 어둡고 밝은 부분은 너무 밝아서 상수는 마치 성긴 빛의 그물에 갇혀 있는 것 같았다.

상수는 손수건을 꺼내 땀을 닦으면서 늦었으니까 먼저 들어가라며 손을 휘이휘이 흔들었다. 경애는 먼저 가려다가 담배나 피우면서 좀 기다리자 싶어서 꺼내 물었는데 상수가 또 팔을 들어서 안된다고, 절대 안된다고 엑스 자를 만들었다. 경애는 여태껏 그렇게 피워왔어도 여기서 걸린 적은 없는데 싶어서 무시하려다가 상수가 너무 애타게 팔을 흔들었으므로 포기했다. 그리고 그런 위반이 뭐가 그리 대단한 일이라서 저렇게까지 팔을 필사적으로 흔드는가, 뭐가 왜 그렇게 안되는가 생각하다가 마치 인사를 하듯 마주 손을 흔들어주었다.

집 근처 까페에서 만난 조선생은 일영의 말대로 상태가 안 좋아 보였다. 전처럼 주머니가 있는 셔츠와 재킷 차림은 같았지만 너무 새것이라 도리어 긴장되고 불편해 보였다. 경애는 조선생 눈에는 자기가 어떻게 보일까 생각했다. 해고되지 않고 용케도 버텨낸 사람의 안정감 같은 것이 느껴질까. 그렇지 않을 거였다. 조선생은 경애가 명함을 내밀자 거기에 쓰인 '주임'이라는 직급을 마치 탄식하듯 되뇌었으니까.

대화는 쿠키처럼, 차와 함께 서비스로 나온 그 벨기에산 과자처럼 자꾸만 부스러졌다. 새로운 일자리를 제안받은 사람의 흥분이 없고, 앞으로의 계획을 들려주려는 이들의 포부가 없었다. 한편 대화가 자꾸만 부스러지는 이유는 각자 너무 많은 감정을 견디고 있기 때문이기도 했다. 상수는 조선생이 전과 다르다는 사실을 알았지만 그렇다고 뭐가 그렇게 달라졌나 싶으면서, 그새 너무 마르고 낯빛이 안 좋아진 조선생을 예전처럼 대하려고 애썼다. 과거에 상수가 도무지 세상일에 의욕이 나지 않아 근근이 출근을 해 시간만 퐁퐁 흐르길 바랄 때 지금 상수가 하는 일이 어쩌다 걸린 낙하산 자리를 지키는 것이 아니라 크게 말하면 인간이 인간다울 수 있게 돕는 노동이라고 말해준 사람이 조선생이었다. 여전히 반도미싱에서는, 베트남에서는, 중국에서는, 아무튼 세상 어딘가에서는 미싱이 돌아가고 조선생도 오래전 들고 다니던 서류가방을 여전히 들고 와 상수 앞에 앉아 있는데, 그러면 힘을 합치면 되지 않는가. 조선생을 만난 뒤 경애의 얼굴도 어두워져 과거의 어떤 일들에 잠겨가는 듯했으므로 상수는 일부러 나서서 너스레를 떨었다.

"주임이 어떻다고요. 요즘은 주임 생략하고 바로 대리 다는데 문제라고 봐요. 그게 다 주임(主任), 한자 그대로 묵묵히 맡겨진 주된 일에 임하는 그 주임을 안 거쳐서 그런 것 같아요. 어떻게 된 게 대리들은 직급이 말 그대로 대리하는 애들이라 그런지 잿밥이랑 줄서기에 관심이 그렇게 많고. 우리 팀은요, 조선생님, 박주임, 저, 이렇게 아주 간소합니다, 정직해요. 줄 댈 필요도 없고 경쟁 안해도 됩니다."

상수는 분위기를 띄우려고 애썼다. 조선생과 경애가 이제 그만 앞으로 나아가기를, 오래전 그 파업의 실패를 상수도 모르는 건 아니지만 다시 만났으니까, 복직이 되는 거니까 해묵은 감정과 회한도 좋지만 이제 좀 다른 꿈을 꾸어도 되지 않는가. 그렇게 꿈이라는 말을 떠올리니까 상수의 마음이 뻐근해지면서 호찌민의 그 공단들을 활보하는 자신의 모습이 상상되었다. 그것은 안남미와 전쟁, 안

개와 고립 같은 베트남에 대한 기존의 이미지를 몰아내기에 충분했다.

상수가 호찌민을 구글 지도에서 검색해 보여주자 조선생은 저야 좋습니다, 월급이 다시 나온다니 좋지요, 당연히, 하고 맞장구를 쳤다. 하지만 자꾸 손바닥을 맞비비면서 주위를 둘러보았다. 그리고 한시간도 지나지 않아 조선생은 우리 자리를 옮기지 않겠어요? 하고 물었다.

"옮기다니 어디로요?"

상수가 묻자 조선생은 문득 정신이 돌아온 사람처럼 아녜요, 계속해도 됩니다, 얘기를 계속해요,라고 물러섰다. 조선생이 그렇듯 초조하고 불안해 보였던 이유가 술 때문이라는 것은 까페에서 나와 작은 선술집에 들어가고 나서야 알았다. 조선생은 안주가 나오기도 전에 소주를 연거푸 들이켰고 그러자 비로소 무언가에서 놓여난 사람처럼 편안해졌다.

"선생님, 전에는 청하 세잔만 하셨잖아요. 그러면 충분하다고 하셨잖아요."

"충분했지, 충분했지."

조선생은 그렇게 말하면서도 지금은 충분하지 않은지 다시 술잔을 상수에게 내밀었다. 상수가 술을 따라주고는 자기는 마시지 않고 내려놓자 조선생은 취기에 마음이 풀려 그윽해진 눈으로 마시지 않습니까, 하고 물었다. 슬프다거나 서운하다거나 한 건 아니었다. 그건 상대가 무슨 행동을 해서라기보다는 그저 자기 혼자 마음이 나락으로 떨어져내리는 사람의 아득함이었다. 상대가 잔을 들어주든, 같이 취해주든 상관없이 술자리가 길어지면 그냥 점점 더 자기만의 세계로 가버리는 흔하디흔한 취객처럼. 문제는 경애도 자기 잔을 자기가 채워가며 취해가고 있다는 점이었다.

이렇게 서로의 고립감만 커져가는 술자리는 곤란했다. 이런 분위기로는 호찌민은커녕 공항 가는 한시간짜리 리무진버스에도 오르지 못할 것 같았다. 그러면 경애는 한국에 더 머물 테고 아무리 자기 동력으로 어떻게든 빠져나온다지만 한동안은 그 구남친에 발목 잡힐 것이었다. 팀이 이루어지지 않으면, 기술자 1, 영업자 2, 이렇게 차차차 팀을 이루어 스텝을 밟지 않으면 그런 불상사는 일어나게 되어 있다.

"선생님, 생활은 어떻게 하고 계세요?"

상수가 안주로 나온 소면을 조선생 쪽으로 밀어주며 물었다.

"생활도 생활이지만 술이 문제예요."

"술이 왜요?"

"술술 넘어가서 문제입니다."

"아직 기술은 쌩쌩하시잖아요. 다 잊지는 않으셨잖아요."

상수가 그렇게 말하자 조선생은 소면을 집어먹으면서 미소를 지었다. 상수와 경애를 만난 이후 보여준 최초의 미소였지만 계속되면 될수록 살아볼 의지 같은 것을 앗아갈 듯한 웃음이었다. 그건 상수가 자신의 어머니에게서 자주 봤던 웃음이었다. 상수는 이따금 죽은 어머니와 나눈 대화들을 맥락 없이 떠올리는데 그중 하나가 엄마, 엄마는 뭐가 어려워? 하고 물으면 어머니가 설핏 웃으면서 오늘이 어려워,라고 대답하는 것이었다.

오늘이 왜 어려워?

오늘을 넘겨야 하니까 어려워.

오늘을 넘긴다는 것은 뭐야?

오늘을 견딘다는 것이지.

오늘을 견딘다는 것은 뭐야?

그건 오늘은 사라지지 않겠다는 거야.

오늘은 사라지지 않는다는 건 뭐야?

내일은 어떻게 될지 모른다는 거지.

내일은 어떻게 될지 모른다는 건 뭐야?

내일은 사라질 수도 있다는 거야.

내일은 사라질 수도 있다는 건 뭐야?

내일은 못 견딘다는 것이지.

내일을 못 견디면 어떻게 되는데?

내일을 넘길 수 없게 되지.

내일을 넘길 수 없으면 어떻게 해?

그러면…… 쉬워질 수도 있다는 거야.

어머니가 그렇게 쉬워질 수도 있다고 말할 때 상수는 가슴이 내려앉는 기분이었다. 이동하는 기분이었다. 마음이 마치 계절이나 낮과 밤처럼 자연스럽게 변하는 것이 아니라 물리적으로 강제로 위치가 바뀌게 되는 것 같았다. 그건 엄마가 영영 사라질지도 모른다는 불안감과 다르게 마음이 아주 차가워지는 것이었다. 자기가 어머니에게 중요한 존재가 아니라는 사실을 느끼며 누군가가 어깨를 툭 쳐낸 것처럼 한발 물러나 조용히 다른 곳으로 가야 하는 순간을 '각오'하는 것이었다. 내쳐짐을 각오하는 마음.

그 시절 상수는 비 오는 날에도 괜히 자기 우산을 그냥 교실에 둔 채 나이키 슬리퍼를 신고 언덕배기에서 휩쓸려 내려오는 빗물을 거슬러오르며 방황하는 아이였다. 그 빗물의 감촉은 아직도 느껴졌는데 아이의 한없이 느리고 기운 없는 발걸음이, 도시의 온갖 쓰레기들, 비닐과 크고 작은 나뭇잎들, 노끈들, 부스러진 스티로폼 조각과 연속해서 흘러드는 모래알 등을 거스를 때 느껴지던 그 섬뜩한 차가움이, 각오라는 단어와 가장 가까운 것들이 아닐까 생각했다. 각오는 그렇게 대단치 않은 것들이 버려지는 가운데 무언가가 무언가를 거스르는 마음 같은 것이라고 생각했다. 그래서 일본에서 어머니의 임종 소식이 들려왔을 때 상수는 찬 빗물을 거스르는 발걸음이 문득 멈춰진 기분이었다.

"가세요, 선생님, 거기 지금 기술자가 한명 있는데 선생님처럼 나이가 있는 분이래요. 거기는 여기처럼 그렇게 안 빡세고 할 만하대요. 괜찮대요. 파업도 없을 거고 전 머리 안 밀어도 되고요. 나이가 서른다섯인데 머리 밀면 어떡해요. 공팀장도 똑바른 분이시니까 괜찮아요. 문제없어요."

경애가 그렇게 칭찬하자 조선생도 상수를 향해 고개를 끄덕이며, 공상수 씨는 정말 보기 드문 사람입니다, 하고 인정했다.

"그런데 저는요, 가지는 못할 것 같습니다."

조선생이 최종적으로 그렇게 결론을 내리자 경애는 할 말이 없었다. 조선생은 자기에게 중학생 딸이 있다고, 이제 열여섯살이라 가지 못하겠다고 했다.

"나는 한국에서 일해야 해요. 그런데 여기 자리는 반도미싱에서 줄 수 없고 베트남이나 가야 쓸모가 있다는 것이지요? 그런데 내가 베트남에 가면 엄마도 없이 걔 혼자서 어떻게 지내겠습니까? 그럴 수는 없지요, 나는 아버지 아닙니까?"

술집에서 나와 셋은 고기 굽는 연기로 매캐한 먹자골목을 지나 하루살이 떼가 공중을 오르내리는 하수구 옆을 지나 취한 조선생을 부축해 집으로 갔다. 조선생의 집은 다세대주택의 2층이었다. 불투명한 유리문을 잡아당기자 안에서 "아빠?" 하는 목소리가 들렸다. 학교 체육복 차림으로 왈칵 문을 연 여자애는 조선생의 딸이었다.

"마셨구먼, 또 마셨어."

여자애는 익숙하게 조선생을 현관에 앉혔고 조선생이 아예 뒤로 넘어가지는 않게 간간이 잡아주면서 신발을 벗게 했다.

"영서야, 아빠랑 일했던 분들, 우리 반도미싱 직원들."

조선생이 소개하자 영서라고 불린 여자애가 까딱 인사를 했다. 볼에 주근깨가 있어서 어딘가 장난꾸러기처럼 보이는 얼굴이었다. 인사를 받고 경애와 상수가 돌아가려는데 조선생이 둘을 잡고 여기까지 왔는데 앉았다가 가라고 고집을 피웠다.

"이렇게 또 헤어지면 우리가 마음이 어떻습니까, 들어와요, 누추해도 들어옵시다."

영서가 아, 집, 엉망인데, 하고 방으로 뛰어들어갔다. 그걸 본 경애와 상수는 그만 가겠다고 인사했는데 그러자 영서가 아녜요, 요거트 드시고 가세요, 하고 소리쳤다. 고마워요, 하고 경애가 말을 받고는 신발을 벗었다. 집은 방이 세칸이었고 따로 거실 없이 방 한칸의 문을 뜯어 거실 겸 부엌으로 쓰고 있었다. 흰 페인트칠이 거칠게 벗겨져 있는 문틀이 경애 눈에 들어왔다. 집이 늙는 흔적들이었다. 어려서 엄마와 함께 오래된 집에서만 살아본 경애는 집은 그렇게 낡는다기보다는 늙어간다는 생각을 하고 있었다. 집이 변해가는 데는 외부의 영향보다는 내부의 소진이라는 맥락이 있었다.

영서가 식탁의자에 널려 있던 티셔츠와 수건 같은 빨래들을 치웠고 작은 포트에서 요거트를 퍼 담기 시작했다. 양파 한망이 놓인 베란다에는 행운목과 산세베리아 화분이 자라고 있었다. 가지치기를 하지 않아 줄기들은 들쑥날쑥했지만 그것들의 생생함은 이 집의 분명한 활기라서 경애는 화분 좀 봐, 잘 자랐네,라고 말했다. 영서가 해가 잘 들어서 그래요!라고 바로 대답했다.

"하루 종일 들어요, 해가."

"좋다, 너무 좋다, 그런 집."

집 안에는 자개로 만든 그릇장이 있고 조선생의 부인처럼 보이는 영정 사진과 향불이 놓여 있었는데 물건들은 대개 낡아 보였지만 정리정돈이 깔끔하게 돼 있어서 집까지 오는 길의 소란스러움에 비하면 비현실적일 정도로 안락했다. 이윽고 영서가 요거트를 가져왔다. 자기는 요즘 다이어트 중이라서 이걸 자주 먹는다고 했다.

"선생님, 선생님은 어떻게 이렇게 말랐어요? 난 마른 사람이 너무 부러워, 잘 안 먹죠?"

"선생님 아니고 그냥 언니. 언니 소주를 한병이나 먹었는데 요거트를 먹으니까 엄청 쏠린다."

"괜찮아요, 화장실 바로 여기니까."

"막힐지도 모르는데."

영서가 언니 되게 웃긴다, 하면서 킥킥댔다. 상수는 누구 집에 놀러 와본 것 자체가 수십년 만이라 적응이 되지 않았다. 아주 불편했지만 영서라는 여자애가 풍기는 활달함에 마음이 안정되어서 "잘 안 먹긴요, 경애씨는 매 끼니마다 충실히 먹습니다"라고 끼어들었다. 영서는 무슨씨, 무슨씨, 하는 거 들을 때마다 뭔가 웃겨요, 하면서 웃었다.

"영서야."

조선생이 누워서 등을 돌린 채 불렀다.

"아빠 다시 취직시켜준다고 오라는데 영서는 어떤지?"

"그러면 돈 버는 거 아냐, 당연히 찬성이다. 돈 좀 벌어 와라."

영서가 휴대전화의 문자메시지를 확인하면서 무심하게 대답했다.

"그런데 거기가 너무 먼 곳이야, 베트남이야."

한동안 또 침묵하던 조선생이 말했다. 외국이라는 말에 영서는 고개를 들어 셔츠가 다 구겨진 조선생의 등을 잠깐 보았지만 다시 손가락을 움직여 문자를 보냈다.

"아빠는 가려고? 가고 싶지?"

"아니, 전혀."

"나는 괜찮다. 이모도 있고."

영서가 그릇들을 챙겨서 싱크대로 갔다. 그리고 물을 틀어 씻는 동안 조선생이 착잡한 목소리로 삼년 전 겨울에 영서 엄마가 세상을 떴어요,라고 말했다. 심장이 좋지 않았던 아내는 그날 뭔가를 예감한 사람처럼 힘이 하나도 없이 배웅하면서 잘 다녀와, 나 없어도 영서 잘 챙기고,라고 말했다고.

"아빠, 조문택 씨, 그 얘기 그만해, 이제 하지 마."

영서가 조선생을 일으켜세우더니 씻으라며 욕실로 밀어넣었다. 조선생이 욕실로 들어간 사이 상수와 경애가 이제 가겠다고 하자 영서가 계단까지 따라 나왔다. 그리고 그 일은 월급이 얼마나 되는지, 베트남으로 가기만 하면 이제 다시 회사원이 되는 것인지 물었다.

"그러면 좋은 것 아니에요? 아빠한테 좋은 거죠? 그러면 꼭 가야죠. 경비보다는 낫잖아요. 아빠 좀 거기 데려가주세요. 잘 부탁드려요."

경애는 자기가 결정하는 사람은 아니고, 옆의 상수를 가리키며 이분이 팀장이셔,라고 했다.

"이분이 팀장님이면 우리 아빠는요?"

영서는 상수가 젊어 보여서 그런지 문득 그런 걱정을 했다.

"아빠는 선생님이셔. 회사에서 선생님이라고 불렀어."

"선생 아닌데 왜 선생님이라고 불렀어요?"

잠깐 상수와 경애는 할 말이 없었다. 이윽고 경애가 "너무 좋은 분이라서 그래, 그런 사람은 여전히 회사에서도 선생이라고 불러. 그런 건 안 변해"라고 대답했다.

전철을 타고 돌아오면서 상수와 경애는 창문에 비치는 둘의 모습을 물끄러미 바라보았다. 이제는 이렇게 나란히 앉은 모습이 어색하지 않다고 경애는 생각했다.

"조선생이 베트남에 간다고 할까요?"

역곡쯤 왔을 때 상수가 물었다.

"모르겠는데, 회사에는 어떻게 보고할 거예요?"

"뭐 다르게 보고를 합니까. 같이 간다고 하지."

경애는 그 말이 귀에 들렸다기보다는 흘러들어온 것 같았다.

"괜찮겠어요?"

"뭐가 괜찮아요?"

"아니에요."

"그러는 경애씨는 괜찮습니까?"

"뭐가요?"

"뭐든 말이에요."

그러면서 상수는 경애의 얼굴을, 전철의 조명 탓인지 어딘가 말 갛게 보이는 경애의 얼굴을 바라보았다. 누군가의 얼굴을 이렇게 가깝게 바라보는 것은 아주 오랜만이라고 생각하면서. 하지만 곧이 어 이래도 되나, 괜찮은가 싶은 경계심이 들었다. 그래서 경애의 옆 얼굴과 최대한 멀어지고 싶어서 시선을 밤의 차창으로 고정했는데 거기에는 대화가 끊기자 이어폰을 끼고 음악을 듣는 경애가 비쳐 서 곤란한 상황이었다. 안되겠다 싶어서 시선을 주위의 승객들에게 돌리자 그날따라 전철에는 누군가와 통화하면서 보고 싶었지, 당연 히 그랬지, 하고 속삭이는 여자와, 애인이 휴대전화를 들여다볼 때 마다 얼굴로 쏟아지는 애인의 머리카락을 쓸어올려주는 남자와, 서 로 손을 잡고 상대의 얘기를 들으며 그랬어? 어머 그랬어? 하는 남 녀가 있어서 어디에 시선을 맞추어도 애틋한 마음이 강화되기만 하는 상황이었다.

"저기, 경애씨,"

상수는 이런 마음을 누그러뜨리기 위해서라도 입을 벌려 무슨 말을 떠들어야겠다고 생각했다. 경애가 이어폰을 빼고 왜요? 하고 물었다.

"무슨 노래 듣습니까?"

경애가 이어폰 한쪽을 건네주며 들어보라고 했다. 비치보이스의

「코코모」였다. 상수가 이거 영화 「칵테일」 주제가잖아요, 하자 경애가 그래요, 비치보이스,라고 답했다.

톰 크루즈,

자메이카,

로저 도널드슨,

겟 어웨이,

상수가 경애씨도 영화 좀 봤네요, 하자 경애는 심드렁하게 제가 이래 봬도 중고등학생 때 하이텔에서 유명했던 영화동호회 출신이에요,라고 했다.

"거기서 내는 영퀴, 영화퀴즈 그런 거 모르죠? 제가 그거 선수였다고요."

"아이고, 제가 그걸 왜 모릅니까? 저도 거기서 놀았는데."

경애가 눈을 동그랗게 뜨면서 그래요? 하고 되물었다. 상수가 이제 자기의 전공분야가 나왔으니까 본격적으로 아는 척을 해봐야지 싶어서 경애 쪽으로 얼굴을 돌렸는데, 그때 어떤 사실이 떠올랐다. 피조와 인천과 전철과 영화동호회와 1999년 모든 것이 결합하면서 상수의 머릿속에 만들어진 것은 형상이라기보다는 소리였다. 너무 춥네, 하면서 말을 잇지 못하고 가만히 침묵을 이어가던, 은총이 죽기 전에는 아 씨 나 피조, 하면서 언제나 말을 시작하던 은총의 음성사서함에서 들었던 여자애의 목소리였다.

언니입니다. 개인적인 사정으로 당분간 빠른 회신이 어려울 것 같아요. 사연에 답하지 못해서 죄송합니다. 그러면 어떡하냐, 우리는 어떡하냐, 하고 묻는 언니들이 참 많을 텐데요. 코브라자 님과 애정휘궈 님, 젖된느낌 님 등 구력 오래된 언니 분들이 개인 페이스북 페이지에서 연대하고 있으니까요, 급한 연애사건은 그쪽에서도 가능하시리라 생각합니다. 마지막으로 진작에 받아놓고 미처 답신을 못한 이메일이 있는데 이런 말을 보냅니다. 마음을 어떻게 폐기하느냐고 물었지요. 어떻게 하면 그럴 수 있느냐고. 그 사람이 나 너랑 전처럼 자고 싶어, 따뜻하게,라고 말한 날이 있었고 당신은 결정했고 그렇게 욕실에 들어갔다 나오자 정작 그는 집으로 돌아가겠다며 옷을, 양말까지 챙겨 신은 뒤였다고. 그러고 나서 데려다주겠다는 그 사람 차에 타지 않고 택시로 강변북로를 달려 돌아오는데 자신이 완전히 파괴되었다는 생각이 들었다고 했잖아요. 그 새끼 뭔가요, 뭐, 사람 테스트해본 겁니까. 대체 어떤 욕을 해주어야하나, 아주 고퀄 레전드급으로 쌍욕을 하고 싶지만 언니, 폐기 안해도 돼요. 마음을 폐기하지 마세요. 마음은 그렇게 어느 부분을 버릴수 있는 게 아니더라고요. 우리는 조금 부스러지기는 했지만 파괴되지 않았습니다. 우리는 언제든 강변북로를 혼자 달려 돌아올 수있잖습니까. 건강하세요, 잘 먹고요, 고기도 좋지만 가끔은 채소를, 아니 그냥 잘 지내요. 그것이 우리의 최종 매뉴얼이에요.

차디찬 여름

어머니가 지냈던 삿뽀로는 눈이 한 해에 6미터나 오는 눈의 나라라고 했지만 상수가 기억하는 삿뽀로는 넓게 펼쳐진 감자와 옥수수와 무와 당근 같은 것들의 도시였다. 아주 작은 일본식 집들과 상수가 손가락을 가져다 대며 하나둘 세어본 희고 푸르고 미끄럽던, 눈물을 닦느라 젖어버린 상수의 손바닥에 느껴지던 무표정한 병원 타일 벽의 도시. 그때 이모는 어머니의 주검을 그대로 옮겨 가 한국에서 화장하기를 바랐지만 아버지는 현지에서 처리하기를 원했다.

이모는 한국어를 잘하다가도 흥분하거나 화가 나면 일본어로 이야기했는데 말을 알아들을 수 없는 상수로서도 분노에 차 있다는 것을 느꼈다. 방부 처리된 어머니는 다시 이모 집으로 돌아와 이틀을 보냈는데, 장례사들이 드나들며 준비를 하는 동안 상수는 그것이 일본식 장례였으므로 어머니를 가까이에서 자세히 볼 수 있었다. 입관 전까지 어머니는 마치 살아 있는 사람처럼 평소 쓰던 이불 위에 누워 있었다.

"엄마,라고 불러봐, 소옥이가 대답하나."

어머니는 녹색 투피스 안에 흰 블라우스를 받쳐 입은 모습이었고 그건 어머니가 가장 좋아하던 옷이라고 했다. 어머니가 첫 월급으로 산 그 옷은 아마도 '몽동'이나 '으르지로'에서 샀을 것이라고 해서 상수는 이모의 일본식 발음도 발음이지만 자기에게 익숙한 지명들마저 미묘하게 달라져 완전히 낯설고 불안하게 하는 이 방이 싫었다. 그래서 이모의 바람과는 달리 어떠한 다정한 호칭으로도 죽은 엄마를 부르지 못하고 있는데, 어디서 주워 왔는지 고무줄 하나를 손으로 감았다 풀었다 하며 멍하니 벽에 기대어 있던 형 상규가 무릎걸음으로 와서 어머니를 들여다보았다. 사진을 보면서 화장을 했는데도 장례사가 해놓은 메이크업은 상수가 기억하는 어머니 얼굴보다 더 하얗고 입술은 붉었다, 마치 눈이 내린 얼굴처럼. 지금은 여름이라서 어디에 눈을 맞추든 그 눈맞춤 하나로도 모든 것들이, 거리의 포플러나무나 옥수수밭의 잎들이나 어느 사소한 풀잎의 생장도 축복받는 듯한 한여름인데 어머니에게는 그렇게 겨울과 죽음이 연상되었다.

"엄마."

상규가 손으로는 부산스럽게 고무줄을 잡았다 놓았다 하며 불렀다.

"응, 응, 그래, 상규야."

이모는 마치 자기가 어머니라도 되는 것처럼, 응답인지 독려인지 모를 말을 옆에서 했다. 하지만 그러고도 상규는 말을 잇지 못하고 울었는데 변성기의 남자애가 엄마를 속 시원히 부르지 못하고 웅얼웅얼거리며 흐느끼는 소리는 내는 것이라기보다는 긁는 것에 가까웠다. 그런 형을 보면서 자기도 울어도 되는 것일까, 이제는 울어야 하는 것일까 생각하고 있던 상수는 문을 열고 들어온 아버지가 형의 뺨을 후려치는 장면을 보고 놀라 물러섰다.

"왜 때려요? 왜 때려요?"

상규가 버럭 화를 냈다.

"왜 울어, 울지 말라고 했지. 내가 그랬지, 울지 말라고."

"왜요, 왜, 왜 때리냐구."

장례사와 이모 쪽 친척들이 건너와 상규를 데리고 가는 동안에도 상규는 계속 왜냐고 물었지만 아버지는 대답이 없었다. 어쩌면 아버지도 대답할 수 없는 질문이 아니었을까. 그날밤 상수는 부엌으로 나와서 이모가 건네준 푸딩을, 그 어쩔 수 없는 단맛과 청량한 레몬 맛에, 엄마가 죽었는데 식탐을 부려서는 안된다고 생각하면서도 싹싹 긁어 먹었다. 이모는 냉장고에서 푸딩을 하나 더 꺼내 상수에게 건넸다. 상수는 어머니가 늘 강조했듯 고맙습니다,라고 인사하고 찻숟갈로 긁어 먹었다. 상규는 아무것도 먹으려 하지 않았다.

"너네 부산에서 살던 때 생각나나?"

상수는 고개를 저었고, 부푼 뺨을 자꾸 주먹으로 눌러보며 울분을 참아보던 상규는 이모 쪽으로 힐끔 고개를 돌렸다.

"너희 오까아상이 제일 좋았던 시절로 그때의 여름을 들어. 너희 아버지가 그 야당총재 집 문간을 서성이던 때. 서울에 있을 때는 전두환이 방해하니까 너희 아버지는 무슨 사무실을 열어도 안되더란다. 경제연구소니 뭐니 무슨 간판을 걸어도 안되더래. 자꾸 집기를 들고 나가고 그렇게까지 하더란다. 그러니까 너네 엄마가 다 털어서 엄마 고향인 부산으로 가서 살자고 했어. 취직을 하네, 뭐 하네,

하다가 파라솔 임대 장사를 했다더라고. 그런데 언니야, 파라솔을 백사장에 꽂아뒀는데 그해에 여름태풍이 몰려왔어. 아주 망했지, 모래가 다 쓸려나가고 망했지, 망했는데 그 시절이 나는 참 좋았지 싶다, 하면서."

망자를 관에 넣고 하룻밤 지내는 날에 이모는 문득 어머니가 불렀다던 노래 얘기를 했다. 그건 상수도 들어본 적이 있었는데, 가족 모임에 가면 어머니에게 그 노래를 불러보라고 하는 사람들이 많았기 때문이었다. 어머니는 십대 시절에 합창단을 하다가 누구 소개로 빙과류 광고의 CM송을 녹음했을 정도로 노래를 잘했다. 「사탕수수밭」이라는 노래라고 이모가 짧게 흥얼거려주었는데 후렴구에 '자와와' 하는 일본어는 '살랑살랑'이라는 뜻이라고 했다.

살랑 살랑 살랑
넓은 사탕수수밭은
살랑 살랑 살랑
바람만 지나가고
오늘도 눈길 닿는 데까지
푸른 바다가 물결치고 있어
여름 햇볕 아래서

온통 눈을 맞은 듯 차갑게 굳은 어머니와 바다, 파도가 파쇄되는 여름의 백사장 같은 것을 떠올리게 하는 그 노래는 밤의 공기를 미묘하게 가르고 있었다. 그렇게 해서 겨울의 시간과 여름의 시간이 그 집에 공존하고 있었다. 그런데 실제로 여기는 일본의 여름이니까 겹겹의 여름이 있는 셈이었다.

장례 기간 동안 아버지가 어떤 태도를 취했는지는 기억에 남아 있지 않았다. 그러니까 어떤 몸짓으로 슬픔을 표현했는가 같은 것. 상규는 마치 곧 터져버릴 공처럼 굴었다. 이미 어떤 것이 가득 차 있는데도 자꾸만 무언가가 주입되어서 머지않아 완전히 파괴될 것처럼. 상수에게도 그런 부피를 가진 슬픔이 마음에 들어서 있는 건 마찬가지였지만 형처럼 열기와 에너지를 가진 무언가로 그 슬픔이 팽창해 외부로 나오려는 것이 아니라 오히려 그 안에 원래 있던 것이 다 빠져나가 점점 가벼워지는 느낌이었다. 마치 유령처럼 몸과 마음 같은 것이 없어져 어머니의 죽음을 현실로 받아들여야 하는 순간들마다 오히려 자기 자신은 아주 비현실적인 세계로 넘어가버리는 느낌이었다.

그래서 상수는 이런 것들에 대해서만 열심히 생각했다. 「인디애나 존스」나 「구니스」 같은 영화에서 주인공이 악당들에게 쫓겨 달아나다가 문득 동굴의 끝에서 벼랑이 나타나고 폭포수를 따라 떨어져도 절대 죽지 않고 살아나던 장면을, 그렇게 언젠가 고통은 느닷없이 끝나고 악당은 사라지며 주인공은 영웅이 되는 스토리를. 혹은 갤러그에서 갤러그가 내려오면 갤러그를 쏘아서 갤러그의 왕이 되거나, 테트리스에서 테트리스의 계속된 하강에도 테트리스를 쌓으면 테트리스의 왕이 될 수 있는 전자오락을, 마치 지금 오락실 둥근 의자에 앉아 조이스틱을 움직이는 것처럼. 그렇게 서울에서 보내던 일상을 생각하다보면 엄마를 잃었다는 실감은 옅어졌다.

어머니의 죽음에서 그것을 설명할 말을 가진 사람은 다른 누구도 아닌 이모였다. 이모는 중간중간 잘 알아들을 수 없는 일본어를 써서 상수를 아리송하게 했지만 그렇게 구멍 난 사연들에도, 시퍼렇게 뛰며 살아 있는 슬픔이 있었다. 그것은 상수 형제와 아버지가 보이는 것과는 다른 질감이었다.

아버지는 모든 과정을 정확하게 처리하고 싶어했다. 운구차가 시간에 맞게 화장터에 도착할 수 있는지 궁금해했다. 조문객이 찾아왔을 때 식사대접은 어떻게 해야 하는지, 내일이 일본식으로 흉일은 아닌지, 어머니는 잠시 성당에 다닌 적도 있는데 불교식 장례를 치르면 무리가 아닌지. 그리고 그것이 너무 중요한 듯 이렇게 확인했다.

"자살은 아니죠? 자살은 아니잖아요."

이모는 아니에요, 병사예요,라고 선선히 대답하다가도 문득 원망스러운지 왜, 왜요, 소옥이한테 죄지은 기분이라 그래요?라고 날카롭게 물었다. 그러면 아버지는 죄는 제가 무슨 죄를 지었습니까, 하고 냉랭하게 대답했다.

"신경이나 썼고요? 여기로 쫓아낸 것 말고 무슨 신경을 썼어요? 애가 아플 때 어떻게 했어요? 아픈 애 두고."

지금은 새어머니가 된 사람, 그 사람이 단순히 어머니의 병간호를 위해 와 있었던 것이 아니라는 것을 상수는 그때야 알았다. 그게 뭘 뜻하는지 정확히 파악하지 못하면서도 이모의 힐난하는 말투, 경멸스러워하는 눈빛이 단번에 그 나쁨을 알 수 있게 했다.

"처형, 그런 소리 맙시다. 자살은 아니다, 이렇게만 말해요."

"자살이 아니면요, 자살이면요, 제부에게 뭔 해가 될까봐 계산합니까?"

"아니요."

아버지는 홱 일어났는데 어두운 조명 아래에서 그런 아버지의 그림자는 아주 길어졌다.

"그러면 내가 용서를 못할 것 같아서 그럽니다. 그런 짓을 했다면 내가 용서를 어떻게 합니까. 왜 합니까, 내가."

그 용서는 누가 누구에게 하는 것이었을까.

츠야(通夜)라고 하던 애도의 밤은 그런 식이었다. 어머니를 조문하는 사람은 몇 안됐는데 나중에 들어보면 어머니가 종종 갔던 베이커리, 정육점, 생선가게, 찻집, 편물점과 약국의 주인들이었다. 어머니는 작은 동네를 벗어나지 않은 채 일년을 보냈다고 했다. 이모도 거실에 나가서 잠깐 눈을 붙이는 밤, 상수는 으스스함을 느끼면서도 어머니가 있는 방으로 들어갔다.

"엄마, 사라진다는 건 뭐야?"

향이 타면서 재가 부스러져내렸다.

"오늘은 없다는 거야?"

상수는 언젠가 자기를 충격했던 엄마의 말들을 떠올리며 다시 물었다.

"그러면 내일은?"

그러자 그렇게 가볍고 텅 비어서 아무것도 없을 것 같던 상수의 마음에서 통증이 생겨났다. 어디 한군데만 그러는 것이 아니라 아주 산발적으로 마음 곳곳에서 느껴졌다. 나중에는 텅 빈 곳이 하나도 없는 것처럼 꽉 차게 아팠다.

상수는 화장터에서 어머니의 뼈들을 볼 수 없었다. 너무 어린 아이는 볼 수가 없다,라고 장례사가 제지했다. 그걸 보고 나온 것은 상규였고 나오자마자 상규는 왜 그런지 자기 눈을 아주 세차게 여러번 때렸다. 형이 찰싹하고 스스로를 그렇게 때릴 때마다 상수도 자기 몸 어딘가가 아픈 느낌이었다.

"형, 하지 마."

하지 말라고 하자 상규는 더 세게 자기 눈두덩이를 때렸는데 그래서 기껏 괜찮아진 얼굴이 또다시 부풀어오르고 말았다. 그러는 형이 싫어서 상수는 계속 말리다가 이윽고 둘의 싸움이 되었는데, 이번에는 상수가 일방적으로 맞지만은 않았다. 하지만 그 주먹질도 어른들에 의해서 멈춰지고 그렇게 떼놓아진 둘은 화장장 마당에 주저앉아서 숨을 고르고 옷을 털었다. 서로 등지고 딴 곳을 바라보았다. 화장장에서 피어오르는 연기나 유골함을 들고 나오는 사람들의 검은 구두 같은 것 그리고 매미의 활기찬 울음과 잠자리의 비행. 상규는 나뭇가지로 흙바닥을 마구 휘젓듯 낙서를 하다가 상수를 쏘아보면서 아버지 말은 거짓이야,라고 했다. 상수는 무슨 말인가 싶었지만 형이 너무 싫었으므로 고개는 돌리지 않고 귀만 좀더 열었다. 상규가 또다시 거짓이야,라고 외쳤다. 다 거짓말이야, 잊지 마, 거짓말이라고. 상수는 그 말이 뭘 뜻하는지 생각해보려 했지만 이미 그때는 상수의 마음속에 찬 슬픔이 몰아닥친 후였으므로 그러지는 못한 채 어머니가 완전히 사라진 오늘을 맞았다.

당신은 여동생이 있나요?

경애는 호찌민의 이런 것들을 좋아했다. 도로의 흐름을 완전히 장악한 오토바이, 거리에 나서면 그것들이 웅웅대는 소리에 평소처럼 이어폰을 끼고 걷기란 불가능할 정도였는데 그런 부산한 흐름이 나쁘지 않았다. 활력있게 느껴졌다. 반도미싱의 호찌민 지사에는 대리점 관리와 영업을 맡은 지점장과 김부장, 오과장, 헬레나라는 베트남 직원과 창식씨라고 부르는 기술자가 있었다. 헬레나는 영어와 한국어가 가능했고 칠년 동안 지사에서 일하고 있었다.

김부장은 한국인들이 많이 사는 푸미흥에 집을 가지고 있어서 처음에 셋은 거기에 머물렀지만 가장 먼저 조선생이 창식씨와 함께 지내겠다고 나오고 다음으로는 경애와 상수가 각자 아파트를 얻었다. 사무실이 있는 시내와는 이십분 정도 거리였지만 새 건물에 방과 거실 그리고 단지 내에 작은 수영장까지 있는 아파트였다. 경애는 매번 어쩐지 믿기지 않는다는 기분으로 수영장을 내려다보았다. 수영장은 언제나 한국인 아이들로 붐볐다. 경애는 언젠가는 저기서 수영을 한번 해봐야지 싶었지만 그러자면 수영복을 먼저 사야 할 것이고 수영복을 입으려면 제모를 해야 하고 무엇보다 수영을 못하니까 일단 수영부터 배워야 하는데,라고 생각하다가 다 귀찮아지면서 차라리 수영장이 없다고 여기자고 결론 내렸다. 상수에게 그렇게 말하자 없다고 여기면 없을 수 있으니까 좋은 겁니다,라고 동의인지 논평인지 모를 응답을 했다.

사무실 사람들은 각자 자기만의 방식으로 그들을 환영했다. 김 부장은 상수를 데리고 다니며 호찌민의 고급 술집들을 찾아다녔지만 거기서 대체 무슨 짓을 했는지 상수가 난장을 피운 뒤로는 고가의 저녁을 함께 먹는 정도의 회식으로 단합을 도모했다. 경애는 베트남의 여자들, 오토바이 위에 앉아서 시동을 걸고 버스와 택시의 경적에 아랑곳하지 않고 묘기를 부리듯 빠져나가는 어리고 젊고 늙은 모든 여자들을 보는 것을 좋아했다. 안전모를 쓴 그들은 아이들을 태우거나 짐을 싣고 비가 오면 우비를 걸친 채 무표정한 얼굴로 운전했는데, 거기서 느껴지는 어떤 쿨함이 있었고 그것이 마음에 들었다. 그러니까 헬레나가 이렇게 묻는 태도 같은 것. 그날은 직원들이 다 나가고 헬레나와 경애만 점심을 먹었는데 한국어로 대화한 뒤에 문득, 그런데 베트남어는 전혀 모르나요? 하고 물었다. 경애는 급하게 발령받느라 준비할 시간이 없었고 산주와의 일로 힘이 들었던 터라 간단한 자기소개조차 익히지 못했다. 여기에 와서 내내 편하게 대화했던 것, 마치 환대처럼 쏟아지던 한국어를 너무 당연하게 받아들이지 않았나 싶은 생각이 들면서 경애는 최종적으로 미안해졌다.

"다 한국인들 상대로 하는 영업이니까 못해도 상관은 없겠지만.

몇마디 하면 더 친절할 거예요, 사이공이."

헬레나는 평소에도 자기 감정을 잘 드러내지 않는 사람처럼 보였는데 이렇게 한번 짚으며 넘어갔다. 헬레나의 영어 실력은 경애보다 월등했다. 직원들이 원할 때마다 영어로, 혹은 한국어로 얼마든지 이야기해줄 수 있었다. 그러니까 자기 편하자고 하는 얘기가아니라 경애를 위한 충고였다. 경애는 서점에 가서 교본을 샀고 베트남어가 같은 발음이라도 성조에 따라 뜻이 달라진다는 사실부터배워갔다. 예를 들어 '마'라는 발음은 어머니, 그러나, 혼, 무덤, 말,볏모 이렇게 여섯가지나 되는 의미였다. 모두 다른 뜻이었지만 하나씩 떠올려보면 같은 발음을 써야 하는 이유가 있는 것처럼 연관성 있게 느껴졌다.

경애는 헬레나와 친해지기 위해 애썼는데 사무실 사람들을 본결과 그가 가장 신뢰할 수 있다고 판단했기 때문이었다. 다른 한국인 직원들은 상수와 경애 그리고 조선생과 거리를 두었다. 그들과협력관계가 아니라 아예 다른 회사의 영업직원들과 다를 바 없는경쟁관계라는 건 입찰 때 여실히 드러났다. 호찌민에 온 지 일주일만에 상수는 한 한국계 회사에 입찰을 넣으면서 입찰가격을 지점장과 상의했는데 나중에 보니 그 팀의 김부장도 입찰을 넣은 건이었다. 그리고 김부장이 계약을 땄다. 상수가 침을 튀기면서 어떻게이럴 수가 있어요! 한 회사에서 어떻게 이렇게 먹느냐고요! 했을때 지점장은 심상하게 여기 영업이 그렇다고 대답했다.

"여기서는 영업자 하나하나가 다 자영업자야."

엄밀히 따지면 이미 영업부가 있는 상황에서 또다른 영업부가파견된 셈이고, 상수네가 굴러들어왔으니까 할 말은 없었다. 그런 이중 경쟁은 직원들에게는 피곤했지만 회사로서는 손해가 아니었다. 그러니 한놈이라도 걸려라 하는 식으로 영업사원들을 풀어놓는 것이었다.

"리베이트입니까? 결국 리베이트죠?"

상수는 이런 내부 경쟁은 생각지도 못했던 터라 분을 삭이지 못했다. 조선생은 꼭 그렇지는 않을 거라고 말했다.

"생각을 해봅시다. 내가 상대 회사에 오래 다닐 사람이라고 해보자고요. 누가 리베이트를 줍니다, 주는데 그거 먹으면 코가 꿰이는 것이고 약점이 잡히는 셈이지요. 그러면 안 먹게 되지요. 그런 거 먹는 사람은 대부분 여기에 공장 차리는 것까지만 하고 뜨는 사람들이에요. 회사에서도 그런 사람 보내서 공장 짓고 나중에는 지사장을 교체하지요. 그런 경우에야 리베이트가 기준이겠지만 아닐 수도 있어요. 세상이 그렇게 단순하지가 않아요."

"그러면 뭘까요? 리베이트가 아니면요."

이야기가 그쯤으로 흐르면 조선생은 기술자인 제가 압니까? 하면서 발을 뺐다. 그러면서도 상수에게 슬쩍 이렇게 던져놓았다.

"사람 마음 다 똑같아요. 공팀장은 어떨 때 마음이 갑니까? 인간을 걷어내지 마세요. 내 경우에는 어떤 일이든 그렇습니다."

조선생이 기술자인 창식씨와 함께 지내기로 한 것도 경애의 눈에는 인간적인 연민 때문으로 보였다. 창식씨는 직급 없는 기술자였다. 원래는 중국에서 일했는데 여기 기술직이 갑자기 비어서 급하게 옮겨 왔다고 했다. 그게 오년 전의 일인데 여기 와서 그랬는지 아니면 원래 그런 채로 파견이 되었는지는 몰라도 생활이 엉망이었다. 가장 문제는 술이었고 그다음으로는 도박 그리고 마지막으로는 형편없이 여린 마음이었다.

창식씨라는 호칭에서도 알 수 있었지만 지사의 직원들은 환갑이 가까운 그의 연배를 제대로 대접해주지 않았다. 무슨 일을 그렇게 매번 잘못하는지 김부장은 그를 불러다가 "아, 창식씨, 김창식 씨는 사람이 반밖에 없습니까? 정신이 반밖에 없어요? 일을 왜 그렇게 하느냔 말이에요" 하고 다그쳤다. 창식씨는 그런 욕을 먹은 날에는 괴로워했는데 그 괴로움을 표현하는 방법도 일반직원들과는 달랐다. 창식씨는 정말 울면서, 점심에 그를 위로하기 위해 조선생이 일부러 그를 불러서—상수나 경애는 그다지 원하지 않았지만—분보후에 같은 매운 쌀국수를 같이 먹으러 가면 정말 아이처럼 치대면서 이제 김부장이 자기를 미워하지 않겠느냐고, 회사에 나쁜 말을 해서 자르지 않겠느냐고 울먹이곤 했다. 무슨 일을 그렇게 잘못했느냐고 물으면 뭔가 얘기하려고 하다가 눈치를 보면서 입을 닫았다.

"내가 그런 말을 할 수는 없지요. 그런 건 배신이니까 배신할 수는 없어."

"무슨 말이기에 배신까지 나와요?"

그렇게 상수가 나서서 물으면 창식씨 입은 더 굳게 닫혔다. 그리고 술이 먹고 싶다고 또다시 칭얼거려서 맥주를 시켜주면 그걸 마시면서 갑자기 김부장 칭찬을 늘어놓았다.

"그래도 좋은 사람이에요. 아주 전두환 같은 사람이에요."

"전두환처럼 좋다는 건 대체 뭐예요?"

상수가 그렇게 묻자 창식씨는 공팀장님이 모르는구나, 하면서 언제 울었느냐는 듯이 표정을 펴며 웃었다.

"영업 참 전두환처럼 한다, 아, 그 영업자 전두환이지, 하면 남자라는 거지. 남자답게 한다는 거지. 전두환이가 어떻게 아직도 그렇게 건재할 수 있겠어? 어떻게 하면 그렇게 아직도 충성하는 자들이 많으냐 이거야. 다 나눠 먹고 싸나이답게 갈라 먹어서 그래. 김부장이야말로 전두환이지, 남자지."

조선생이 여기 와서 회사에 가장 먼저 제안을 한 일도 창식씨에 관한 것이었다. 이름을 부르지 말자는 것이었다. 조선생은 여기 올 때부터 경애와 상수가 그렇게 부르고 본사에서도 그랬다고 하니까 지사 사람들도 선생,이라고 불렀다. 그런데 같은 일을 하고 나이도 비슷한 사람이 창식씨라고 호명되니까 부당한 것 같다고 했다.

"창식씨를 그러면 창식씨라고 부르지, 뭐라고 해요? 회사에서 직급을 안 주는데. 조선생, 씨도 경칭이에요, 하대가 아니에요, 경칭에 붙는 말이라고요."

김부장은 조선생의 태도가 아니꼽다는 투였다.

"그러면 저도 그렇게 부르세요. 형평성을 따지면 그게 낫겠습니다."

"그러세요, 원하는 대로 서비스해드려야죠."

그렇게 조선생이 문택씨라고 불리기 시작한 것과 조선생이 김부장네 집에서 창식씨네 집으로 옮긴 시기는 같았다. 조선생은 사무실과 가까운 데서 지내며 집세도 싸니까 좋다고 했다. 경애는 걷는 것마저 위태로워 보이는, 20도가 조금 안되는 호찌민의 아침 추위에도 두통이 인다고 몸이 아프다고 호소하는 저 만성의 알코올중독자와 조선생이 함께 지내는 것이 걱정스러웠다. 조선생이 혹시 더 형편없이 망가지지 않을까. 그렇게 생각하면 문득 여기까지 와서 우리가 모두 망가져서 돌아갈 수는 없다는 위기감이 들었다. 뭔가를 하기 위해 나서고 싶어졌다. 그건 한국에서 떠나올 때 영서와 약속을 했기 때문이기도 했다. 출국하기 전 영서는 아빠를 잘 부탁한다며 전화를 걸어왔고 경애는 지금 어디예요? 하고 묻고는 만나서 밥을 먹었다. 모처럼 서울에 온 영서는 무엇을 보아도 기분이 환해진다고 기뻐했다. 그리고 자기가 사왔다며 로드숍에서 파는 장미향이 강한 화장품을 선물로 주었다. 나중에 보니 좋아하는 연예인의 브로마이드를 얻기 위해 어쩔 수 없이 선택한 선물이기는 했다.

그날 저녁을 함께 보내고 전철역에서 배웅하려는데 영서는 경애에게 언니는 여동생이 있어요? 하고 물었다. 경애가 없다고 하자 영서는 잘됐네, 나도 언니가 없는데, 하며 웃었다.

"아빠 잘 있겠죠?"

"언니가 술 많이 안 먹게 감시할게."

"언니, 술은 괜찮아요. 먹으면 기분이 좋잖아."

"뭐야, 그런 거 어떻게 알아?"

그러자 영서는 웃으면서 대답은 하지 않았다.

조선생은 호찌민까지 끌고 온 캐리어를 다시 챙겨서 옮기는 것으로 간단한 이사를 마쳤다. 그 집은 여행자의 거리가 조성된 빈탄 지역에 있어서 매일매일 사람들로 넘쳤다. 그런 사람들 사이를 헤치고 걸어가는 조선생과 창식씨를 보고 있으면 그들은 오랜 여행에서 낙오되어 이 끊임없는 이동과 피로, 불안과 고독감이 여행이라는 임시성을 가진 과정인지 아니면 뚜렷한 영속성을 지닌 일상인지조차 중요하지 않게 된, 그렇게 해서 목적지나 도착이라는 것과는 상관없는 삶을 선택한, 특별하게 늙고 남루한 사람들처럼 보였다.

하지만 조선생은 경애의 걱정과는 달리 오히려 창식씨를 지지대로 삼아 생활을 챙기기 시작했다. 빈탄 거리의 그 방은 세간이랄 것 없이 창식씨의 물건들로 어질러져 있었는데 조선생은 그걸 치우는 일부터 나섰다.

"고향이 어디라고 했어요? 구미?"

조선생이 치우기 시작하자 창식씨도 돕겠다고 나섰는데 뭔가를 치워본 적이 없는 사람처럼 조선생을 따라다니며 근처의 물건을 집었다 놓았다만 했다.

"김천이지, 김천."

"거기는 누가 있나?"

"있지, 친척들 죄다 있어요. 우리 선산도 있고 논도 있고."

"한국은 언제 들어가고 안 갔는데?"

"한번도 안 갔지, 간 적이 없지."

"왜, 가족들이 왔나 그럼?"

"아니, 오지도 가지도 않았어. 나보고 오지 말래."

"그러면 생활비만 부칩니까?"

"아니, 그것도 뭐 내가 버는 게 얼마 없으니까 돈도 못 부치지. 그런데 돈 못 부쳐서 미안하다고 하면 그런 거 바라지도 않는다고 어디 가서 죽어도 연락도 말라던데 마누라가."

창식씨가 돈이 없는 건 월급이 적어서만은 아니었다. 술 먹는 데 돈을 많이 쓰기는 했지만 그것 때문만도 아니었다. 카지노 때문이었다. 김부장은 원래 씀씀이가 큰지 아니면 지사가 매번 큰 이윤을 내는지 회식이 잦았다. 경애네를 끼워주는 날도 있었지만 아닌 경우가 더 많았는데, 창식씨는 회식이 있다고 하면 손꼽아 기다렸다. 술도 먹을 수 있고 여자도 안을 수 있으며 슬롯머신을 마음껏 당길 수도 있으니까. 그런 데를 따라다니다 익힌 재미는 창식씨 몸에 아예 배어버린 것 같았다. 자기 의지랄 것이 있어야 비난도 하고 충고도 할 텐데 보이지 않으니까 연민이 생겨났다. 창식씨의 그런 탕진을 부추긴 셈이면서도 정작 김부장은 냉혹한 일갈을 하곤 했다.

"한국을 생각해봐요. 저런 인간 뭐가 됩니까? 노숙자 안되겠습니까? 여기니까 그래도 일자리 주고 회식도 하고 대접하는 거 아니겠어요? 그래도 베트남이니까 여기 사람들이 우리 한 칠팔십년대 같아서 정이 있으니까 거래처에서 결혼식이라도 하면 창식씨도 초대해주고 그렇게 관계 속에서 사는 거라고요."

호찌민 지사의 직원들은 출장이 잦았는데 그 건이 대체 어느 회사에 어떻게 납품된 미싱 때문인지를 숨겼다. 미싱이 납품되면 창식씨가 나가 설치하니까 물어보면 창식씨는 채 말하지는 못하고, 바빴어 박주임, 아주 눈코 뜰 새 없이 바빴어,라고만 했다.

경애는 이들이 아마도 다른 회사 미싱을 팔러 다니는 게 아닐까 싶었다. 공업용 미싱은 미싱이라고 다 같은 게 아니라 무슨 옷을 만드느냐에 따라서 거기에 특화된 브랜드가 있었다. 얇은 원단에 사용하는 박물용 미싱과 가죽이나 두꺼운 원단에 쓰는 후물용 미싱만 해도 주끼, 미쓰비시 등 다른 일본제 미싱이 우수했다. 이곳의 한국 방직공장들은 주로 유럽이나 미국 브랜드들의 하청을 받았는데 자기가 선호한다고 반도미싱 것만 고집할 수도 없는 노릇이었다. 발주처에서 미싱 브랜드를 지정하는 경우도 있기 때문이었다. 클라이언트가 어디 기계가 필요하다고 하면 영업자는 또 그것을 구해다 줘야 신임도 쌓이고 관계도 끊어지지 않았다. 게다가 부수입도 생기고. 그러니 외국에 나오면 모두가 자영업자라는 말은 틀린 것이 아니었다. 하지만 누가 어느 정도로 얽혀 있는 건지 얼마나 불가피한 건지 알 수 없었기 때문에 경애는 누구에게도, 상수에게도 자기 생각을 말하지 않았다. 문제를 그렇게 다른 이와 공유하는 일이 얼마나 위험한지 지난 파업 때 경험했으니까.

그렇게 한달의 적응기간을 보내는 동안 경애와 상수는 함께 퇴근해본 기억이 거의 없을 정도로 각자의 시간을 보냈다. 둘에게 가장 먼저 주어진 과제는 정보를 입수할 수 있는 통로를 만드는 것이었다. 자리에 가만히 앉아서는 도저히 얻을 수 없는, 어떤 우연한 상조관계를 많이 예비해두어야 하는 일이었다. 관계망을 만들어놓아야 무슨 정보라도 얻어낼 수 있었다. 그러니 둘은 우연적이고 적어도 지금은 뚜렷한 목적이 없지만 뒷날은 모르니까 하며 여지를 남겨두는, 어찌 보면 주먹구구식의 미팅을 계속해나갔다.

그러자면 상상력과 무모함이 필요했는데 그건 상수가 어려서부터 잘 간직해놓은 능력이니까 문제는 없었다. 상수는 이른바 공장이라고 하면 떠오르는 모든 부속과 관련된 업자들을 만나러 다녔다. 호찌민에는 신기할 정도로 많은 한국인들이 그렇게 세분화된 목적을 가지고 머물고 있었다. 상수는 충청도 출신은 아니지만 인터넷에서 호찌민에 살고 있는 그쪽 출신들의 까페에 가입해 오프라인 모임에 참석했다. 호찌민에 그쪽 모기업인 발전기 회사가 나와 있다는 사실을 알게 됐기 때문이었다. 그리고 그들이 최근 어느 지역의 회사와 신규 거래 했는지를 들었다. 껀터, 띠엔장, 까이베

등 아직 호찌민이 낯선 상수에게는 발음도 어려운 곳들이었다. 그런 지명을 지사의 베트남인 운전사 토니에게 물어보면 매번 대답이 같았다.

"시골이에요, 시골, 베리베리 시골. 아무것도 없어."

토니는 사무실의 유일한 운전사라서 회사 차로 답사를 나가려고 하면 미리 약속을 해야 했는데 그마저도 김부장 쪽에 일이 생기면 취소되기 일쑤였다. 상수는 자기가 약속했는데도 김부장이 토니를 데리고 나가버린 날, 직접 택시를 대절해 공장이 건설되고 있다는 소문이 도는 지역을 다녀왔다. 밤중에 돌아와서는 수영장이 보이는 아파트 벤치에서 경애를 만났다. 어때요,라고 경애가 묻자 "정말 컨테이너 하나랑 깃발밖에 없더군요"라고 답했다.

과장이 아니라 정말 상수가 왕복 여섯시간 동안 달려서 발견한 것은 충청도 말씨를 쓰는 그 공장부지의 관리자, 그리고 그 영역을 표시하는 깃발들뿐이었다. 이렇게 터닦기도 안된 마당에 언제 건물을 올리고 미싱을 들이며 그 미싱은 또 언제 돌아가겠는가. 상수는 정말 맨땅에 헤딩하기를 실감했지만 그 좌절을 용케도 견디고 관리자와 안면을 텄다. 그는 마치 무인도의 로빈슨 크루소처럼 상수를 격하게 반겼다. 버젓한 술집 하나 없는 시골로 발령을 받아 떨구어진 뒤 몇개월 동안 한국인과 이야기해본 적이 없다고 했다. 상수는 그 각별하게 황량해 보이는 이천평 부지를 지키는 관리자와 명함을 주고받았다. 관리자는 이제 날이 어둑어둑해져 어디선가 밥짓는 냄새가 풍겨오고 오직 개들만이 컹컹 짓는 어스름 저녁까지 상수를 놔주지 않았다. 얘기를 하고 싶어하고 듣고 싶어했다. 그는 견디고 있었다. 외로움을. 그런데 그 외로움이란 상수의 전문분야니까 상수는 어떻게 영업을 하면 되는지 단번에 알게 된 것이었다.

"우리는 재호찌민 한국인들은 다 외롭다고 생각하면 될 것 같아요. 외로움이야말로 우리의 영업방향을 결정할 중요한 조명탄이에요."

외로움이라니, 경애는 생각했다. 경애가 보기에 상수는 자기 외로움도 어쩌지 못하고 있는 것 같았다.

"식사는 했어요? 아니면 뭐 좀 먹을래요? 떡볶이 같은 거?"

경애가 물었다.

"아니, 이 오밤중에 떡볶이 가게가 문을 엽니까?"

푸미흥은 마치 한국의 어느 신도시를 옮겨놓은 것처럼 웬만한 상점들이 다 있었다. 치킨, 떡볶이, 햄버거, 미용실, 각종 보습학원과 부동산. 강이 없는데도 대로를 중심으로 한국처럼 강북과 강남으로 나뉘어 불리는 것도 같았다. 고급 빌라가 즐비한 이른바 '강남' 쪽과 경애가 사는 '강북'은 집세가 세배 이상 차이 났다. 이국의 공간에도 기어이 부려놓은 모국의 생활패턴을 생각하면 경애는 씁쓸했다. 호찌민의 한국인들은 대부분 회사에서 파견된 주재원이거나 다양한 공장의 관리급 사무원이었는데 베트남 사람들과 직접 관계를 맺는 데는 소극적이라고 했다. 게다가 한국인들끼리도 사는 곳과 직업, 소득에 따라 계층이 확실해 잘 섞이지 않았다.

"물론 신전떡볶이 같은 가게는 닫았죠. 집에 먹을 거 없으면 잠깐 우리 집에 가서 먹든가요."

경애는 그 말을 하면서도 덤덤한 얼굴이었다. 상수만 놀랐다. 영화에서 보면 자기 집에서 뭔가를 먹자는 말은, 예를 들어 라면이나 커피나 초콜릿이나 과일이나 하는 음식물의 섭취를 권유하는 건

중의적 의미를 띠지 않는가. 물론 그런 뜻은 아니겠지만, 경애는 실제의 상수에게 경계를 넘는 친근함을 표현한 적이 없었고, 언니라고 호칭되는 이에게만 자신의 모든 이야기를 털어놓았지만 그래도 경애가 그렇게 말하자 상수는 견딜 수 없게 달콤하고 매운 그 간식을 원하게 되었다. 답이 늦어지면 늦어질수록 수상하다는 의심을 받을 수밖에 없는데도 상수는 너무 많은 생각을 하느라 시간을 보내고 있었다. 그사이 아파트 경비가 나와 수영장에 떠 있던 나뭇잎들을 걷어내며 노래를 흥얼거렸다. 베트남어 가사는 알아들을 수 없었지만 엘레지풍의 낭만적인 선율이었다. 엘레지는 확실히 무언가에 대한 그리움을, 그것이 가지고 있는 강한 마음의 인력을 노리면서 정작 그것을 모르는 척, 아닌 척, 가장하면서 부르는 노래였다. 가사의 직접적이고 노골적인 내용에 비해서 저렇게 콧소리로 가늘게 오히려 힘을 빼면서 부른다는 것. 하지만 그런 엘레지가 어울리는 밤이었다. 상수가 경애에게 속엣말을 할 수가 없고 경애도 상수에게 어떤 말을 할 수가 없는 지금은.

상수는 경애와의 사이에 은총이 공통되어 있다는 사실을 알게 되었는데도 아무 액션을 못하고 있었다. 어느날은 자연스럽게 얘기를 할까 싶어서 영화나 하이텔 동호회를 화제로 꺼내봤지만 깊게 들어갈 용기가 없었다. 누군가의 상처를 들여다보는 일은 그 사람과 깊은 유대를 맺거나 내가 그 사람을 좀 안다는 자부심을 얻는 것과는 다르게 무기력해지는 것이기도 했다.

은총에 관한 이야기를 경애와 자연스럽게 나누고 개가 얼마나 경애를 특별하게 생각했는지, 다정한 마음을 가지고 있었는지를 회상하고 싶다가도 경애가 그 일을 어떤 방식으로 정리하며 살아왔을까를 생각하면 그럴 수가 없었다. 상수가 아는 경애는 그 기억의 어느 하나도 허투루 미뤄두지 못했을 것이었다. 누군가에게는 세월이 흐르면서 자연스럽게 페이드아웃되는 일이 다른 이에게는 아닐 수도 있다는 것을 이제 상수는 알았다. 상수는 경애의 아이디를 검색해 몇년 전 이메일까지 읽어보았는데 어느날인가 경애가 말한 "봉인"이라는 단어가 눈에 들어왔다. 산주를 두고 한 말이었지만 은총에 대해서도 다르지 않을 것이다. 우버 기사가 내미는 헬멧을 쓰고 호찌민의 도로를 오토바이로 달려온 경애가 사무실 앞에 활기차게 내리는 모습을 보며 상수는 하루의 시작, 어제와는 다른 오늘을 기대해보면서도 그 봉인은 언제 풀릴까 생각했다. 저 활기가 그것을 열어줄까.

경애의 아파트는 방 하나에만 짐들이 놓여 있고 거실과 다른 한 방은 텅 비어 있었다.

"방이 왜 이래요? 왜 한칸만 씁니까?"

"습관이 되어서요. 그냥 방 하나만 쓰는 게 편해요."

누군가의 집에, 그것도 여자 집에 들어와보는 건 처음이라서 그런지 상수는 별것도 아닌 데 자극을 받았다. 페이스북에서 언니로 활동하면서 여자들의 일상을 끊임없이 재현하고 실제로도 화장품이나 목욕용품 등에 많은 돈을 썼지만 경애의 물건들은 다르게 느껴졌다. 이를테면 경애가 쓰고 버린 화장솜이나 돌돌 말아서 끝까지 쓰고 있는 튜브형 핸드크림, 입구를 묶어놓지 않아 풀어져 있는 식빵 봉지와 오늘 살 것 ─ 소주와 베이컨이라고 메모한 종이 등이, 생활을 함께하지 않으면 도무지 알 수 없을 경애의 면모가.

그런 것들은 뭐 대단한 상징체계도 없고 중요하지도 않으니까 파토스를 불러일으키지 않는다고, 그렇게 누구나 흔하게 쓰는 소모품에 마음이 움직이면 코미디라고 여기면서도 상수는 경애를 강렬하게 실감할 수밖에 없었다. 그러니까 경애가 인스턴트 떡볶이를 전자레인지에 넣어 땡, 하고 돌리는 행동도. 거기에는 어묵이나 파나 양배추가 아주 쪼그라들어서 있는지 없는지도 모르게 플레이크로 처리되어 있는데 준다는 야식을 그렇게 아무런 수고 없이 칠분 만에 해치우는 일도 경애다우면서 집 안의 모든 경애스러움이 상수를 자극했다.

아무튼 경애가 쳤으니까 상수는 묽은 국물에 둥둥 떠 있는 떡볶이, 이쑤시개처럼 가늘어서 어딘가 애처롭기까지 한 그것을 건져 먹었다. 재수 시절 칠흑 같은 어둠속에서 먹었던 MSG가 강하게 환기되면서 상수는 그러나 그때와는 비교가 되지 않게 감정들이 부드럽게 일렁이는 것을 느꼈다. 경애를 안는 상상도 어쩔 수 없이 했다. 상상이야 일단 드니까 어쩔 수 없었다. 하지만 그런 포옹은 격정적인 게 아니라 어깨를 가만히 두드리고 싶은 정도에 가까웠다. 언니, 저는 파괴되었다고 생각했습니다,라는 경애의 말. 나는 무엇을 기대하고 그렇게까지 한 것일까요? 경애가 이메일로 그렇게 물었을 때 상수가 함께 느꼈던 부끄러움과 슬픔.

"맛이 없어요?"

"아닙니다, 괜찮아요."

상수가 벽에 붙어 있는 데이비드 린치의「멀홀랜드 드라이브」포스터를 물끄러미 올려다보았다.

"린치 좋아해요?"

"아니요, 별로……"

"그러면 포스터는 왜 붙여놨어요?"

경애도 포스터를 올려다보았다.

"친구가 좋아하는데…… 몰라요, 그냥 한국에 붙어 있던 걸 가져 왔어요."

친구는 은총을 가리키는 것일 터였다. 마치 살아 있는 사람을 말 하는 투였지만. 막상 경애가 그렇게 은총을 암시하자 둘이 가까웠 다는 사실에 수긍하는 마음과 거부하고 싶은 마음이 동시에 일어 났다. 그리고 그 사이에서 상수는 오래전 데이비드 린치 특별전에 서 「멀홀랜드 드라이브」를 봤다고 충동적으로 이야기했다.

"집에 DVD도 있을 텐데 경애씨 필요하면 드릴까요? 그때 영화 보고 나오는데 무슨 행사를 해서 응모했더니 그게 덜렁 왔더라고 요. 나는 포장도 안 뜯었어요. 중고시장에서는 포장 안 뜯으면 가격 이 뛴다면서요. 그렇게 고스란히 손도 안 댄 거면요."

그때 경애가 DVD요? 하면서 상수를 한동안 바라보았다. 침묵이 길어지자 어색해져서 상수는 그릇을 개수대에 가져가 씻기 시작했 다. 보드라운 수세미로 문지르자 거품이 풍부하게 일었다가 찬물을 틀자 완전히 사라져 나중에는 물기만 남았다.

"원래 그 체격이었어요?"

상수는 경애가 자기 뒷모습을 바라보다가 그렇게 물었다는 데 왠지 부끄러움을 느끼면서 더이상 닦을 것이 없는데도 개수대에 던져져 있던 행주까지 자기도 모르게 빨면서, 아니라고 했다. 자기 는 이십대 때 경애가 상상할 수도 없을 정도로 살이 쪘었다고.

"얼마나 쪘었는데요? 잭 블랙만큼?"

"잭 블랙 정도면 양호하죠. 그건 살이 찐 게 아닙니다. 그냥 체력을 비축해둔 정도죠."

상수가 행주를 탈탈 털어서 널고 돌아서는데 경애의 표정이 아까와는 미세하게 달라져 있었다. 생각해보니「멀홀랜드 드라이브」를 보러 갔을 때 아버지가 집어던진 농구공에 얼굴이 형편없이 깨져 있었던 게 생각났다. 불행의 시절이자 굴욕의 나날이었다. 경애는 고개를 한편으로 삐딱하게 기울인 채로 기껏해야 냉장고의 윙—하는 소음밖에 들리지 않는 상황 속에서 무슨 소리를 잡아내려는 듯 인상을 쓰다가 이내 대수롭지 않게 호찌민으로 돌아오는 길은 어땠느냐고, 피곤하지는 않았는지 물었다.

"네, 길은 뭐 길이니까요."

상수는 비포장도로를 달릴 때 다른 건 둘째 치고 허리와 엉덩이가 진동 때문에 너무 아팠다. 그리고 왕복의 도로에서 교통사고가 난 현장을 네군데나 지나쳐야 했던 것이 — 외로운 한국인 하나를 고립된 황무지 속에 남겨두고 달려오는 상황이라 더 그랬겠지만 — 그 저녁의 질주를 더 외롭게 했다. 무심히 큰 열대의 가로수 밑에 눕혀진 사망자가 흰 천으로 덮여 있는 사고도 있었다.

그런 풍경이 비애로 느껴진 건 사무실의 오과장에게 들은 말 때문이기도 했다. 오과장은, 패기 넘치는 김부장과는 다르게 아주 심약한 젊은 직원이었는데 무슨 말이 새어나갈까봐 그러는지 상수네와는 거의 대화하지 않다가 이따금 호찌민과 호찌민 사람들에 대한 일반의 화제가 나올 때만 끼어들었다. 자기 내면에 이는 피로와 스트레스를 호찌민을 상대로 풀기라도 하는 것처럼 대부분 부정적인 평가였다.

김부장은 호찌민 사람들이 정이 많고 끈끈하고 온정적인 편이라고 했지만 오과장은 동의하지 않았다. 차갑고 냉혹하며 무섭도록 현실적이라고 했다. 교통사고가 나서 사람이 죽더라도 보상이 주어지면 그 처리가 얼마 걸리지도 않는다고. 하지만 상수가 보기에 그것은 호찌민 사람들이 고유하게 지니는 속도라기보다는 자본의 속도처럼 느껴졌다. 그러니까 다른 도시에서도 얼마든지 흔하게 일어나는 일이었다. 상수는 호찌민과 그 인근에서 7만여명이 넘는 한국인이 먹고산다는 말을 들었을 때, 그들이 비단 한국에서만 넘어온 것이 아니라 과떼말라나 사이판같이 옛날 미국 기업들의 하청공장들이 있던 지역이나 중국, 말레이시아 같은 아시아 전역에서 몰려왔다는 말을 들었을 때 그렇다면 호찌민은 그런 이방인들에 의해서라도 필연적으로 차가울 수밖에 없겠다는 생각을 했다. 먹고사는 일만 아니라면 떠나고 싶은 마음이, 적어도 여기는 내 정주지가 아니라는 거부가 그들을 지탱하고 있을 테니까. 김부장은 호찌민에 십년 넘게 머물고 있었지만 자식들은 모두 한국에 있었다. 오과장도 함께 오지 못한 가족들이 한국에 있었고 지사장은 임기만 채우면 언제든 뜰 수 있으니까 지사 관리 이외의 업무에 큰 관심이 없었다.

경애는 엘리베이터를 타고 내려와 상수를 배웅했다. 괜찮다고 사양해도 바람을 좀 쐴까 해서요, 하며 따라 나왔다. 수영장 근처에는 이제 아무도 없었다. 조명을 켜놓아서 더 짙고 파랗게 보이는 수영장 물은 마치 누군가의 심연처럼 깊었다.

"이십대 때는 팀장님 체격이 지금보다 컸단 말이죠? 코뼈가 부러진 적도 있고."

"그랬죠, 재수할 땐데 아주 엉망이었어요."

그렇게 대답하고 둘은 헤어졌는데 집으로 돌아가려던 상수는 문득, 그런데 자기가 그때 코뼈가 부러졌었다는 얘기를 했던가 싶었다. 경애 말을 듣고 그 시절을 회상한 건 맞는데 — 워낙 말이 많아서 늘 한 말을 다 기억 못하기는 하지만 그런 말까지 했었나. 경애는 왜 그런 말을 한 건가, 어떻게 알았나 생각하다가 너무 장시간 오간 터라 피곤해서 재킷도 안 벗고 잠이 들고 말았다.

외로움을 영업의 중요한 무기로 삼은 것은 무척 상수다웠다. 상수는 그렇게 시골에 갇혀 있는 클라이언트들을 호찌민 시내로 불러내 관광도 시켜주고 식사도 함께했다. 단, 맥주 이외의 술은 마시지 않았는데 그러면 그들은 당연히 어떤 기대를 품고 있다가 섭섭해서 입맛을 다셨다.

"아주 청정하네, 아주 청정해."

경애가 있는 자리에서 그렇게 노골적으로 표현하는 이들도 있었다. 그들은 대부분 호텔이나 술집 그리고 마사지숍에서 몇십만원의 돈으로 할 수 있다고 알려진 유흥을 기대하고 온 경우였다. 그러면 상수는 처음에는 우리가 사람답게 살자고 공장을 돌리는 것 아닙니까, 하는 조선생이 전수해준 노동의 정신을 설파했지만 안 먹힌다 싶었는지 나중에는 "큰일 납니다, 차장님. 여기 공산주의 국가예요. 도박, 성매매, 마약 하다가는 공안한테 걸려요. 여기 감옥 어떤지 영화에서 보셨죠? 「빠삐용」에 나오는 감옥이 원래 베트남 감옥 얘기예요. 바퀴벌레 잡아먹고, 아시죠?" 하면서 겁주는 편을 택했다. 의외로 효과가 있었지만 개중 유흥에 대한 열망이 너무 큰 이들은 흥미를 잃고 연락을 끊었다. 어떻게 보면 상수는 호찌민에 파견된 영업자들 중 유일한 낭만주의자 같았다.

사람들은 상수와 경애가 한 팀이라는 이유만으로 둘이 모종의 관계라고 넘겨짚거나 결국에는 연애를 하리라 짐작하는 경우가 많았는데 그때마다 상수는 손까지 내저으며 절대 그렇지 않다고 펄쩍 뛰었다. 아주 강한 부정이었다. 하지만 상수가 그럴수록 사람들은 정말 뭐가 있나? 저들 사이에 무엇이 있나? 하는 생각을 했고 어느 날에는 경애가 상수에게 그러지 말라고 충고할 정도였다.

"그냥 다른 사람들처럼 무심하게 넘기시라고요. 왜 그렇게 아니라고, 정말 아니라고 강조하시는 건데요?"

경애가 그렇게 직접적으로 말하자 상수는 더욱 놀라면서 아니요, 절대 아닙니다,라고 다시 말했다.

"그러니까 왜 아닌데요? 사내연애 할 수도 있는 건데 왜 아니라고 하냐고요. 더 의심 가게."

"아니니까 아니라고 하는 거죠."

"그래요, 아닌 건 저도 아는데요, 아무튼 좀 자연스럽게 넘기시라고요. 그렇게 정색하니까 정말 뭐가 있는 것처럼 보인다고요."

뭐가 있는가…… 상수는 생각했다.

한 개인에 대해 이렇게 폭풍처럼 많은 것들을 알아버리는 건 기이한 경험이었다. 경애가 꺼려진다거나 싫다는 의미는 아니었다. '언니는 죄가 없다' 페이지에 그런 공지를 올린 뒤 '얼어 있는 프랑켄슈타인'에게서는 당연히 연락이 오지 않았지만 상수는 여전히 경애를 도와주고 싶었다. 하지만 그 마음이 언니로서 답신을 주고받던 때와는 달랐다. 그때는 페이스북을 통해 편지를 보내는 다른 회원에게 그랬듯이 자신이 상대방보다 낫고 더 많이 알고 강인

하며 깨어 있다고 여겼지만 이제는 그런 생각이 힘을 잃기 시작했다. 경애가 더이상 익명의 페이스북 회원이 아니게 되면서 상수의 그런 우쭐함은 사라져버렸다. 경애를 돕는다는 것은 가능하지 않았다. 상수는 경애가 자신이 파괴되었다고 생각했다며 이메일을 보내왔을 때 평소처럼 정신 차리라든가, 그거 정말 똥 밟는 일이에요, 남자들은 원래 다 그럽니다, 성욕을 채우려면 어떤 사탕발림도 마다하지를 않아요, 아주 시를 쓰지요, 릴케가 따로 없어요,라고 말하지 못했다. 상수는 그렇게 양말 하나 벗지 않고 앉아 있던 산주 앞에서 경애가 느꼈을 모욕감을 떠올리며 조용히 분노했을 뿐이었다. 아마 경애가 그랬을 것처럼 움츠러들었다. 차가운 물을 뒤집어쓴 듯 마음이 오므라들었다. 기가 죽고 축소되었다. 누군가를 이해하는 일이란 그렇게 함께 떨어져내리는 것이었다.

그러면서 상수가 매달린 건 그때 그 화재사건이 대체 어떻게 되었는지 자세히 알아보는 일이었다. 상수에게는 그 불운한 사고로 은총이 죽었다는 사실이 중요했을 뿐 화재의 전모에 대해서는 아는 바가 없었다. 그래서 퇴근하고 아파트로 돌아가면 인터넷에서 옛날 신문을 뒤적여 사건의 경위를 알아나갔는데 기사들의 제목만으로 마음이 힘들어졌다.

仁川 상가 큰불, 56명 사망
갈 곳 없는 우리 아이들 10대 문화 긴급진단
술값 받으려 출입문 봉쇄
대형인명피해 화재사고 일지
"아니야, 아니야" 울다 지친 교정

"경찰, 구청에 상납할 돈 내라" 호프집 사장, 유흥업주 갹출
고위층 비호 의혹 제기 호프집 종업원 조사
피해자 보상 어떻게 되나
인천 화재 호프집 사장 자수

　상수는 뇌물을 받은 국회의원 명단에서 아버지와 가까운 사이라 청평이며 용인으로 가족여행을 함께 가기도 했던 국회의원의 이름을 발견하기도 했다. 그다음에 상수는 은총이라면 경애를 어떻게 도왔을까 고민했다. 하지만 이십여년이나 전이라서 제대로 상상되지가 않았다. 분명 친한 사이였는데도 또렷한 기억은 둘이서 단편 영화를 찍기 위해 돌아다닐 때 은총이 집에서 간식을 싸와 함께 먹었다는 정도였다. 마요네즈만 바른 옥수수식빵이었다. 그외에는 은총이 어떤 부모 밑에서 자랐고 형제관계는 어떻게 되었으며 학원을 다녔는지 다니지 않았는지 성적은 어땠는지 하는 것들이 전혀 떠오르지 않았다. 다만 상수가 자신의 아버지에 대해 독설에 가까운 불평을 하면 가만히 듣고 있다가 그래도 너는 운이 좋은 거야,라고 했던 정도만 생각났다. 상수가 그러면 너는 운이 나쁜 편이야? 하고 물으면 당연히 아니지, 했던 말.

　은총은 화를 내는 일이 드물었는데, 딱 한번 상수를 몰아붙인 적이 있었다. 그 무렵 인천에 가보면 해고된 자동차공장의 사람들이 긴 행렬을 이루고 집회를 하는 경우가 많았는데, 어느날 상수는 해고는 불가피한 일 아니야?라고 말했다. 그즈음 아버지가 텔레비전을 보며 하는 대부분의 논평이 불가피하다는 것이었기 때문이었다. 그때 은총은 "너는 소중한 걸 잃는다는 게 뭔지 모르는구나"라

고 탄식했다.

그런 걸 빼앗겨서 분노해본 적이 없나봐.

상수는 그 일이 생각나서 노트북에 은총은 분노해본 적이 있는 사람,이라고 적었다.

그렇게 과거를 찾아보는 일은 상수 자신의 삶을 그때까지와는 다른 프레임으로 바라보게 되는 것이기도 했다. 상수가 알고 있는 상수의 슬픔, 상수의 수난, 상수의 고난, 상수의 상처에서 벗어나 과거를 재정립하는 시간이었다.

상수는 다시 은총은 공상수를 운이 좋다고 생각하는 사람,이라고 적었다.

경애도 인맥을 만들기 위해 미팅을 시작했지만 상수보다는 무모함이 덜했다. 반도미싱과 거래했지만 양이 많지 않아 뒷전으로 밀렸거나 김부장과 잘 맞지 않거나 해서 뜸해진 거래처들을 헬레나에게 소개받아 찾아갔다. 헬레나는 그런 사람들의 명단을 성별과 출신과 특이사항까지 꼼꼼하게 작성해놓았다. 그러면 경애는 미리 준비해갈 수 있었다. 그러니까 고향이 어디인지, 회사에서 직접 발령을 받은 관리직인지, 아니면 호찌민 현지에서 고용된 직원인지. 후자의 경우에는 사실 언제 잘릴지 모르는 임시직이었고 따라서 계약을 수주하는 데 큰 도움이 되지 않았다. 하지만 공장에 따라서는 경영진들이 공장 일에는 관심이 없고 사고 없이 돌아만 가면 만족인 경우도 있으니까 의외로 그들의 입김이 셀 수도 있었다. 경애는 공장의 한국인 관리자라고 국적이 다 한국은 아니라는 것, 개중에는 중국동포도 많다는 사실을 알게 되었다. 그들은 국적상 중국인으로 분류되었다.

헬레나가 나름대로 파악한 관리자들의 선호 중에는 술, 돈 이외에 가족 안부와 김치,라는 단어도 있었다. 헬레나는 어떤 영업자는 한국에 들어갔다 나올 때마다 클라이언트의 한국 집에 들러 베트남으로 보낼 물건을 직접 가져오기도 한다고 했다. 그중에는 무려 10킬로그램이나 되는 김치와 깍두기도 있었다고. 그렇게 보니 헬레나의 노트는 그간 호찌민 지사를 거쳐간 영업사원들의 마케팅 비망록이기도 했다. 그건 어떤 친절과 다정, 도전, 혹은 을의 생존법, 아부, 설득, 포부, 패기의 기록이었다.

노트를 경애에게 넘기면서 헬레나는 공짜가 아니라고 했다. 무슨 소리인가 했더니 자기 여동생을 취직시켜달라는 것이었다. 동생은 곧 대학을 졸업하는데 여행사 가이드를 할 정도로 영어를 잘한다고 했다.

"헬레나, 내가 지금 누구를 고용할 수 있는 직급이 아니에요. 알잖아요, 제일 말단인 거."

"개인적으로 고용해서 쓰면 되죠."

헬레나는 경애를 설득했다. 여동생이 사무실에 나오면 받게 될 급여는 한국 돈으로 이십만원인데 그쯤은 상수나 경애가 부담할 수 있지 않냐면서. 전담 경리가 생기면 업무에도 큰 도움이 될 거라고 했다. 자기도 적극적으로 도울 것이고. 상수네 팀이 뭐든지 김부장네와 나눠서 써야 하는 건 맞았다. 회사에서 나오는 판공비는 모두 지점장을 거쳐 김부장에게 갔고 헬레나와 토니 같은 베트남 직원도 일단 김부장네 일을 한 뒤에야 상수네 팀을 봐줄 수 있었다. 그나마 김유정의 충고대로 조선생과 함께 와서 기술자 파견 문제로 갈등하지 않아 다행이었다. 매일 동원되다시피 하는 창식씨는 정말 다른 일을 할 여력이 없어 보였다. 헬레나의 노트가 얼마나 쓸모있는가와는 별개로 그 부탁을 거절하기는 쉽지 않았다. 호찌민의 상당수 한국계 공장에서 그런 식의 소개로 취업이 이루어졌다. 가족이나 친척이 한 회사에서 일하는 건 흔해서 추천할 수 있는 수를 정해놓는 회사도 있었다.

"경애씨, 동생이 있어요?"

헬레나가 설득을 하려는지 자기 손을 경애의 손에 포개며 물었다. 경애가 외동딸이라 형제가 없다고 하자, 헬레나는 약간의 한숨을 보태면서 동생이 있다면 제 마음을 알 텐데요,라고 했다. 동생은 없었지만 경애는 헬레나의 일상적 이야기를 들으며 이미 그 상황을 충분히 이해하고 있었다. 호찌민은 인플레이션이 심해진 지 오래고 실업률도 높았다. 호찌민 사람들은 대부분 대가족을 이루어 좁은 집에서 살았는데 헬레나만 해도 여덟 식구라고 했다. 그중에는 결혼한 오빠네 부부도 있었다. 메콩강 주변에 가면 그렇게 대식구가 몰려 사느라 둘만의 시간을 보낼 수 없는 부부들이 데이트하는 강변의 공원도 있었다. 그곳에서 매우 핫한 시간이 이루어진다고 헬레나는 농담했다.

그렇지 않아도 김부장에게 불만이 많던 상수는 일단은 그 여동생을 '개인적'으로 고용하겠다고 했다. 그런 부탁을 들어주면 헬레나가 상수네 팀에 더 호의적이 되어서 사무실로 걸려오는 견적 문의전화 등도 은근히 상수네로 돌려주리라 생각했다. 지금 상수네 팀에는 그런 소량의 주문들까지 중요했다.

소식을 들은 헬레나의 여동생은 바로 다음 날 출근했다. 영어 이름은 에일린이었고 길고 검은 머리카락과 생글거리는 입매가 매력적인 사람이었다. 에일린은 언니와 맞은편 사무실에 자기 자리를 만들고 일을 익혀갔다. 자기 동생이니까 당연히 헬레나는 적극적으로 일을 가르쳤다. 뭔가 경계심이 들었는지 김부장이 어, 이러다 완전히 회사 하나 차리는 거 아니야, 하고 말을 툭 던졌다.

에일린은 처음에는 사무실에서 전화를 받거나 복사하는 일 정도만 하다가 점차 경애를 따라 외근을 나갔다. 대부분 한국인들을 상대했지만, 공장 분위기를 살필 때면 베트남어를 할 줄 아는 에일린이 도움이 되기도 했다.

에일린은 오토바이에 경애를 태우고 외근 나가는 시간을 좋아했다. 사무실에서는 기가 죽어 있달까, 긴장하고 있었는데 거리로 나오면 무언가에서 풀려난 듯 스물두살의 아가씨로 돌아갔다. 에일린은 경애가 왜 결혼하지 않는지 궁금해했다. 텔레비전에 보면 한국의 그 아름다운 여자들에게는 요리를 잘하고 자상한 남자들이 있는데. 경애가 결혼에 별로 관심이 없다고 하자 에일린은 자기도 그렇다고 했다.

"그런 건 안하고 돈을 모을 거예요."

"돈 모아서 뭘 할 건데요?"

"집을 사야죠. 집 사야 돼요."

"맞아, 집을 사야 해. 집이 있어야 해."

"주임님은 집 있어요?"

"없어요."

에일린은 경애와 함께 자기가 좋아하는 한국의 아이돌그룹 BTS 에 대해 말하고 싶어했지만 경애가 처음 들어본다고 하자 BTS를 모르는 한국인이 있다는 사실이 믿기지 않는 것 같았다. 에일린은 그 그룹의 노래 가사를 정확히 알았다. 「피 땀 눈물」이라는 노래의 가사를 직접 읊어주며 기억을 상기시켰다. 에일린의 노래 실력으로 는 랩인지 발라드인지 모르겠는 그 음률에 경애는 웃었다. 에일린 은 서울의 눈에 대해서도 궁금해했다.

"에일린, 언젠가 겨울에 서울 오면 가장 두꺼운 옷을 입고 와야 해요."

"눈이 차가워서?"

"아니, 눈은 차갑지 않지. 오히려 눈이 내리는 동안은 열에너지 때문에 조금은 더 따뜻하지. 하지만 눈이 내리기 전까지는 대기가 아주 차가워요. 그래서 눈이 오는 거고."

"그러니까 눈이 오기 전까지는 춥고 눈이 오면 안 춥고."

"응, 덜 춥고. 눈이 오기 직전까지가 가장 춥고."

"그러면 예쁜 것을 보려면 추워야 하네요."

"그런데 추우면 또 치맥하고 소맥하고 그러면 되니까 괜찮아요."

"한국 사람들 왜 소주랑 맥주 섞어 마시는 거예요?"

"빨리 취하려고."

오토바이를 몰던 에일린이 고개를 뒤로 젖혀가며 크게 웃었다.

"그건 정말 웃기잖아요. 빨리 취해서 뭐하려고 빨리들 취해요?"

"빨리 취해서 집에 가려고 그러지."

"집 없다면서요?"

"하긴 그러네."

경애는 에일린을 좋아했지만 이런 주의를 주기도 했다. 자기에게 너무 다정한 것. 에일린은 밥을 먹을 때면 생선가시를 발라주거나 망고스틴 같은 과일을 일일이 까주기도 했는데 어느날 경애는 에일린에게 그러지 않아도 괜찮다고 거절의 의사를 표했다.

"나뿐만 아니라 사무실의 누구에게도 그렇게는 하지 말아요. 그 정도로 친절할 필요는 없으니까."

하지만 그 말은 에일린에게 오해를 불러일으킨 것 같았다. 에일린은 자기에 대한 거부라 생각하고 며칠 동안 경애에게 서먹하게 굴었다. 경애는 에일린의 다정함이 싫어서가 아니라 그런 마음을 제대로 받을 줄 모르는 다른 직원들에게 악용될까 걱정했을 뿐이었다. 경애는 헬레나가 동생이 어디 마음에 들지 않아요?라고 물었을 때에야 오해가 있었다는 것을 깨달았다.

"에일린, 미안해."

경애가 사과하자 에일린은 아니에요, 하면서도 속이 상했는지 눈물이 그렁그렁했다. 한동안 경애는 일부러 에일린을 데리고 더 자주 외근을 나갔다. 차이나타운에 내려서 로컬 시장을 구경하기도 했는데 수많은 식자재들 속에서 개구리를 발견하고 경애가 놀라면 에일린은 왜요, 맛있는데, 하면서 놀렸다. 경애는 에일린과 함께 있을 때 문득 환하다──고 생각했다. 이런 시간들은 어딘가 환하고 밝은, 이를테면 에일린이 궁금해하는 눈 같은 것을 닮았다고. 둘은 마치 자매처럼 그렇게 한 팀이 되어서 다녔는데 한국인들을 만나도 에일린의 존재는, 비록 에일린이 어리더라도 베트남 사람이라는 점은 적지 않은 도움이 되었다. 오과장의 말대로라면 베트남은 계 조직으로 시작해서 계조직으로 끝난다고 했다. 한 사람이 수십개의 계모임을 할 정도였다. 이렇게 모든 관계들이 촘촘히 얽혀 있어서 누군가에 대한 평판이 삽시간에 번져나가니까 조심해야 했고 그래서 한국인 관리자들은 에일린을 약간 경계했다. 그러던 어느날 경애가 에일린과 함께 공단을 방문했다가 나오는데 누군가 토요따에서 창문을 내리고 베트남어로 뭐라고 소리쳤다. 에일린이 다시 베트남어로 대답했고 뒤이어 경애에게 "주임님, 알아요? 주임님 한국 사람이냐고 하는데?"라고 통역했다.

"그런데요."

경애가 대답하자 여자는 대뜸 "나 주끼 박이에요. 그쪽 반도미싱 새로운 영업자죠? 내 얘기 들어봤죠?" 하고 물었다. 언젠가 들은 적이 있는 이름이기는 했다. 호찌민에서는 이십년 버틴 한국인이 희귀한데 한국계 공장들이 우르르 넘어왔던 IMF 시절부터 유명한 영업여왕이 있다는 말이었다. 미싱을, 특히 일본제 주끼 미싱을 얼마나 잘 팔았으면 주끼 박이라는 별명이 붙었겠느냐고 했다. 그게 창피하지도 않은지 자기 자신도 그 별명으로 명함을 파서 다닌다며 그 기세가 남자 못지않다고 했다. 하지만 경애는 들어봤다고 하기에도 모른다고 하기에도 애매해서 그저 안녕하세요, 하고 인사했다.

"언제 밥 한번 먹어요. 전화할게요."

주끼 박은 경애가 답하지도 않았는데 뭔가 약속이 된 듯 그래, 그래요, 하고 혼자 중얼거리고는 차를 몰고 공장 안으로 들어갔다. 다음 날 에일린은 걱정이 됐는지 주끼 박에 대한 소문을 듣고 왔다. 헬레나나 다른 한국계 공장에서 일하는 가족들에게 듣고 왔을 얘기는 무서운 여자라는 것이었다. 오래전 나이키 하청업체의 관리직으로 일했는데 신발 원자재를 낭비한다며 베트남 공장 직원들을 한줄로 세워놓고 신발로 머리와 얼굴을 때려서 노동자들이 파업을 일으켰다고 했다. 하지만 이후에도 호찌민을 떠나지 않고 미싱회사와 공장을 잇는 매니저로 일하다가 지금은 아예 대리점을 차렸다고.

주끼 박은 정말 사무실로 전화를 걸어왔다. 경애는 호찌민에서 경광이 아름답기로 유명한 AB타워 꼭대기의 라운지바에서 그녀를 만났다. 주끼 박은 주로 자기 자신에 대해 떠드는 사람이었다. 오래전 호찌민에서 가장 유명한 파업을 일으킨 장본인이라는 사실도 숨기지 않았다.

"나약해, 너무 나약해."

주끼 박은 이렇게 정리했다.

"그 정도가 무슨 큰일이라고. 우리 칠팔십년대에 각성제 먹어가며 일했던 거 경애씨도 알지? 전태일 뭐 그런 거 알잖아?"

주끼 박은 주당이었다. 위스키를 자꾸 주문했고 취해가면서 점점 더 말이 거칠어지더니 경애에게 얼마나 준비가 되어 있느냐고 물었다.

"영업이란 게 간 쓸개 다 빼놓아야 돼. 안 그러면 되지가 않아."

취하고 나서는 눈앞에 경애가 있는지 없는지도 관심 없어 보였다. 그냥 자꾸 심수봉 노래를 부르며 미워하는, 미워하는, 미워하는 사람 없이,라고 할 뿐이었다. 경애는 대체 주끼 박이 왜 자기를 불러냈는지 알 수가 없었는데 헤어질 때쯤 되어서야 "거기 김부장이랑 오과장 있죠? 그 사람들 회사에 꼰질러, 꼰질러도 될걸?"하고 말했다.

"무슨 말씀이세요?"

그러자 주끼 박은 어떤 재미있는 말을 아껴 하는 사람처럼 뜸을 들이다가, 이윽고 "걔네 반도미싱 물건 안 팔아. 아예 다른 미싱 팔아. 판공비는 판공비대로 받아 쓰면서 자기네 장사하는 애들이야"라고 했다. 바를 나서는데 주끼 박이 경애에게 데려다주겠다고 했다. 구역이 다르기는 했지만 둘 다 푸미홍에 살고 있었다. 저렇게 만취해서 어떻게 데려다주나 싶었는데 토요따에는 베트남인 운전사가 타고 있었다.

"경애씨, 내가 영업 비밀 하나 가르쳐줄까? 동생 같아서 그러는 거야."

"뭔가요?"

"여기서는 절대 금방 떠날 사람처럼 굴면 안돼. 떠나는 사람들한테 사이공은 지쳤거든. 일주일 있더라도 이십년 있을 것처럼 행동해야 해."

"알겠습니다."

"그런데 자기, 자기 마음속으로는 어떻게 해야 여기서 버티는 줄 알아?"

"어떻게 해야 버틸 수 있는데요?"

"내가 한 이삼일 내로라도 짐 싸서 한국 갈 수 있다 이렇게 생각해야 해. 안 그러면 못 버텨."

경애는 자기를 바라보는 주끼 박의 얼굴 뒤로 펼쳐지는 호찌민의 야경을 응시했다.

"알겠어요."

경애가 말하자 주끼 박은 원하는 대답을 들은 것처럼 좋아, 하면서 문득 박수를 쳤고 운전사에게 노래를 틀어달라고 했다. 푸미홍으로 가는 호찌민의 거리 속에서 새벽이 되어도 불이 꺼지지 않는 그 현란한 간판과 술집과 오토바이의 물결 속에서 가수는 미워하는 미워하는 미워하는 마음 없이,라고 노래했다. 먼 옛날 어느 별에서 내가 세상에 나올 때 사랑을 주고 오라는 작은 음성 하나 들었지,라고.

다친 줄도 모르고 웃는

아파트로 돌아간 경애는 의자에 앉아서 집 안의 빈 공간을 둘러보았다. 왜 다른 공간은 비워놓았느냐고 물었던 상수의 말이 생각났다. 그렇게 상수가 묻기 전까지 자기가 그러고 있다는 생각조차 못하고 있었다. 경애는 상수가 응모엽서에 E라고 적고 나가던, 마치 미라처럼 붕대를 감고 심하다 싶을 정도로 울던 그때 그 덩치 큰 청년일 거라고 생각했다. 상수와 경애가 친구 하나를 공통으로 두었다는 건 대단한 우연이 아닐지도 모른다. 살다보면 그런 반짝이는 인맥을 그리는 경험이 한두번은 있으니까. 하지만 경애는 그것이 E인 이상 화제로 꺼내는 데 두려움을 느꼈다. 그건 어떤 손상에 대한 걱정이었다.

그러니까 경애가 기억하는 모든 것이 누군가의 시험을 통과해야 하는 듯한 기분.

경애는 메신저로 미유와 일영에게 말을 걸었지만 일영만 왜, 하고 답을 보냈다. "그냥" 하고 경애가 말하자 일영이 향수병이 확실히 있는 모양이라고 대답했다.

야, 너 센티멘털해 보여.

평소에는 어땠는데?

평소에 너? 뭘 어때, 프랑켄슈타인 같았지.

너 『프랑켄슈타인』 읽어는 봤어? 그거 이름 프랑켄슈타인 아니야.

아니라면서 내가 뭘 말하는지는 잘 아는구먼. 그러면 그냥 넘어가라.

휴식시간이 끝났는지 일영은 더이상 말이 없었다. 답을 기다리거나 아니면 자야 할 시간이었다. 경애는 텅 빈 아파트를 보면서 나머지 공간에 외로움이 있는지도 모르겠다고 생각했다. 그 옛날 엄마의 미장원이 그렇게 느껴졌던 것처럼. 그때도 경애와 엄마는 한 칸짜리 방에 살았다. 나머지 공간은 엄마가 일하는, 가위를 쓰고 화학약품 냄새가 물씬 나는 파마약으로 여자들의 머리를 마는 미장원이었다. 낮에는 여자들로 가득 찼던 미장원도 밤이면 그저 엄마가 멍하니 앉아서 텔레비전을 보는, 낮 동안의 부산함이 사라지고 시멘트 바닥에서 찬 기운이 올라와 엄마의 표현대로라면 여름에도 어딘가 '썽글한' 곳이 되었다.

엄마는 불행했을까?

그렇게 불행이라는 글자를 붙들고 있으면 아파트의 나머지 빈 공간이 그런 온갖 것들로 가득 차고는 했다. 더이상 연락이 없는 산주가 방 어딘가에 앉아 있는 것 같았다. 완전히 밀어내기는 했지만 그렇다고 머리에서 다 지워내지는 못해서 경애는 불행하지 않아? 하고 물어보고 싶어지곤 했다.

미유는 우리가 헤어져서 이제 발을 뻗고 잘 수 있겠대. 미유 딸이 열한시 정도가 되면 귀신같이 그 시각을 알고 우는 야경증이 있었는데 그때보다 더 힘들었대, 내가 선배를 만나는 시간이. 특정 시각이 되면 그것이 왔다는 걸 감각하고 온 힘을 다해 울 수 있는 아기라니 부럽지 않아? 우리는 같은 사람들이었을까. 그러니까 누워서 종일 음악만 듣다가 먼저 배고픈 사람이 일어나 라면을 끓였던 스무살 시절의 우리와, 한강에서 오리배를 보던 지난 계절의 우리는 같은 사람이었을까. 각자 다른 차를 타고 강변북로를 달렸던 그 밤의 우리가 같았을까. 어쩌면 손상된 것이 아닐까. 제대로 봉인되어 있던 것을 뜯어서 엉망으로 만든 것이 아닐까. 나는 그런 의문이 들면 그날 내가 까페로 나가지 말았어야 한다고 생각해. 우산은 있어? 하고 묻지 않고 옷은 왜 그렇게 입었어?라고 걱정하지 말았어야 한다고 생각해. 나도 선배를 안고 싶은데,라고 하지 않고 너랑 자고 싶어 다시 따뜻하게,라는 선배 말을 믿지 말았어야 한다고 생각해. 잘 지내고 있어? 불행하지는 않아? 혹은 그 불행이 잘 되어가고 있어? 완전히, 후회 없이, 제대로 불행해하고 있어? 이렇게 물었어야 한다고 생각해.

하지만 이런 말들을 늘어놓다가도 정작 산주에게는 전할 수 없으니까 불행을 털실처럼 잘 말아서 이 빈 공간에 덩그러니 놓아둘 수밖에 없었다.

경애는 엄마가 해준 유년의 이야기들 중에서 이런 것을 좋아했다. 경애가 한번도 본 적 없는 장면들인데 이상하게 실제로 본 듯 떠오르곤 했다. 경애의 엄마는 십대 때 고향 원두막에서, 서리해온 수박을 아주 늦은 시간까지 동네 친구들과 나눠 먹곤 했는데 어느 날은 너무 웃어서 그 허술한 원두막이 풀썩 꺼지고 말았다고 했다. 경애 엄마는 그 이야기를 어렸을 때부터 즐겨 했다. 그러면 경애는 그 순간, "원두막이 무너진 거야, 우리는 그 와중에도 그게 웃겨서 다친 줄도 모르고 웃고"라고 하는 순간을 기다렸다. '다친 줄도 모르고 웃는다'는 그 이야기의 클라이맥스는 경애가 커가면서 엄마에게서 가장 듣고 싶은 말이 되었다. 하지만 막상 경애가 그때의 엄마 나이가 되었을 때는 다친 줄도 모르고 웃을 수는 없었다.

호찌민의 공장들을 돌아다니면서 경애가 생각하는 것 역시 엄마의 모습이었다. 미용기술을 배우기 전 공장에 취직한 엄마는 배가 무척 고파서 공장에서 풀을 만드는 데 쓰는 밀가루를 가져와 기숙사 친구와 구워 먹기도 했다고 했다. 벽이 너무 얇아 겨울바람이 불면 마치 둥글게 말리는 듯했다는 그 다다미방에서 공업용 밀가루를 구워서. 하지만 엄마는 그 시절에 대한 자부심이 있었다. 도시로 나간 것은 다른 누구의 강요도 아니고 자신의 선택이라는 긍지가 있었기 때문이었다. 그렇게 세계를 스스로 건너갔다고 생각하는 사람의 얼굴에는 어떤 환함, 경애의 상상 속에서 때로는 터무니없이 밭을 압도할 정도로 큰 여름 달 같은 환함이 있었다.

뭐 해? 이제 자는 거야?

메신저 저편에서 일영이 다시 물었다.

아직 안 자.

나는 지금 네가 얼마나 외로울지 짐작이 간다.

얼마나 외로운데?

내가 12월의 마지막 날, 그러니까 새해의 첫날로 넘어가는 딱 그 자정에 물류센터에서 지금처럼 야근하고 있었거든.

넌 특근비 나온다고 늘 그때 야근하니까.

그래, 그러다보면 나도 카운트다운을 한단 말이야. 십, 구, 팔, 칠, 육, 오…… 땡, 하는데 상품이 뚝 떨어져내리는 거야. 바로 배송하는 상품은 이미 포장까지 다 돼서 창고에 있다가 전산으로 주문하면 컨베이어 타고 오니까. 보니까 100개들이 지퍼백이야. 내가 그거 바코드 찍어서 옮기면서 야— 너도 여간 외로운 인간이 아니구나 했지. 새해가 되자마자 한 일이 지퍼백 주문이라니. 사람 다 외롭다, 100개들이 지퍼백처럼 다들 외로워.

경애는 그런 일영의 말이 재밌고 위안이 되어서 한참을 들여다보았다. 어쩌면 아픈 줄도 모르고 웃을 수 있다는 건 이런 말이 아닐까. 그때 노트북에 이메일이 도착했다는 알림이 떴다. 페이스북 페이지의 언니가 보낸 이메일이었다. 언니가 공지를 올린 후 경애는 더이상 이메일을 쓸 수 없었다. 하지만 마음을 폐기하지 말라는 그의 당부는 오랜 시간 그가 주었던 어떤 조언보다 더 경애에게 일종의 투지를 불어넣었다. 모든 일상을 포기하고 숨어버렸던 시절과는 다르게 불행을 건너겠다는 의지를 불어넣었다. 다른 이는 몰라도 '언니'의 말은 경애의 마음에 관한 죄 없음—을 보장해주는 듯 느껴졌다.

경애는 책상 앞에 앉아 이메일을 확인했다. "예쁜 언니들의 집합소"라는 제목의 이메일은 "얼른 자요" "밥을 챙겨 먹읍시다" 같은 제목을 달던 언니와는 톤이 달랐다. 이메일을 클릭하자 수십개의 성인광고 창이 뜨면서 포르노 싸이트로 연결되었다. 싸이트들은 경애가 꺼버려도 사라지지 않았고 증식하듯이 창이 늘어났다. '움짤'로 만든 다양한 인종의 여자들이 선정적인 포즈로 화면을 채웠다. 경애가 서둘러 그 창들을 끄고 있는데 "회원긴급공지 — '언니' 계정으로 온 이메일을 열지 마세요"라는 이메일이 다시 도착했다. 애정휘귀라는 회원이 보내온 이메일에는 '언니' 계정이 해킹되었고 피해 확산을 막기 위해 일단 페이스북 페이지를 닫아놓겠다는 공지가 쓰여 있었다.

빗방울이 내 머리 위로

떨어지고 있어

지루한 장마가 계속되던 여름이었고 일종의 모험이 있는 날이었다. 경애는 오래전 E와 함께 새벽까지 걸은 적이 있었다. 둘의 목적은 인천의 피카디리극장에서 데이비드 핀처의 영화 「세븐」을 보는 것이었다. 그곳에서는 어떤 이유에서인지 「세븐」과 전해 최고 흥행작인 「타이타닉」을 동시 상영하고 있었는데, 「세븐」은 미성년자관람불가 등급이었다. 처음 영화가 개봉했을 때 E는 자기가 중학생이라서 아무리 어른처럼 차려 입어봐도 통과가 안됐다고 했다. E는 여전히 미성년자인데 영화를 볼 수 있나 싶으면서도 경애는 E가 혼자 가는 것이 싫어서 따라갔다. 경애는 E가 혼자 영화를 보는 것이 싫었다. 영화를 본다는 건 러닝타임 위를 걸어 자기 마음속 비밀스러운 공간으로 들어가는 일이라는 사실을 알고 있었기 때문이다. E가 자기만 본 영화에 대해 열을 올려서 이야기하면 경애는 영화의 내용이 아니라 E가 그렇게 혼자 몰입했던 시간과 마음의 동선에 신경이 쓰이면서 서운해지곤 했다. 경애에게 등을 돌리고 어딘가로 다녀오는 일 같았다. 그래서 싸우기도 했는데 나는 그것이 서운해, 너가 나는 느낄 수 없는 무언가를 만지고 오는 것이 이상해, 그것에 대해 이야기하는 동안 또다시 거기를 다녀오는 듯해서 싫어,라고 말하면 되었지만 어린 경애는 그런 마음이 무엇을 뜻하는지 알 수 없었으므로 사소한 문제들이 갈등으로 번져갔다. 때론 짜장밥이 문제가 되었다. 짜장소스와 볶음밥을 다 비벼서 먹을지, 그때그때 끼얹어가며 먹을지 그 문제가 너무 중요해서 둘은 처음에는 장난으로 시작한 대화를 결국 싸움으로 가져가게 됐다.

다 비벼두면 밥이 척척해진다고. 맛이 떨어진다고.
싫으면 밥을 비비기 전에 말하면 되잖아.
말했지, 여러번이나.
괜찮잖아, 이게 뭐라고 그렇게 화를 내냐.
넌 뭐가 그렇게 대강대강에 다 괜찮아, 대체 뭐가 괜찮은데.

그런 건 두 사람이 나눴던 대화 중에 그리 중요하지도 않은 부스러기 같은 기억들인데 가장 오래 남는 기억도 그런 것이었다. 지금이라면 아무 상관 없을 것 같았다. 짜장을 비비든 비비지 않든, 함께 무언가를 먹을 수만 있다면. 하지만 가끔은 그런 기억들이 E의 죽음으로 더 아련하게 포장되어 있지 않나, 싶기도 했다. 혹은 고통이. 그래서 화려한 포장지들에 대해 생각해보려고 하면 어느 순간 생각이 더는 이어지지 않았다. 슬픔에도 그런 게 있다고 단호하게 마음먹었던 처음과는 무관하게 그런 생각을 하는 자체가 견디기 힘든 분노를 불러일으켰다. 그래서 누구에게인지 모르게 경애는 마음속으로 소리 치곤 했는데, 만약 무언가를 포장하고 있다면 꾸민다기보다 숨기고 있는 것에 가까울 거야, 하는 말이었다. 들여다보면 더한 슬픔과 고통이 있을 것이라고. 하지만 대체 누구에게 그 말을 하고 있는지는 알 수 없었다. 누가 귀 기울여줄지도.

E는 특별한 일이 없으면 인천에서 전철을 타고 구로까지 경애를 데려다주곤 했다. 그렇게 왔다가 나가면 다시 돈을 내고 표를 끊어야 하니까 플랫폼에 앉아서 대화를 계속했다. 전철표는 세시간 동안 유효해서 한시간 반 정도의 시간이 있었다. 물론 그것도 막차 시간에 따라서 얼마든지 줄어들 수 있었다. 그렇게 이야기를 하다보면 E와 경애 앞으로는 전철들이 멈췄다 가고 무수한 사람들이 쏟아져나왔는데 둘이 이야기하는 순간은 그런 익명의 사람들 덕분에 더욱 특별해지는 느낌이었다. 가야 할 시간이 되면 E와 경애는 개찰구 앞에서 다음에 만날 약속을 하고 헤어졌다. 그들에게는 그곳이 각자가 살고 있는 골목이나 집 앞이나 마찬가지였다, 언제나 그 앞에서 헤어졌으니까. 그렇게 헤어지고 나면 서로에게 어떤 일상이 펼쳐지는지 상당 기간 동안 둘은 알지 못했다. 그냥 경애가 나갈게, 하고 뒤돌면 E가 그래 잘가, 은총이 있어야 해, 하고 인사했고 그러면 경애가 다시 그 은총 언제 오니? 하면서 말을 받았다.

E는 까다롭거나 자기 욕심을 부리는 애는 아니었지만 그렇게 헤어지고 나서 경애가 뒤돌아보지 않으면 무척이나 서운해했다. 한번 뒤돌아보는 일은 반드시였고 두번은 적당했으며 세번은 괜찮은 정도의 횟수였다. 경애가 철제 바를 밀고 나오면 E는 이제 경애와는 다른 공간, 플랫폼—에 남아 있어야 하는 사람이었다. 뒤를 돌아볼 때마다 E는 변함없이 개찰구 앞에 서서 손을 흔들었지만 그것이

늘 반복될 수 있는 장면이 아니라는 것, 당연한 일이 아니라는 것을 그때는 알지 못했다.

「세븐」과 「타이타닉」을 본 날은 그렇게 만남을 종료하지는 않았다. 둘은 천국과 지옥을 오간 듯한 기분이라서 극장을 나오고 나서도 별말을 못했다. 성경의 일곱가지 죄악에 따라 누군가를 희생시키는 살인자가 있었고 사랑하는 이를 구하기 위해 바닷물에서 차갑게 얼어가는 숭고한 잭이 있었다. 극장에는 사람들이 별로 없는데다 의자에 앉아 한 손으로 표를 받는 늙은 경비원이 표 검사를 해 입장에는 문제가 없었지만 경애는 어쩐지 망한 하루라는 생각이 들었다. 세상에 나가면 나갈수록 이렇게 끔찍한 일들이 우리를 기다리고 있다니. 죄악이나 희생이나 끔찍하기는 마찬가지였다. 다른 때 같았으면 그냥 역으로 가서 전철을 탔겠지만 경애와 E는 거리를 걸었다. 기분 전환을 하고 싶어진 경애가 오락실에 들어가자고 했다. 라이덴과 스트리트 파이터를 했지만 아무리 주먹을 날리고 폭탄을 터뜨려도 기분이 시원해지지 않고 어떤 유감이 쌓이는 기분이었다. 게임은 시시해졌고 배가 고팠다. 영화에 등장한 죽은 사람들의 모습을 생각하면 뭔가를 먹는 일도 내키지 않았다. 그리고 배회하는 동안 경애의 주위로는 그동안 그다지 의식하지 못했던 세상의 어떤 풍경들이 분명하게 지나갔다. 번쩍이는 글자들, 파랗고 빨간 조명들, 노래방이나 맥주집이나 모텔이나 나이트, 횟집, 삼겹살집, 펍 같은 것들이 예사로 넘겨지지 않았다. 걸어다니는 사람들의 어딘가 조금씩은 비뚤어진 듯한 신체도. 어깨가 굽었거나 다리가 휘거나 얼굴의 균형을 잃은, 다리를 불안정하게 떨거나 하며 조금씩 비틀어진 몸으로 살아가는 모두는 「타이타닉」을 생각하면 한명 한명의 무게가 무거웠지만 「세븐」을 떠올리면 터무니없는 징벌을 피할 수 없는 나약하고 불행한 존재처럼 느껴졌다. 과연 영화는 무시무시한 것이었다. 어쩌면 사는 일도 그럴지 모르고.

둘은 웬만한 빌딩만큼 큰 밀가루공장의 원통형 창고를 지나 고만고만한 낡은 집이 모인 동네로 접어들었다. E가 여기가 내가 사는 동네, 화수동,이라고 말했다. 그 말을 들었을 때 경애는 비로소 개찰구 뒤로 펼쳐지는 E의 진짜 삶을 보게 된 기분이었다. 처음 눈에 들어온 건 내장을 꺼내 손질한 생선들이었다. 보도나 어느 가게 앞 어망에서 생선들이 햇볕에 꾸덕꾸덕 말라가고 있었다. 둘은 낚싯대와 낚시그물을 파는 작은 가게를 지났다. 거기에는 다양한 바늘을 끼운 물건들이 많아 기괴하게 보이기도 했는데 정작 주인 아저씨는 파라솔을 펼치고 앉아 DJ DOC의 노래를 듣고 있었다. 젓가락질 잘해야만 밥을 먹나요, 춤을 추고 싶을 때는 춤을 춰요. E는 길 건너를 가리키면서 저기가 차이나타운인데 중국인들이 모여 산다고 했다. 아이들은 화교학교에 다니고 중국인 남자들은 모두 팔괘장이라고 하는 무술을 한다고, 자기가 자주 가는 중국집 주방장 아저씨는 심지어 황비홍의 제자였다고.

"그런데 거기서 뭐해?"

"뭘 뭐해?"

"짜장면집에서 그런 무술 유단자가 뭘 하느냐고?"

"뭘 하긴 요리를 하지, 양파를 격파하고 닭을 썰지. 아저씨는 자기가 닭 하나로 만들 수 있는 요리가 천개는 넘는다고 했어."

경애는 아무리 그래도 닭을 그렇게 다양하게 요리할 수 있다는 사실이 믿기지 않았다. 경애가 먹어본 닭요리란 튀기고 삶고 조리는 것뿐이었으니까. 그렇게 수다를 떨자 영화를 보고 엉망이 된 마음도 진정되는 듯했다. 공기는 탁했다. 비릿하고 매캐한, 어딘가 석유향이 밴 냄새는 바닷물이 들어왔다가 다시 빠져나가는 갯골에서 난다고 했다. 거기에는 공장들이 많아서 바람이 불면 악취가 동네까지 흘러들어온다고.

"피조, 넌 어떤 동네에서 살아? 너희 동네는 어때?"

경애는 자기 동네에 대해서는 이야기하고 싶지 않았다. 경애가 사는 동네는 벽면에 쓰인 일련번호로 각각의 거주지가 구분되는 '벌집'들이 있는 곳이었으니까. 가게 딸린 방에서 사는 자기도 그렇지만 동네에는 방 한칸에 네다섯명이 함께 지내야 하는 집들도 많았다. 그런 친구들은 한번 밖에 나오면 집 안으로 잘 들어가려 하지 않았다. 주로 거리에서 시간을 보냈다. 얼음땡을 수십번 하면서, 그렇게 얼었다가 다시 풀리는 순간의 스릴에 몰두하다가 고무줄을 하고 팽글팽글 돌다가 어지러우면 꼬마애들이 타고 놀아야 할 미끄럼틀을 차지한 채 시간을 보냈다. 여름이면 시간은 가는 것이 아니라 아이스크림처럼 녹는 것처럼 느껴졌다. 그러니까 그런 날들을 보내고 나면 한살 한살 들어차 어른이 되는 것이 아니라 삶이 그저 닳아 없어지기만 할 것 같았다. 그런 동네에서 경애는 좀 특이한 애였다. 집에 틀어박혀 영화만 봤으니까. 친구들은 그걸 신기해서야, 너 거기서 대체 뭐하냐? 하고 시비를 걸듯 묻기도 했다. 둘은 짱뚱어탕 — 이라고 세로로 크게 써 있는 식당이 마주 보이는 정류장에 앉았다. 곧 비가 올 듯 흐려졌고 적어도 그 순간 그렇게 어두워진 하늘은 높고 맑은 하늘보다 낮게 내려와 있어서 가깝게 느껴졌다. 다행이라고 경애는 생각했다.

"우리 동네에 용욱이라는 애가 살아. 걔가 얼마 전에 글짓기 대회에서 상을 받았거든. 하느님한테 쓰는 편지였어."

경애가 부러 심드렁하게 힘을 빼면서 말을 내뱉었다.

"듣고 있어?"

"당연히 듣고 있지, 난 언제나 이야기 듣는 걸 좋아해."

"왜? 이야기를 좋아하면 가난해진다던데."

"웃기는 얘기지. 이야기 좋아하는 부자들이 얼마나 많은데?"

E가 코웃음을 치듯 답했다.

"누구?"

"그 세헤라자데 있잖아. 천일야화에, 이야기 듣다가 막 여자들 죽이는 왕이 나오는 얘기."

그 새끼 나쁘네, 하고 경애가 말했다.

"그런데 뭐였냐? 그 왕 이름이 있었던가?"

"몰라, 기억 안 나는데, 역시 그런 악당들 이름은 세상에 안 남는다. 그냥 그런 나쁜 놈이 있었구나, 하지."

"죄가 이름을 덮나봐."

은총이 대답하고는 잠자리들이 나는 공중을 손으로 한번 휘저었다.

"피조, 아까 본 영화 그 살인자 이름 기억나?"

"안 나, 근데 영화 보니까 세상 정말 무섭지 않냐?"

"무섭지, 너도 무서워?"

"응, 무섭던데, 죄도 무섭고 살인자도 무섭고."

경애는 동네 꼬마였던 용욱이가 썼던 글의 일부를 이야기해주었다. 하느님, 우리는 벌집에 살아요. 우리 식구들은 외할머니와 엄마,

동생 용숙이랑 저 네 식구예요. 우리 방은 할머니 말대로 라면박스만 해서 네 식구가 다 같이 잠을 잘 수가 없어요. 그래서 구로2동 술집에 나가서 일하시는 엄마는 술집에서 주무시고 새벽에 오셔요. 아빠는 청송감호소라는 데 계시는데 엄마는 사람들에게 죽었다고 하래요.

둘은 또 맥락 없이 멍하니 있다가 다시 얘기를 시작했다.

"너, 이런 상태 알지?"
"알지, 나는 살인자도 죄도 안 무서워. 그런 게 무섭지."
E는 그렇게 말하면서 운동화로 바닥을 여러번 찼고 그때마다 흙먼지가 날렸다. 무섭다는 말과 그렇게 공중으로 흙먼지를 날리는 무심한 발동작의 대조, 경애는 나중에 E의 진짜 모습이 있다면 그 말과 동작에 있지 않을까 싶었다. 하늘이 꾸물거리더니 정말 비가 왔고 E가 자기네 집이 근처니까 우산을 가지러 가자고 했다. 그러고 나서 둘은 정말 무서운 무언가가 쫓아오는 듯 괜히 야—우— 후— 하고 소리 치면서 뛰었다. E의 집은 대문도 지붕도 파란 페인트로 칠한, 마당이 없고 철제 대문을 열면 몇걸음 안 가 집 안으로 들어가는 유리 새시문이 나오는 구조였다. 170센티미터 정도 되던 E도 허리를 숙이고 들어가야 하는. 집 안의 불은 다 꺼져 있었다. 아무도 없는 건 아니라고 E는 말했다.

"할머니가 계셔."
E는 마치 소중한 것, 자신의 어린 동생이나 고양이 같은 것을 보여주듯 속삭였다. 그리고 주무시나, 하면서 안방 문을 열었는데 그

러는 틈에 할머니가 일어나 왔니, 왔구나, 은총이 왔어, 하고 맞았다. 불이 켜지자 여기까지 오는 동안 경애가 봤던 누구보다 몸이 굽고 얼굴이 주름으로 가득한 사람이 부채를 쥐고 — 하지만 흔들지 않으면서 — 나왔다. 경애를 보고는 안녕하세요, 마치 어른을 대하듯 인사하고는 "교회 친구냐?" E에게 물었다. E는 그렇다고 경애를 소개하고는 문을 열어 자기와 동생들이 쓰는 방을 보여주었다. 녹색 테이프로 공간을 나눈 장판이 인상적이었다. 형제들이 자꾸 싸우자 부모가 낸 아이디어라고 했다. 서로 절대 넘어오지 말라며 신신당부를 하다가 잠이 들면 팔다리가 선을 넘어가 있다고. 누구는 아예 가로로 걸쳐서 누워 있고. 단 하나 있는 책상에는 고등학교 참고서부터 초등학교 전과까지 꽂혀 있었고 E가 좋아하는 『스크린』이나 『로드쇼』같은 영화잡지들도 보였다. 낡은 필름카메라 한대도 있었는데 꽤 비싸 보이는 제품이었다. E는 친구가 선물로 줬는데 돌려줄 생각이라고 했다. 아무리 생각해도 받을 선물이 아니라면서.

"뭘 돌려줘? 그냥 고마워하면서 받는 거지."

"필요도 없고, 잘 찍지를 않으니까."

"그런데 걔는 부자야? 어떻게 카메라를 선물로 줘?"

"응, 부자야, 그런데 자꾸 운다."

"왜?"

"글쎄, 무서워서 울지 않을까?"

"부자라면서 뭐가 무서워?"

할머니가 개수대 물을 틀며, 저녁 먹어야지, 했다. E가 우리 나가요, 할머니, 우리 나갈 거야, 하는데도 할머니는 나가도 먹고 나가, 하면서 냄비를 불 위에 얹었다. 할머니가 그러니까 E는 더 고집을 피우지 못하고 좀 앉았다 가자, 하면서 경애를 앉혔다. 할머니는 몸이 마치 공처럼 둥글었다. 허리가 굽어서 더 그렇게 보이겠지만. 경애는 할머니가 마른멸치를 반으로 쪼개 머리를 딴 다음 무심히 냄비 속으로 툭툭 던져넣는 장면을 보았다. 뚜껑을 열자 하얀 김이 올랐고 감자와 밀가루 반죽이 들어가면서 수제비가 끓었다. 밥상이 다 차려져 먹어보니 수제비는 짜기만 하고 맛이 없었다. 국간장을 많이 넣었는지 국물이 새카맣고 뭔가 쿰쿰한 내가 나는 농도 깊은 짠맛뿐이었다. E가 남겨도 된다고 경애에게 귓속말을 했지만 경애는 먹을 수 있는 만큼 먹으려고 애썼다.

"어쩔까, 기도를 잊었네!"

김치를 꺼내서 썰어주고 한술 뜨던 할머니가 외쳤다.

"은총아, 얼른 기도해라, 그만 씹고 기도해."

"할머니 제가 해요?"

"응, 그래, 너가 해."

그렇게 해서 E가 외우던 식사 기도문을 경애는 기억한다. 주님, 날마다 일용할 음식을 주시니 감사합니다. 오늘은 친구 피조도 함께 밥을 먹을 수 있어서 더욱 감사합니다. 주님, 얼굴을 비추사 모두에게 은혜와 평강의 복을 내려주세요.

"친구는 맛이 어때?"

한창 수제비를 먹는데 할머니가 경애에게 물었다. 경애는 맛있다고 하려고 했지만 자기도 모르게 조금 짜요,라고 사실대로 말해버렸다.

"간간하다 했더니, 짜? 짜서 어쩌니."

"괜찮아요. 제가 싱겁게 먹어서 그래요. 괜찮아요."

할머니는 나이가 들어서 그런지 요즘은 영 음식 맛을 모르겠다고 했다. 그래서 간장을 한숟갈 한숟갈 넣다보면 이렇게 한강수가 되어 있다고. 경애는 한강수라는 말이 예스럽고 생경하게 들려서 피식 웃었다.

"나이가 들면 혀도 늙어, 다 늙는다."

"할머니 아직 그런 나이 아니야."

E가 살갑게 할머니의 팔을 잡으며 말했다.

"아니긴 뭐가 아니야, 다 된 나이지. 가서 주님 만날 때지."

"안돼. 안 반기실걸."

"반기신다. 하늘에서는 반기셔."

경애는 그날 E의 집에서 나던 냄새, 할머니의 말투, 세 형제가 함께 쓰던 방, 처마 아래로 떨어지던 장맛비 같은 것을 기억하고 있었다. 식사 끝에 E의 아버지가 돌아왔고 "새 친구?" 하고 물으며 앉았다는 것도, 그리고 수제비를 다 긁어 먹으며 '구정소식지'를 펴서 읽었던 것도. 그것은 어딘가 목가적인 분위기였다. 아무도 경애에게 신경 쓰지 않았고 E마저 자기 공간에 들어선 친구를 일부러 챙겨주려 하지 않았다. 특별할 것 없이 고요했고 각자가 필요한 일들을 할 뿐이었다. 경애는 ─나중에 서른살이 넘어─ 그날 E의 집을 볼 수 있어서 다행이라고 생각했다. 그런 장면이 없었다면 E를 추억할 공간이 오직 영화관과 전철역 플랫폼 그리고 친절하지 않은 사람들로 넘쳐나는 거리뿐이었을 거였다. 그러면 경애는 E의 일부만 볼 수 있었던 것일 테니까. 하지만 나는 그런 E를 볼 수 있었어, 라고 생각하면 자신감이 생겼다. 애도하고 그리워할 자격이 충분하다는 자신감이었다.

*

　한밤에 메시지들이 쏟아져 잠에서 깬 상수는 차마 보기 힘든 성인광고와 욕설로 도배가 된 페이스북 페이지, 누군가 드나들며 뒤지고 단체 이메일을 보내놓은 이메일함을 보고 순간 자기가—실제 그러지는 않았지만—엄청난 볼륨의 비명을 질렀다고 생각했다. 그 하이톤의 소리는 아마도 여기 호찌민에서 시작해 중국대륙을 날아 한반도 서울까지 들리기에 충분할 듯했다. 이메일과 페이스북 계정을 해킹한 그 누군가가 비밀번호도 바꿔버려서 상수는 한동안 자기 계정에 로그인할 수조차 없었다. 온갖 외설적인 게시물들이 '언죄다' 페이지를 조롱하듯 올라오는데 속수무책이었다. 상수는 한 손으로 오른쪽 귀를 막으며 그 순간을 견뎠다. 년, 씨발, 걸레, 능욕, 충(蟲), 처녀, 먹는, 빠는, 괴물과 같은 말들이 아주 고약한 날벌레처럼 상수에게 붙어 귓가가 시끄러운 것 같았다. 본인 인증을 해서 겨우 로그인한 상수는 이메일 계정 비밀번호를 바꾸고 페이지를 비공개로 돌렸다. 페이스북 페이지가 닫히고 클릭하신 링크가 잘못되었거나 페이지가 삭제되었습니다,라는 안내와 함께 붕대를 몇겹 감은 엄지손가락 마크가 등장했다. 총성이 가득한 전장에서 문득 기적적인 침묵이 찾아든 듯했다.

　사연이 얼마나 유출됐을까요.

　메시지창에서 젖된느낌이 말했다.

　해킹한 놈은 한놈일까요, 아니면 그룹, 경우에 따라 다를 듯요.

　일단 계정 털린 얘기는 했으니까 공지 문구는 언니가 작성하셔야죠?

이거 언죄다 최고 사건인데 한번 만나서 의논할까요.

우리는 안 만나는 게 콘셉트잖아요. 언니는 맨날 뒷모습이랑 손 사진만 올리니까 어디서 마주쳐도 언닐 몰라요.

언니 말고 우리끼리야 페북에서 사진 만날 보니까 어제 만난 듯 알은척할 수 있음.

그쵸, 우리는 그렇죠.

그런데 어차피 언니는 외국 가셨으니까 오지도 못해.

아 — 그렇구나.

회원들이 대화하는 동안 상수는 자판에 손가락 하나 올릴 수가 없었다. 심장이 긴장으로 써억써억 썰리는 듯했다. 상수는 평소에도 버릇처럼 언니가 하겠습니다, 언니는 이렇게 말하고 싶어요, 오늘의 언니는 말이죠,라고 자기를 '언니'라는 단어로 지칭해왔는데 이제는 아주 보통 이상의 용기를 내야 하는 말이 되었다. 정체가 밝혀질 가능성이 높아졌으니까 지금 이 순간부터는 유통기한이 명백한 거짓말을 하는 셈이었다.

우리 언니 놀라셨나봐, 말이 없으시네.

가만히 있기가 뭣해진 상수는 아직 회원들의 사연이 유출되었다는 증거는 없으니까, 다행히 삼십분 만에 바로잡았으니까 두고 보자고 이야기했다. 페이스북 페이지와 이메일이 함께 피해를 입은 걸 보면 아마도 이 페이지를 좋아하지 않던 누군가들의 소행이겠지만 결정적으로 뭘 하려는지 알 수 없으니까. 아무 일도 일어나지 않고 그저 겁을 주거나 골탕을 먹이려는 짓이라면 좋겠다는 말과 함께.

언니 힘내요.

언니 괜찮아요.

언니는 죄가 없어요. 해킹한 그 새끼들이 나쁘죠.

상수는 그 순간 뭔가와 이별하는 느낌이 들었다. 같이 있었던 사람들이 떠나고 혼자 남겨진 듯했다. 좀 자둬요, 같은 일상적인 인사도 바이바이 하자는 손짓 같아서 상수는 침울하게 채팅창을 껐다. 그리고 출근시간까지 망연자실 앉아 있었다. 싸이버수사대에 신고해야 하나 싶어서 싸이트에 들어가봤지만 주민등록번호를 입력하고 본인을 인증하는 데서부터 자괴감이 몰려왔다. 생년월일을 치고 '1'로 시작하는 뒷번호를 입력하는 그 순간부터. 일이 이렇게 되니까 그간 페이지를 운영하면서 느꼈던 자신과 포부, 사명감은 어디가고 어떻게 하면 덜 나빠질 수 있을까, 비난을 덜 받을 수 있을까, 운이 좋으면 위장을 이어갈 수 있지 않을까로 머릿속이 폭주했다. 연애상담 싸이트를 운영하다보면 그리고 그 사연에 답신을 적어서 페이지에 공개하다보면 누군가의 명예훼손은 당연했다. 실명은 안 나오니까 법으로 걸 수는 없지만 자기 얘기라는 것을 아는 당사자들이 ──때론 사연을 의뢰한 언니들이 봐라, 너 나쁜 놈이다, 하며 상수의 답신과 회원들의 댓글을 보여주기도 하고 ── 난폭하게 항의했다. 명예가 훼손되었다며 고소를 예고하거나, 상수에게 씨발년, 같은 욕설을 보내왔다. 내가 널 가만두지 않겠다고. 최근에는 악플러들이 늘어서 강제로 쫓아내야 하는 일들이 잦아졌고 댓글을 삭제하는 일이 피곤하게 이어졌다. 그런 사람들 중에 있을까, 이런 일을 벌인 건.

상수는 이왕 이렇게 페이지를 닫은 김에 영영 계폭을 할까, 생각했다. 어차피 오프라인에서 만난 적도 없는 사이니까 책임을 추궁할 수도 없고…… 하지만 그럴 수는 없었다. 그건 상수 인생의 특정 시기를 너무 손쉽게 폐기하는 것이었다.

아침이 되자 상수는 경애에게 오후에 출근하겠다고 문자메시지를 보냈다. 그리고 아무것도 먹지 않은 채 계속 모니터 앞에 앉아서 이제는 통으로 외울 듯한 싸이버수사대의 안내 페이지를 보고 있다가 겨우 집을 나섰다. 걸어놓은 플레이 리스트에서는 「스타워즈」 OST가 흘러나왔는데, 런던심포니오케스트라가 웅장하게 연주하는 「별들 사이를 건너서」(Across The Stars)를 들으면서 상수는 자기가 대체 뭘 어쨌다고 이런 공격을 받아야 하는가 생각했다. 푸미흥의 아파트에서 시작한 고뇌는 깊어져 택시나 우버를 부르는 일도 잊게 만들 정도였다. 상수는 출근하겠다고 약속한 오후 한시가 다 되어가는데도 그간 두 발로는 한번도 걷지 않았던 곳까지 내처 걸어버리기로 결심했다. 그렇게 첼로의 깊은 선율과 바이올린의 애잔한 멜로디 속에서 걷다보니 배가 고팠지만 식당은커녕 허허벌판에 도로만 있었고 건물이라고는 코카콜라 광고판이 걸린 공장뿐이었다. 상수는 인생 참 막막하다, 막막해,라고 생각했다. 얼굴이 어떻게 생겨먹었는지도 모를 누군가가 자신의 생살여탈권을 쥐고 있다니 왈칵 감정이 치받쳤다. 자기가 애써서 일궈놓은 세계를 제압당하고 눈앞에서 파괴를 지켜봐야 하는 사람들의 심정이 이렇지 않겠는가, 그러니까 호찌민 사람들에게도 전쟁이 있지 않았나, 그래, 베트남전쟁이 있었지, 로빈 윌리엄스가 아침마다 「아름다운 세상이야」(What a Wonderful World)를 틀면서 역설적으로 굿모닝, 베트남을 외쳤던 영화도 있고. 그러고 보면 「스타워즈」에서 제국군의 침공을 받은 외계행성의 시민들도 마찬가지였다. 그래도 「스타워즈」에는 반란군도, 레아 공주도 있지만 내게는 누가 있는가. 사실이 밝혀지면 누구 하나 내 편이 되어주겠나. 그러자 웅장한 교향곡은 의미심장한 음폭으로 비극성을 더해갔고 마침내 속상해진 상수가 눈물을 흘렸을 때 경애에게서 문자메시지가 왔다.

안 오십니까.

상수는 문자메시지를 확인하고도 휴대전화를 그냥 닫았다. 그동안 다져온 팀워크가 무슨 소용이란 말인가. 아무 의미가 없었다. 다혈질에 의협심이 강한 경애는 아마 나서서 '언니'의 죄를 물을 것이었다. 상수라고 해서 용서하지 않을 것이고 오히려 상수라 하면 더한 분노감에 휩싸이겠지. 도망가고 싶다는 생각에다, 결국 자기가 앞으로 일어날 사태에 아무 책임도 지지 못하리라는 불길함이 더해지자 상수는 최종적으로 경애를 포함한 모든 회원들에게 원망스러운 마음이 들었다. 왜 자신에게 사랑에 대해 물었는가. 사실 페이지를 만들었을 때 자기에게는 의도나 목적이 없었다. 우연히 올린 게시물에 호응이 있었고 거기에 부응하고 싶었을 뿐이었다.

안 오시는가요?

문자메시지가 다시 도착했다. 안 간다, 안 가, 상수는 생각하다 더워져서 카디건을 벗었다. 그리고 털레털레 걷는데 발이 허방을 짚는가 싶더니 도로에 발라놓은 시멘트에 빠지고 말았다. 시멘트는 채 굳지 않아서 질척질척했고 상수는 샌들을 신고 있었다. 도로 집으로 가야 하나 고민하다가 자포자기 심정으로 계속 걸었는데 도로가에 간판도 없이 그늘막을 쳐서 테이블을 내놓은 노점 주인이 발을 씻고 가라고 말을 걸었다. 씻지는 않더라도 냅킨으로라도 닦

앉으면 좋겠다고 생각했지만 상수는 여기에 와서 한번도 그런 노점에 앉아본 적이 없어서 꽁싸오 꽁싸오, 괜찮다고 사양했다. 남자는 어디로 연결되어 있는지 까만 고무호스를 들어 보이며 상수처럼 꽁싸오 꽁싸오, 하고 다시 권했다. 그렇게 서로 꽁싸오한 상황이 이어지다가 시멘트가 굳기라도 하면 피부에 안 좋을 테고 이 꼴로는 택시를 타기도 힘들 테니까 싶어서 상수가 마지못해 그늘막 아래 앉았다. 장사를 하기는 하는 건지 아무리 밥때가 지났대도 노점에는 하다못해 손님들이 남기고 간 그릇들을 치우는 정도의 활기도 없었다. 상수는 시멘트를 닦아내고 노점 주인에게 얻은 몇장의 냅킨으로 발을 닦았다. 그리고 그냥 가기도 그렇고, 배도 고파서 국수를 한그릇 주문했는데 우동 면발에 토막난 선지가 얹어져 나왔다. 소인지 돼지인지는 알 수 없는 내장과 고수, 죽순도 있었다. 간단히 말하면 상수가 먹을 수 있는 건 면밖에 없었다. 주인 남자는 다정해서 상수와 눈이 마주칠 때마다 웃으면서 불편해 말고 어서 들라고 권했다. 그렇게 주인이 집중하고 자신의 오른발까지 씻을 수 있게 친절을 베푼 터라 상수는 어쩔 수 없이 우리 돈으로 삼백원쯤 하는 국수를 깨작깨작 먹기 시작했다. 그때 휴대전화가 울렸다. 경애였다.

"대체 어디십니까?"

"아직 동네에서 얼마 못 갔어요. 택시도 못 타고."

"택시는 왜요?"

상수는 자기 발이 엉망이 된 일을 경애에게 설명했다. 아주 길게. 그 주인 남자가 아 이 사람은 너무 바빠서 국수를 다 먹지 못하는구나 생각할 수 있도록.

"그래서 못 오신다는 겁니까?"

"네, 못 가겠습니다. 오늘은 못 가겠어요."

경애는 상수의 목소리가 지나치게 격앙되어 있어서인지 별말을 하지 않다가 지금 앞에 뭐가 보이느냐고 물었다. 상수가 눈을 들었을 때 거기에는 노점에서 쓰는 빨간 플라스틱 의자가 있었고 손때 묻은 플라스틱 휴지통이 있었다. 그리고 호찌민에 오는 한국인들이라면 한번쯤 위압감을 느꼈을 거대한 가로수들이, 야자수와 기름나무, 자귀나무 같은 나무들이 길가에 서 있었는데 어느 오후에 국수를 한그릇 들고 멍청히 올려다본 그 나무들은 바람에 일정하게 흔들리면서 한낮의 열기와 부산한 정조, 걸어오는 동안 상수가 교향곡풍의 웅장함으로 변주해왔던 감정들, 원망, 슬픔, 외로움, 불안, 적의, 분노 같은 것들을 흔들리는 단순한 움직임만으로 살살살살 풀어놓고 있었다. 마치 국수의 면발처럼.

"국수 한그릇 먹고 있는데 곧 들어갈게요. 미안합니다, 경애씨."

"국수를 먹고 있군요."

그렇게 답하고 경애는 옆의 누구와 대화하더니 거긴가봐, 하고 대답했다. 얼마 지나지 않아 토니가 모는 회사 차를 타고 에일린과 경애 그리고 조선생이 나타났다. 동양물산이라는 니트류 공장에 다녀오는 길이라고 했다. 중국동포 출신의 공장매니저가 뭔가 도움을 청해서 조선생과 만나러 갈 거라고 상수도 들었는데 간밤의 일로 완전히 잊어버리고 있었다. 상수는 경애의 자세한 계획까지는 묻지 않았다. 어쩌면 상대가 중국동포라서 그랬는지도 몰랐다. 공장에서 중국동포들은 대개 계약직인 경우가 많고 경력이 있어도 실질적인 권한까지 있지는 않으니까. 1990년대 말부터 한국 공장들이 사이판이나 꼬스따리까, 온두라스, 아이띠 같은 남미의 나라들, 나중에는 인도네시아, 방글라데시 등지에 해외 공장을 지을 때까지 함께해온 그들은 사실 한국에서 방직사업이 사양길에 접어들고 더이상 젊은 인력이 수혈되지 않는 상황을 고려한다면 한국식 방직기술의 적자였지만 아직도 한국인 임금의 절반 정도만 받았고 아무리 오래 일해도 주임, 대리 이상으로 올라갈 수는 없었다. 그리고 설사 직급이 더 높다고 해도 한국인 직원에게 뭔가를 지시할 수 없는 것이 관례였다.

"우리도 뭣 좀 먹어요. 밥도 못 먹었잖아요."

경애는 활기찬 얼굴이었다.

"아니, 왜 아직 밥도 못 먹었어요? 어디서 오는 길인데요?"

"동양물산에서 온다니까요. 빈즈엉에 있어서 우리가 아침에 갔다고요."

"오후에 만나지 그랬어요."

"오후는, 안된대요. 김부장님이 차를 써야 한다고."

경애는 안되면 나중에 우리 팀 전용 오토바이라도 하나 사요, 하더니 국수를 시켰다. 에일린은 파파야절임소스와 신선한 채소 그리고 짜조를 비벼 먹는 음식을 시켰는데 상수는 왜 그렇게 메뉴를 찬찬히 살펴보며 고를 생각을 못했는가 싶었다. 하기는 생각 못한 건 그것만이 아니다. 상수의 인생에서는 늘 예상하지도 못한 일들이 벌어져 낭패감 속으로 몰아넣었다. 인생의 대부분의 날들이 상수에게 실패라는 결론을 선언하기 위해 준비된 듯 느껴졌다. 그러니까 공상수 너 실패, 메뉴 선택 실패, 이메일 보안 실패, 언니로 살기 실패, 짝사랑 실패, 해외파견 실패, 팀장 실패, 아주 다 실패.

"동양물산 가서 조선생님이, 유주임 있죠? 유동심 주임을 도와주고 왔어요."

경애가 상수는 잘 먹지 못하는 그 모든 음식재료를 한데 섞고 후룩후룩 삼키면서 설명했다. 유주임은 동양물산에 새로 온 매니저인데 적응을 못하고 다른 직원들의 텃세에 시달리고 있었다. 호찌민 사람들에게 중국동포란 한국인보다는 명백히 중국인에 가까웠고 그래서 경계심이 있었다. 몇해 전 중국과 베트남 사이에 영토분쟁이 있었을 때는 반중감정이 격해져 중국계 공장들이 시위대의 습격을 받았고 한국 공장에서 일하는 중국동포들도 개인적인 린치를 당할까 두려워 외출을 못했을 정도였다. 여기다 베트남의 방직산업이 오래되면서 이제 이곳 출신의 관리자들도 나오는 마당에 그렇게 낙하산 떨어지듯 누군가가 등장하면 달가울 리 없었다. 한국인이 아니니까 위계로 공원들을 제압할 수 없고 한국인 간부들은 공장이 시끄러워지는 것을 좋아하지 않아서 갈등에 끼어들지 않아 더 어려운 상황이었다. 베트남 직원들과 친해지려고 가라오케에 가서 베트남 국민가요라 할 수 있는 「봉봉방방」을 불러봐도 공장으로 돌아오면 결국 한국인들과는 억양이나 단어면에서 확연히 다른 한국말을 쓰는 중국인일 뿐이었다. 중국과 한국 그리고 베트남 사이에서 삼단의 파도타기를 해야 하는 써퍼였다.

"오늘 유주임이 조선생님 덕을 완전히 봤어요. 랍빠라고 있잖아요. 그걸 철판으로 만들어줘서 유주임을 도왔거든요."

'랍빠'는 바이어스를 만들 때 모양이 잘 접히도록 하는 보조기구였다. 천이 들어가는 입구는 넓고 나오는 쪽은 좁아서 나팔을 일본식 발음으로 '랍빠'라고 불렀다. 시간도 단축되고 모양도 잘 나왔지만 문제는 공장에서 챙겨주는 도구가 아니라는 데 있었다. 베트남 직원 몇몇이 그런 애로사항을 말해서 유주임이 직접 만들어주었는데 그러자 다른 직원들도 유주임에게 부탁하기 시작했다. 엄지손톱만 한 간단한 부속이라도 안 접어본 사람에게는 보통 일이 아니었고 유주임이 혼자 다 하기는 어려워서 조선생이 도와준 것이었다. 경애 일행이 회사에 있는 동안 누군가 와서 보고 갔는데 나중에 알고 보니 그쪽 이사였다고 경애는 뭔가 기대에 차서 말했다.

"그 뭐 철판조각이 효과가 있을까요?"

상수는 밤새 애를 태워서 그런지 말이 긍정적으로 나오지 않았다. 그렇게 작은 인연들이 결국 성과로 돌아오리라고 우리 호찌민의 마지막 로맨티스트가 되어서 외로운 재호찌민 한국인들의 마음을 흔들자고 해놓고는 오늘은 시들했다.

"그런데 공팀장님, 어디 아픈 건 아니죠? 안색이 안 좋은데요."

"선생님, 괜찮습니다. 눈이 좀 충혈되었죠, 어제 영화를 보느라고. 제가 여기 와서도 영화 취미를 못 버려서 밤새도록 영화를 보고."

"무슨 영화 보셨어요?"

경애가 물어서 상수는 영화 제목을 떠올려보려 했지만 머리가 지금 입안에 든 고수향의 국물처럼, 원치 않은 이물감으로 가득 찬 상태라 생각이라는 것을 할 수가 없었다.

"영화를…… 봤죠. 주인공이 고난에 빠지는데 공격을 받고. 드넓은 공간에서 스펙터클한 씬들이 반복되면서 코브라가 나오고 애정 씬도 있고 주인공이 되게 억울한데, 그거 「스타워즈」 봤어요, 「스타워즈」."

"「스타워즈」에 코브라가 나와요?"

경애가 기억을 더듬었다. 코브라가 나오는지 상수도 알 수 없었다. 「스타워즈」에는 온갖 생명체가 등장하는데 코브라 한마리쯤 안 나오겠는가. 일단 그것 하나는 나와줘야 사람들은 위기가 시작되었고 주인공이 위험에 빠졌다는 긴장을 느낀다. 그것, 무엇보다 빠르고 가차없으며 독은 깊고 천천히 상대를 감아서 종생하게 하는. 그렇게 생각하자 상수는 회사 일로 잠시 잊었던 어제의 비극이 떠오르면서 울고 싶어졌다. 한낮의 바람을 맞으며 앉아 있는 노점에서의 안락, 손때 묻은 플라스틱 간장통과 스프링롤과 짜조 같은 음식들을 보관하는, 냉장 효과는 전혀 없어 보이는 유리장, 국수를 마는 긴 젓가락의 들뜬 살들, 주인이 머리에 쓰고 있는 논의 푸릇한 물때와 경애가 들고 있는 꽃문양 식기 같은 풍경들이 어제의 일을 생각하면 아주 비현실적으로 느껴졌다. 그러니까 뒤이을 비극의 어떤 복선에 불과한 순간들처럼. 이 잠깐의 안락이 소중하게 느껴질 때마다 곧 전복되고 말리라는 걱정은 커져갔다.

토니가 김부장 호출을 받아 먼저 떠나고 남은 일행은 우버를 불러서 탔다. 경애는 동양물산이 유럽 어디 물건을 수주해서 기계를 들인다고 했으니 기대해도 되겠다고 상수에게 말했다. 그런데 그러면 조선생님이 랍빠를 더 접어야 할 텐데 괜찮을까요, 농담하면서 경애가 웃는데 상수 눈에는 차창으로 지나는 호찌민의 풍경들과 더불어 그런 말간 얼굴이 특별한 애틋함으로 다가왔다. 경애가 아름답다는 생각이 들었다.

"그런데 조선생님, 오랜만일 텐데 그걸 다 하시고, 실력이 녹슬지 않으셨어요."

"실력은 녹이 슬었어요, 기억이 녹슬지 않았을 뿐이죠."

"기억이,"

하고 경애는 가만히 따라 했다. 조선생은 경애가 계약만 성사하면 밤을 새워서라도 랍빠쯤은 접을 수 있다고 힘을 돋웠다. 경애는 그러면 좋겠다고 했다. 그러면 얼마나 좋을까요, 하고.

그리고 며칠은 상수라는 섬이 사무실에 홀로 떠 있는 듯한 시간들이었다. 상수는 얼이 나간 사람처럼 굴었다. 만나기로 약속하고 잊어버리거나 서류를 제때 제출하지 않아서 안 그래도 사사건건 시비를 거는 김부장에게 질책을 받았다. 다 된 계약을 가로채이기도 했다. 공장부지를 보러 다닐 때부터 쫓아다니며 상수가 공을 들였던 사람인데 정작 계약하기로 한 날에 바쁘다는 문자만 남긴 채 뭐가 곤란한지 만나주지 않은 것이었다.

평소라면 특유의 집요함을 발휘해서 어떻게든 해결하려고 애썼을 텐데 상수는 불행하게도 힘이 없어서, '언죄다' 일로 개인적으로 겪어내야 할 치욕을 미리 상상 속에서 치러내느라 기운이 빠져, 전화가 안되니 나도 할 수 없다는 식이었다. 한국의 남부장은 공상수 그 건 못해내면 알아서 하라고 길길이 날뛰는데, 그런 부장의 목소리가 상수의 귀에는, 와서 꽂히는 게 아니라 마치 연기처럼 흘러들어와 스치고 지나가는 듯 느껴졌다. 그동안 아등바등했던 모든 현실들이 슬로모션으로 나른, 하게 아주 아련, 하게 흘러가는 것처럼 느껴졌다. 세상 모든 것이 가엾고 덧없다는 태도였다.

상수는 계약하겠다는 사람이 만남을 미룬 채 잠적한 날 저녁에 엉뚱하게도 사무실의 안 쓰는 컴퓨터를 창식씨 집에 옮겨주고 고스톱 오락을 깔아줬다. 창식씨가 원한 일도 아니었다. 아무튼 설치가 끝나자 창식씨는 상수가 시키는 대로 키보드 자판을 눌러보더니 자기가 만져본 공장의 숱한 기계들보다는 물렁물렁하게 ─꼭 비유가 아니라 ─느껴진다고 말했다. 그러더니 자기가 한국에서 중국으로 다시 여기로 밀려나온 것도 다 요즘의 컴퓨터식 기계를 다루지 못해서였는데 이런 게임을 하게 되면 컴퓨터도 할 수 있게 되느냐는 농담인지 진심인지 모를 말을 했다. 상수는 창식씨의 그런 말에 서글픔을 느꼈다. 물론 상수는 평소 창식씨의 그 허랑방탕한 생활방식 때문에 그를 불편해했지만 이제 친근감을 느끼고 있었다. '언죄다' 페이지가 털리고 모든 걸 잃어버릴지 모른다는 생각이 들자, 그렇게 버려져 있는, 삶에 있어 디폴트가 없는, 마치 콧물을 닦듯 자기 삶을 팽, 풀어서 아무 데나 흘려버리는 듯한 창식씨에게 스스로의 모습을 발견했던 것이다. 그래서 몸으로 둑을 버텨 홍수를 막았다는 네덜란드 소년의 심정으로 그놈의 사행심이 창식씨 내부에 흘러넘쳐 문제라면 컴퓨터에 고스톱 게임을 깔아주면 어느정도 해결되지 않을까 생각했다. 돈 나가는 일도 줄이고 ─어차피 컴퓨터에 대해 잘 모르니까 게임머니를 사고파느라 문제를 일으킬 것 같지도 않고 ─카지노에서 괜히 어깃장을 놓다가 멱살 잡혀 쫓겨나는 일도 줄어들지 않을까. 아무튼 상수의 그런 선의는 창식씨의 회복을 바라는 마음이었기에 아주 드물게 이타적이었다.

"이렇게 하면 우리가 육백만원을 딴 거예요. 그러니까 이제 주중에는 고스톱을 치시고 주말에만 그런 데를 가는 겁니다."

"육백……"

창식씨는 그렇게 중얼거리더니 그윽한 눈으로 모니터에 표시된 액수를 바라보았다. 다시 몇판이 돌자 돈은 또다시 불었고 그것이 실제는 아니더라도 이미 창식씨는 파찐꼬나 카지노에서도 이렇다할 실물의 돈을 얻어보지는 못했으니까 그런대로 홍미를 느끼는 듯했다. 그렇게 안내한 후에 마치 책상에 처음 앉아보는 사람처럼 어색하게 모니터에 붙어 한 손으로 의자의 테두리를 붙들고 있는 창식씨를 상수는 지켜보았다. 월급으로 필요한 물건을 사거나 좋은 음식을 먹지도 않은 채 술과 파찐꼬, 카지노를 오가다 병이 나면 방에 드러누워 끙끙대며 무엇과 그렇게 피할 수 없는 대결을 하는지 몰라도 이를 갈며 안 간다, 안 가, 내가 아직은 갈 때가 아니지,라고 한다는 창식씨. 조선생이 한국에서 가져온 정로환이나 위장약을 내밀면서 그렇게 말 많이 하면 기운 빠져요, 말하지 말고 앓지도 됩니다,라고 하면 그때야 뭐가 그렇게 고마운지 고맙다고, 형님, 내가 고맙습니다, 한다는 창식씨. 해가 뉘엿뉘엿 지는 가운데 어쭈, 돌려, 고, 광박, 판쓰리, 쪽 하는 게임 효과음이 요란했다. 창식씨가 그 소리에 아휴, 놀랐잖어, 누구를 호구로 아나, 땄네, 그러는 게 어딨어, 하고 일일이 답해주는 광경을 지켜보는 사이 시간이 흘렀다. 방 안에 들어온 저녁해가 길어지면 길어질수록 스코어는 올라가고 돈은 쌓여가는데 상수는 뭔가가 허물어지는 느낌이었다.

"김선생님, 한국은 언제 가세요?"

"한국을 어떻게 가요, 직장이 여긴데."

"그래도 집에는 가야 하잖아요."

"인생을 이렇게 후루꾸로 살아놔서 집이 없어, 오란 사람도 없고."

상수는 창식씨나 자기나 뭐가 다른가 생각했다. 창식씨의 과거가 상수이고 상수의 미래가 창식씨가 아닌가. 평소에 상수가 당연하게 설정하고 살았던 위계 같은 것들이 다양한 각도로 무너지고 있었다. 웃음거리가 될 것이다. 회사 사람들 모두 심지어 웬만해서는 얼굴 근육을 움직여 자기 감정을 드러내지 않는, 공효상 의원의 재수학원 동기인 회장까지 파안대소할지도 모른다. 효상이 아들이 여자인 척을 했어? 아니, 자기가 아주 일등급 남자라고 광고하고 다녀도 될까 말까 한 판국에 뭣하러 여자인 척을 해. 야, 효상아 네 아들 아니 딸, 아니 뭐라고 해야 하냐, 아무튼 그거 왜 그랬다냐, 하면 아무리 내기 골프에서 공효상 의원이 매번 리드한다고 해도 못 견딜 것이다. 안 그래도 절연하다시피 한 부자관계를 다시 절연하겠지, 절연하고 절연해서 안 그래도 텅 빈 관계가 대나무살처럼 아주 편편이 갈라지겠지. 아버지 없음의 없음이 가중되면 뭐가 되나, 형처럼 아무것도 안하게 되나.

형을 생각하니 상수는 더 절망적이었다. 보충제와 무한반복의 체력단련으로 차오른 근육질의 몸으로 걸어와 상수를 향해 거들먹거리며 계집애같이,라고 하는 장면이 떠올랐다. 상수는 상규가 평소에 입고 다니는 몸에 완전히 붙는 트레이닝복을 싫어했는데 언젠가부터 상규는 한겨울에도 그 차림이었다. 그런 형의 과시적인 육체는 형이 내내 저지르고 다녔던 숱한 폭력들을 떠올리게 해 불편했다. 그 기억들은 언젠가 집 옥상에 목이 매여 있었던 강아지나 뭐 그런 동물이 아니라 인간, 섬에서 법대에 가기 위해 강남까지 전학 온 소년을 상기시키며 그 자리에 상수를 대신 묶어 목을 조르는 기분이었다. 자기가 '언쥐다'에서 했던 행동들에 대해 들으면 형은 웃을 것이다. 웃으면 사람의 몸은 흔들리게 마련이니까 먼저 그 스포츠형으로 짧게 깎은 머리통이 흔들리고 그다음에는 어깨가 흔들리고 나중에는 삼두박근과 이두박근이 장딴지 근육과 날

렵한 발차기로 단련된 발목의 아킬레스건까지 흔들릴 것이다. 그런데 그런 흔들림은 상수에게 아주 불쾌한 것이었다. 견디기 힘든 것이었다. 그가 형이라는 것, 어려서부터 함께 자라고 어머니의 죽음을 겪었으며 동일한 아버지 없음을 누구보다 공통적으로 체험하고 있는 한점의 혈육이라는 피할 수 없는 사실까지 들어가면 그 거리낌과 혐오 속에서도 어쩔 수 없이 느껴지는 애착이 지린내처럼 풍겨오면서 상수는 더이상 어떻게 해볼 수 없는 무력감 속에 메스껍다—고 되뇌이곤 했다. 이 메스꺼움은 멈춰질 수 있을까. 그렇게 창식씨 뒤에서 온갖 상념에 빠져들어가던 상수를 불러낸 건 경애였다. 경애는 상수가 렌트까지 해서 지방의 공장부지를 보러 다니고 다른 공장장들에게 얻은 현지사정을 알려주고 최선을 다해 노하우를 제공했다는 사실을 알기에 석연치 않은 이유로 계약을 미룬 그를 곱게 한국으로 보내줄 수는 없었다. 세상에 이런 경우는 없지 않은가 싶어서 지방에서 올라와 한국으로 가려면 호찌민 중심가에 묵었을 테니 갈 만한 호텔들에 전화해 미스터 리를 찾았다. 어떤 미스터 리를 찾느냐고 물으면 이름을 댔고 체크아웃이 내일일 거예요,라고 덧붙였다. 그 조건에 맞는 투숙객이 있는 호텔이 한 곳으로 좁혀졌으니 당장 찾아가자고 상수에게 말했다.

"경애씨, 가면 뭐 하나요?"

상수가 시들시들하게, 도무지 막을 수 없는 피박과 광박에 시달리다 모든 의지가 사라져버린 사람처럼 시퉁하게 묻자 경애는 목소리를 높였다.

"가서 얘기를 해야죠. 전무님, 왜, 우리가 뭘 잘못해서 계약을 안 하시냐고 정확히 확인해야죠."

"하면 뭐합니까. 원래 세상이 그렇잖아요. 수틀리면 사람 하나 버리는 거 일도 아니잖습니까. 뭐 하려고 잡아요."

"누가 이전무 잡자고 이래요? 잡아도 잡아지지 않을 거고요."

"경애씨 퇴근이나 해요. 퇴근해서 쇼핑도 하고 맛있는 저녁도 먹어요. 지나간 일은 지나간 대로 그런 의미가 있다잖아요. 그런 노래도 있으니까 그냥 다 패스하게 돼요."

"저기 팀장님, 지금 우리가 거기 가서 일이 왜 그렇게 됐는지 확인하지 않으면 결국 놓치는 거예요. 그런 사람들이야 우리 뜻대로 안 움직일 테고 이번 건도 정말 나가리일지 모르죠. 근데요, 그 나가리 확인 안하면 우리 앞으로 일 못해요. 아 씨, 이 새끼도 나가린가 싶으면 우리가 어떻게 영업에 나서요? 그러니까 가서 보자고요, 나가리고 개털이다, 이렇게 확인을 하자고요."

상수는 다른 말보다 경애가 흥분해서 투척한 '나가리'와 '개털' 같은 단어들에 동해서 호텔로 갔다. 나가지 않으면 아무리 한 팀이라도 분위기가 험악해지리라는 경고처럼 들렸기 때문이었다. 그렇게 되는 것은 어차피 시간문제였지만 상수는 최대한 미루고 싶었다. 물론 이런 상황을 타개할 키는 상수가 쥐고 있지 않았다. 상수 계정에 침입한 유령 같은 해커 손에 들려 있었다.

이전무는 여덟시가 되어도 나타나지 않았다. 호텔 로비에 앉아 있던 둘은 이럴 바에는 뭐라도 먹자며 입구를 볼 수 있는 까페떼리아로 들어가 앉았다. 샌드위치와 차를 주문했고 상수는 맥주를 시켰다. 때맞춰 시작된 가수의 노래만 아니라면 견딜 만한 시간이었다. 가수는 그날밤 호찌민에 있는 모든 낭만을 그 좁은 홀에 다 쏟아부을 작정인 듯 유명한 OST들을 블루지하고 끈적끈적하게 불렀다. 스티비 원더의「난 단지 사랑한다고 말하기 위해 전화했을 뿐이야」(I Just Called to Say I Love You)에서 시작해 휘트니 휴스턴의「나는 언제나 당신을 사랑하겠어」(I Will Always Love You)를 지나 냇 킹 콜의「잊을 수가 없는」(Unforgettable)까지 이어졌다. 물론 그런 사랑노래들과 지금 상황은 달랐지만, 경애와 상수는 자신들의 친절 봉사를 내팽개치려는 사람을 잡기 위해 대기하고 있을 뿐이지만 그렇지 않아도 모든 일상에 아련함을 가지고 있던 상수는 그 간절한 노래에 반응했다. 눈앞에 앉아 있는 경애에게 시선을 고정하고 말았다. 햄을 우걱우걱 씹는 경애의 힘찬 턱과 이따금 잡히는 콧잔등의 주름처럼 아주 세세한 것들에. 호찌민에 온 뒤로 미용실에 잘 가지 않아 어느덧 눈두덩이쯤으로 내려와버린 앞머리와 왜 그런지 찻잔을 손잡이가 아니라 몸체 자체를 집어올려 마시는 팔동작까지. 저 모든 것이 지금이 아니라 일년 전에도, 삼년 전에도 상수가 경애를 전혀 모르던 시절에도 있던 경애스러움이라고 생각하니 신기했다. 상수가 결국 경애의 마음을 모두 알고 있었다는 사실이 밝혀지고 난 후라도 경애가 경애인 것은 계속되겠지. 생활을 위해 밥을 챙겨먹고 필요하면 달리고 어쩔 때는 화도 내고 울고 차갑게 뒤돌아서기도 하며 살겠지 생각하니 뭉클해졌다. 그것은 평소에 전혀 가져보지 못한 극강의 다정함이라서 상수는 자기도 모르게 경애의 손을 잡고 말았다. 기력을 소진한 가수가 이제 좀 목을 쉬려는지「빗방울이 내 머리 위로 떨어지고 있어」(Raindrops Keep Falling On My Head)를, 이쯤은 심심파적 삼아 부를 수 있다는 듯 단조롭게 부르기 시작했을 때였다.

물론 상수는 경애의 손을 잡은 정확한 뜻을 자각하고 있지는 않았다. 속여서 미안해요,일 수도 있고 나중에 많이 화내지 말아요,일 수도 있었고 구해줘,일 수도 있었다. 아니면 수고했어요,쯤의 의미일 수도 있었다. 경애는 정말 수고가 많았으니까. 가끔 누군가의 인생을 생각하면 그 수고로움에 왈칵 감정이 올라오는 때가 있고 상수의 경우에는 주로 자신의 인생이었지만 적어도 오늘만은 달랐다. 상수는 경애 손을 잡고도 얼이 빠져 실감을 못하다가 경애가 손을 마주 잡았을 때에야 상황을 깨달았다. 처음에는 상수가 경애의 손을 덮듯이 잡았지만 이번에는 경애가 손을 위로 올려 상수의 손을 눌러서 잡았다. 아무것도 없지 않은가, 상수는 생각했다. 이렇게 손을 번갈아 올려가며 잡고 있는 지금은 머릿속이 완전히 비워져 아무 번뇌도 없지 않은가. 아니, 지금 아무 생각이 없다는 생각을 하고 있으니까 절대적 없음은 아니고 무언가 아주 고요하게, 마치 우주에 퍼지는 단파음처럼 삐 — 하면서 없다 — 고만 인식되고 있지 않은가. 그럴 때 이것이 없다는 생각은 결국 단 하나 있는 것을 위해 봉사하는데 여기에 손이 있고 이것은 경애의 손이고 경애의 손은 따뜻하고 경애의 손에는 샌드위치 소스가 묻어 있고 경애의 손목에는 가죽으로 된 팔찌가 채워져 있고 다시 경애는 상수의 손을 잡으면서 손톱을 잠시 쓸어보고 약간 힘을 주어서 바닥 전체로 눌러보고 느껴보고 있었다. 거기에 상수가 있다는 것을.

"울어요?"

"안 웁니다."

상수는 며칠 밤잠을 설쳐서 눈이 충혈되었을 뿐이라고 변명했다. 거짓말은 아니었다. 둘은 손을 놓았지만 손만 그랬을 뿐 테이블의 공기는 그렇지 않았다. 여기에 사랑이 있었다. 이 베이지색 식탁

보가 깔린 테이블에 사랑이 있다고 생각하자 상수는 눈물이 어렸는데 사랑이 있다는 느낌이 가져오는 의외의 헛헛함 때문이었다. 사랑이 있다고 하면 대개 차오른다거나 벅찬다거나 하는데 지금 상수는 무언가가 급하게 빠져나가 완연히 달라진 바깥의 온도와 내면의 온도를 느꼈다. 마치 겨울날의 창처럼 그런 격차가 생겨나면 마음에는, 적어도 이 순간 상수의 마음에는 축축한 슬픔이 배어나는 것 같았다. 울고 싶었다. 울 수는 없지만. 그때 회전문을 통과해 빠르게 들어오는 이전무가 상수 눈에 띄었다. 상수는 이전무쯤은 어떻게 되든지 이대로 있고 싶었다. 굳이 가서 잡아야 하나 싶은 생각도 들었다. 분명히 뭐 다른 뒷돈을 준다는 영업사원이 붙었겠지, 어떻게든 구워삶았겠지. 그러니까 넘어가고 싶었겠지. 상수에게 받은 이런저런 편의는 원래 누려야 하는 대우처럼 여겨졌겠지, 아무렴 어떤가.

"전무님, 저희예요. 반도미싱 박경애랑 공상수 팀장입니다!"

그가 누구인지 깨닫자마자 뛰쳐나간 건 상수가 아니라 경애였다. 경애가 부르자 이전무는 돌아보더니 겸연쩍은 웃음을 지었다. 난처하고 낭패다 싶은 웃음이었다. 그리고 대놓고 책임을 추궁하기에도 애매하고 유감이 없을 수도 없는 삼자대면이 이루어졌다. 전무는 화제를 피하려는 듯, 친교의 대화에서 날씨 얘기를 으레 하듯 뜬금없이 북한 얘기를 꺼냈다. 자기가 개성공단 때 다 겪어보았다고. 한국인들에게 북한은 뭔가 다방면으로 사용 가능한 화제이기는 했다. 특히 외국에 나오는 한국인들에게는.

"전무님 북한은 북한이고요. 저희가 잘못한 게 있으면 말씀을 해주셔야 알 것 아닙니까?"

이윽고 경애가 얘기를 자르고 물었다.

"잘못은 아이고, 잘못이 아니고. 우리가 작업 공정이 바뀌어서 그랬어요. 유럽에서 오더가 떨어졌는데 패딩이 들어가 있어. 어떡해, 후물 미싱부터 채워넣어야지. 근데 반도미싱 것으로는 그 후물작업이 잘 안되잖아요."

"그렇다고 박물 오더를 아예 안하실 것도 아니고, 그러면 박물 미싱 건은 왜 미루시나요. 저희가 편의를 봐드렸잖아요. 어음 결제 건도 그렇고 조정을 해드린다고 했잖아요."

"박경애 씨, 그런데 그 편의 그쪽 김부장은 더 봐주더라고, 미쓰비시 기계까지 싹 다 해서 1억에 퉁쳐서 넣겠다더라고. 사장 보고 하니까 오케이, 그러니 내가 어떡해? 같은 회사니까 같이 좀 조정을 해요. 내가 공팀장이랑 룽안성까지 다 누빈 건 기억할게, 생각할게. 젊은 사람이 그 정도로 열심이면 성공한다, 내가 계약서는 못 써도 보증서는 써줄게."

그렇구나, 하고 경애는 생각했다. 재주는 상수가 부리고 돈은 김부장이 버는 격이었다. 경애는 그러면 계약 진행이라도 우리 팀이 할 수 있게 해달라고 하려다가 그러려면 미쓰비시 기계를 구해다 넣어야 한다는 생각을 했다. 적어도 상수는 김부장처럼 자기 사업을 하듯 다른 회사 기계들을 팔지는 않는 것 같았다. 이전무 설명에도 별 반응 없이 강 건너 불구경하듯 손을 놓고 있기 때문이었다. 우리랑 시작해놓고 정작 계약은 김부장이랑 하는 게 어디 있냐든가, 우리도 미쓰비시 기계를 공급하겠다고 설득하는 말이 없었다.

앞으로의 성공을 기원하는 이전무의 공허한 보증만을 챙긴 채 상수와 경애는 호텔에서 나왔다. 그리고 말없이 다양한 이미테이션

물품들을 취급하는, 단돈 5달러로 노스페이스 가방을 살 수 있는, 벤딴시장을 통과해 거리를 걸었다. 어쨌든 계약에 실패해서 불쾌하기는 한데 불쾌함에 집중하고 있는 건 경애 같았다. 상수는 복잡하고 붐비는 거리에서 걷는 경애를 의식하고 있을 뿐이었다.

"세상에 공장을 방글라데시에서도 운영했으면서 여태 무슨 미싱이 필요한지도 모르고 공장 이전부지를 찾으러 다녔다는 거잖아요. 둘러대도 뭐 될 만한 말을 해야 하잖아요."

경애는 그 말을 상수를 살피면서, 호찌민의 유일한 낭만주의자가 낙심했을까봐 의식하면서 했는데 막상 상수는 덤덤해 보였다.

"경애씨, 호찌민의 호찌민이네요."

인민위원회 청사를 지나던 상수가 호찌민 동상을 가리키며 말했다. 그때까지 이전무를 탓하던 경애는 상수의 말에 동상을 올려다보았다. 하단에는 꽃이 놓여 있고 동상은 오른손을 들어 인사하고 있었다. 사람들이 대화를 하며 앉아 있고 관광객들이 동상 주변에서 사진을 찍었다. 덥고 습해서인지 상수는 호찌민의 낮보다 밤이 더 좋았다. 호찌민도 서울 못지않게 밤의 거리가 불야성을 이루는데 네온사인들 때문인지 내려앉아야 할 어둠이 차마 다 내려오지는 못하고 붉고 노랗고 보랏빛으로 변해 있는 풍경이 마음에 들었다.

"경애씨, 어떤 기분 같아요? 자기 이름으로 된 도시를 갖는 것, 호찌민의 호찌민이라는 것 말이에요."

"상수동의 상수처럼요?"

"네, 뭐 그런 셈이죠. 경애하는 경애처럼."

상수가 말하자 경애는 가지고 다니던 생수를 몇모금 마시다 웃었다.

"공팀장님, 지금 어필한 거예요. 들이댄 거라고요."

"내가 뭘, 뭘 들이댔습니까?"

"경애한다면서요, 그거 사랑하고 공경한다는 뜻인데, 그래요, 우리가 사랑하고 공경까지 하면 얼마나 좋겠어요. 뭐 인류애적으로라도요."

상수는 그 말에 설핏 웃었다가 다시 천천히 얼굴이 어두워졌다.

"누가 지었습니까, 그 이름?"

상수가 화제를 돌렸다.

"엄마겠죠. 저는 엄마가 다 했어요. 다른 사람은 없었어요. 이모뻘이나 가질 이름이지만 개인적으로는 나쁘지 않아요."

"그런 이름이 더 좋아요. 상수는 얼마나 특별합니까? 그런데도 수학시간만 되면 선생들이 여기서 상수값을 구해라, 하면서 얼마나 지목했는지."

"그래서 풀었어요, 문제는?"

"풀었죠."

"아, 제법 우등생?"

"더러는 못 풀고."

경애는 사실 호찌민이라는 사람에게는 이름이 160개도 넘게 있다는 걸 아느냐고 물었다. 혁명 시절 자신을 숨기고 지켜야 하는 상황에서 그렇듯 숱한 다른 이름들로 살다가 공화국의 초대주석까지 되었고 호찌민은 그가 중국에서 기자생활을 하던 시절의 이름이라고.

"재밌지 않아요? 160개의 다른 이름으로 살았던 호찌민의 호찌민."

그 순간 상수는 두가지 비밀 중 아무것이라도 말하고 싶었다. 정말 아무것이라도. 언니인 상수와 상수인 언니에 대해, 아니면 상수는 은총이라 부르고 아마 경애는 E라고 불렀을 친구에 대해. 하지만 상수는 그러지 못하고 밤하늘이 그저 느리게 깊어지기만을 바랐다. 그런 일들의 간섭을 받지 않고 경애와 단둘이 앉아 있고 싶어서. 어차피 곧 밤이 되겠지만 아직 완전히 어두워지고 싶지는 않은 것, 그런 건 욕심이 아니지 않은가 싶어서.

*

경애는 '언죄다'에 올라온 공지를 이해할 수 없어 여러번 읽어보았다. 이상한 일이었다. 연애문제에 대한 고민과 그 해답이 뭐라고, 그런 건 누구에게나 있는 만성화되고 아주 개인적인 통증 같은 것인데 어떻게 다른 싸이트에 버젓이 올라가 있다는 말인가. '언죄다' 운영진들은 사연이 유출된 회원들을 확인하고 있고 개인적으로 연락을 취할 예정이라고 공지를 맺었다. 공지야 어떻든 '언죄다' 회원들은 눈에 띄게 줄었다. 경애는 마치 정전을 맞은 도시에서 불빛이 빠져나가는 속도 같다고 생각했다. 이만이 넘었던 회원들은 피해 사실이 알려진 아침에 이천명 넘게 빠져나갔고 오후에는 다시 오천명이 더 사라졌다. 경애는 모든 게시판들이 정지된 채 공지만 덜렁 올라온 지금도 수백의 회원들이 언팔로우를 하고 있으리라고 생각했다.

그런데 몇시간 지나자 공지 아래로 회원들의 댓글이 달렸다. 가장 이슈가 되는 글은 한 인터넷신문 기자가 "'언니' 님, 왜 인터뷰를 거절하십니까?" 하고 지목한 내용이었다. "나와서 이슈화가 되어야 해결에도 도움이 되지 않겠습니까?" 기자의 글에 수백개의 동의 표시와 댓글이 달렸다. 기자가 오프라인 인터뷰는 물론이고 온라인 인터뷰도 거절당했다고 덧붙이자 분위기는 더 안 좋아졌다. 나중에는 댓글창에 진위를 확인할 수 없는 말들이 더 붙었는데 언니가 연애상담을 해준다며 돈을 요구한 적이 있다는 것이었다. 연애상담 이후에는 꼭 무슨 화장품과 주얼리숍 홍보 이메일을 보내곤 했다, 개인정보를 물었다, 어디 협찬을 받았다며 에스테틱 쿠폰을 팔려고 했다. 그동안 어떻게 문제가 되지 않았는지 모를 정도로 언니의 이 중생활은 끝이 없었고 그것은 주로 돈에 관한 얘기였다. 누군가는 실제 언니의 인스타그램 계정을 안다고 했다. 샤넬백을 들고 사진을 찍었다고. 그러자 누군가가 샤넬백이 뭐가 문제예요? 하고 항의했다. 이 댓글 다신 분 여기 분 아니죠? 이상한 감수성이시네. 그런데 그런 말싸움이 오가자 회원들은 또 이상하게 늘어나서 금세 이전 회원 수를 육박해갔다. 누가 어떤 이유로 팔로우하는지 알 수가 없었다.

경애는 상황이 쉽게 끝나지 않을 것 같았고 혹시 자기 이메일도 유출되지 않았을까 잠깐 걱정했다. 이메일을 주고받은 지 몇달이 지났으니까 괜찮겠지 싶으면서도 걱정하게 되는 건 어쩔 수 없었다. 그때 상수가 전화를 걸어와 오늘 열리는 미싱교육센터 설립식에 참석할 수 없을 것 같다고 했다. 목은 꽉 잠긴 채 말소리에 힘이 없었다.

"어디 아파요?"

"아니요, 안 아파요, 아니, 아픈 것도 같고."

"무슨 일 있어요?"

"아니요, 네, 좀 있어요."

처음에는 아니라고 말하고 나중에는 수긍하는 상수의 태도가 심상치 않았다. 경애는 상수에게 자기가 데리러 가겠다고 했다.

"데리러 온다고요? 여기 한 블럭도 안되는데 뭘 데리러 와요?"

"한 블럭도 사람 살다보면 한 블럭이 아닐 수 있는 거예요. 일어나서 문밖으로 나오는 일이 무동력 에베레스트 등반 못지않게 힘든 일일 수가 있고요."

상수는 괜찮아요, 그러지 않아도 됩니다, 해놓고는 다시 동 호수는 알죠, 하고 말을 맺었다. 설립식은 호찌민에서 차로 두시간 떨어진 벤째성에서 있었다. 완공하면 바로 공장을 굴려야 하기 때문에 마을 사람들에게 미리 미싱 기술을 가르쳐놓는 것이었다. 상수는 몇달 전 일몰의 외로움을 함께한, 공장부지를 홀로 지키던 관리자와 계속 연락을 해왔고 그가 우선 필요한 미싱을 구입해주었다. 미싱 80대였지만 먼저 찾아냈고 최종으로는 팔았으니까 상수팀에게는 무시할 수 없는 성과였다. 그런 행사에 상수가 안 가기는 힘든일이었다. 언제는 양말과 덧버선을 생산하는 그 영세한 공장이 자리를 잡고 실적을 내는 과정과 우리 같은 신생영업팀의 운명은 같은 거라고, 우리는 세일즈맨 관계가 아니라 동반자니까 조선생과에일린까지 가야 한다고 하더니만 당일에 갑자기 자기는 못 간다니. 거기다 오과장까지 가기로 예정되어 있었다. 같은 회사니까 인사하라는 명목으로 김부장이 따라가게 한 것이다. 저번처럼 할 만한 계약이면 가로채려는 속셈 아닐까 싶었지만 상수나 경애나 오지 말라고 할 수는 없었다. 악의나 호의는 늘 뒤섞이니까, 최종적으로 어느 것이 더 우세할지는 모르는 일이었다.

경애는 씻고 거울 앞에서 드라이어로 머리카락을 말렸다. 호찌민에 온 뒤로 미용실에 가지 않아서 머리카락은 이제 묶을 수 있을 만큼 자라 있었다. 한국이라면 엄마가 경애가 원하는 머리 길이, 귀밑까지 똑 떨어지는 기장으로 잘라주었으리라 생각하면서 경애는 젖은 머리를 수건으로 비볐다. 그러다 파업에서 삭발을 했을 때 엄마가 찾아와 머리를 정리해주었던 일을 떠올렸다. 그런 데서 사람들이 '바리깡'으로 밀면 듬성듬성하게 잘릴 수밖에 없으니까 다듬어주러 온 것이었다. 그때 경애는 공장 사람들이 다 있는 천막에 엄마를 데려가고 싶지 않았고 그 앞에서 머리 미는 모습을 보여주고 싶지도 않았다. 결국 아무도 없는 곳을 찾아 공장 안을 돌아다녔는데 엄마는 여기가 식당이야? 네 사무실은 2층이야? 하며 구경 온 사람처럼 신기해하다가 막상 머리를 정리할 공간이 공장 건물의 뒤편, 마름모꼴 방지석으로 마감한 언덕의 절개지 아래, 그늘이 져 사시장철 푸릇한 이끼가 깔린 축축한 곳밖에 없자 어쩔 수 없이 목이 메는 듯했다. 경애는 그래도 바닥보다는 약간 올라온 맨홀 뚜껑에 걸터앉았다. 경애 엄마가 집에서부터 챙겨온 신문지를 착착 접어서 가운데를 반원 모양으로 뜯어낸 다음, 경애의 머리가 쏙 나오게 씌웠다. 그러고는 이발기로 머리를 정리하다가 정수리 근처에 손을 올렸다.

"여기 숨골이 있었는데 다 닫혔지. 민머리는 아주 애기 때 보고 오랜만이다."

"숨골이 어디에 있었는데?"

"여기 있었지. 애기 때 숨을 쉬면 여기 뼈가 열려서 숨 쉬는 게 느껴져."

"이상하지는 않았어? 상상하면 좀 이상할 것 같은데."

"하나도 안 이상하지, 기특하지, 막 힘을 쓰니까 용하지, 이상하긴."

"왜 그런 건 닫히지? 머리로도 숨을 쉬면 좋을 것 같은데. 한번은 머리 숨으로 살고 한번은 가슴으로 쉬면서 살고."

"아니지, 머리가 그렇게 열려 있으면 안되지."

"지금은 완전히 닫혔지?"

"당연하지, 애 좀 봐."

"다행이네."

하지만 머리를 완전히 정리하고 나서 경애 엄마는, 그런데 이렇게까지 해야 직장을 다닐 수 있는 거냐고 물었다. 차라리 공무원 시험을 봤어야 하는 건데, 하면서. 경애는 빗질을 하다가 처음 만져보는 사람처럼 자기의 머리와 이마, 코, 뺨과 턱, 어깨와 가슴 그리고 팔을 만져보았다. 사람이 어떤 시기를 통과한다는 것은 무엇을 말하는지 궁금했다. 그때도 '나아간다'라는 느낌이 가능했던가. '견뎌낸다'라는 느낌만 있지 않았나. 하지만 언제나 그런 것은 아니었다. 누군가 문을 두드리듯 기척을 내니까. 상수의 손을 잡았을 때 경애는 더 밀착하고 싶다는 충동과 더불어 자기 자신을 꽉 차게 들어올리는 힘을 느꼈다. 자기는 물론이고 맞은편의 상수도 한 팔로 안아들 수 있을 듯한 정도였는데 왜 상수를 떠올리면 그런 힘을 생각하게 될까. 힘이 있어야 한다고 다짐하게 될까.

경애는 며칠간 E와 관련한 기억들을 아카이빙한 제 블로그에서 상수와 관련 있으리라 생각되는 것들을 찾아보았다. 오랜 시간 매번 기억을 더듬어가며 작성했지만 게시물이 100개도 되지 않았다. 물론 경애는 그런 카운트되는 단위로는 E와 가까이 지냈던 시간을 측정할 수 없다고 믿었다. E와 가까이 지낸 물리적 시간은 삼년이었지만 기억 속에서 그 시간은 한없이 늘어나기도 하고 단숨에 줄어들기도 했으니까. 기억의 세세한 장면들을 느끼려고 하면 시간은 축소되어 보잘것없이 느껴졌다. 하지만 그런 구체성이나 선명함을 포기하면 시간은 충분히 길어지고 늘어났다. 실감 대신 일관성에 집중하면.

경애는 E가 찍었던 「마음」이라는 단편영화에 대한 메모들을 살펴보았다. 아무래도 그 남자애, 교실에서 혼자 떠들어대던 남자애가 상수인 것 같았다. 잠시의 침묵도 견디지 못하는 불안한 수다는 상수의 전매특허였으니까. 물론 영화에서 남자애의 얼굴은 나오지 않지만 마음에 사무친 무언가를 말하고 싶은데 차마 그러지는 못하고 그냥 아무 말이나 떠들면서 그 간절한 마음을 '소진'하는 모습은 지금의 상수와 닮아 있었다. 마지막 장면에서 카메라가 각도를 틀어 납골당을 잠깐 비춘 데서 알 수 있듯 그 마음은 누군가의 죽음과 관련 있을 것이었다. 그런 그리움은 한번 품으면 어떻게든 밖으로 나올 수밖에 없다는 걸 경애는 알았다.

아파트로 찾아가 벨을 누르자 상수는 초췌한 모습으로 복도에 나왔다. 상수의 머리는 언제나 청결하고, 적절한 오일과 미스트를 뿌려서 컨디션이 최적화되어 있었는데 오늘은 그렇지 않았다. 주말 내내 씻지 않았는지 머리카락은 이마에 달라붙어 있고 눈은 충혈되어 있으며 면도를 하지 않아 그런지 지치고 냉소적인 분위기였다. 경애가, 사들고 온 호찌민식 샌드위치인 반미를 들어 보였지만 상수의 표정에는 변화가 없었다.

"저는 가지 못할 것 같아요. 안 가고 싶어요."

"무슨 일이 있어요?"

"경애씨, 아무 일도 없어요."

경애는 뭐 하자는 건가 싶었다. 혹시 그때 손을 잡은 일로 거리를 두려는 건가. 하지만 그런 생각은 되도록 밀어넣고 샌드위치 봉지를 들어 보이며 점심을 먹자고, 좋아하는 반미라고 이야기했지만 상수는 고개를 저었다. 경애와 눈을 마주치지 않고 바닥만 내려다보고 있어서 고개는 가로젓는 것이 아니라 저 혼자 낙담해 흔들리는 것 같았다.

"뭐 좀 부담스러우신 건가요? 그러지 않으셔도 돼요."

"제가 뭐가 부담스럽습니까?"

"그때 우리가 손을 잡긴 했는데 그게 심각해지고 그럴 문제는 아니라고요."

그러자 상수는 말문이 턱 막혀 말을 잇지 못하고 숨을 내리쉬었다.

"지금 제 상태가 조금 그렇다고 느낄 수는 있어요."

"상태가 많이 좀 그러세요. 이왕 샀으니까 집에서라도 혼자 드시길요. 샤워도 하시고요."

경애가 반미가 담긴 도시락 하나를 꺼내서 상수 손에 쥐여주었다. 그리고 뒤돌아서 계단을 내려갔다. 경애는 딴은 부담스러울 수도 있으리라 생각했다. 상수는 의외로 순정한 사람이었으니까, 상수에게는 열렬한 짝사랑의 대상이 있으니까 마음이 복잡할 수 있었다. 그렇다고 일도 못할 만큼 저런 상태가 될 건 뭔가. 손을 잡은 일로 이 정도라면 같이 자기라도 했다면 자책감에 압사당하지 않았겠는가. 아주 시체로 발견되었겠어. 상수에게 전화가 걸려왔지만 경애는 받지 않았다. 상수의 그런 밀침이 물결 정도로 지나갈 수 있도록 마음을 축소해야 했다. 그렇지 않으면 파도가 되어서 자신을 완전히 덮을지도 모르니까.

경애씨,

상수가 문자메시지로 경애를 불렀다.

기다려주면 안될까요. 나가긴 할 건데요.

경애는 그 말이 웃는 이모티콘 하나 없이 진지하게 쓰여 있어서 더 답할 수가 없었다. 무엇을 기다리라는 건가. 그냥 아파트를 빠져나가는 걸음만 멈추면 되는 건가. 뒤돌아보니 상수는 베란다에 나와 경애를 내려다보면서 문자메시지를 보내고 있었다. 베란다 난간에 붙어서 휴대전화를 들고 있는, 그냥 좀 씻고 나오면 그만일 일을 하지 못하는 상수의 마음이 보일 듯 말 듯 했다. 하지만, 하고 경애는 생각했다. 나보고 어쩌라는 것인가. 경애는 상수가 베란다에서 볼 수 없는 곳까지 와서 벤치에 앉았고 반미를 꺼내 씹기 시작했다. 바게트 사이에 햄과 채소 그리고 돼지간으로 만든 스프레드를 뿌린 샌드위치는 프랑스에서 건너온 음식이지만 바게트 반죽에 쌀가루를 넣는 레시피는 베트남만의 것이었다. 그러면 한층 쫄깃쫄깃해졌지만 어떻게 먹어도 결국에는 바게트의 거친 표면 때문에 입천장이 까지곤 했다. 그래도 일단은 맛있으니까.

우선 반미를 먹어요.

이윽고 경애가 상수에게 답을 보냈다.

먹고 나서는요?

먹고 나서 다시 문자해요.

상수가 정말 경애 말대로 반미를 먹을지 안 먹을지는 모르겠지만 한동안은 문자메시지가 없었다. 경애는 나머지 반쪽의 반미를 씹으면서 푸미흥 거리를 지켜보았다. 에일린은 푸미흥에 올 때마다 이곳의 '클린함'에 큰 인상을 받는다고 했다. 전봇대도 노점상도 오토바이도 없다면서. 신도시를 만들면서 전기시설을 모두 지하에 매립했기 때문에 호찌민의 좁고 어지러운 거리에 마치 새둥지처럼 전선과 케이블이 마구 엉켜 있는 전봇대들이 여기에는 없었다. 푸미흥에 살면서도 이 동네가 호찌민의 풍경과 유독 다른 이유를 깨닫지 못했던 경애에게는 그 말이 인상적이었다. 그렇게 발견의 눈을 갖지 못한다면 삶이 다르게 보일 가능성은 제로가 되는구나 싶었던 순간이었다. 경애는 궁금했다. 그것이 사람 사이의 관계에도 적용되는지. 이를테면 주말 내내 틀어박혀 어떤 감정기복을 이기며 있다가 갑자기 문밖에 못 나가겠다고 하는 사람을 이해하는 데 있어서도.

경애씨, 먹었는데요.

씻어야죠.

그래야죠.

일어나는 것까지만 우선 해요. 일단 욕실까지만 가는 건데요. 근데 지금은 그것도 어려울 것 같잖아요?

경애씨, 그런 건 어떻게 알아요?

겪어봤으니까 알죠. 안 겪어보고 어떻게 알아요? 척 보면 아는 건 80년대에나 가능하고요.

그 유행어를 아는군요.

알죠, 척 보면 안다고 유행어가 돌다니 정말 사람 잡을 말이에요.

그렇습니다. 척 봐서 아는 건 없지요.

없어요. 그렇게는 몰라요.

맞아요, 경애씨, 경애씨도 힘들었죠?

언제를 말하십니까?

……그러니까 은총이, 그 친구가 떠났을 때나 여러번요.

경애가 빈 도시락에 다시 고무줄을 챙 하고 끼워넣었을 때 상수의 말이 메시지로 전달되었다. 경애는 자기만 알고 있는 줄 알았는데 그렇지 않았구나 싶었다. 그렇다면 상수도 은총과 관련한 어느 기억에서 경애를 연상할 만한 연결고리를 가지고 있을까. 있다면 듣고 싶다고 생각하자 눈물이 어렸다.

떡볶이 먹던 날에 눈치챘죠?

네.

하이텔 영화동호회에서 혹시 나랑 얘기해본 적 있어요?

모르겠어요, 그랬을까요?

별명이 뭐였어요?

……영동언니요.

언니, 근데 욕실까지 걸어갔어요?

못 갔어요.

이제 삼십분 여유밖에 없어요.

나 웃기죠.

안 웃겨요.

웃기잖아요.

완전 노잼.

경애는 E를 아는 사람이 하나라도 나타나면 물어보려고 했던 말, E가 사라지고 그후 상수의 삶이 어떻게 되었는지, 어떤 변화가 있었는지를 물었다.

농담이 아니라 살이 쪘어요. 더 뚱뚱해졌어요. 봤잖아요.

그랬죠. 아, 사진으로 남겨놨으면 좋았을걸.

그런 흑역사를 왜 박제합니까. 근데 경애씨는 어땠어요?

경애는 휴대전화 위에서 손가락을 멈췄다. 상수가 물으니까 더 정확하게 답하고 싶었다. 어떤 단어들을 만들어내기 위해 ㄱ과 ㅅ, ㅈ, 혹은 ㅗ와 ㅣ와 ㅓ 사이를 손가락들이 부지런히 오갔다. 하지만 그럴수록 어떤 말 하나를 골라내기는 어려웠고 이윽고 경애는 다른 단어들은 공중으로 다 밀어내고 아주 추웠어요,라고만 적어 보냈다.

차를 타고 도착했을 때는 예정 시간보다 삼십분이나 늦은 상황이었다. 폐교를 리모델링한 센터는 작고 아담했다. 교문에는 '기술협력센터'라고 영어와 베트남어로 쓰여 있고 '웰컴'이라고 포스터가 붙어 있었다. 황과장이라는 관리자와 인사가 오가고 다시 회사 간부들과 경애 일행이 명함을 주고받았다. 테이블에는 '333'이라는 마크로 유명한 호찌민의 바바바 맥주가 올라와 있었다. 합판을 여러장 놓아서 올린 단상에서 회사 관계자들이 인사말을 시작했는데 그 광경을 한동안 바라보다가 에일린이 푹, 하고 웃음을 터뜨렸다. 그리고 경애에게 "통역사가 일하기 싫은가봐요"라고 귓속말했다. 아무리 한국인들이 길게 말해도 몇마디쯤으로 줄여버린다는 얘기였다. 하기는 그 끝도 없는 격려사를 듣다보면 있던 의욕도 사라질 것 같기는 했다. 한국에서 온 이사라는 사람이 자기들 기업이 여기 닫힌 학교를 열어서 다시 배움의 길로 여러분을 이끌겠다는 말을 하고 내려가자, 또다른 관계자가 여러분의 노동력과 한국의 선진 자본이 시너지 효과를 일으켜 낙후한 이 지역을 개발하겠다는 말을 다시 했다. 한국 측 관계자들이 꼿꼿하고 긴장된 태도라면 주민들은 적어도 그보다는 여유가 있었다. 중간에 우는 애도 달래러 일어서고 밭으로 일을 하러 간다며 자리를 뜨기도 했다. 선진자본은 긴장하고 노동력은 그보다 유연한 행사가 끝나고 이윽고 본격적인 식사시간이 되자 마을 사람들이 가라오케 기계를 밀고 왔다. 동네 경찰서장의 아들이라는 남자가 노래를 부르기 시작해 마이크가 점점 옮겨갔다.

황과장은 경애 일행에게 와서 술을 권했는데 상수에게 들은 대로 그는 무척 외로움을 타는, 감상적인 재호찌민 파견사원이었다. 말끝마다 도와줘요, 아 좀 도와줘요,라고 부탁했는데 사실 부탁을 한다면 미싱을 팔아야 하는 경애 쪽이었는데 듣고 있으면 정말 이쪽이 뭔가를 해주어야 할 듯한 착각이 들었다. 그때 "황과장 한곡 뽑아" 하면서 마이크가 넘어왔다. 단상으로 나간 황과장은 행사를 개최한 게 감개무량한지, 아니면 술을 너무 많이 받아 마셨는지 저무는 초저녁의 하늘을 올려다보며 자신의 이모부가 베트남과 인연이 있는 사람인데, 그가 호찌민에서 만날 들었다는 노래를 한소절 부르겠다고 했다.

"「사이공 뎁 람」(Saigon Dep Lam)이라고 부장님, 이게 '사이공은 아름다워'인데요, 우리나라 노래로 치면 아시죠? 「서울의 찬가」 같은 겁니다."

황과장은 행사를 위해 수일 전부터 준비한 사람처럼 베트남어로 노래를 불렀다. 바람에 날리는 아오자이와 장미꽃 인생 그리고 사랑이 있는 사이공이라는 노랫말이 등장하는 차차차 리듬의 노래였다. 그 빠른 템포의 노래를 부르는 동안 그는 눈을 반쯤 감고 위가 아니라 바닥을 봤다. 노래를 마친 황과장이 테이블로 돌아오자 조선생은 "이모부님이 여기서 사업을 하셨던가요?" 물었다. 황과장은 씁쓸하게 "베트남전에 왔었대요"라고 답했다.

"이모부는 자기가 지상군은 아니었다고 군악대였다고 그래요. 색소폰을 불었다고. 이상하게 한번도 색소폰 부는 걸 본 적이 없지만 그래도 그냥 말 그대로 색소폰만 불었으면 좋겠다 생각합니다. 알코올중독이라 정신과에서 보낸 세월만 반평생이거든요."

그뒤로도 한국인들의 파이팅 넘치는 격려는 끝이 없었다. 한국인들은 예의 바르고 주민들 눈밖에 나지 않으려고 노력했지만, 그런 미래를 약속하면 할수록, 협력의 공정을 꿈꾸면 꿈꿀수록 어쩔 수 없이 은근한 시혜의 태도는 드러나기 마련이었다. 그런 한국인들의 이야기를 듣고 있던 나이 든 마을 주민이 답례의 말을 하며 "콩 아이 자우 바호, 콩 아이 코 바 더이"라는 베트남 속담을 인용했다. '삼대 가는 부자 없고, 삼대 가는 거지 없다'는 뜻이라고 통역이 전했다. 그러자 오과장은 "네, 그러믄요. 금방 따라잡아요. 지금 호찌민 가봐요, 한국 차 거의 없어요, 죄 토요따, 혼다. 한국도 긴장해야 돼요" 하고 말했다.

이윽고 한국 쪽 직원들이 싸이의 말춤을 추는 데까지 이르렀을 때 마이크가 상수에게 넘어왔다. 경애는 상수가 오늘 노래할 기분이 아니라는 걸 알았지만 일단 넘어온 마이크는 누가 들 때까지 놓여 있었다.

"씬 로이, 씬 로이, 앰 콩 빗 띵 비엣."

상수가 미안하다고 베트남어를 모른다고 서툰 베트남어로 양해를 구하자 동네주민이 친절하게 한국 노래가 있다며 틀어주었다. 베트남어로 번안돼 인기를 끌었던 1980년대의 가요 「희나리」였다. 어렸을 때 엄마가 미용실에서 늘 라디오를 틀어놓았기 때문에 경애는 그 노래를 알았다. 곱슬머리의 잘생겼던 그 가수를 엄마는 좋아했는데 잘나가던 밴드인 송골매를 나와서 이런 청승맞은 노래나 불러야 한다고 아쉬워했다. 다른 여자들은 어떤지 모르겠지만 자기한테 구창모는 송골매의 구창모라고, 어쩌다 마주친 그대 모습이 내 마음을 사로잡아버렸네,이지 죄인처럼 그대 곁에 가지 못하고, 는 아니라고. 중학생이 되어서 경애는 이사 준비를 하다가 아버지의 얼굴이 비교적 선명하게 나온 사진을 처음 봤는데 그 가수와 닮았다고 생각했다. 어쩌면 엄마가 가수를 싫어하게 된 건 단순히 밴드에서 탈퇴해서가 아니라 그 닮은 얼굴과 헤어져야 했기 때문일지도 모른다고. 그런데도 엄마가 여전히 어쩌다 마주쳐서 반해버린 사랑의 편을 든다는 건 다행이었다. 죄인처럼 가지 못했다고 엄마 말대로 청승에 발목 잡히고 있는 것이 아니라. 경애는 그러다 가사를 몰라서 워우워어어 하고 얼버무리는 상수의 마이크를 받아서 노래를 대신 불러주었다. 상수는 마이크를 뺏기고도 어색하게 박수를 치면서 몇소절을 따라 했는데 나중에는 둘의 목소리보다 베트남어로 부르는 사람들의 목소리가 더 커졌다.

교실에는 미싱 테이블 80여개가 놓여 있고 가장 앞줄에는 붉은 천으로 리본을 매어서 개교를 축하하고 있었다. 이곳은 학생 수가 줄어서 몇년 전 폐교한 장소였다. 학교를 다닐 만큼 경제적 여건이 되는 아이들은 도시로 나가고 남아 있는 아이들은 공부보다는 일을 해야 했기 때문이었다. 경애는 아침이면 회사 근처로 닭을 팔러 오는 열한두살 아이의 얼굴을 떠올렸다. 베트남에서 어린아이들이 노동에 나서는 건 흔한 일이었다. 사람들은 나가고 경애만 교실에 남아 창밖을 보는데, 상수가 뭔가 살필 것이 있는 사람처럼 미싱들을 괜히 만져가며 경애 쪽으로 왔다.

"미싱 배우러 몇명이나 올까요, 여기에."

"황과장한테 듣기로는 일단은 오전 오후로 한반씩 돌린다고요."

경애는 미싱 책상에 앉아서 발판을 밟아보았다. 아직 실이 꺼 있지 않은 노루발이 오르내렸다. 상수가 경애 앞 책상에 앉아서 뒤돌아보았다.

"학교 다닐 때 어떤 학생이었어요?"

"재수없고 인기없고 그런, 경애씨는 어떤 학생이었습니까?"

"유령 같은 학생이요."

"으스스한데요."

상수가 여전한 그늘이 있는 채로 희미하게 웃었다.

"아까는 무슨 일이 있었냐고 묻지는 않을게요. 말 안할 거잖아요."

상수는 경애를 물끄러미 보고 있다가 난처한지 뒤돌아 칠판을 바라보며 앉았다. 운동장에서 들리는 떠들썩한 잔치 분위기와 상관없이 여기는 격리된 공간 같았다. 십대 시절 늘 엎드려 있던 경애와 상관없이 교실의 시간이 흘렀던 것처럼. 그때 경애는 자는 것이 아니라 그냥 엎드려서 눈을 뜬 채로 팔과 머리카락으로 만든 작은 어둠속을 주시하고 있었는데 그사이에도 아이들은 자기들끼리 필기를 하고 노래를 부르고 밥을 먹곤 했다. 마치 스스로 차단하듯 그렇게 누워 있어도 들리는——야, 내놔, 안녕, 책을 펴, 오늘은 진도 빼다, 미친, 반장, 종례하자——소리들이 경애 주위로 흘러갔다. 아무리 꽉 엎드려 있어도 경애가 만들 수 있는 어둠에는 한계가 있었다. 완전히 어두워지지가 않았다. 손가락이나 머리카락 틈으로 친구의 긴 생머리, 누군가에게 적다 만 종이쪽지나 걷어올린 녹색 체육복 같은 것들이 보였다. 그러면 경애도 가슴이 조금씩 뛰었고 어쩔 수 없이 뭔가를 기다리게 되었다. 그리고 기다리는 마음은 종종 기도하는 마음이 되었다. 경애가 온종일 엎드려만 있는 유령 같은 학생이라고 마음이 움직이지 않았던 것은 아니었다. 오히려 그 마음이 너무 강하게 움직이고 있었기 때문에 아무것도 하지 않은 채 정지해 있었을 뿐이었다.

경애는 상수가 E에 관한 추억을 마구 늘어놓아주기를 바랐다가도 하나도 듣고 싶지 않아졌다. 지금은 그저 상수가 저렇게 뒷모습을 보여주면서 계속 앉아 있었으면 싶었다. E와 함께 단편영화를 찍었을 때보다 어깨가 아주 자랐을 거였다. 영화에서 남자애의 어깨를 집요하게 비추던 카메라 앵글이 눈에 선했다. 이렇게 보다보면 E가 왜 상수의 어깨를 찍고 싶어했는지, 그런 각도에서 남기고 싶었던 것이 무엇인지 알 수 있을 듯했다. 경애는 상수를 보고 있다가 촬영 소리가 나지 않는 앱으로 사진을 몇장 찍었다. 그리고 경애가 휴대전화를 내려놓는데 상수가 뒤는 돌아보지 않고 경애씨, 나는 나쁜 사람이 아닙니다,라고 했다.

"알아요."

"정말이에요. 나는 나쁜 사람이 아니에요."

"안다고요, 압니다. 걱정 마요."

하지만 그뒤로도 한동안 상수는 침울하게 같은 말을 반복했고 그때마다 경애는 알고 있다고, 그렇게 생각하고 있다고 말해주었다. 호찌민으로 돌아오는 차 안에는 한동안 노곤한 피로감만이 있었다. 차는 비포장도로를 덜덜덜거리며 달려서, 올 때도 그랬지만 좀 있자 허리가 아파왔다. 그러다 조수석에 앉은 창식씨가 상수를 돌아보며 아무래도 자기가 모아둔 돈을 누군가 훔쳐가는 것 같다고 하소연했다. 컴퓨터로 열심히 고스톱을 쳐서 1억이나 땄지만 이유도 없이 하루하루 줄어들고 있다는 말이었다.

"그러다가 멀미해요. 앞을 보세요, 벨트도 하시고요."

상수가 창식씨에게 당부했다. 운전을 하는 토니도 길이 거칠어서 그렇게 있다가 잘못하면 허리를 다친다고 말렸다.

"내 허리를 왜 토니 네가 걱정하냐. 차나 몰아."

"그거 인터넷 연결도 안되어 있는 거라서 가져갈 사람 없어요. 착각이에요."

창식씨는 물끄러미 상수를 보다가 그런가, 하면서 자리에 앉았다. 얼마나 갈지는 몰라도 상수가 깔아준 게임은 아직까지 효과가 있었다. 매번 가봤자 돈만 날리고, 돈이 없으면 구경이나 해야 하는 카지노 대신에 퇴근 뒤 집에서 시간을 보내게 된 것이었다. 게임도 게임이지만 집에 사람이 있으니까 가게 된다고 창식씨는 말했다. 그래도 문제가 없는 건 아니었다. 아무리 조선생이 따뜻하게 대해준다고 해도 창식씨 마음은 어느 순간에 비틀어져서 괜히 시비를 걸거나 어깃장을 놓곤 했다. 질투를 하기도 했다. 조선생에게 아침이면 메신저로 안부를 묻는 딸이 있다는 것, 술을 완전히 끊겠다는 의지가 있는 것. 일상은 그렇게 나아지다가도 구겨지고 다시 망가지곤 했는데, 조선생은 창식씨가 잘 살고 싶어서 그러는 거니 괜찮다고 했다. 그래도 얼 나간 사람처럼 부장한테 술이나 좀 얻어먹을까 하는 생각으로 하루를 버티는 것보다는 낫지 않느냐고, 샘도 부리고 자기가 갖고 싶은 것도 생겼으니까.

"그럴 수 있어요. 의심해볼 만도 하지요. 여기가 아주 미칠 듯한 나라라서 말이에요."

갑자기 오과장이 입을 열었다.

"김부장님 사모님, 아시죠? 베트남 가정부를 쓰는데 만날 갈아치우잖아요."

차로 국도를 달리다가 이동하는 소들을 만나면 토니는 소들이 다 지나갈 때까지 불을 끄고 기다렸다. 헤드라이트 불빛에 놀란 소들이 마구 날뛸 수도 있으니까, 어둡게 해서 양편 모두 안전해졌다.

"얘네들이 그렇게 속인다고요. 고깃값, 채소값 속이고 안 산 걸 샀다, 사놓고는 또 없다, 아주 미친대요. 사람 정신병자 만든대요."

김부장의 와이프가 하루에도 몇번씩 전화를 걸어와 가정부가 거짓말을 한다고 하소연한다는 건 사무실 사람들도 다 알았다. 신경쇠약 증세를 보이는 와이프에게 시달린 김부장은 이 지긋지긋한 호찌민을 떠나 한국으로 돌아가고 싶어했다. 하지만 십오년 넘게 해외지사에 있었던 사람을 본사에 자리를 마련해놓고 기다리는 경우는 없었다. 돌아가자면 더이상 일할 필요 없이 노후를 제대로 준비해야 한다면서 김부장은 불안해했다. 하지만 그러다가도 갑자기 기분이라며 직원들에게 몇십만원씩 용돈을 쥐여주며 어딘가 부자연스럽게 격려하는, 불안정한 사람이었다. 그렇게 호기롭다가도 와

이프의 불안에 찬 전화는 안 받을 수 없어 침울한 표정으로, 그 침울 이외에 다른 감정은 마비된 사람처럼 기계적으로 전화를 받아 그럴 리가 없잖아, 영수증을 확인해, 가방을 싹싹 뒤져보라고, 해야 하는 사람. 호찌민의 한국 사람들은 돈을 얼마나 벌든 불안이 의식의 어느 면을 마비시키는 듯했다. 오과장도 이 도시에 대한 지긋지긋함을 지녔는데 그 역시 편향적인 의심에 가까웠다. 돈을 벌면 벌수록, 무언가를 가지면 가질수록 이상한 불안과 파괴의 정동에서 빠져나올 수 없는 상태. 그렇게 마음이 굳어가는 것은 여기가 호찌민이라서가 아니라 그냥 무언가를 소유한다는 일이 필연적으로 일으키는 마음 상태일지도 몰랐다. 창식씨가 손에 쥘 수도 없는 게임 머니에 안달하는 것처럼.

"너도 그렇잖아. 그렇지?"

오과장이 갑자기 토니 쪽을 향해서 말했다.

"제가 뭐가요, 과장님?"

"너도 야, 지각해서 왜 지각했어? 그러면, 오는데 길이 공사 중이라서 어쩌고저쩌고 그래서 내가 지나와봐서 아는데 공사 아니던데 하면 사실 차가 어디가 고장이 나서 고치느라 어쩌고저쩌고 미리 왜 안 고쳤어 그러면 카센터에서 부품이 없다고 해서 어쩌고저쩌고 아주 한번을 자기 잘못이라 안하잖아. 이게 베트콩 스타일이에요."

"오과장님, 그렇게 말하면 여기 호찌민 직원들이 기분이 나쁩니다."

조선생이 나서서 조용히 타일렀다.

"여기 온 지 얼마나 됐다고 편을 드십니까? 그쪽 팀 그렇게 마음 물렁물렁해갖구 여기서 얼마나 버티겠어요? 우리 부장이 내기를 하고 있어요, 일년을 넘긴다, 안 넘긴다."

"얼마나 거셨는데요?"

경애가 가만히 듣다가 물었다.

"박주임이 알아서 뭐합니까?"

"저희도 내기 좀 하려고요, 호찌민 지사에서 수년간 타사 미싱 공급하는 거, 본사에서 안다, 모른다."

오과장이 말을 딱 멈췄다. 그리고 잠시 뜸을 들이다가 무슨 말을 하는 거냐고 경애에게 물었다.

"모르는 얘기면 더 묻지 마시고요."

"아니면 뭐야, 박주임 뭐 지금 협박하는 거예요?"

"아주 없는 얘기는 아닌 건가요? 소문이 그래서요."

호찌민 시내로 들어오자 오과장은 여기서 내려달라고 했다. 낡은 상점들이 몇 있는 어두운 거리였는데 차 안에 있고 싶지 않아서 그러는 듯했다. 토니는 오과장이 내리고도 한동안 헤드라이트를 끄고 서 있었다. 에일린이 왜 안 가냐고 묻자 혹시 돌아올지도 모르지 않느냐고 대답했다. 이윽고 차가 출발하자 상수가 경애에게 "그런 얘기를 여기서 하면 어떡합니까?" 하고 뭔가를 안타까워하듯이 말했다. 자기도 모르는 일은 아니었다고.

"그런데 왜 따져묻지 않았어요? 나중에 우리까지 엮이면 어쩌려고요."

"하지 마, 아, 하지 마, 박주임, 공팀장. 난 어쩌라고."

창식씨가 앞자리에서 팔을 흔들며 말했다.

"투잡쯤 뭐 어때, 둘이야 젊고 대학 나왔고 이깟 일자리 놓쳐도 그만이겠지만 나는 어쩌라고 그래."

"선생님, 저도 일자리가 중요해서 머리까지 밀고 데모했던 사람이에요. 이 자리 지키려고 그렇게까지 했다고요."

차 안의 분위기는 엉망이 되었다. 창식씨는 자기는 이제 어떻게 하나며 같은 말만 하고 상수는 입을 다문 채 창밖만 응시했다. 토니와 에일린은 마치 여기에 없는 사람들처럼 말이 없었다. 조선생의 표정은 알 수 없었지만 깍지 낀 손을 풀었다가 다시 쥐었다가 하면서 자세를 고쳐보고 있었다. 경애가 창밖을 보고 있다가 에일린에게 오늘 별소리 다 들었지, 기분 나빠하지는 마,라고 전했다.

"오늘 좀 이상한 날인 건 사실이에요."

에일린은, 창문에 머리를 대고 골똘해진 상수를 슬쩍 곁눈질하더니 말했다. 경애가 그래, 이상하지, 엉망이지, 동의하고 내일은 더 이상해지겠다,라고 덧붙였다. 그러자 에일린은 "그래도 소풍은 소풍이에요, 언니"라고 말했다. 그리고 베트남말로 "찌 가이 틱 녓"이라고 속삭였는데 그래도 언니는 좋은 사람이라는 말이었다. 경애는 아니라고 말하고 싶었지만 대신 손바닥을 펼쳤다가 엄지손가락을 치켜들고 나쁘지 않네,라고 전했다.

집으로 돌아간 경애는 상수의 전화를 받았다. 왜 그런 말을 해서 그쪽에 정보를 제공했는가였다. 상수는 자기가 이미 한국본사에 김부장 팀의 전횡을 보고해왔고 좀더 확실한 물증을 잡아서 아예 처리할 생각이었다고 했다. 그런데 경애가 그런 말을 해서 기회를 잃었다는 말이었다. 경애는 상수의 말을 들으면서 무슨 기회요?라고 물었다.

"어떻게 무엇을 위한 기회인데요?"

"손을 떼게 해야 하잖아요."

"어디에서 손을 떼게 해요?"

"이 지사에서 아주 싹 나가야 하잖아요. 물을 갈아야 하잖아요."

"그러면 우리한테 뭐가 좋은데요?"

그러자 상수는 잠시 말문이 막히는 듯했다. 뭐가 좋냐니, 그동안 당한 괄시도 있고 그들이 행한 잘못도 있는데 그걸 알려서 사장이 조치를 취하면 우리는 앓던 이가 빠지고 승진도 하고 한방에 해결되지 않겠는가. 그걸 몰라서 경애가 이렇게 여러번 묻는 건가. 경애는 자기가 인생을 길게 살아오지는 않았지만 기회라는 것은 그렇게 오지 않는다고 말했다. 타인의 불행을 담보로 만들어낸 것은 기회가 아니라 일종의 시험에 가깝다고.

"그런 시험에 우리 운명과 미래를 걸면 좀 웃기지 않아요?"

"그게 왜 웃깁니까, 경애씨, 그렇게 나이브하게 생각해서는 안돼요. 보십시오, 이제 본사에서 조치가 취해질 거예요."

경애는 아까 낮에만 해도 침울해 보이던 상수가 열의를 보이는 건 나쁘지 않지만 결국 일을 그르칠 듯한 예감이 들었다. 하지만 지금의 상수에게는 그런 말이 통하지 않을 듯했다. 경애는 더는 말하지 않고 전화를 끊으면서 아주 오랜만에 은총이 있으시길요, 하고 인사했다. 그 말에 한참 대답을 않던 상수는 어떤 맥락에서인지 모르게 미안해요,라고 답했다.

한동안 사무실에는 긴장이 돌았다. 김부장은 상수를 불러다 변명하거나 자초지종을 알아보지 않고 평소처럼 생활했다. 늘 그렇듯 창식씨를 닦달했고 저녁이면 오과장과 함께 접대를 나갔으며 여러 전화들을 시끄럽게 받았다. 상수와 업무에 대해 나누는 대화도 다르지 않았다. 하지만 김부장이나 오과장은 경애에게는 한마디도 걸지 않았고 마치 없는 사람처럼 대했다.

그리고 며칠 뒤 본사에서 경애의 발령을 결정했다. 경애가 한번도 가본 적이 없는 시흥이었고 반도미싱의 물류센터에서 근무하는 일이었다. 경애에게 발령을 통보한 건 팀장인 상수가 아니라 김부장이었다. 상수는 회사가 자신과는 사전 협의도 없이 그런 결정을 내렸다는 데 놀라고 분개해 회의가 끝나자마자 본사에 전화를 걸었다. 부장은 그렇게 됐어, 아무래도 이 일은 그렇게 정리됐네, 하고 얼버무렸다. 상수가 왜 문제가 있는 김부장네 팀을 정리하지 않느냐고 따져묻자 부장은 답답해했다.

"공상수 씨는 정말 세상 물정을 몰라. 개네가 그러는 거 이쪽 이사들이랑도 암암리에 양해도 되고 리베이트도 나눠 갖고 그러고 있는데 누구한테 보고해, 보고하길. 상수씨는 그냥 가만있어, 내가 박경애 씨 발령으로 수습할 테니까. 아무리 민주화가 되었대도 회사는 상명하복인데 박경애 씨가 위협을 하고 말이야, 어? 박경애 씨 편들지 말게, 편들지 마."

상수는 이렇게 될 줄 알았다면 미주알고주알 상부에 일러바치지 않았으리라고 생각했다. 이사들은 상수가 그런 상황을 아는 데에는 위협을 느끼지 않다가 파업 경험이 있는 경애가 나서자 재빨리 해결에 나선 것이었다. 이를테면 모두가 융통성, 정확한 뉘앙스로는 '유도리'를 발휘하고 있었던 셈이다. 김부장의 융통성은 해외 파견사원들의 융통성으로 이어지고 그 융통성은 어쨌건 수익을 낳고 그 수익은 보너스와 유흥비와 이사들에게 정기적으로 보내는 리베이트를 낳고 사장의 친인척인 이사들은 그런 융통성에 아무런 불만이 없어서 상수가 그러는 것이 어딘가 핀트가 안 맞는 애사심을 다년간 발휘해온 어느 낙하산 직원의 관성이라고 넘겼는데 오과장과 김부장을 통해 경애가 문제 삼았다는 얘기가 들려왔던 것이었다. 그 직원이 별로 융통성 없다는 사실은 이미 여러해 전 증명되었고 문제는 사장 역시 통 경영학적 '유도리'가 없다는 점이었다. 사장은 회사 운영을 무료해하고 줄줄이 이사로 앉아 있는 매형이니 삼촌이니 하는 사람들을 불편해하니까 뭔가 일을 벌일지도 몰랐다. 예를 들어 조금만 건드려도 분기탱천하는 회장에게 알린다든가. 이사까지는 그 융통성이 통용된다 해도 회장에게는 어림없는 일이었다. 그는 1950년대 전후복구도 제대로 되어 있지 않던 한반도 현실에서 방직산업의 새 장을 연 신화적 인물이었는데 그런 신화에는 근면과 성실과 도전정신은 있었지만 다른 회사 미싱을 구해다가 공급하는 '유도리'까지는 없었다. 유도리는 신화에 어울리지 않았다.

상수의 상황을 더 엉망진창으로 만든 건 편지가 공개되어 피해를 본 회원들 가운데 경애가 있다는 사실이었다. 상수에게 특별했기 때문에, 다른 보관함으로 옮기지 않고 항상 편지함의 맨위에 올려두었으니 어쩌면 경애의 메일이 가장 먼저 유출됐을 것이었다. 매일 운영진들이 상수를 채근했다. 서면으로라도 매체와 인터뷰를 하든가, 아니면 회원들 앞에 직접 나서달라고, 그들이 대화한 상대는 바로 '언니'이니까. 상수가 하다못해 싸이버수사대에 신고조차 안했다는 사실을 알게 되자 애정휘귀는 상수에게 저를 더이상 시험에 들게 하지 마세요,라고 했다. 더이상 지체하면 언니 정말 죄가 있게 될지도 몰라요,라고.

상수는 도망칠 데가 있다면 숨고 싶다고 생각했다. 하지만 그럴 수가 없는 건 공교롭게도 그 모든 상황에 경애가 있기 때문이었다. 상수는 자기가 정의롭고 용기있고 깨어 있는 사람이라고 생각하지는 않았지만 그 모든 일에 '경애'를 넣으면 비겁하게 굴 수가 없었다. 하지만 본사의 부장이 아주 강력하게 경고한 것도 사실이어서 상수는 갈등했다. 그간의 상수의 사소한 잘못들, 대구 어딘가에 가서 김유정을 구해내겠다고 사건을 벌인 일이나 승진을 조른 일, 세계 방방곡곡의 바이어들과 언쟁한 일 따위와는 비교도 되지 않는 대형사고라고 부장은 말했다.

"이 이상은 정말 낙하산이 아니라 낙하산 할애비라도 자네 회사 생활 못하네."

"몇번을 말씀드려야 합니까. 저 낙하산 아닙니다, 아버지랑은 연락도,"

"공상수 씨, 내가 아주 간곡하게 말하는데, 좀 닥쳐."

"네?"

"닥치라고, 공상수 씨 내가 진작 말하고 싶었는데 못했네, 이제 제발 좀 입을 닫아."

그러자 상수는 본사의 부장이 두려워서가 아니라 어쩐지 미안해져서 닥치게 되었다. 그렇게 오랫동안 상수를 견뎌오면서 한번도 닥치라고 말하지 않은 부장이야말로 유도리가 있다 못해 망망대해의 수평선처럼 자기 인내의 끝을 보여준 사람이 아닐까. 그런데도 부장은 자기가 심하다 싶었는지 통화를 마치면서 이번에 싸이버 불교대학에 입학했다고 맥락 없이 말했다.

"미망에서 깨어나게. 공상수 씨, 어차피 세상일 다 공한 거야. 어차피 여기에는 내 것이라고 할 만한 것도, 나라고 하는 것도 없고 그냥 나라고 할 만한 게 없다라는 사실만 있다네."

그렇게 해서 부장과의 통화는 막장 오피스물에서 시작해 암투가 판치는 정치스릴러를 지나 인생에 대한 통찰로 이어지는 휴먼드라마로 끝이 났다. 하지만 아무리 그래봤자 분명한 것은 경애가 이곳을 떠나게 된다는 사실뿐이었다. 사무실 분위기는 완전히 가라앉았다. 경애는 반차를 쓰고 퇴근했고 에일린만 훌쩍거리며 헬레나와 대화하고 있었다. 자리에 앉아 철판으로 랍빠를 접던 조선생이 상수에게 점심을 먹으러 가자고 했다.

둘은 사무실을 나와 쌀국수집에 앉았다. 상수는 조선생이 경애에게 해가 될 말을 퍼뜨리고 다닐 사람이 아니니까 부장에게 들은 말을 그대로 전했다. 면발이 퉁퉁 불을 때까지 상수의 말은 마치 고해성사를 하듯 이어졌는데 그러는 동안 상수는 이 일을 무력하게 받아들이고 싶지 않다는 생각을 뚜렷하게 했다. 부당하지 않은가. 문책을 하려면 자기에게 해야지 왜 그것에 대해 알고 있다는 정도만 표한 사람을 영업사원이라면 가볼 필요도 없는 시흥의 물류센터로 보낸단 말인가. 거기에는 미싱만 있는 것이 아니고 미싱이 사양길에 접어들자 일본 본사와 합작해서 두서없이 개발한 프린터기라든가 자동차 인젝터라든가 하는 제품들이 보관되어 있었다. 거기서 경애가 가지고 있는 경애스러움, 그러니까 신중함, 선의, 추진력, 끈기, 영어와 여기서 익힌 베트남어 실력을 발휘할 수는 없었다. 총무부에서 일하며 물품창고를 지켜야 했던, 영업팀으로 오기 전 금요일 3시 30분부터 4시 30분까지의 시간을 반복하는 셈이었다. 혹시 무슨 책을 잡힐지 모르니까 최대한 정해진 것 이외에는 아무것도 하지 않으면서 이따금 적당한 자리를 골라 담배를 피우면서, 들어왔다 사라지는 트럭들의 단조로운 움직임, 그리고 지게차가 부려놓는 상자들의 갯수나 세어보면서.

그런데 거기에는 필요 이상으로 자기가 원하는 필기구를 정확히 적어 골머리를 앓게 하는 상수가 없고 갑자기 한 팀이 되어서 필요 이상의 연대감을 요구하는 상수가 없고 전철을 타고 가면서 피조라는 아이디의 어린 경애를 상상하는 상수가, 경애가 손을 맞잡았을 때 조용히 마음을 떨던 상수가 없을 것이었다. 상수는 그간 수많은 수학선생들의 관심을 받아온 것처럼, 늘 변치 않는 상수가 아니라 이제 경애의 삶에 빠져 있는 공동, 제로, 미지수가 되는 셈이었다.

상수는 그런 감정의 폭풍에 빠져 있다가 조선생이 그래도 국수는 남기지 말고 먹으라고 했을 때에야 몇번의 젓가락질로 다 욱여넣었다. 그리고 가장 두려운 질문을 조선생에게 했는데 그건 박경애 씨 힘들겠죠, 하는 말이었다. 조선생은 상수를 바라보다가 힘들 겁니다,라고 한마디 했다. 조선생이 그렇게 말하자 상수는 눈을 끔벅끔벅하더니 눈물을 흘렸는데 아무리 그러지 않으려 해도 참아지지 않는 슬픔이었다. 그런 자기 모습이 창피해서 "아유, 제가 왜 이럴까요, 선생님, 제가 요즘 힘이 드는 일들이 있어서" 했지만 마음은 진정되지 않았고 나중에는 조선생이 "우리 밖으로 나가서 시원하게 웁시다" 하면서 상수를 데리고 나갔다. 그리고 아래층에 자리 잡은 한국 프랜차이즈 까페에서 둘은 커피를 두고 마주 앉았다.

"창식씨 있잖습니까, 같이 살기 시작했을 때 청소란 걸 얼마나 안하고 살았는지 제가 빗자루로 방을 좀 쓸라고 했더니만 한참을 멀

뚱히 서 있더라고요. 그냥 멍하니 있더니 갑자기 저한테 형님, 비는 위에서 아래로 쓰는 거요, 아래에서 위로 쓰는 거요, 하고 묻고."

"빗자루를요?"

상수가 빨개진 코를 냅킨으로 풀며 답했다.

"네, 빗자루라는 물건을 처음 보는 사람처럼. 그냥 알아서 쓸라고 하자 위에서 아래로 쓸자니 먼지들이 나한테 오는 것 같고 아래에서 위로 쓸자니 도망가버릴 것 같고 그렇네요, 하고 망설이더군요. 마음이라는 것도 다르지 않으니까, 박주임에게는 미안한 일이지만 이미 알고 있을 겁니다. 한번 써본 마음은 남죠. 안 써본 마음이 어렵습니다. 힘들겠지만 거기에 맞는 마음을 알고 있을 겁니다. 공상수 팀장은 그 힘을 믿고 자책하지 말아요."

조선생은 상수를 그렇게 위로했지만 막상 사무실까지 걸어가서는 파업 시절 자기가 절대 회사를 떠나지 말고 버티라고 경애에게 한 말은 옳았을까 자주 생각했다고 고백했다. 경애가 힘들다는 말을 일영에게 전해들을 때마다 정정하고 싶었지만 기회가 없었다고, 그런데도 다시 일어서서 오히려 자신을 찾아와준 것이 기적에 가깝게 느껴졌다고.

"그런 사람이니까."

조선생은 말을 끌다가 이내 표정을 풀고 상수에게 조금 더 걷다 들어오는 것도 좋겠어요, 아직 얼굴이 붉으니까, 하고 먼저 사무실로 올라갔다. 상수는 신호등 따위는 신경 쓰지 않는 호찌민의 보행자들과 함께 도로를 건너 점심시간 경애와 함께 앉아 있곤 하던 시청의 정원까지 갔다. 거기에는 무엇보다 색이 짙고 생생한 나뭇잎들이 머리 위로 흔들려서 눈을 감으면 어느 바닷가에 와 있는 듯했다. 일상의 그런 풍경들은 경애와 상수의 마음을 느긋하게 풀어주었다. 비록 둘이서 할 수 있는 말이란 그 계약 건은 안됐습니까, 물으면 펑크예요, 펑크, 하고 경애가 무심하게 대답하는, 생각대로 되지 않아 힘이 빠진다는 안타까운 탄식뿐이었지만 그래도 풍경만은 톤이 달랐다. 그들이 처음 서로를 식별했던 공장 뒤편의 그늘진 창고와 비교한다면 그때나 지금이나 성과는 별로 없고 자랑스러운 성공들은 자꾸 다음을 기약하며 미뤄질 뿐이지만 적어도 둘의 시간은 따로가 아니라 함께 흐르고 있었다. 상수는 그렇게 생각하자 경애의 발령에 항의해야 한다는 투지가 생겼다. 상수가 빠져들었던 영화와 소설의 어느 누구도 운명에 순응하지는 않는다. 팀원도 없이 팀장 발령을 받아 괴로울 때 그것을 해결하기 위해 매일 점심 좋아하지도 않는 해장국이나 복지리를 먹어가며 해결에 나서지 않았는가.

상수는 너울대는 나뭇가지를 올려다보다가 오후의 조용한 풍경을 뚫고 여기에 우리가 눈으로는 볼 수 없는 어떤 힘, 강력한 정조가 있다는 것을 암시하듯 나뭇가지가 흔들리는 것을 보며 상수로서는 항거—에 가깝지만 누군가가 보기에는 헛수고에 가까울 수 있는 행동을 결심했다. 서울로 가서 직접 사장을 만나겠다는 것이었다.

사장은 담판을 짓거나 파격적인 결정을 내려 자기가 뭔가를 하고 있다는 인상을 다른 누구도 아닌 자기 아버지나 친인척들에게 주고 싶어하므로 말이 통할 듯했다. 상수는 바로 서울로 가는 비행기표를 알아봤고 그 조급한 성격답게 가장 빠른 표를 예매했다. 그리고 전화를 받지 않는 경애에게 썼다 지웠다 하다가 "경애씨 걱정

마세요. 내가 당장 서울 가서 해결하겠습니다. 부당함을 바로잡고 돌아올게요" 하고 문자메시지를 보냈다.

그런 중요한 문자를 보냈는데도 경애는 오후 내내 답이 없었다. 상수는 휴대전화를 들여다보며 연락을 기다리다가, 퇴근할 때쯤에 야 "저녁 준비할게요, 오실 수 있어요?" 하는 경애의 답신을 받았다. 경애를 보자마자 상수는 왈칵 눈물이 날 것 같았지만 평소와 다르지 않은 경애의 표정에 그런 격정이랄까, 감정의 폭발을 내리눌 렀다. 하지만 들어오자마자 거실 한편에 대형 캐리어가 놓여 있고 벽장이 열린 채 그 안의 옷들이 바닥에 놓인 장면을 보고는 치미는 감정을 입술을 깨물며 참아야 했다. 그래도 눈물이 흐를 수가 있으 니까 상수는 식탁 위에 놓인 인스턴트 떡볶이로 시선을 돌려 "저번 에도 그렇고 오늘은 제가 도와야 하지 않나요. 경애씨 오늘 힘들었 을 텐데요" 하면서 포장을 뜯었다.

"아니에요, 밥을 했어요."

경애가 가스레인지로 가서 뚜껑을 열어 보였다. 콩나물국이었다.

"그래도 그걸 뜯긴 뜯어야 해요. 떡만 건져서 닭볶음탕에 넣으려 고요."

경애는 매일 아침 닭을 팔러 오는 소년에게 드디어 닭을 샀다고 했다.

"마트에 가지 않고요?"

"호찌민 사람들 중에 마트에서 닭을 사는 사람은 없을 거예요. 그 런 공장 닭들이 얼마나 맛이 없는지 에일린이 먼저 알려줬어요."

경애가 한마리를 고르자 그것을 어디론가 가지고 가서 바로 도 축해서 가지고 왔다고, 그 와중에 경애는 소년의 닭들을 봐주고 있었다고 얘기했다. 소년이 들어가기 전에 닭을 살 수 있어서 좋고 요리할 수 있어서 다행이라고, 한마리를 자기 혼자는 못 먹으니까 얼려놔봤자 이제 여기 더 머물 수도 없으니까 걱정했다고. 경애는 미리 양념해둔 닭을 볶았고 그렇게 토막이 난 닭을 먹으며 둘은 영화를 보았다. 경애는 좋아하고 상수는 좋아하지 않는 공포영화 「스크림」이었다. 꼭 영화 때문이 아니라 그 피 칠갑을 하는 씬들과 지금의 음식들은 어딘가 어울리면서도 묘하게 적당하지가 않아서 상수는 먹는 일이 고역이었다. 이런 고역은 여태껏 참아본 적이 없지만 이런 슬픔의 닭요리를 남기면 경애가 또 어떤 생각을 할지 모르니 상수는 거의 괴력을 발휘해서 다 먹었다. 그릇을 싹 비우자 경애가 "오늘 종일 굶었나요?" 하고 물을 정도였다.

"저 닭볶음탕 거짓말 안하고 세조각밖에 안 먹었어요."

"경애씨, 제가 닭볶음탕을 좋아합니다. 세상에서 가장 좋아해요, 으뜸이에요."

마침내 영화가 끝나고 그 연쇄의 살상이 멈추자 경애가 "역시 다시 봐도 재밌어, 최고예요"라고 했다. 자기는 저 영화를 어려서부터 좋아했는데 우리 마음속에는 으레 "헬로우 시드니" 하면서 달려들고 싶은 장난 같은 살의가 있기 때문이라고 했다. 커피까지 마신 상수가 이제 자기가 세운 급진적인 계획에 대해 설명하려 할 때 경애가 그 얘기는 하지 말자고 했다. 그런 것 말고 자기는 E에 대해 이야기하고 싶다고. 서로 알고 있는 얘기를 나누면 우리는 E에 대해 더 잘 알 수 있으니까.

"아직도 궁금한 게 있습니까?"

"궁금하죠. 우리는 자꾸자꾸 살고 자꾸자꾸 얘기할 일들이 늘어나지만 걔는 그렇지가 않으니까 부족하죠."

"부족해요?"

"부족하죠. 나는 아직 사과도 못했으니까요."

"사과는 하지 않았어요?"

"언제요?"

그 순간 경애는 자기가 알지 못하는 은총과의 기억이 나오나 싶어서 진지하게 물었지만 상수는 답할 수가 없었다. 오래전 겨울 은총의 사서함이 사라지기 전 남아 있던 경애의 미안해,라는 목소리를 기억하지만 그 얘기를 하기 위해서는 자신이 그것을 듣곤 했다고 말해야 했고 많은 사람들이 죽은 은총을 그리워하며 메시지를 남기곤 했다는 이야기를 해야 하며 더 어렵게는 은총이 경애를 얼마나 아꼈는지 말해야 했다.

"경애씨가 두고 나온 게 아니잖아요, 운 좋게 살아남은 거잖아요."

"네, 그러니까 운이 좋았어요. 나만 운이 좋아서."

상수는 반도미싱 팀장으로서 경애의 발령을 해결해보겠다 하는 마음으로 달려왔지만 경애가 원하는 건 그게 아닌 것 같았다. 경애는 팀장 상수가 아니라 은총에 대해 회상하고 기억을 공유할 수 있는 상수를 원했다.

상수는 영화 찍던 날을 이야기해주었다. 은총이 자기네 동아리에서 쓰는 쏘니 캠코더를 들고 상수네 학교로 왔던 날을. 8밀리 테이프를 넣는, 지금은 쓰지 않는 캠코더였다. 화면에는 나오지 않지만 상수 앞에는 거울 하나가 있어서 카메라를 들고 뒤에 서 있는 은총이 보였다. 은총은 상수에게 내가 앞에 있다고 생각하고 마음껏 떠들어, 했고 그렇게 하염없는 수다가 흘러나왔다. 사실 혼자 떠드는 듯하지만 뒤편에 있는 은총과 대화하고 있었던 셈이었다. 교실에는 애들이 있었고 상수가 다니던 학교의 학생들은 의심이 많고 그때만 해도 희박했을 프라이버시에 예민하던 애들이라 교무실로 연락이 갔다. 더구나 그걸 찍는 애가 같은 학교 학생이 아니니까. 은총과 상수가 교무실로 불려갔고 담임은 은총의 인적사항을 적은 뒤 복도로 내보내고 상수에게 찍고 싶어서 찍는 거냐고 물었다. 상수는 당연하죠, 저는 이걸로 대학 가려고요,라고 했다.

"대학을 간다고?"

"네, 이거 찍어서 상 타면 그걸로 특차 가려고요."

담임은 잠시 음, 하더니 약속한 대로 야자시간 전까지는 끝내라고 돌려보냈다. 그리고 상수의 새어머니에게 알렸는데 다행히 아버지에게 옮기지는 않았다. 새어머니는 그때 이미, 상수가 달성할 수 있는 미래는 그저 첫째처럼 사고 안 치고 아버지 얼굴에 먹칠하지 않고 조용히 살아가는 것뿐이라는 사실을 알고 있었다. 그러니까 그걸 찍고 있을 때는 상관하지 않았고 나중에 상수를 불러 완성된 필름을 보여달라고 했는데 혹시 문제되는 내용이 있으면 아버지 앞길에 방해가 될까봐였다. 상수가 거절하자 어떻게 한 건지 공모전 담당자에게서 테이프를 입수했다. 상수가 아직도 가지고 있는 「마음」의 테이프는 그렇게 새어머니가 받아낸 것이었다. 화재가 난 날 완성본을 주기로 약속했지만 상수는 은총을 만날 수 없었다.

경애가 은총에 관한 얘기를 원하는 줄 알면서도 화제는 자꾸 옆으로 비껴나갔다. 원래 두서없는 게 상수의 스타일이었지만 정말 그래서인지 아니면 은총에 관한 얘기를 하는 게 불편해서인지는 본인도 알 수 없었다. 한편으로는 친구 이야기를 하는데, 그렇게 친했던 사람에 대해 이야기하는데 뭐가 불편하고 힘이 드는가 싶었지만 자신의 이야기를 유심히 듣는 경애의 표정을 읽고 있자면 마음이 복잡해지면서 은총이 아니라 자기에 대해 이야기하게 되었다. 그래서 상수는 아버지에게 오랫동안 외면받은 어머니가 세상을 떠났던 삿뽀로의 여름과, 어느 식당에 끌려가 된장술국밥이라는 글자를 끊임없이 쪼개어 읽으면서 죄책감을 덜어보려 했던 여름, 그리고 은총과 영화를 찍었던 여름까지 이야기했다. 그 겹겹의 여름에 대해 들은 경애는 "여름은 원래 그런 계절인가봐요" 했다.

"제가 혹독한 이별을 겪은 것도 여름이었거든요."

그러면서 경애는 산주와의 일을 담담하게 말해주었다. 상수는 이미 수차례의 편지로 알고 있는 내용이었다. 다만 최근에 다시 만난 얘기는 없었다.

"그래서 그놈, 아니, 그 사람에 관한 마음은 어때요?"

"그냥 있죠. 어떤 시간은 가는 게 아니라 녹는 것이라서 폐기가 안되는 것이니까요, 마음은."

상수는 자기가 했던 말을 되돌려받았는데도 경애가 막상 그렇게 말하자 마음이 아팠다. '언죄다'를 통해 오는 모든 편지들이 그를 슬프게 만들었지만 이렇게 육신으로 느껴지게끔 아프게 하는 경우는 없었다. 상수는 실체라는 것이 무섭다는 생각을 했다. 누군가를 알아가는 일이란 이렇게 어떤 형상에 숨을 불어넣어 그의 일부를 갖는 것일까. 그래서 상수는 그동안 그런 일들이 그렇게 무서웠을까. 알 수 없었지만 중요한 건 그동안 상수가 경애에게서 가져와 하나씩 완성한, 상수의 마음속에서 걷고 말하고 먹고 마시는 경애라는 형상이 있다는 사실이었다. 지금은 담담하게 은총에 관해 묻고, 어느 여름 옥수수를 냄비에 올려놓고 바라보며 버텼던 날을 회상하고 있지만 경애의 표정이 밝든, 상수는 차마 눈뜨고 볼 수 없는 슬래셔 무비에 대해 얼마나 조목조목 평하든, 그 내면에 일고 있을 슬픔을 그동안 경애가 송신했던 문장들이 확신할 수 있게 했다.

그리고 마지막에 상수는 「마음」의 엔딩을 찍던 날에 관해 털어놓았다. 상수가 버스를 타고 어머니가 있는 납골당에 가는 장면을 찍은 날이었다. 고양시에 있는 납골당에 가기 위해서 둘은 종로에서 만나 버스를 탔고 은총은 상수 뒤에 앉아서 캠코더로 햇빛이 비쳤다가 사라졌다가 하는 상수의 어깨를 오래도록 찍었다. 그리고 납골당이 있는 정류장에 내렸을 때는 은총이 내리다 발을 헛디뎌 캠코더를 놓치고 말았는데 영화는 바로 그 장면에서 끝이 났다.

"버스에서 내리다가 넘어졌다고요?"

"네, 발목을 다쳤어요."

경애는 아주 대단한 연출이라고 여겼던 장면이 그냥 그렇게 우연하게 얻은 각도일 뿐이라는 생각이 들어 웃음이 나왔다. 마지막 장면에 뭐 그리 심각한 의미를 두지 않고 촬영이 가능한 순간까지 얻을 수 있는 대로 완성해버린 건 E답다고 생각했다. 중요한 건 영화가 상영되는 순간, 보는 우리와 영화 사이에서 이는 불타는 시간뿐이라던, 지금 생각하면 강렬한 현재성에 온 마음을 두었던 패기 넘치는 씨네마 키드라 할 수 있는 소년이 가질 법한 태도였다. 그렇다면 마지막 장면에는 그 순간의 생생한 E가 기록되어 있는 셈이었다. E가 내려오고 E가 넘어지고 E가 떨어뜨리고 E가 그렇게 영화를 마쳐버린. 경애는 그 화면을 다시 볼 수 있다면 얼마나 좋을까 생각했다.

경애는 상수에게 한국으로 가겠다고 했다. 상수가 그러지 않아도 해결할 수 있다고, 본사에 가서 말하고 오겠다고 했지만 경애는 고개를 저었다.

"회사에서 정말 그 건만으로 이런 발령을 냈을까요? 파업 이후 몇년을 돌이켜봤어요. 뭘 피하고 견뎠는지, 그런데 얼마나 위축되었는지."

상수가 단호해서 바뀌지 않을 듯한 경애의 얼굴을 바라보다가 시선을 비스듬히 비꼈다. 이렇게 맞는 이별도 있다니, 이처럼 굳은 의지에 찬 얼굴로.

"그렇다면 할 수 없지만 혹시 나를 믿지 못해서 그런다면 그러지 말아요. 해결해보겠습니다. 우리는 한 팀 아닙니까."

경애는 테이블로 손을 뻗어서 상수에게 악수를 청했다. 그렇게 내밀어진 손은 잡는 수밖에 없어서 상수는 어쩔 수 없이 그 손을 맞잡았다. 경애는 점점 힘을 주어 잡았고 "팀장님, 그래도 우리가 여기까지 왔어요"라고 했다.

"이렇게 마무리된 건 누구의 잘못도 아니에요."

언니는 죄가 없다

귀국한 경애의 얼굴이 너무 타버린 걸 보고 일영은 거기는 썬크림이 없니, 하고 물었다. 경애는 당연히 있지 베트남을 뭘로 보고, 하고 말을 받았다. 그러자 일영은 다시, 그러면 너 거기 월급이 좀 그랬니, 하고 물었고 경애는 얼평하지 마,라고 받았다. 일영은 외국 생활을 하다 왔으니 그동안 못 먹은 한국음식을 먹으러 가자고 했지만 경애가 그동안 먹지 못한 한국음식이 없다는 걸 알게 되자 실망한 듯했다. 일영의 기대와는 다르게 경애가 먹고 싶어한 음식은 일영에게는 이름도 생소한 베트남 샌드위치 반미였다. 경애는 반미 맛집을 찾아 일영을 데려갔다.

　식사를 한 일영과 경애는 망원동의 골목골목 사이로 난 작은 가게들을 지나 유수지 쪽으로 걸었다. 망원과 합정에는 한강으로 갈 수 있는 다양한 길이 있는데 각각의 느낌이 달랐다. 당산철교 아래를 걸어 양화진 묘지를 통과하는 길은 주택가에 있어서인지 한산했고 곳곳에 기도하는 사람들의 종교적인 묵상이 있었다. 공원이 조성되어 있는 쪽은 성산대교와 가깝고 선착장이 있으며 유원지 특유의 안락하고 떠들썩한 분위기였다. 경애가 퇴근 후에 자주 갔던 길은 빗물펌프장을 지나서 도착하는 길로, 운동을 하거나 개를 산책시키려는 사람들이 이용하는 길이었다. 농구장과 축구장 스탠드 시설이 있었다. 경애는 뭔가 청량하고 건강한 일상을 느끼고 싶을 때 그곳으로 갔는데 스탠드에서 잠을 자거나 캔맥주를 앞에 두고 대화하는 사람들을 보고 있으면 마음이 편안해지곤 했다. 경애에게는 일영도 그렇게 활기있고 건강하게 흘러가는 일상을 떠올리게 하는 친구였는데 이상하게도 그날은 자꾸 여기가 아닌 다른 곳, 호찌민에 대해 이야기하게 되었다. 에일린의 오토바이를 타고 지났던 메콩강 공원이라든가, 배낭을 올려멘 여행자들이 비가 오면 진창이 되는 길을 어슬렁대며 걷는 빈탄의 거리라든가, 열대기후가 선사하는 빛과 물로 인간의 도시에서도 압도적인 성장을 이루어낸 가로수들. 그러다 경애는 시청의 공원에서 무슨 이유에서인가 울고 있는 호찌민 여자를 만난 적이 있다는 기억이 떠올랐다. 호찌민에 가서 얼마 되지 않았을 때의 일이었는데 지금껏 아무에게도 말한 적이 없었다.

"왜 울고 있었는데? 하기는 너가 말이 안 통했겠다."

"안 통했지, 그런데 계속 울더라고. 양동이를 발 옆에 두고 있었는데 행색이,"

"그러면 정신이 좀 온전치가 않았나봐."

"그럴지도 몰라. 들고 있던 손수건으로 눈물을 닦아 그걸 짜내는 것처럼 동작을 하며 울고 있었어."

"그래서 같이 울었냐?"

"너한테 내가 그런 이미지니?"

"어."

"아니, 난 그때 밥을 먹고 있어서 그냥 밥을 계속 먹었지. 여자가 자꾸 우는 거랑 내가 그렇게 열심히 밥 먹는 거랑 그리 다르지 않게 느껴졌어."

"그래, 안 다르지."

그러다 일영이 우연히 신문기사에서 읽었는데 그때 그 화재사건의 호프집 사장이 전도사가 되었다더라 했다. 일영은 그 말을 문득 생각났다는 듯 무심히 전했지만 경애가 받은 충격은 컸다. 들고 있던 캔커피를 바닥에 내려놓고 몇번이나 전도사? 하고 물을 정도였다. 일영은 경애가 그 사건을 아직 잊지 못하고 있으니까 어쩌면 그 기사도 이미 읽지 않았을까 싶었는데 몰랐다니, 괜히 말했나 싶어서 주저하다가 기사를 찾아서 보여주었다. 경애는 일영이 보내준 기사 링크를 짧게 확인한 다음 알았어, 하며 휴대전화를 닫았다. 그리고 이어진 대화는 일영이 생활에 변화를 주고 싶어한다는 것이었다. 기술전문학교에 들어가서 자격증을 따거나, 아예 대학을 다녀보거나 아니면 고향 덕적도에 낚시용품점을 열거나 결혼을 하거나. 경애는 일영의 말을 들으며 그래 나쁘지 않아, 좋을 것 같아, 하다가 결혼이라는 말을 듣자 누구하고? 하며 되물었다.

"모르지, 누구랑인지는."

"야, 할 사람도 없으면서 무슨 결혼이야."

"사람이 있는지 없는지 너가 어떻게 알아?"

"아,"

경애가 눈을 동그랗게 뜨자 일영이 얼마 안됐어, 하고 말을 줄였다.

"너 지금 되게 이상하게 웃은 거 알지?"

"어떻게 웃었는데?"

"말처럼 웃었어, 푸렁푸렁하고."

"푸렁푸렁은 뭐냐?"

"아냐, 정말 푸렁푸렁 웃었어. 말처럼 웃었다니까."

"어이가 상실이다."

또다시 봄이 오고 있다는 건 다른 어떤 것보다 공기가 먼저 말해 주었다. 숨을 쉴 때마다 봄이 느껴졌다. 생각해보면 당연한 일이었다. 갓 태어나 아직 눈을 뜨지 못한 아기에게도 숨 쉬는 능력은 주어지니까. 엄마에게서 떨어져나오면서 인간이 가장 먼저 익히는 능력이니까. 공기의 미세한 변화를 아는 것, 무엇이 가까이 있고 무엇이 여기에 있지 않은지 숨을 쉬며 아는 것. 어쩌면 미유의 아기가 시계도 보지 않고 매번 같은 시각에 울 수 있는 건 그런 공기의 변화를 느꼈기 때문이 아닐까. 그러자 안도감이 몰려왔다. 경애도 그럴 수 있을 것 같았다.

헤어지면서 일영은 경애에게 시흥에는 언제 또 가니, 하고 물었다. 경애는 시흥에는 가지 않을 거라고 대답했다. 그것이 무엇을 뜻하는지 일영은 알았다.

"비번일 때 나도 갈게."

"옆에 왜 네가 서 있어? 독고다이 일인 시위인데."

"붕우가 유신이잖아. 야, 개들도 야생에 두면 절대 혼자 안 다녀. 같이 다니지."

귀국하자마자 경애는 본사에 들러 회사의 충분한 설명을 듣고

싫어했지만 부장은 그럴 필요 없다고 바로 시흥으로 가면 된다고
했다. 그렇게 해서 시흥으로 갔을 때 해외 출고에 필요한 포장자재
들을 보관하는 창고 자리가 경애를 기다리고 있었다. 여기서 경애
가 무슨 업무를 해야 하는지 알려주는 사람은 없었다. 오히려 센터
장이 갑자기 나타난 경애에게 본사에서 무슨 지시 못 받았냐고 묻
는 상황이었다. 농담인지 진심인지 호찌민에서 무슨 횡령이라도 했
느냐고도 했다.

경애는 첫날에는 창고를 깨끗하게 정리해보았다. 자기가 쓸 수
있는 공간이 한평 정도는 되도록, 책상을 옮겨오고 화이트보드를
걸어서 상수가 그랬듯 "물건을 팔되 마음은 팔지 않는다"라고 써보
았다. 경애가 좋아하는 『프랑켄슈타인』의 구절을 적다가 그동안 언
니의 두서없는 말들 중에서 명언 중의 명언이라고 생각하는 "마음
을 폐기하지 말자"라는 말을 썼다가 그냥 다 지웠다. 그렇게 밀려난
자리에는 왜 하나같이 햇볕이 들지 않는 것인지, 앉아 있으면 정오
가 왔는지 저녁이 되었는지도 알 수가 없었다. 일주일간 버텨보던
경애는 자기가 쓸 수 있는 연차를 세어보고는 열흘의 휴가를 냈다.

조선생이 창식씨의 마음을 붙들기 위해 가장 먼저 집안의 먼지
를 쓸고 빨래를 하게 했던 것을 떠올리며 경애는 아침이면 집에서
부지런히 몸을 움직였다. 호찌민으로 가면서 집을 빼지 않아 다행
이었다. 어디로 가든 다시 돌아올 곳이 있다는 사실은 중요했다. 아
무리 바닥으로 내려가는 듯해도 최후의 낙하점은 있어야 했다. 경
애는 다시는 자신을 방기하지 않겠다고 다짐했다. 이번에는 고통
속에 떠내려가도록 놓아두지 않겠다. 그렇게 움직일 때마다 마치
환영처럼 아주 단순한 일도 차마 하지 못해 무기력하던 어느 여름

의 기억들이 먼지처럼 공중으로 떠올랐다. 어떻게 생겼는지 어디에서 뭘 하는 사람인지도 모르는 언니의 응원을 받아 겨우 문밖으로 나가 옥수수나 맥주를 사들고 왔던 시절. 생각해보면 경애가 파업 이후 회사에서 은근한 따돌림을 받으면서도 버틴 건, 버틴 것이 아니라 자기 자신을 내버려둔 것이 아니었을까 생각했다. 그러니까 모멸 속으로.

그때 경애를 드러내놓고 싫어하던 과장은 회사에서 나온 설 선물을 나누어줄 때도 경애의 책상은 건너뛰곤 했다. 파업을 함께했던 노조 쪽에서도 경애를 냉랭하게 대하기는 마찬가지였다. 와해되다시피 한 노조는 다시 결성되었지만 경애의 가입은 불허했다. 경애는 상관없다고 생각했다. 그 세계 역시 그런 질서가 작동하는 세계라면 관심 없었다. 그때는 그것이 자신을 지키는 일이라고 생각했지만 지금은 달랐다. 자신을 부당하게 대하는 것들에 부당하다고 말하지 않는 한 자기 자신을 구원할 수 없다는 것을 알았다. 구원은 그렇게 정적으로 오는 것이 아니라 동적인 적극성을 통해서 오는 것이라고 시흥의 창고에서 생각했다.

낮이면 그렇게 주변을 정리하고 외출을 하기도 했지만 밤이 찾아오면 어쩔 수 없이 외로움이 몰려왔다. 호찌민의 연이은 '영업 실패의 날들'이, 하지만 엉뚱하게도 환대가 일상적으로 오가던 날들이었음을 경애는 실감할 수 있었다. 뭐 대단한 기억이 떠오르는 것은 아니었다. 왕복 도로를 가득 메운 오토바이들과 운전하는 에일린의 작은 등, 관리인이 콧노래를 부르던 푸른 수영장, 퇴근 이후의 맥주 한잔만 기다리는 창식씨의 무료한 표정과 그 모든 풍경에 항상 있는 상수. 상수는 떠나는 경애에게 특이한 선물을 주었는데 자기 집 주소와 열쇠였다. 경애는 요즘도 번호를 누르는 도어록을 안 쓰는 사람이 있다는 게 신기했고 왜 그런 걸 자기에게 주는지 의아 했지만, 들어가서 몇번째 책장을 열면 「마음」이라고 적힌 8밀리 테이프가 있다고 상수가 전해서 먹먹해졌다. 자기가 전해주면 좋겠지만 그전이라도 보고 싶은 마음이 들면 언제든 ― 하지만 집 안을 보고 자기를 이렇게 저렇게 판단하지는 말고 ― 꺼내가라고. 경애는 열쇠를 받기는 하겠지만 가지는 않을 거라고 했고 상수는 가지 않더라도 열쇠는 보관해달라고 했다.

"이거 뭔가요, 저번처럼 어필하시는 건가요?"

"아닙니다."

경애는 진지하게 답하는 상수의 얼굴을 보다가 열쇠를 받아들었다. 상수가 여태 쥐고 있어서인지 열쇠에는 온기가 남아 있었다. 하지만 그 모든 기억들은 호찌민과 서울의 거리만큼이나 멀었다. 생각을 떨쳐내며 경애는 재활용품을 모아서 밖으로 나와 버렸다. 그러고 벤치를 지나는데 눈에 익은 뒷모습이 보였다. 앉아 있을 때면 언제나 무릎 위에 팔꿈치를 대고 상체를 숙이고 있는 산주, 그런 산주가 막 개화하려는 목련나무 아래 앉아 있었다. 그건 비현실적으로 보였다. 꿈처럼 느껴졌다. 경애는 산주를 다시 만날 수 있으리라 생각하지 않았기 때문이었다. 경애를 본 산주는 한동안 아무 말 하지 않다가 평소처럼 팔을 들어서 나야,라고 했다.

"오늘은 불이 켜져 있어서 기다려봤어."

산주는 경애가 없는 동안 이 방에 불이 켜져 있는 장면을 세번 정도 봤다고 했다. 모두 경애의 엄마가 와서 방 청소를 하고 있을 때였다.

"매일 왔던 거야?"

"아니, 아니야, 그 정도는 아니었어."

"엄마도 선배를 봤어?"

"아니, 인사를 드리지는 못했어."

경애 엄마는 산주를 '두부'라고 부르곤 했다. 집에 놀러 왔을 때 된장찌개를 해서 밥상을 차려줬는데 두부를 죄 골라먹었기 때문이었다. 자기는 세상에서 두부를 두번째로 좋아한다고 해서 첫번째는 뭐냐고 했더니 그건 경애와 먹는 모든 음식이라는 살가운 말을 했다. 나중에 경애 엄마는 서울 남자애라서 그런가봐, 하고 웃었다.

"인사했으면 좋아하지 않았을 거야."

경애가 재활용품을 담았던 빈 봉지를 발로 툭툭 차면서 말했다.

"내가 너한테 잘못하고 있는 거지?"

"……그렇지."

그리고 경애는 산주는 기억하지 못하는 어느날의 통화에 대해 이야기했다. 경애의 엄마가 암 선고를 받고 수술을 앞뒀던 날의 밤이었다. 그때 회사에서도 힘든 시간을 보내던 경애는 보호자 침상에서 자고 있다가 복도에 나가 산주에게 전화를 걸었다. 병원 복도는 밤이 되면 무섭도록 조용해졌다. 그렇게 아픈 것들이 아픈 것을 참고 어쩌면 좀더 나을지 모를 내일을 기대하며 조용히 눈을 감고 있는 시간이라는 것이 경애에게 용기를 불어넣었는지도 몰랐다. 지금 자기도 아프고 힘드니까, 사랑했고 그리고 여전히 사랑하는 누군가에게 위로를 받을 수도 있지 않을까 하는. 그 텅 빈 복도에 선배, 엄마가 아파, 내일이 수술이라 무서워, 하는 자기 목소리가 울렸던 것을 경애는 기억했다. 십분도 안되어 통화는 종료되고 병실로 들어가자 자는 줄 알았던 엄마가 일어나서 산주랑 통화했니, 하고 물었던 것을.

"응, 했어."

"뭐라고 하던?"

"힘내래."

그 말은 불운을 겪은 사람을 위로하는 평범한 말이었지만 그렇게 엄마에게 전하는 순간 경애는 눈물을 참을 수가 없었다. 병을 진단받고 수술할 때까지 황망해하는 엄마를 재촉해 병원이라는 트랙을 타고 수술까지 담담하게 준비해왔는데 그 순간만은, 산주가 힘을 내라는 명료한 위로를 전한 순간만은 견딜 수 없이 불행해진 기분이었다. 그런 마음을 읽은 엄마는 그 말 잘하는 서울 애가 뭐 그렇게 요령 없이 말했데, 하고 산주 흉을 보았다.

"경애야, 울지 마, 괜찮아."

"괜찮을까?"

"괜찮지 그럼. 나는 한쪽이 없어도 목욕탕도 다니고 할 거야. 내가 그러니까 너는 마음 쓰지 마."

이후의 방사선과 항암치료는 수술보다 더 고통스러웠다. 친구가 하는 미용실에서 미리 머리를 삭발에 가깝게 깎았는데도 엄마의 머리카락은 무섭도록 흘러내렸다. 항암제가 들어가서 몸을 타고 도는 과정을 엄마는 마치 입덧할 때 같아, 속이 메스껍고 냄새를 못 맡겠고,라고 해서 경애를 더 슬프게 만들었다. 그렇게 생각하지 않으려고 해도 엄마의 고통에는 한 생명을 낳고 키우고 보살폈던 시간들이 작용하는 것 같았다. 그러니까 나쁘게.

"한때는 나도 선배가 필요했는지 모르겠어. 그러니까 그 오랜 마음을 그만둘 용기가 필요했는지 모르겠어. 하지만 선배가 너무 좋아서 불행히도 그러지 못했고 그래서 우리가 이렇게 된 것이겠지."

"우리는 얼마 전에 이혼을 했어."

산주가 그렇게 말했을 때 경애는 대화를 주고받고 있는 벤치가 왜 이렇게 추운가 생각했다. 마치 시간이 거꾸로 흘러서 겨울이 오고 자기는 혼자 여기 앉아 있는 것 같다고. 저기 꽃망울을 터뜨리는 목련은 환상이고 자신에게 봄이 오는 일은 없으리라는 불안 속으로 빠져들어가는 듯하다고. 하지만 그러고 싶지는 않았다.

"선배, 그걸 왜 나한테 말해? 그 밤, 욕실에서 나온 내가 보았던 선배는 원망스러울 정도로 일상을 지키려는 의지가 있는 사람이었고 나는 앞으로도 선배가 그렇게 잘 살아갈 거라고 생각해. 힘을 내라는 말은 하지 않을게. 선배는 그런 말이 필요하지 않은 사람이야."

그리고 경애가 일어서서 산주를 남겨두고 자기 집으로 돌아갈 때, 이제는 다시 볼 수 없을 누군가로 산주를 만들어놓고 한 손에는 재활용품을 담았던 비닐봉지를 챙겨 오래된 오피스텔의 유리문을 열 때, 산주가 벤치에서 일어났을까 그대로 앉아 있을까 궁금하지만 뒤돌아볼 수는 없어 어쩔 수 없이 눈물이 났을 때도 이전보다는 확실히 따뜻해진 공기가 그 밤의 어느 곳에나 있었다. 복도에 팔랑거리는 광고전단지에도, 먼지가 달라붙어 있는 창틀에도, 녹이 슨 우편함에도. 그렇게 공기는 확실히 따뜻하고 봄이 오고 있다는 사실만은 분명한데 경애는 계단을 오르는 발걸음이 너무 무겁다고 생각했다. 지금이라도 가서 잡으면 산주는 경애의 인생에서 죽지 않은 사람이 될 수 있을 것이었다. 그러니까 가서 나한테 얼마나 잘못했는지 알고 있지,라고 한다거나, 나한테 사과할 말들이 있지 않아, 한다거나 아니면 저녁은 먹었어? 혹은 적어도 오늘은 돌아가,라고 한다면.

하지만 경애는 집으로 돌아와서 문을 잠그고 다음의 재활용품들을 위해 비닐을 함에 끼우고 형광등은 차마 켜지 않은 채 책상에 앉았다. 이 방에는 너무 많은 물건들이 있다고 생각하면서. 그 불필요한 더미들에서 이제 정말 남겨두어야 할 것들만 남겨두어야 한다고. 그러자 언니에게 편지를 쓰고 싶다는 생각이 들었다. 요즘 페이지는 '언니는 죄가 없다'가 아니라 분명 언니에게 죄가 있으리라는 분위기로 바뀌어가고 있었다. 회원들이 가장 화를 내는 것은 일부 키보드 워리어들이 적어놓듯 언니가 뭔가 수익을 내려고 했다거나 평소 회원들을 대하는 태도에 문제가 있었다거나 하는 말들이 아니라 언니가 아무것도 하지 않는 데 있었다. 언니는 세상에 없는 사람처럼 두문불출이었다. 경애의 이메일을 포함한 수십통의 이메일이 '레알 연애 후기'유의 제목을 단 채 퍼져나갔고 은근한 관음증이 있는 사람들이 읽은 다음 모멸감을 주는 댓글을 달고 있었다. 그런 싸이트를 발견하면 신고하고 피해를 입은 회원들을 기존의 '언죄다' 운영진을 통해 알리는 일은 또다른 사람들이 하고 있었다. 그들은 정작 자기 이메일이 유출된 사람들이 아니었다. 지금의 '언죄다' 상황을 안타까워하는 회원들이 나선 것이었다. 이제 '언죄다' 페이지를 열면 "간곡하게 부탁드립니다. 일부러 그 쓰레기 같은 싸이트들을 찾아다니며 댓글을 읽지는 마세요. 자발적으로 활동하는 회원들이 문제가 되는 싸이트를 발견하고 증거를 캡처하며 신고하는 일에 적극적으로 나서고 있습니다"라는 공지가 떠 있었다. 그리고 확실한 경계를 주려는지 누구의 사연에 달린 것인지 모르지만 신고형 댓글의 예시가 나와 있었는데 경애는 만약 이런 유의 말들이 적힌다면 자신의 편지에도 꽃뱀 같은 단어가 댓글에 달릴지도 모른다고 생각했다. 그런 상황에서 회원들은 언니가 나서주기를 바랐지만 언니는 당부의 글 하나 띄우지 않았다. 경애는 산주가 아직 밖에 있는지 궁금했지만 창밖을 내다볼 자신은 없었다. 그래서 한동안 컴퓨터를 켜고 앉아 있다가 아주 오랜만에 언니에게,로 시작하는 이메일을 썼다.

한동안 회사는 이상하리만치 경애를 내버려두었다. 다만 경애가 정문으로 가까이 가면 경비들이 달려나와 안돼요, 안돼, 하고 막아섰다. 일영이 와서 경애를 돕겠다며 함께 피켓을 들었을 때는 경애와 같이 일했던 총무과 과장이 와서 시비를 걸었다.

"거기 뭐야, 왜 서 있어?"

"저는 그냥 서 있는 건데요."

"뭐?"

"여기 길거리니까 그냥 서 있는 거라고요. 서 있고 싶으니까."

"거 그렇게 둘이 서 있으면 집시법 위반이야. 미리 허가 안 받은 불법이라고."

일인 시위는 허가 대상이 아니었지만 두명 이상이면 미리 집회 신고를 해야 한다는 말이었다. 일영은 그런가, 이렇게 서 있으면 경애에게 불리한가 싶어서 주저했는데 나중에 김유정이 차를 타고 나가면서 "피켓을 한명씩 돌아가며 들면 돼요!" 하고 알려주고 갔다.

"그러면 시빗거리가 안돼요. 지금 총무부에서 건수 잡았다고 난리예요."

경애는 지난 파업과 상황이 비슷하리라고 생각했지만 막상 해보니 완전히 달랐다. 회사 안과 밖이 달랐고 함께할 사람들이 있는 것과 오직 경애 혼자인 것이 달랐다. 이 행위의 명분에 대해 끊임없이 경애 자신이 스스로에게 알려주어야 했는데 그때마다 마음이 흐트러지곤 했다. 그렇게 거리에서 시간을 보내다보면 사람들의 시선을 감당하는 일도 쉽지 않았고 그럴 때면 이상하게도 E가 했던 얘기가 생각났다. 지하상가를 지나다 노숙하는 여자와 아기를 보고 경애가 무심코 했던 '불행'이라는 언급을 정정하던 E는 그때 겨우 열아홉이었다. 그런 깊이를 가지기 위해서는 반복된 현실과의 충돌이 얼마나 많이 있었을까. 마치 운석이 수없이 충돌해 만들어진 달의 크레이터처럼 일상의 어떤 일들이 E를 그렇게 만들었을까. 경애는 자기를 바라보는 시선들을 받아낼 때마다 마치 E가 경애에게 말했듯 누군가를 그렇게 불행하게 여길 자격은 없어,라고 말하고 싶어지는 것을 느꼈지만 나중에는 마음을 덜 쓰며 받아냈다. 누군가에게 그럴 자격을 주지 않는다면 경애가 불행해질 일도 없는 것이니까.

하지만 녹록지는 않았는데 혼자라는 생각과, 경애가 지칠 때까지 내버려두려는 회사, 기약 없는 기다림 이외에도 더 구체적으로는 거기 서 있는 동안 경애도 밥을 먹고 화장실을 가고 때로는 어디에 앉아서 쉬기도 해야 한다는 것이었다. 하루는 피켓이나 유인물을 다 들고 다닐 수가 없어 그냥 두고 공원의 공중화장실까지 다녀왔더니 아마도 회사에서 그랬겠지만 모두 회수해서 버려버렸다. 하는 수 없이 경애는 십분 넘게 걸어야 하는 공원까지 그걸 다 들고 갈 수밖에 없었는데 나중에는 근처 까페 사장이 자기네 화장실을 쓸 수 있게 해주었다. 상수가 유독 좋아해서 ── 가격이 싸서 그랬는지 모르겠지만 —— 점심 먹고 자주 가던 곳이었다. 경애가 괜찮겠느냐고 미움받으시면 어떻게 해요?라고 하자 그런다고 미워할 사람들은 애초에 우리 손님이 아니에요,라고 사장은 말했다.

"분위기 찾고 뭐 찾느라 평소에 오지도 않는다고요."

물론 그런 호의가 자주 있는 것은 아니었다. 경애를 좀 아는 직원들이 경애가 있다는 것을 더더욱 고역으로 여기며 외면한 채 지나갔다. 그렇게 지나가는 사람들에게는 찬 기운이 느껴졌다. 하지만 그 찬 기운은 공격성이나 냉소를 지닌 것이라기보다는 그냥 일상을 유지하기 위해 불가피한 온도라고 생각했다. 어느 순간에는 경애가 그렇게 지났을 거였다. 그건 특별히 나쁜 것도 아니고 잔인한 일도 아니었다. 경애가 부당전보와 관련한 유인물을 내밀어도 누구는 받지도 않고 지나가고, 암암리에 지각비를 받는 부서들의 직원은 경애를 좀 밀치면서도 스쳐 지나갈 수 있는 것이었다. 그렇게 해서 실제 시각보다 이분쯤 빠르게 설정되어 있다는 심증이 공유되어 있는 출퇴근 리더기에 간신히 카드를 긋는 것이었다. 하지만 가장 먼저는 식당의 아주머니들이 다가와 물과 간식을 주고 갔고 이제는 아이들이 읽다가 남겨둔 동화책이나 장난감을 차 안에 싣고 다니는, 그 언젠가 경애가 '웃음 투쟁'으로 난감한 상황에서 구해주었던 한다정이 퇴근을 하다가 경애를 역까지 태워다주기도 했다. 갑자기 비가 쏟아진 날이었다. 차 안에서 한다정은 어떤 말을 할까 고심하는 눈치였는데 그러다가 겨우 "직원들도 알고 있어요. 우리가 모르는 게 아니에요"라고 했다.

그렇게 하루를 보내고 나면 경애는 집으로 돌아가 몇해 전처럼 「파업일기」를 썼다. 일기는 E에 관한 기록들을 정리해둔 블로그에 적었고 그렇게 해서 블로그의 카테고리 하나가 늘어나자 뭔가 의미심장하게 느껴졌다. 여전히 블로그를 찾는 사람들은 어떤 경로인지는 알 수 없게 왔다가 스쳐 지나갔지만 경애는 방문자 기록에 남아 있는 아이디 중 하나가 산주의 것이라는 사실을 알고 있었다. 이별이 분노나 실망감, 적의 같은 단일한 감정으로 이루어졌다면 오히려 품고 살아가기가 쉬울 것 같았다. 하지만 누군가와 헤어진다는 것은 그렇게 고정되어 있지 않고 순간순간 전혀 반대의 감정이 몸을 부풀려 마음을 채우기에 아픈 것이었다. 경애는 아프다고 생각했다. 아픈 것을 대체할 다른 말은 없었다.

「파업일기」를 적고 나면 경애는 그 사장, 지금은 전도사가 되었다는 그를 찾기 위해 애썼다. 한참을 고민하다가 그가 냈다는 찬송가 앨범을 들어보기도 했는데 몇소절 지나지 않아 정지시켜놓고 누군가가 펀치를 날린 것처럼 발아래만 내려다보고 있어야 했다. 하지만 그가 정말 회개했다면 어떻게 할까. 맥주값을 못 받을까봐 문을 걸어잠근 당시의 월급 사장을 고용하지 않고 불법 영업을 하기 위해 뇌물로 관계자들을 매수하지 않았다면, 아이들에게 맥주를 팔지 않고 그렇게 해서 그 일대 유흥가에서 여러 점포를 굴려 돈을 벌지 않았다면 그 아이들이 죽지 않았을 텐데, 하면서 정말로 뉘우쳤다면, 그렇게 해서 눈물을 흘리고 속죄를 위해 정말 신을 만났다면 어떻게 할 것인가. 그렇게 생각하면 경애에게는 공 하나가 툭 떨어지는 기분이었다. 그 공은 아무런 색이 없고 심지어 둥글다는 형체마저 불분명한, 마치 달무리가 진 달의 모습 같은 무언가가 경애에게 굴러와 남겨져 있는 기분이었다. 그것을 경애가 어떻게 사용하느냐에 따라 공은 무언가를 표적으로 해서 날아갈 것이다. 그런데 그 끝에 대해 적어도 지금의 경애는 상상할 수가 없었다.

그러다 경애는 그때의 화재 참사를 겪은 누군가가 운영하는 블로그도 찾아냈는데, 인천에서 학창 시절을 보내고 '모험생'이라는 이름을 쓰는 그는 여전히 그 지역 활동가로 일하고 있었다. 청년 예술가들과 함께 전시나 공연을 기획하거나 잡지를 발행하는 일이었다. 블로그에는 모험생이 아카이빙한 그날에 관한 기록들이 있었다. 경애는 거기에서 그 일이 단순한 화재사건으로 덮이지 않고 경찰과 공무원들이 얽힌 비리수사로 전환될 수 있었던 건 한 아르바이트생이 호프집에 있던 장부를 언론사에 제보하면서였다는 내용을 읽었다. 이십여년이 지난 지금 그는 학부모가 되어 있었고 모험생에게 이런 회상을 남겨주었다.

"그는 아르바이트 나온 우리를 때리기도 했어. 우리가 돈이 필요했던 데에는 다양한 이유가 있었는데 용돈이 필요했던 경우도 있지만 정말 생활비를 책임져야 하는 애들도 있었거든. 애들은 맞으면서도 사장을 따랐어. 말을 잘 들었지, 힘있는 사람처럼 보였거든. 심지어 경찰한테 자기 집을 공짜로 세놔주고 아래윗집에 살기도 했으니까. 어른들도 설설 기는데 아이들쯤이야. 그런데 화재가 일어나자 모두들 우리의 죄를 먼저 묻더라. 연기에 질식하고 다치고 친구를 잃은 것은 우리인데 우리에게 묻더라. 니네 싹 다 날라리들이지. 그래, 그날 우리는 거기에 있었지. 알바하러 온 애도 있고 술을 먹으러 온 애도 있었지. 그런데 만약 그것이 그렇게 죽어서도 용서받지 못할 일이라면 왜 어른들은 우리를 그렇게 두었지? 경찰은 왜 돈을 받고 눈감아주고 공무원은 왜 시설 점검이 있기 전에 전화로 알려주었지? 왜 사장이 소유한 또다른 술집에서 때마다 술을 마시고 춤을 추었지? 우리가 그런 일을 겪기 전에는 왜 아무렇지 않았던 거야? 죽어서도 용서받지 못할 나쁜 일을 우리가 하고 있는데 어떻게 아무것도 하지 않았던 거야?"

경애는 회사 정문에서 피켓을 들고 서 있다가도 그 말이 생각나면 어쩔 수 없이 눈물을 참았다. 언젠가 여름, 수제비를 함께 먹었던 그 저녁의 상에서 이런 고통이 예고되어 있었다면 기도는 왜 했을까 싶으면서 아무것도 하고 싶지 않아졌다. 하지만 그렇게 하루를 포기한다는 것은 조금씩 삶을 포기하는 것이나 다르지 않아서 경애는 그렇게 낮을 보내다 방으로 돌아와서는 이 모든 불행을 만든 장본인을 찾아서 직접 얼굴을 보고 싶다는 열망에 다시 정보를 검색하곤 했다. 기사를 쓴 기자에게 이메일도 보내봤지만 그 기사가 나가고 비난하는 사람들이 늘자 자취를 감췄다고 했다. 추적이 멈추자 경애의 마음은 다시 지옥이 되었다.

그러던 어느날 모험생이 경애의 블로그를 찾아왔다. 그리고 경애가 회상한 그날의 기록에 '공유해도 될까요?'라는 댓글을 남겼다. 경애는 바로 답을 달지는 못했다. 그렇게 살아남은 사람들과 기억이 공유된다는 것에 두려움과 기대가 일었다. 이틀이 지나 경애는 '괜찮습니다'라고 답을 했고 그뒤로는 좀더 뚜렷한 목적을 가진 사람들 —화재사건에 관심이 있는— 이 경애의 블로그를 다녀갔다. 시위를 마치고 돌아오면 경애가 E에게 보냈던 편지들이나 지금 진행 중인 「파업일기」에 좀더 많은 반응들이 달려 있었다. 그러면 경애는 또다시 그들의 블로그를 찾아가 모두에게 아직도 진행 중인 이십여년 전의 그 사건에 대한 기록을 읽었고 때론 그것과 상관없는 일상의 페이지도 뒤적여보았다. 그렇게 해서 고통을 공유하는 일은 이토록 조용하고 느리게 퍼져나가는 것이라는 사실을 느꼈다. 밤이 깊어지듯이 그리고 동일하게 아침이 밝아오듯이.

*

2억의 매출은 상수가 반도미싱에서 일하는 동안 안타깝게도 그동안 한번도 쥐지 못했던 큰 성과였지만 우연히 내려앉은 나뭇잎이나 먼지처럼 아무런 감격 없이 왔다. 동양물산과 싸인해서 나눠가진 계약서를 책상에 올려두고 있었지만 상수가 보는 것은 김유정이 보내온 사진이었다. '부당전보 철회'라는 피켓을 들고 서 있는 경애였다. 저를 유령 취급하지 마십시오, 저는 사람입니다,로 시작하는 유인물을 회사 정문을 오가는 직원들에게 나누어준다고 했다.

"사장이 아마 상수씨 호출하지 않을까. 어떻게 할 거야?"

"어떻게 하다니?"

"그래, 상수씨가 끼어들기는 좀 그렇겠지? 그렇게 상관할 일은 아니겠지. 아마 그쪽 김부장이 시나리오 써서 주겠지."

하지만 말끝에 김유정은 경애가 문밖에 서 있는 것이 신경 쓰여서 낮에도 블라인드를 올려보게 된다고 했다. 같은 영업직이라 그런지 남의 일 같지가 않다고. 상수는 경애의 머리카락이 귀밑까지 정리되어 있고 한국은 봄인데도 아직 추운지 단색의 머플러를 매고 있는 것을 보았다. 거기에 서서 자기를 배제한 채 흘러가는 사람들의 일상을 지켜보는 경애의 여덟시간에 대해 생각했다. 그리고 며칠 전 '얼어 있는 프랑켄슈타인' 아이디로 도착한 이메일을 떠올렸다.

"우리는 사랑에 대해 이야기하는 사이이니까 사랑에 대해 말하고 싶을 때만 이메일을 써야 한다고 생각했어요. 그래서 그런 얘기를 할 수 있을 때를 기다렸습니다. 요즘 저는 사랑의 대상이 아니라 그걸 했던 나 자신에 대해 더 많이 생각합니다. 그 시간의 의미가 타인에 의해서 판결되는 것이야말로 나 자신에게 가혹한 일이라는 생각이 들어요. 언니 님은 요즘 어렵게 지내고 계실 것이 분명하고 이메일이 버젓이 돌아다니는 저도 좋은 기분은 아닙니다만, 우리가 함께 이야기하는 일만은 폐기되지 않아야 한다고 생각합니다."

그리고 경애는 상수가 팔년 동안 애지중지하며 운영했지만 지금은 로그인도 못하고 있는 그 페이지에서 일어나는 일들에 대해, 마치 상수가 그것을 외면하고 있을 것을 훤히 아는 사람처럼 정리해주었다. 페이지의 회원들이 원하는 것은 다만 언니가 도망가거나 숨지 않고 책임지고 싶어한다는 마음일 거라고, 그 정도로도 충분하리라는 얘기였다. 물론 다년간 익명을 지켜온 언니가 사람들 앞에 나타나는 일이 얼마나 어려울지는 알고 있지만, 하고 경애는 말줄임표를 길게 달았다. 그리고 뭔가를 알고 있는 사람처럼, 사실 우리에게는 '언니'가 필요했다기보다는 어떤 시간을 정리할 수 있는 '과정'이 필요했던 거니까 회원들은 언니가 어떤 사람이든 실망하지 않을 거라고 이야기했다, 괜찮다고.

오후가 되자 김부장이 상수를 불렀다. 김부장은 우리가 — 이것을 강조했다 — 나서서 박경애 건을 해명할 필요는 없다고, 본사에서 지켜보다가 영업 방해로 신고하고 근무지 이탈 등으로 해고 조치하리라고 했다.

"박경애 씨가 뭘 오해하고 억지를 쓰는 모양인데 내놓을 증거 한

장 없으면서 떠드니까 가엾지. 공팀장 사장 쪽이랑 연관있는 거 아
는데 관심있게 사장이 물어본다고 너무 믿고 나서면 나중에 역풍
맞습니다. 이사들까지 건드려봐야 팔이 안으로 굽는다고 팽당하기
십상이고, 공팀장도 이제 나이가 마흔 다 되어가지 않아? 싱글이라
모르겠지만 쉰부터는 기반 안 쌓아놓으면 노후가 위기야, 안정이
최선 아뇨."

　김부장의 얘기에 상수는 무기력해지는 느낌이었다. 그렇다, 문제
는 증거도 없다는 것이었다. 상수와 경애에게는 사적으로 들은 증
언은 있지만 그걸 증명하는 페이퍼 한장이나 사진이나 돈이 오간
내역을 밝혀줄 통장이라든가 아무것도 없었다. 아무것도 없는 상태
에서 말하면 되리라는 생각으로 그런 보고를 올리고 상대에게 경
고를 했다는 사실이 무모하게 느껴질 만큼, 애초에 싸움이 되지 않
는 일이었다. 그뒤로 상수는 얘기도 제대로 나눠본 적 없는 몇몇 이
사들의 안부 전화를 받았는데 그중에는 어린 시절 상수네와 속초
어디로 가족여행을 갔다는 사장의 사촌누나도 있었다. 그는 그다
지 할 말은 없는지 문득 상수에게 요즘은 몸무게가 얼마나 나가냐
고 물었고 상수가 대답하고 싶지 않아서 그런 개인 신상은 프라이
버시 영역이라고 하자 더는 캐묻지 않고 "그때 열살인가 했을 텐데
그때 참 건강했지" 하고 회상했다.

　상수는 경애에게 연락하지 않았다. 회사에서 절대 개인적으로
경애와 접촉하지 말라고, 어떤 꼬투리를 잡을지 모르니까 각별히
조심하라고 한 말 때문이 아니라 미안해서였다. 뭘 어떻게 해야 할
지 몰라서 미안했다. 경애가 도와달라든가 너도 일정 부분 책임을
지라든가 하지 않아서, 더구나 자기는 좀 덜떨어지고 멍청한, 비겁

하고 찌질한 사람이니까 방법을 생각해내지 못했다. 다만 정오가 되면 김유정에게 문자메시지를 보내 다른 것들에 대해서는 묻지 못하고 오늘도 경애가 나왔느냐고, 피켓을 들고 서 있더냐고 물을 뿐이었다. 그러면 김유정은 나왔지,라고 짧게 답하거나 사진을 보내주었다. 그렇게 사진으로 경애를 확인할 때 상수의 마음은 걷잡을 수 없이 흔들렸다.

동양물산에 기계를 넣는 날, 오과장이 급한 일이 생겼다며 창식씨를 데리고 외근을 갔다. 조선생 혼자 그 많은 기계를 설치할 수 없어서 오래전부터 창식씨와 함께 작업하기로 계획되어 있던 일이었다. 문제는 오과장이 급하게 가면서 무슨 일 때문에 그러는지 설명도 않았다는 것인데 직감적으로 반도미싱이 아니라 다른 회사 미싱을 설치하거나 수리하러 갔다고 느껴졌다. 얼마나 중요한 날인데, 이 건을 만든다고 경애와 조선생이, 이후에는 상수가 동양물산을 마르고 닳도록 드나들었는데 이런단 말인가. 화가 치밀었지만 상수는 말할 수가 없었다. 이제 이 지사에 그런 일들이 있는 건 비밀 아닌 비밀이 되었다. 상수는 경애에게 그런 조치가 내려지는 데 아무것도 하지 않음으로써 김부장의 영업방식을 암묵적으로 승인한 셈이 되었다. 토니까지 오과장이 데려가버려서 상수는 조선생과 택시로 이동했다. 차 안에서 둘은 거의 대화하지 않았다. 경애가 그렇게 빠져나가면서 조선생과 상수 사이의 분위기도 달라졌다. 차 안에 앉은 둘의 자세처럼 은근히 시선을 비끼고 있는 것에 가까웠다. 둘 사이에 문제가 있어서가 아니라 둘이 바라보고 있는 쪽에 누군가에 대한 미안함이 있어서. 그런 각자의 미안함은 꺼내어 얘기하기도 힘들었다.

천여대에 가까운 미싱을 조선생 혼자 설치하는 건 불가능해 보였다. 포장을 푸는 일만으로도 조선생과 유동심 주임은 넉다운될 정도였다. 그래도 유주임은 이게 다 동포 정신 아니겠습니까, 하고 웃으며 도왔다.

"그런데 박주임은 한국에서 잘 지냅니까?"

유주임의 물음에 상수와 조선생은 선뜻 대답하지 못하다 나중에야 조선생이 "열심히 지냅니다"라고 답했다. 오후가 되어도 기계가 다 설치되지 않자 유주임이 초조해하기 시작했다. 기계 설치가 되지 않아서 공정에 차질이 생기는 건 사실 있을 수 없는 일이었다. 기계를 팔아놓고 설치를 안해주다니, 그렇게 해서 공장에 손실을 입히다니, 그래도 유주임은 그간 자기가 목격한 반도미싱 직원들의 성실함이 있으니까 이해해주려고 노력했다. 비록 팀장이라고 온 상수가 무기력하게 기계실 바닥에 앉아 자기 생각에 빠져 있다고 하더라도, 온다는 기술자가 오지 않아 그런 것이겠지 무슨 급한 일이 있겠지 생각하려 했지만 저녁 일곱시가 되어 직원들이 다 퇴근할 때까지 반도 설치되지 않은 건 참을 수가 없는 일이었다.

"이러면 안되지요. 내일이라도 다 설치가 되겠어요?"

중간에 한국인 직원들이 걱정을 하며 돌아간 뒤로는 더 초조해졌다. 상수는 오지 않는 오과장과 창식씨를 채근하다가 나중에는 더 연락하지 않았다. 그리고 공장을 둘러보았다. 기계가 들어오고 미싱으로 채워지면 정신이 아득할 만큼 돌면서 옷을 생산해낸다. 하지만 적어도 지금은 설치되지 못한 채 덩그러니 놓여 있었다. 경애가 빈즈엉을 부지런히 오가면서 해낸 성과물이. 경애는 호찌민을 떠나는 순간까지 이 공장에 대한 자세한 페이퍼를 상수에게 넘기고 갔다. 접촉한 인사들이 어떤 성향이고 무엇을 원하는지에 대한 꼼꼼한 메모가 덧붙여져 있었다. 만화를 좋아함,도 있었다. 허심탄회가 최선이다, 또는 고향의 각재기국을 그리워함, 각재기국은 제주 음식. 공장 조장 응언은 형제가 모두 구로공단에 거주, 같은 기록이었다. 그런데 그렇게 축적했던 것들은 무엇을 위한 것이었을까. 그러자 경애가 이제 사랑의 대상이 아니라 자기 자신에 대해 더 생각해보겠다고 한 말이 떠올랐고 그 결과로 경애는 보통 때라면 출근카드를 그으며 일상적으로 통과해야 했을 정문 밖에 서 있었다. 힘을 쌓다보면 축적해온 모든 것들을 잃을 용기도 생겨나는 것일까. 마지막으로 오과장에게 연락이 왔을 때 상수가 "이런 식으로 하는 거 심각한 위반입니다" 하고 경고하자 오과장이 "사정 다 알면서 왜 이래요. 여기 넣은 기계가 말썽인데 그럼 어떻게 해"라고 반말을 섞어 유들유들하게 받아쳤다.

"대체 어딥니까? 얼른 보내란 말입니다."

"못 가요, 여기 호찌민도 한참 벗어난 데야. 꽝남이야."

중부의 꽝남 지역이라면 호찌민 지사가 아니라 하노이 지사가 관리하는 곳인데 거기까지 갔다면 반도미싱 기계가 아니라는 게 분명했다. 그렇게 결국 반도미싱의 마크를 단 미싱들이 설치되지 못하고 유주임도 돌아간 빈 공장에서 조선생과 한편에 누워 잠을 청할 때 상수는 경애가 자신에게 했던, 책임지고 싶어한다는 마음이면 된다고 했던 말에 대해 생각했다. 이대로 모든 연락을 끊고 언니로 살았던 시절을 지우면 그만이라는 계산을 수십번 했지만 타인에 의해 그렇게 결정된다면, 결론이 내려진다면 경애 말대로 가혹한 일이 아닌가. 그 페이지에서 익명의 개인들과 나누었던 많은 시간과 감정들이 있지 않은가.

상수는 잠들지 못하고 뒤척이다가 자기가 회원들에게 보냈던 모든 편지들이 게시되어 있는 탭을 열었다. 그리고 페이지의 모든 메뉴를 그전과 다름없이 되돌렸고 한동안 들어가지 않았던 대화창으로 들어가 운영진들과 만날 약속을 정했다.

*

상수는 적어도 고루한 체크무늬 셔츠나 슈트 따위는 입고 싶지 않았다. 그건 너무—말이 이상하지만—남자—호찌민 지사로 발령받았다가 다시 팀원이 없는 팀장이 되어 회사에 알리지도 않고 무단으로 근무지를 이탈해 한국으로 입국한 38세 직장인처럼 보일 것 같아서였다. 사실 상수가 남자라는 사실 자체가 회원들의 기대를 아주 무너뜨리겠지만 그래도 느낌이라는 것이, 아니면 분위기라는 것이 있으니까 그들을 충격에서 완화해줄 수 있지 않을까. 그래서 상수는 평소보다 면도를 꼼꼼하게 하고 잔털들은 밀랍 왁싱제로 제거했다. 눈썹도 평소보다 더 가지런하게 다듬었는데 그렇게 눈썹칼과 가위로 착착착착 털을 정리하고 있을 때 서러움 같은 것이 올칵올칵 올라왔다. 무엇에 대한 서러움인지는 알 수 없고 아무튼 나서서 문제를 해결하겠다고 결심한 자기 자신에 대한 연민이 섞여 있었는데 그때마다 환기되는 눈 속의 제인 에어, 그 상상 속의 차갑고 작고 아름다운 눈 결정이 주는 통증이 떠오르다가 최종적으로는 한숨이 밀려나왔다. 그런 건 다 환상이었을지도 몰랐다. 현실은 지금 상수가 문을 열고 아파트를 나가 구년 동안 자기를

여자라고 생각했던 이만명을 대표하는 세명의 운영진들을 만나야
한다는 것이었다.

상수는 회원들의 격한 반응을 상상했다. 드라마에서처럼 상수
얼굴에 물잔을 끼얹었을지도 모른다. 나는 당신을 믿었어! 이윽고 상
수가 고른 건 흰 점퍼와 매머드가 그려진 티셔츠였다. 그리고 가방
을 챙겼는데 거기에는 에일린이 헬레나를 통해 얻은 서류들이 들
어 있었다. 김부장네가 클라이언트들에게 공급한 타사 미싱에 관한
자료들이었다. 헬레나는 주면서 나중에 추궁당하면 자기는 모르는
일이라고 상수가 훔쳐갔나보다고 말하겠다 했는데 그렇다 해도 쉬
운 결정은 아니었다. 에일린은 이렇게 하면 경애가 다시 올 수 있느
냐고 물었지만 상수는 어려울 거라고 했다.

"괜찮아요, 아니면 내가 서울로 놀러 가야죠."

"언제요?"

"언젠가 눈 올 때요. 언니가 따뜻하게 입고 오라고 했어요. 아니
면 얼어 뭐지,"

"죽는다고요? 여기보다 엄청 춥지요. 더구나 올겨울에는 이상한
파가 와서."

"네, 그래서 안 그러면 얼어, 뒈진다고."

"뒈진다고 했어요? 경애씨답네요."

"네, 언니는 언니다워요."

상수는 집에서 나와 한참 걷고 나서야 자기 티셔츠에 적힌 단어
가 'extinction', 멸종이라는 것을 발견했다. 그러자 좀 위축되는 기
분이었다. 아무래도 자신의 운명을 암시하는 말 같았다. '언니는 죄
가 없다'가 아니라 그냥 '이제 언니는 없다'가 될 것이었다. 없었다,

그런 언니는. 실연한 누군가에게 밤을 새워서 편지를 쓰는, 하루에도 수십통씩 날아드는 이메일을 읽으며 최선을 다해 상상해보는, 그러니까 그가 잃어버린 사랑의 크기와 온도 같은 것을 재어보고 그것이 어떻게 하면 안전하게 식어갈 수 있는가를 고민하는 언니는 없고 이제는 죄만 있을 거였다. 사람들을 속이고 기만한 죄.

'연남동'과 '센트럴파크'가 합쳐져 '연트럴파크'라는 기이한 이름으로 불리는 공원에는 강아지들이 주인들과 산책을 하고 있었다. 꼬리를 흔들고 귀를 쫑긋거리며 소리를 듣다가 상수가 지나가면 작고 영롱한 눈동자로 상수를 식별했다. 매머드와 함께 익스팅션—멸종이라는 표기를 가슴팍에 붙인 채 지나가는 생명체를. 남자이지만 부득이하게 여자로 살기도 했던 상수가 이제 그 종의 소멸을 향해 걸어가는 모습을. 개천을 따라서 난 수초들도, 개울물을 퍼내는 인공 펌핑시설도, 퀵보드의 앙증맞은 바퀴도, 칠리맛 핫도그도, 심지어 이 도시의 첫 개화일지도 모를 어느 봄나무의 꽃망울도 그런 비극과 소멸의 분위기를 반전시키지는 못했다.

상수가 벽돌담으로 지어진 까페로 들어갔을 때 이미 젖된느낌과 코브라자 그리고 가장 빈번히 대화했던 애정휘귀가 앉아 있었다. 애정휘귀만 출입구 쪽을 보며 있었는데 상수와 눈이 마주쳐도 별 반응이 없던 그는 상수가 지금이라도 도망가고 싶은 발걸음을 억지로 끌고 가서 "안녕하세요, 제가 언죄다 페이지 주인입니다"라고 했을 때 마침 들고 있던 스푼을 테이블 위에 딱, 하고 내려놓았다. 다들 뭐라고 해야 하나 말을 고르는 사이 애정휘귀가 먼저 "생각과는 조금 다르네요" 했다. 하지만 어투에서 느껴지는 무게는 결코 조금이 아니었다.

아무튼 만났으니 앉아야 했고 차를 시켜야 했으며 본론에 들어가기 전 최소한의 친교의 말을 해야 했는데 아무도 입을 열지 않았다. 그럴 때의 침묵——이란 상수가 평소에 가장 부담스러워하는 것이었으므로 버릇처럼 상수 쪽에서 먼저 입을 열었다. 회원들의 근황에 대한 확인이었다. 애정훠궈가 만났던 외국인 남자친구의 근황에 대한 것이기도 했고 코브라자의 팔천짜리 전셋집을 톡 털어먹어버린 교회 오빠에 관한 것이기도 했다. 젖된느낌은 특이하게도 모든 사랑이 짝사랑으로 끝나버린 경우였는데 상수에게는 그들에 대한 세세한 기억이 있어서 젖된느낌마저 잊고 있던 어떤 추억을 되살리기도 했다. 모두 구년의 시간이 축적되었기에 가능한 대화였다. 수다는 발랄하게 이어졌지만 그래도 대화가 끊기고 테이블 위에 침묵이 흐르는 때가 오면 너무 많은 걸 알고 있어 더는 부인할 수 없는 언니 아닌 언니인 상수——마르고 키가 크고 곱슬거리는 머리가 에센스에 촉촉이 젖어 있는, 하지만 어디를 봐도 여자는 아니고 불운한 자기 운명을 암시하듯 '멸종'이라는 티셔츠를 입고 있는 상수의 문제가 실감 나면서 회원들은 심각해졌다. 이만여명의 반응이 걱정되었다. 어떻게 처리할 것인가. 그러니까 저 사람이 그렇게 말했단 말인가. 첫눈을 함께 본 그 사람을 어떻게 잊겠어요, 하고, 한여름에도 떠올리면 내려앉을 거예요, 그때의 그 눈송이들이, 제 손바닥 위로 그랬던 적이 있는 것처럼, 하고. 유난히 커서 펼치면 소도 잡을 것 같은 저 손바닥 위로 나풀나풀 떨어지는 눈송이를 상상하면서 바깥의 온도야 어떻든 그때의 사랑을 환기시켜 위로하려는 마음을 전했다는 말인가. "사랑한다는 말을 아끼는 남자들에게 우리는 연연할 필요가 없어요"라고 했다는 말인가. 그 말은 입김과 같아서 너무 찬 공기를 만나면 형체도 없이 사라지고 마니까요, 하고.

아무튼 그렇게 오랜 시간 통성명을 한 뒤 넷은 빵을 먹었다. 팬케이크와 크루아상 그리고 에클레어 따위를 씹으면서 뭔가 사태 해결을 위한 상의를 하려고 애썼는데 이렇게 서로를 직접 확인하는 것 이외에 사실 이 만남의 다른 목적은 없었다는 것을 깨달았다. 상수가 해킹당한 계정을 싸이버수사대에 신고해 경찰서에 출두하고 인터뷰에도 응할 예정이라고 말했다.

"인터뷰에 나간다고요?"

코브라자가 물었다.

"하기는 그래야 우리 이메일 가지고 장난을 안 치지?"

젖된느낌이 동의했다.

"언니씨는 괜찮구요?"

애정휘귀는 묘하게 '씨'를 붙였다. 그러니까 언니는 관계에서 생겨나는 호칭이 아니라 스스로 선택 가능한 명사처럼 느껴졌다. 그렇다 해도 애정휘귀가 언니,라고 문자나 텍스트가 아니라 음성으로 부르는 말을 들었을 때 그것이 상상보다 너무 다정하게 들려서 상수는 콧등이 시큰해졌다. 하지만 아무리 오랫동안 소식을 주고받았대도 처음 보는 얼굴들인데 울기라도 하면 낭패 아닌가 싶어서 자신을 덮는 그 슬픔을 참아보려 애썼는데 애정휘귀가 "아니, 그럴 필요까지는 없어요" 하고 단호하게 말렸다.

"인터뷰가 필요하면 제가 나갈게요. 제가 언니라고 하고 나갈게요. 다 같이 나가서 저만 언니 하면 되잖아요. 곤란한 질문 나오면 언니씨가 옆에서 도와주고요."

그건 상수가 생각하지 못한 방법이었다. 누군가가 상수를 도우리라고는 예상하지 못했기 때문이었다. 사실 따져보면 이들 모두 운영자들이니까 언니 역할을 한다고 해도 이상할 것은 없었다. 그러자 상수의 마음은 이런 재난과도 같은 인생의 위기를 비교적 수월하게 넘길 수도 있겠다는 기대로 부풀었지만 막 입에 넣은 팬케이크 조각이 다 녹기도 전에 그 기대감은 가라앉았다. 애정휘귀가 "그래야 회원들이 상처를 받지 않아요"라고 했기 때문이었다. 상수의 마음은 다시 쪼그라들고 압착되었다. 충격 완화를 위해서라도 나서지 말까, 그러니까 공공의 이익을 위해서라면…… 하지만 그렇게는 하고 싶지 않았다. 그건 오늘만 견디는 데 지나지 않았기 때문이었다. 상수는 그런 사람이고 싶지 않고 오늘이 있으면 당연히 내일이 있고 내일 해결해야 할 문제가 있고 해결이 되든 되지 않든 마음을 쓰다가 하루를 닫는 사람이고 싶었다.

"말은 고마워요. 그런데 그러고 싶지는 않아요."

"왜요? 그렇게 해야 회원들도 상처 안 받고 안 놀라잖아요."

그러자 상수는 미안해졌고 저도 모르게 두 손을 모으며 다시 사과했지만 자기가 나가겠다는 뜻을 접지는 않았다.

"그렇게 하면 계속 속이는 거니까요. 이제 그러고 싶지는 않아요."

상수는 회원들과 헤어져 회사 쪽으로 걸었다. 그사이 홍대에는 대형 브랜드 매장들이 많이 들어서 있었다. 크레인을 동원해 무언가를 짓고 난 뒤에는 어김없이 세계의 어느 도시를 가나 흔히 볼 수 있는 브랜드들의 매장이 생겨났다. 그러면 관광객들은 관광을 왔다가 그 매장에서 또 세상에서 흔히 볼 수 있는 브랜드의 상품을 사고 그렇게 이동해가는 사람들에게 스탬프처럼 찍힌 나이키, 아디다스,

샘소나이트, 노스페이스 같은 로고들은 또 낯선 풍경을 아주 익숙한 것으로 만들어놓는 기능을 했다. 그러다 상수는 새로 생긴 나이키 매장에 사람들이 줄을 서 있고 무전기를 든 남자들이 서서 무언가를 준비하고 있는 장면을 보았다. 평소라면 지나쳤을 일이고 사실 상수가 그럴 상황도 아니었지만 부담 가는 일이 있으면 은근히 길을 돌아가게 되는 심리 때문인지 상수는 그 앞을 좀 서성였다. 매장에 걸린 대형 브로마이드와 상품을 통해 그곳이 나이키 상품 중 조던 라인만 모아놓은 특별 매장이라는 사실을 알았다. 그러자 상수는 어머니와 함께했던 오래전 미국여행을 자연스럽게 떠올렸고 그때 조던이 어머니와 인사하면서 무슨 말을 속삭였다는 기억이 되살아났다. 상수는 줄을 서라고 하는 가드에게 조던이 오느냐고 물었다.

"한시간 이내에 옵니다."

"한시간이면 온다고요?"

"네, 한시간이면 와요. 라인은 지켜주세요. 인도에 나와 계시지는 말고요."

가방에는 호찌민의 식구들이 챙겨준 서류들이 있고 만나야 할 경애는 여기서 한 십오분 거리에서 오늘도 다름없이 피켓을 든 채 서 있을 텐데 상수는 왠지 여기서 조던을 만나고 가야 할 듯했다. 두 도시에서 조던을 만난다는 건 얼마나 운명적인 일인가. 조던이 좋아서 조던의 스니커즈, 농구공, 운동화에 열광해온 상수의 조카뻘은 될 듯한 젊은이들이 줄을 섰고 직원들이 싸인을 받을 수 있는 조던의 포스터를 나눠주는데 상수는 긴장되었다. 물론 이십육년 전에 잠깐 스쳤던 동양인 일행을 기억할 리 없고 그걸 설명하기도 전에 진행요원들이 상수를 출구로 안내하겠지만 그래도 그렇게 물어보는 것, 어머니의 가장 환했던 때를 다른 누군가를 통해서 확인해보는 일은 중요하지 않은가. 기다리는 동안 상수는 어머니 하면 떠오르던 그 막막한 여름밤 대신 이 봄볕에 알맞은, 좋은 계절의 어머니가 떠올라서 좋았다. 그러니까 상수와 함께 그 밤의 도시를 내려다보면서 이런 노래를 불러주었던 어머니.

삶을 살아가는 동안 언젠가
네 마음을 뒤흔들어놓을
그런 여자를 찾을 거야,
그리고 그런 뒤에는 도시를 등지게 되지만
아침에 눈을 떠보면
여전히 그녀를 떨쳐버릴 수가 없을걸.

네가 할 수 있는 최선은
사랑에 빠지는 것이야.
네가 할 수 있는 최선은
사랑에 빠지는 것이야.

그러는 동안 상수는 자기가 왜 평소에 한번 떠올려본 적도 없는 조던을 만나느라 서 있는지를 깨달았다. 용기가 필요했기 때문이었다. 이윽고 조던이 왔는지 사람들이 환희에 찬 비명을 질렀고 줄이 조금씩 줄어들기 시작했다. 그렇게 해서 한시간 반 만에 상수가 만난 조던은 은색 양복 차림이었고 싸인을 하고 난 뒤에 팔을 들어 팬들과 하이파이브를 즐기는 호쾌한 사람이었다. 하지만 줄이 줄어들어 그의 호쾌함을 실감하면 할수록 상수는 긴장하고 입이 바싹바싹 말랐다. 영어로 해야 할 문장들을 잊지 않도록 반복적으로 외워보아야 했다. 그러니까 기억합니까? 1992년에 우리 어머니와 내가 보았다, 당신을, 경기에서 우리는 한국의 정치인들 집단으로 초대를 받은 것이었고 인사하면서 당신이 한 말은 무엇입니까? 우리 어머니의 환한 미소…… 같은 구글 번역기를 이용해 만든 문장. 드디어 차례가 되어 종이를 내밀고 상수는 충동적으로 경애라고 이름을 적어달라고 했다. 이 바쁜 행사에서 이름까지 써달라고 하는 건 환영받지 못할 일이었지만 아무튼 조던은 그렇게 적었다. 그리고 그사이 상수가 머릿속으로 굴리던 문장들을 읊으며 묻기 시작하자 예상대로 스태프가 제지했고 뒤에서 기다리는 팬들도 질문은 금지예요, 팬싸의 기본을 모르시나봐, 하면서 상수를 위축되게 만들었는데 그렇게 해서 눈치를 보던 상수가 못다 한 말을 삼키며 "쏘리"하며 돌아나올 때 마이클 조던이 괜찮다는 듯 헤이, 하며 불렀다. 그리고 "최선을 다해요!"라고 외쳤다. 그건 흔한 구호라서 별다른 감동은 없었지만 조던이 "이미 최선을 다했지만" 하고 유 디드 유어 베스트,라고 덧붙였을 때는 상수도 울 듯 말 듯한 얼굴로 돌아서 손을 흔들었다.

나중에 경애는 아마 어머니가 들었던 말도 그것이 아니었을까요, 하고 말했다. 사실 그런 슈퍼스타가 팬들에게 할 수 있는 인사는 정해져 있으니까요,라고.

경애는 상수를 두달 만에 보는데도 그리 놀라지 않고 다만 들고 있던 피켓을 내려놓고 반갑네요, 하고 악수를 청했다. 그렇게 해서 잡은 경애의 손이 차가워서 여기 서 있는 동안 경애가 겪었을 곤란이 느껴지는 듯했다. 경애는 상수가 왜 본사에 왔는지 자신과 관련한 일 때문인지 묻지 않았다. 궁금하지 않은 듯도 하고 자기와 상관없는 일이리라 짐작하는 것 같기도 했다. 상수도 사장의 반응을 알수 없었기 때문에 말을 꺼낼 수는 없었지만 경애가 까페로 들어가화장실을 다녀오고 잠시 샌드위치를 먹을 때까지는 그 자리에 서서 경애의 피켓과 유인물을 지켜주었다.

사장은 집무실 한켠에 스텝박스를 설치해놓고 운동을 하다가 상수를 맞았다. 일정한 스텝으로 올라갔다 내려왔다 하며 박자를 맞추는 소리는 마치 공장의 미싱이 덜덜덜덜 하며 돌아가는 소리 같았다. 그러니까 무의식이라는 것은 무서워서 운동을 골라도 이런 운동을 고르게 되는 것일까. 사장은 상수를 보고도 전혀 놀라지 않았고 오히려 "와, 올 거라더니 진짜 왔네"라고만 했다. 그러고는 운동을 멈추지 않은 채 "그래, 뭐 자료라도 가져왔나? 계약서나 뭐 그런 거?" 하고 물어서 상수는 당황했다.

"어떻게 아셨습니까?"

"그거 다 가짜로 꾸며서 들고 올 거라고 이사들이 그러던데, 공상수 씨 그런 야심도 있었어? 아주 그 지사를 내가 독차지해서 법인장 같은 거라도 하려는. 누가 그 계산 짜준 거야? 조조 역할을 누가한 거야? 피켓 들고 나와서 자리 지키는 저 여자야?"

"사장님, 박경애 씨입니다."

"뭐?"

"저 여자가 아니라 박경애 씨라고요."

그러자 사장이 그 시끄러운 스텝박스에서 내려왔고 상수를 보고 있다가 "언제 탁구 한번 치러 오랬지? 왜 안 와?" 하고 물었다.

"탁구를 어떻게 치러 갑니까? 호찌민에 가 있었는데."

상수는 자신의 계획이 모두 수포로 돌아가는 것 같았다. 그러니까 이사들이 몇번의 속삭임으로 상수가 가져올 증거들을 수포로 만들어버린 것이었다. 아마도 사장은 그사이 뭔가를 해보려는 의욕마저 사라져서 회사가 잘되면 좋겠지만 안되면 그런대로 다른 사업, 좀더 미래지향적이고 폼 나는 4차산업에 자기 이름을 넣어볼 생각인지도 몰랐다. 진짜 낙하산은 상수가 아니라 사장이 아닌가, 인생 자체에 헛바람이 들었으니까. 상수는 절망과 함께 찾아든 분노감에 속으로 이렇게 생각했다. 그렇지 않아도 상수는 성장하는 내내 주로 새어머니를 통해 사장의 한심함을 들어왔다. 우주산업을 하겠다며 인공위성을 쏘아올리기도 했는데 그때 하늘로 날린 돈이 못해도 몇억은 될 거라고 새어머니는 틈만 나면 그 괴팍한 행동에 대해 이야기했다. 물론 주위에는 그것보다 더하게 폭행이나 약물이나 음주로 속을 썩이는 애들이 지천이었기 때문에 사장의 행동은 어딘가 진취적으로 보이는 것이기도 했다. 언젠가 낮술을 마신 사장이 그때 그 일을 회상하며 농담인지 진담인지는 모르겠지만 외로워서 그랬다고 하기도 했다.

"내가 그때 그거 쏘기 위해서 러시아까지 갔는데 당신들 알지, 러시아 마피아, 내가 걔네까지 만났어."

"마피아요?"

"어, 마피아. 걔네가 물었어. 야, 위성을 왜 쏘려는 거냐? 딱 말했지, 암 쏘 론니. 그러니까 막 멋있다고 말이야, 짜르라고 말이야."

주식회사의 왕이라는 점에서 짜르라면 짜르지만 세상에서 가장 멍청한 짜르가 아닌가. 상수는 자기가 뭐라고 여기까지 비장하게 찾아왔나 싶었다. 자기 일자리를 걸고 페이퍼를 건네준 헬레나와, 무슨 소동이 일어날지 뻔한데도 응원해주었던 에일린과 조선생에게는 이 일이 너무 절실하지만 정작 공장의 소유자는 여기서 아주 평안하지 않은가. 상수는 그냥 다 포기하고 돌아설까 생각하다가 지푸라기라도 잡는 심정으로 회사에서 내주는 판공비가 사실은 그렇게 쓰이고 있다고 누구 하나 개인사업자로 굴려주고 있는 상황이라고, 매출이 계속 성장세인 듯 보이지만 사실 그건 말 그대로 페이퍼상일 뿐이고 지사의 상황은 나빠지고 있다고 설명했다. 이건 어쩌다 한번 이렇게 된 것이 아니라 거의 매일의 업무처럼 반복되어온 것이라고.

"그러니까 나를 속였단 말인가?"

"속였죠, 완전 속였죠."

"물로 봤다고?"

"네, 새 된 것이기도 하고요."

사장은 믿지 않는다는 표정이었지만 기분은 상한 것 같았다. 슬슬 부아가 올라서 누군가를 부르거나 따지거나 해서 좀 소란을 피워야겠는데 여기서 떠들고 있는 잔챙이는 사실 절차대로 하자면 이 방에 와서 서 있을 수도 없지만 아버지가 재수학원 동기동창인데다 골프 회동의 멤버라서 그렇게는 할 수 없고 그래도 끌어내버리면 그만이지만 혹시 이놈이 더 또라이라서 자기 아버지를 통해 회장에게 쓸데없는 말이라도 하면 어쩌나 싶어 싫어도 몇분은 생각을 해야 했다. 그러니까 어떻게 체신을 잃지 않으면서 적절하게 지금 차오르는 이 나쁜 감정—누군가들이 자기를 속였다는 데서 오는 은근한 분노와 긴장 그리고 의혹—을 해소할 것인가. 이윽고 사장은 삼자대면을 하기로 결심했다. 그렇지 않아도 이 골치 아픈 일, 누구 말이 맞나 싶으면 누구 하나가 뛰어들어와 아니라고 하고 그런가 하면 또 누가 발뺌하는 이 상황을 공중으로 묵직한 발사체 하나를 발사하듯 단번에 해결해야겠다는 결심을 하고 있던 차였다. 누구는 출근 때마다 피켓을 들고 자꾸 자기 차를 가로막고 구호를 외쳐서 점심시간에 평소처럼 탁구도 칠 수가 없는데, 누나들은 그 의원님 아들은 왜 그런다니, 왜 그런 귀찮은 일을 진작에 안 막았니, 하는 짜증을 내고 친척들은 관행을 무시하면 안되지, 너무 맑은 곳에는 고기가 살지 않으니까, 영업이 어느정도 그렇게 되지, 하는 가운데 아버지가 며칠 전 자기를 불러 안 그래도 선언하듯 이렇게 말하지 않았는가.

"세상이 변했다."

"세상이 변하면 어떻게 해야 할까요?"

"어떻게 하긴, 어떻게 해도 미싱은 잘 돌아가니까 돌리는 건 계속 돌리는데 뚜렷한 사계절이 있기에 볼수록 정이 드는 건 산과 들이나 해당하는 거고 사업은 동남아 휴양지 기후처럼 어? 골프 치러 가면 거기 어떻든, 아주 사람들이 착 늘어져서 아 따뜻하다, 오늘도 따뜻하니 내일도 따뜻하고 모레도 그러니까 무슨 걱정 있으리요. 릴렉스하게 편안하게 그렇게 사람을 만들지 않던. 아무튼 회사는 그렇게 조용하고 편안하게 굴러가야지, 온도차가 있으면 감기 걸리고 감기 걸리면 나 같은 늙은이들은 폐렴도 걸리고 종생이다. 우리 회사도 사람으로 치면 환갑이 안 넘었냐."

그런데 월요일부터 상수가 이 방에 쳐들어온 것이었다. 사장은 이사들을 모두 회의실로 불렀다. 거기에는 그동안 설치만 해놓고 시연할 때 이외에는 돌려본 적이 없는—사실 거래처 중에는 아직 이메일을 주고받는 데도 사흘 가까이 걸리는 오지도 있는지라 이런 최첨단 시설은 어떻게든 선진적인 산업을 이끌고 있다는 사장의 환상을 위해서만 봉사할 뿐 다른 쓸모는 없었던—그 시스템을 삼자대면에 이용하기 위해서였다. 평일 오후인데도 이사나 부장 같은 간부진들은 몇 남아 있지도 않았다. 사장이 다들 어딜 갔느냐고 하자 부장이 "다들 외근 중이라고 합니다" 하고 말을 흐렸다.

"아니 이렇게 회사를 다 빠져나갔어?"

그러자 사장의 매형인 장이사가, 영업하는 사람들이 이 시간에 안 나가고 있으면 되겠느냐고, 이 시간에 여기 있는 영업자가 이상한 거라고, 상수를 한번 툭 치듯 거론하며 넘어갔다. 그렇게 해서 호찌민 직원들과 화상통화가 연결되었다. 상수는 오과장이나 김부장이 연결되면 페이퍼를 가지고 한번 겨루어보겠다고 생각했는데 사장이 찾은 건, 사장의 표현대로 하면 '기술자들'이었다. 평소에도 회장은 언제라도 이 나라에 전쟁이 날 수 있다는 공포를 가지고 있었고 그렇다면 언제든 인근의 나라로 피란 가는 시나리오를 갖고 있었는데 그때 이민선에 태울 것으로 개인금고와 아들과 기술자 한명을 꼽곤 했다. 그러면 어디를 가서든 제로베이스에서 다시 시작할 수 있다고, 나머지는 다 현지 조달할 수 있다고 했다. 그 말을 들으면서 사장은 자신이 회장에게는 금고와 기술자 사이에 있는 존재라는 생각을 했고 애석하게도 아버지와 어머니의 관계는 이토록 보잘것없구나 하고 생각했다. 누가 세개를 들라고 한 것도 아닌데 굳이 세개만 들어서 어머니 앞에서 떠드니 아들인 자신이 좋을 리가 없었다. 하지만 이런 순간에는 또 아버지 말이 강하게 영향을 미쳐서 사장은 창식씨와 조선생 두 사람만 불러냈다. 조선생은 상수와 같은 맥락의 이야기를 하고 물러났다. 조선생을 알아본 이사 하나가 "파업 때 잘렸다가 공팀장이 청해서 복직된 직원 아닙니까?"라고 했다.

"나이가 많은데 복직이 됐어요?"

다른 이사가 물었다.

"인생 이모작 확실히 하네."

창식씨는 화상통화를 한번도 해보지 않아서 어리둥절한지 자꾸 귀를 가져다 대려고 했다.

"그러지 말라고 해요. 아 그렇게 화면을 몸에 밀착하니까 기분이 이상하네."

창식씨 뒤에 오과장이 있다가 사장 말을 들었는지 다가와 얼굴과 손을 적정거리로 유지시켜주었다. 사장이 창식씨에게 다른 회사 미싱을 설치하는 업무를 맡아왔느냐고 물었다. 창식씨는 "어디서요? 중국에서요? 여기서요?"라고 해서 그런 관행이 호찌민만이 아니라 다른 지사에서도 되풀이되고 있다는 생각을, 적어도 상수에게는 들게 했다. 하지만 창식씨는 사장의 질문에 상수의 바람과는 다르게 답했다. 앞을 제대로 보지 않고 자기의 열띤 얼굴을 손바닥으로 쓸며 어딜 보는지 자꾸 딴짓을 하면서 거짓말을 했다. 그런 설치를 한번 가서 했는데 그건 협력관계에 있던 경쟁사 사장이 간곡하게 부탁해서 이루어진 일이다. 자기는 생전 그런 일은 안해봤고 정말 그랬다면, 그걸로 보너스 받고 먹고살았다면 회사에 큰 누를 끼치는 일이라고 생각한다.

"여기서 월급 받고 그런 일 하느라 정작 우리 미싱 일은 하지도 못하고 그런다면 양심적으로다가 정말 문제가 아니겠습니까?"

"아무튼 안 갔다는 거예요?"

사장이 직접 나서서 묻자 창식씨는 긴장하는 것 같았다. 그에게 사장이란 윽박지르는 오과장이나 김부장과는 아주 차원이 다른 존재였다. 사장은 공장을 만들고 공장을 굴리고 사람을 채용하며 사람이 살거나 살 수 없을 정도로 돈줄을 쥐고 있으니까.

"네, 안 갔어요."

"그러면 아까 그 직원이 거짓말하는 거네?"

"누구요? 조선생이요?"

"그렇잖아. 둘이 말이 다르잖아요. 같은 기술자끼리 말이 다르면 둘 중 하나는 거짓말하는 건데, 그렇잖아요."

그러자 창식씨는 아무 말을 못했다. 옆에서 김부장인가 오과장인가가 대답을 똑바로 해야죠, 하는데도 얼빠진 사람처럼 벌린 입을 다물지 못하고 무언가를 하려 했다. 이를테면 생각을. 자기가 여기서 하는 말에 따라 어떤 일이 벌어질 수 있는가를, 사장이 누군가를 믿지 않겠다, 거짓말하는 것이다,라고 판단할 때 어떻게 될지를.

"그러면 사장님, 이제 어떻게 됩니까? 해고됩니까, 우리 형님?"

"일 잘하고 있는 김부장이나 그쪽 직원들 방해하고 누명 씌우고 그렇게 나쁘게 구는 사람들이 있으면 어떻게 하겠어요, 회사가 처리를 해야죠."

그러자 창식씨는 오른편을 돌아보았는데 거기에는 조선생이 서 있는 것 같았다. 그런 사이 창식씨의 얼굴에는 오래전 언젠가 어떤 이유로 밀쳐두거나 버려야 했던 감정들, 오직 자기 자신이 서 있는 사람만이 제대로 감지할 수 있는 그 변화하는 감정이라는 것이 나부꼈다.

"이제 정리를 하지요."

장이사가 말했고 사장이 그러자고 하자 창식씨가 말을 좀 더듬으면서 마치 그 앞에 정말 자기 이야기를 들어야 하는 사람들이 실제로 있는 것처럼 손짓을 하면서 "아니에요"라고 했다.

"우리 조선생님은 거짓말을 할 사람이 아닙니다. 내가 이렇게 살아도 개새끼도 아니고 사람새끼인데 그건 알지요. 우리 형님은 하나 그렇게 사람을 모함하고 나쁘게를 안해요, 안해요. 그것만은 알아주십쇼."

상수가 회사에서 걸어나와 옆에 서자 경애는 습관처럼 담배를 꺼냈다가 이미 한번 피워서 경비에게 한소리 들었다며 다시 주머니로 넣었다. 상수는 사장에게 제대로 한번 펴 보여주지도 못한 페이퍼들 사이에서 벌써 구깃해진 조던의 싸인을 꺼내 경애에게 내밀었다. 경애는 받아들고는 조던이 응원하다니 온 지구가 응원하는 것 같네요,라고 했다.

"테이프는 가져갔어요?"

"아 맞아, 열쇠를 돌려주어야 하는데요."

"가져가지도 않았으면서 열쇠를 돌려주면 어떡해요."

경애는 은총의 이야기가 나오자 표정이 잠시 풀렸다. 그리고 자기가 찾아낸 블로그들, 마치 바다에서 각자 표류하다가 우연히 서로를 발견한 듯한 그 블로거들과의 만남에 대해 이야기했다. 사실 그들은 반도미싱이라는 회사에 대해 알지도 못하는데도 자신의 「파업일기」의 애독자들이 되었다고.

"언제 돌아가요? 밥 한번 먹어야죠."

상수는 경애와 '언죄다' 일 모두 해결될 때까지 호찌민으로 돌아가지 않을 생각이지만 아직은 잘 모르겠다고 대답했다.

"일요일은 뭐해요? 어디를 가긴 가야 하는데 시간 맞으면 그날 열쇠를 돌려주러 갈게요. 다른 날은 보시다시피 바쁘니까요."

상수는 사장실에서 있었던 일들을 말하고 싶었지만 아직 아무것도 확정되지 않은 상황에서 경애를 흔들고 싶지는 않았다. 경애는 여기는 2인 이상 서 있으면 곤란하니까 그만 돌아가달라고 했다. 상수는 경애 옆에 더 있고 싶었지만 경애가 가라고 어깨를 가볍게 툭 밀어서 할 수 없이 돌아섰다. 그 가벼운 반동에 이제 곧 밝혀질 어떤 사실, 상수가 바로 그 죄 많은 언니라는, 부인할 수 없는 현실이 떠올랐기 때문이었다. 일요일이 되어도 경애는 아마 오지 않을 것이었다. 그 모든 것들이 밝혀진 뒤에는 적어도 한동안은 오려고 하지 않을 것이었다. 어쩌면 경애를 보는 일이 한동안은 마지막일지 모르는데도 그런 내색을 말아야 하므로 상수는 손을 내밀어 악수를 청하며 경애와 이별했다.

*

경애는 꿈을 꾸었다. 얼굴이 지워진 누군가가 찾아와서 경애와 밥을 먹는 꿈이었다. 그가 누구인지 궁금했지만 그렇게 텅 비어 있는 얼굴을 나중에는 아무렇지 않게 받아들이게 되어서 경애는 그와 함께 대화를 하고 식사를 하고 차를 마신 뒤 걸었다. 거리는 익숙한 것 같기도 하고 익숙하지 않은 것 같기도 했다. E와 관련된 거리 같기도 하고 상수와 걷던 호찌민의 어디 같기도 하며 어디도 아니라 수많은 영화에서 보았던 그냥 그런 길, 걷는 이들이 있으니까 길이라고 여길 수 있는 그런 길을 걸었다. 그런데 걸으면 걸을수록 경애는 그의 얼굴이 흐려지고 어깨도 흐려지고 분명 잡은 적이 있는 듯한 손도, 다리도 흐려지고 있다는 것을 느꼈다. 공기 중으로 그는 마치 설탕처럼 녹는 듯했다. 경애는 자기가 하는 말이나 숨소리, 손짓이 찻잔을 젓는 티스푼처럼 그를 더욱 사라지게 할까봐, 아무것도 하지 않으려 조심했다. 그렇게 하면 그가 사라지는 것을 막을 수 있을까 최선을 다했지만 사라지는 사람을 막을 수는 없었다. 나중에는 완전히 사라졌다고 느꼈지만 그래도 경애는 고개를 돌려 그 사라짐을 확인할 수가 없었다. 경애는 바라볼 수가 없어, 하면서 잠에서 깨어났다. 하지만 일어나고 나서는 꿈을 똑똑히 기억하고 싶다고 생각했다. 다른 것이 아니라 그 지워진 얼굴을 하나도 이상하게 여기지 않고 먹고 걸었던 순간의 느낌을, 누구를 채워넣어도 무방할 듯한, 어쩌면 타인이 아니라 자기 자신이었을지도 모를 꿈속의 상대를.

경애가 오랜만에 교회에 간다고 하자 엄마는 아주 기뻐했다. 거의 이십년 만이 아니니,라고 말해서 경애가 아니야 엄마 나 그렇게 늙진 않았어,라고 답했다. 경애 엄마는 안산으로 미용실을 옮긴 뒤에도 오랫동안 다녔던 구로의 교회에 계속 나갔다. 경애와 엄마는 좋아했던 국수집에 들러 회색빛이 돌 정도로 진한 멸치국물에 말아주는 국수를 먹었다. 옆자리에 앉은 노인들은 음식이 나오기도 전에 종이컵에 육수를 얻어다 숟가락으로 조금씩 퍼마시며 봄에도 자주는 얼어 있는 몸을 녹였는데 경애는 그것이 아주 구──로답다고 생각했다. 오래전 E를 만나러 1호선을 타고 가다 마주친 인천의 지명들이 그 아이를 떠올리게 했던 것처럼 구로는 경애의 어떤 시절을 설명해주고 있었다. 아홉명의 오래도록 산 노인이 있는 마을, 그 이름은 공단이 있는 지금 이곳과 어딘가 어울리지 않는 것 같지만 그렇지도 않았다. 시간이 쌓인 것, 굽은 것, 견디는 것, 부러지지 않는 것, 제자리에 앉아 있는 것, 색이 바랜 것, 유연한 것, 아주 슬프지는 않은 것은 오후의 퇴근길에 나선 이들의 모습이기도 했으니까.

오랜만에 만난 교회 사람들은 경애를 바로 어제까지 본 듯 굴었다. 그들은 경애가 성장하는 과정을 지켜보거나, 적어도 교회에 나오는 경애의 엄마를 통해 근황을 듣고 있었던 이들이었다. 예배는 신의 목소리를 옮기는 목사가 중심이었지만 주일의 교회 건물을 채우는 건 이렇게 서로의 일상을 부지런히 살피려는 사람들의 수선스러움이었다. 신의 말을 들을 때는 신의 말을 들었지만 그 한두 시간이 지나면 인간들은 다시 인간의 마음으로 돌아와 반나절의 짧은 만남에서도 미움을 주고받고 시기하고 감동하다가 별안간 싸우기도 했다. 그날도 크게 다르지 않아서 사람들이 경애에게 결혼은 했는지, 애인은 있는지, 있다면 '믿는' 사람인지 아닌지를 캐묻기 시작하자 경애 엄마는 "이제 그만 좀 해요"라고 말했다. "우리

딸 대답하다가 입 다 닳겠어"라고.

그날 예배에는 게스트가 있었다. 통기타를 들고 온 남자가 간증과 함께 노래를 했다. 경애는 큰 예배당의 가장 뒷자리에 앉아 있었는데 남자의 목소리가 — 대개 CCM을 부르는 이들의 목소리가 그렇지만 — 귀에 익었고 얼굴도 어디선가 본 듯하다고 생각했다. 그러니까 오래전 경애가 아침에 배달되어온 신문을 읽으며 사상자 명단에서 아는 이름들을 찾아볼 때, 거기서 '문을 걸어잠그고'나 '경찰에게 뇌물을 주어' 같은 문장들을 읽었을 때 그리고 가장 최근의 기사에서도 확인할 수 있었던 얼굴. 그 얼굴과 닮았다고 생각했다. 경애는 휴대전화로 검색해 혹시 저기서 노래하는 남자가 정말 그 사람일지 찾아봤지만 닮은 듯도 아닌 듯도 했다.

"운명적인 사건으로 범죄자가 되자 그 시련에 얼마나 고통스러웠는지 몰라요. 감옥까지 갔으니까요. 하지만 어느날 교도소 창으로 빛이 비추이며 '너는 내 아들이라. 내가 너를 낳았도다' 하는 소리가 들리더군요. 저를 찬양사역자로 만들기 위해 하느님이 그 모든 고통과 시련을 주신 것 아니겠습니까. 모든 걸 내려놓았습니다. 그때부터 천국이 열리더군요."

사람들이 박수를 쳤고 남자는 다시 노래를 한곡 더 부른 다음 무대를 내려갔다. 경애는 자리에서 일어나 남자가 빠져나간 문을 통과해 쫓아갔는데 "저기요" 하고 소리치자 그가 돌아보았다. 무대에서 내려온 얼굴은 조명을 받았을 때보다 더 늙고 볼품이 없었다. 경애는 그를 불러놓고 무슨 말인가를 하려고 했지만 질문을 떠올리면 떠올릴수록 정작 물을 것이 없어져갔다. 그때 그 화재사건의 연루자이냐고 물을 생각이었지만 가까이에서 보니 그는 아닌 것 같왔다.

"죄를 지었죠?"

그래도 경애는 물었다.

"죄를 지었습니다."

그가 선선히 답했다. 그러자 경애는 더는 물을 수가 없었는데 이번에는 그가 기타를 다시 고쳐 메며 경애에게 물었다.

"자매님, 여기 출구가 어딥니까? 계단으로 올라가면 들어온 문이 나옵니까?"

경애는 치미는 뭔가를 참기 위해 주먹을 쥐고 있다가 풀며 이내 문이 있는 쪽을 손가락으로 가리켰다. 그리고 남자가 그쪽으로 올라가는 모습을 끝까지 지켜보았다.

일요일이 여러번 지나는 동안 경애는 상수를 찾아오지 않았다. 상수는 경애가 일요일에 온다고 했으니까 되도록이면 일요일에는 외출도 하지 않고 경애가 오기를 기다렸다. 가장 두려운 건 열쇠가 그냥 택배로 배달되거나 우편함에 들어가 있는 것이었다. 우리가 더이상 만날 이유는 없지 않느냐는 듯이 이렇게 아무런 접촉 없이 종료되는 것이 우리의 운명이라는 듯이. 그건 가장 슬픈 상상이었다. 상수가 자기가 남자라고 밝혔을 때 격분한 회원들 몇몇이 사기죄로 고발하겠다며 사람들을 모으고 일을 추진한 것보다 더 슬펐다. 상수는 그런 회원들의 마음을 돌리기 위해 자신이 그 각자의 사연들을 얼마나 중요하게 여겼는지 그가 얼마나 당연히 언니의 편에서 살아왔는지, 원하는 회원들이 있을 때마다 직접 모임에 나가서 사과하고 해명했는데 그러고 나면 마음을 돌리는 회원도 있었고 여전히 싸늘하게 외면하는 회원도 있었다. 오프라인 모임에서는 상수와 다르지 않게 여자인 척 '언죄다' 회원이 되어 있던 청년들이 찾아와 "누구나 언니가 될 자유가 있다"는 논지로 쓴 아주 긴 글을 낭독하기도 했다. 거기에는 '언니'는 원래 성에 관련 없이 쓰이던 우리말이라는 인터넷 백과사전에서 발췌한 부분이 있어서 상수에게 미약하게나마 위로를 주었다.

오프라인에서 만날 수 있게 되자 페이지의 분위기는 점점 안정화되어갔다. 아이피 추적을 해봤자 해외서버라서 해킹한 사람을 찾을 수 없다는 예상했던 통보를 받았을 때도 동요하지는 않았다. 이미 페이지의 회원들은 다른 이슈로 넘어가고 있었다. 언니가 남자든 여자든 상관없이 이제 어떻게 할 것인가 하는 문제였다.

상수의 이야기가 기사화되면서 그가 맺은 거의 전부의 관계에서 야유의 말들이 순풍에 꽃가루 같은 것이 날리듯 날아왔다. 새어머니는 이번에도 여기저기 힘을 써서 기사를 막아보려고 하다가 나중에는 그만두었다.

'언죄다' 페이지를 닫는 건 누구보다 회원들이 반대했다. 그전까지는 상수의 페이지였으니까 상수가 원하면 열고 닫고 할 수 있었지만 이제는 계정을 넘겨주고 상수는 뒤로 물러나 있었다. 그건 '언죄다' 회원들이 상수를 "용서"하면서 요구한 것이었다. 여전히 게시물이 불법적으로 올라간 싸이트들의 목록은 회원들의 신고로 갱신되고 삭제 요청되고 있었지만 상대가 행하는 행위에 방어적으로 대하는 패턴을 언제까지 계속해나갈 수는 없다고 회원들은 판단했다. 피해를 본 회원 중 하나가 차라리 편지들을 전자책으로 내자고 했다. 사랑의 상실과 고통으로 가득 차 있는, 개인과 개인이 만나서 이룰 수 있는 가장 드라마틱한 과정에 대한 고백을 이상한 관음증 속에 놓는 것이 아니라 '언니'와 '언니'가 함께 벌였던 마음의 투쟁 속에 놓는 것. 쉽지 않았지만 동의를 얻어냈고 이윽고 메일이 유출 된 이들 중에서 동의하지 않은 사람은 단 한명만 남게 되었다. 얼어 있는 프랑켄슈타인, 경애였다.

그 얼어서 풀리지 않는 마음에 대해 생각하면 상수는 참을 수 없 이 슬퍼졌다. 전화를 하고 싶어졌다. 이름을 부르고 미안합니다, 사 과하고 우리 이제 모든 걸 이야기해볼까요, 묻고 그 시절 은총이 피 조를 얼마나 아꼈는지에 대해 나는 알면서도 한마디도 하지 않았 잖아요,라고 하고 싶었지만 기다려야 했다. 경애가 와서 상수에게 말을 걸 때까지. 그것은 평소의 경애라면 욕설이나 분노에 찬 독설 이 될 수도 있지만 그렇게 와서 경애가 말을 걸어준다면 상수는 얼 마든지 더이상 울지 않을 수 있을 것 같았다. 그래도 이따금 유정에 게서 경애의 소식을 들을 수 있는 게 유일한 희망이었다. 본사의 영 업부로 복직된 경애는 김유정과 함께 일하고 있었다.

상수가 반도미싱을 그만둔 건 '언죄다' 일 때문이기도 했지만 경 애를 대할 자신이 없어서이기도 했다. 호찌민 지사에서는 조선생이 에일린과 함께 이제 모두가 떠나버린 영업3팀의 자리를 지켰고 오 과장이 승진을 했다. 김부장은 회사를 그만두고 아예 다종의 미싱 을 판매하는 총판을 차렸다고 했다. 상수가 사표를 냈다는 소식을 들었을 텐데도 경애는 문자메시지 하나 보내지 않았다. 어쩌면 연 락을 기다리는 마음이 잘못된 것은 아니냐고, 김유정은 슬쩍 상수 를 떠봤는데 상수는 그렇지는 않다고 했다. 언제가 되었든 한번은,

어느 한번의 일요일에는 경애가 올 거라고.

그렇지 않아도 늘 뭔가를 기다리는 마음으로 살았으니까 상수에게는 그리 힘든 기다림도 아니었다. 경애는 세상을 떠난 사람도 아니고 19세기 브론테 자매의 소설 속 인물도 아니며 브로마이드 속에만 존재하는 히로인들도 아니었다. 경애는 지금이라도 눈을 감으면 아주 복합적인 실감으로 떠올릴 수 있는 대상이었다. 경애와 상수에게는 추억이 있고 대화가, 어긋났던 감정들의 순간과 실패의 경험과 자주 있었던 낙담과 서로를 서툴게 위로했던 날들이 있었다. 그런 것들이 적어도 상수에게는 너무나 뚜렷했으므로 상수는 기다릴 수 있었다. 그렇게 해서 여전히 "언니들의 마음을 보듬는 진짜 언니가 될래요" 하는 낯간지러운 제목 아래 기사가 실리면 순식간에 달리는 '그럴 바에는 × 없애라' '변태일 듯' 같은 댓글 속에서도 늘 기다리는 마음을 유지했다. 누군가를 기다리는 일이란 자기 자신을 가지런히 하는 일이라는 것, 자신을 방기하지 않는 것이 누군가를 기다려야 하는 사람의 의무라고 다짐했다. 그렇게 해서 최선을 다해 초라해지지 않는 것이라고.

여름의 장마가 지날 때는 이런 날들에는 뭐니뭐니 해도 불쾌지수가 높으니까 경애가 올 수 없으리라고 생각했다. 사람들이 바캉스를 떠나는 한여름에는 이런 온도는 누군가를 용서하기에 너무도 불쾌하니까 그럴 수 있다고 생각했다. 가을이 되었을 때는 3/4분기 영업실적이란 영업자에게 아주 중요하니까 그럴 만도 하다고 생각했다. 그리고 가을이 깊어졌을 때 상수는 아마도 경애가 영영 오지 않으리라는 생각을 처음으로 했다.

책 작업이 막바지에 이른 날, 상수는 새로운 직장에 면접을 보고 집으로 돌아왔다. 문화콘텐츠를 제작하는 회사였고 물론 그쪽에서는 상수가 '언죄다' 활동에서 했던 일들 — 연애상담 — 을 자기네 싸이트에 연재하자는 것이었지만 상수는 이제 더이상 그것으로 무언가를 하고 싶지는 않다고 했다. 상수가 제안한 것은 콘텐츠를 개발하는 부서에 자신을 채용하라는 것이었다. 회사에서는 상수의 썩 좋지 않은 영어실력과 감상이 과도하게 들어가 있는 작문실력 그리고 글보다 현저히 떨어지는 대화 능력을 다 시험해보고도 그를 합격시켰는데 그건 그가 방대하게 읽고 관람해온 연애소설과 영화 때문이었다. 그렇게 새 직장을 얻고 나서 전철을 타고 돌아오다가 상수는 두 사람을 떠올렸다. 하나는 경애였고 하나는 엉뚱하게도 아버지 공효상 의원이었다. 아버지가 살아온 세계에 비하면 상수가 속해 있는 세계란 터무니없이 복잡하고 감정적이고 불안정한, 측량되지 않고 가시적이지 않은 것들에 열을 올리고 헛수고가 분명할 일에 봉사하는 백일몽에 빠진 인간들이 있는 세계에 불과하겠지만 무언가 이야기를 하고 싶었다. 자기가 새로운 일을 시작한다는 이야기를. 하지만 큰맘 먹고 전화를 걸었을 때 공효상 의원은 너무 취해 있어서 자기가 아들과 이야기하고 있는지도 자각하지 못했다. 취중에도 그가 일평생 해왔던 어떤 말들은 떠나지 않는지 광개토 대왕과 민주주의와 경제개혁과 자본주의, 사회정의 같은 단어들을 늘어놓다가 문득 아버지의 모습으로 돌아와 "너, 미국 갈래?" 하고 물었다. 미국이라니, 대체 미국에는 뭐가 있어서 자꾸 자기더러 미국으로 가라는 말인가.

"저 안 갑니다. 아버지 저는 여기를 안 떠나요. 취직도 다시 했고요."

"취직을 했어? 어디?"

"말해도 모르실 거예요."

"말해도 모를 텐데 그 말은 왜 하는 거냐?"

하기는 정말 그래서 상수는 잠시 아득해지다가 "아버지 저는 아버지가 나빴다고 생각합니다"라고 말했다.

"내가 나빴다고?"

"네, 나빴어요."

그러고는 혼자 상을 차리고 설거지를 하며 비가 오는데 창문은 잘 닫혔나 살펴보는 밤이었다. 가을비가 세차게 내리면서 단풍잎이 떨어져내렸는데 그중 몇개가 베란다 창에 붙어서 떨어지지 않았다. 거실 소파에 앉아서 평소처럼 영화를 보고 있던 상수는 그렇게 붙어 있는 작은 잎들이 마치 누군가들의 손 같다고 생각했다. 그리고 오늘이 그날, 은총이 더이상 은총을 빌어주지 않고 떠나간 날이라는 생각을 하며 그 8밀리 테이프를 꺼내놓았다. 틀려고 생각한 건 아니었다. 오늘은 일요일도 아니니까. 그렇게 앉아 있다가 상수는 잠이 들었는데 한겨울이 오기 전까지는 절대 틀지 않는 보일러이지만 오늘은 정말 춥긴 춥다고 생각했다. 이불도 없이 이렇게 잠이 들기에는 발가락 끝이 너무 시리다고. 그렇게 해서 잠이 들었다가 따뜻한 것이 자신을 덮고 있는 것을 느끼며 눈을 떴는데 담요였다. 그리고 상수는 누군가 들어와 자신의 허락도 받지 않고 커피포트로 물을 데우고 있는 것을 발견했다. 그리고 둘러보는 것을, 책장을 채운 문고판 소설들과 비디오테이프들과, 이미 죽은 사람이 되었지만 여전히 포스터에서는 웃고 있는 배우들과 잘 말린 수국과 레이스를 덧댄 커튼과 언니들의 편지를 인쇄한 종이들과 물기를 잘 짠 행주와 손으로 메모한 자동차세 납부기일 같은 것들을. 그렇게 자신을 뒤로하고 서 있는 사람의 한편으로 기울어진 고개, 이제는 길어서 포니테일로 묶은 머리카락과 좁은 편의 그 어깨는 상수가 하루에도 몇번씩 상상해본 것이었다.

상수는 이야기를 시작했다. 그것은 10월의 어느 깊은 가을날 우리가 떠안을 수밖에 없었던 누군가와의 이별에 관한 회상이었지만 그래도 그 밤 내내 여러번 반복된 이야기는 오래전 겨울, 미안해, 내가 좀 늦을 것 같아 눈을 먼저 보낼게,라는 경애의 목소리를 반복해서 들으며 같이 울었던 자기 자신에 관한 이야기. 서로가 서로를 채 인식하지 못했지만 돌아보니 어디엔가 분명히 있었던 어떤 마음에 관한 이야기였다.

* '언니는 죄가 없다' 페이지의 콘셉트는 인터넷에서 착상했으나 특정 모임과는 관련이 없으며 모두 허구다.
* '언니는 죄가 없다' 페이지의 모토이자 5장의 제목은 강성은의 동명의 시에서 재인용했다.
* 경애가 음성메시지로 남긴 마지막 말은 신용목의 시 「울음을 다 써버린 몸처럼」의 한 구절을 변형했다.
* 인용된 델리스파이스의 노래는 「고양이와 새에 관한 진실(or 허구)」이다.
  (KOMCA 승인 필)
* 채수홍 「호치민 한인 공장매니저의 초국적인 삶 : 일터와 거주생활공간을 중심으로」 「베트남 공장노동자의 저항에 관한 현지연구 성찰해보기」 「베트남에 거주하는 조선족 공장매니저의 초국적 삶과 문화정치」를 참고했다.
* 9장에 등장하는 용욱이의 글은 오마이뉴스 2001년 8월 2일자 기사를 참고했다.

이야기를 완성할 수 있었다. 마음을 다해 썼다.

2018년의 초여름

김금희

경애의 마음

초판 1쇄 발행 • 2018년 6월 15일
초판 21쇄 발행 • 2024년 7월 24일

지은이 / 김금희
펴낸이 / 염종선
책임편집 / 박지영
조판 / 박지현
펴낸곳 / (주)창비
등록 / 1986년 8월 5일 제85호
주소 / 10881 경기도 파주시 회동길 184
전화 / 031-955-3333
팩시밀리 / 영업 031-955-3399 · 편집 031-955-3400
홈페이지 / www.changbi.com
전자우편 / lit@changbi.com

ⓒ 김금희 2018
ISBN 978-89-364-3431-1 03810